Oetinger

TANJA HEITMANN

IN EINER SOMMERNACHT WIE DIESER

Verlag Friedrich Oetinger GmbH · Hamburg

MIX
Papier aus verantwortungsvollen Quellen
FSC® C014496

Dieses Werk wurde vermittelt durch die
Literarische Agentur Thomas Schlück GmbH, 30827 Garbsen.
Einband von Kathrin Schüler unter Verwendung von
Bildmaterial von Milosz_G / Dieter Hawlan / roundstripe /
ImageFlow / kesipun @ shutterstock.com
Satz: Dörlemann Satz, Lemförde
Druck und Bindung: GGP Media GmbH, Pößneck
Printed 2016
ISBN 978-3-7891-3731-0

www.oetinger.de

IM WALD

Schnell, nur fort, so weit es geht.

Nicht auf das krachende Geäst unter den schweren Stiefelsohlen seiner Verfolger horchen, nicht über die Schulter blicken, keine verdammte Sekunde verschwenden. Alles, was zählt, ist, zu entkommen.

Die Lunge brennt, die gebrochene Nase macht das Atmen unmöglich, und das Auge … Sein Auge. Nicht drüber nachdenken!

Doch er kann nicht anders.

Es hatte sich angefühlt, als wäre das rechte Auge unter der Wucht des letzten Schlags, der auf ihn niedergegangen war, aus seiner Höhle gesprungen. Jetzt war er auf dieser Seite blind, die gesamte rechte Gesichtshälfte war tot.

Ohne das Tempo zu verlangsamen, führt er die Hand zur Stirn.

Er muss es einfach wissen.

Mit klammen Fingern ertastet er eine klebrige Augenbraue, aufgeplatzt wie Asphalt in der Sonne, und darunter …

Er tritt ins Leere.

Und fällt.

1

Das Erste, was Leo sah, war ein fallender Mensch.
Die Arme weit ausgebreitet, so als würde er fliegen.
Doch er flog nicht, sondern fiel.
Ein Sturz von der obersten Plattform des Baugerüsts, das die alte Villa umgab. Der Aufschlag des Mannes entging Leo. Das Taxi, auf dessen Rücksitz sie mit weit aufgerissenen Augen saß, zwängte sich genau in diesem Moment an einem Kipplaster vorbei.
Kaum hielt das Taxi an, sprang Leo auch schon heraus und rannte auf die Stelle zu, wo der Mann aufgekommen sein musste. Abgeschlagener Putz knirschte unter ihren Schuhsohlen, und sie musste über einen Stapel Holzplatten steigen, ehe sie vor einem gewaltigen Rhododendron zum Stehen kam, in dem der Mann mit immer noch ausgebreiteten Armen gelandet war.
»Geht es Ihnen gut?« Besorgt beugte sich Leo vor und berührte einen seiner verdreckten Arbeitsstiefel. »Hören Sie mich?«
Der Mann stöhnte, dann hob er den Kopf und blickte sie verwirrt an.
»Warten Sie, ich helfe Ihnen.« Gerade als Leo sich zwischen die Zweige des Strauches zu ihm zwängen wollte, wurde sie bei der Schulter gepackt und beiseitegezogen.
»Lass mal, Mädchen«, sagte ein Mann mit bellender Stimme. »Wir machen das schon.«

Leo wollte widersprechen, aber da tauchten bereits zwei weitere Männer auf und griffen dem Gestürzten unter die Arme.

»Vorsichtig!«, rief Leo. »Er könnte sich was gebrochen haben oder am Rücken verletzt sein.«

»Unsinn, dem ist nichts passiert. Und du kommst da jetzt mal weg«, knurrte der Mann, der sie immer noch an der Schulter festhielt, und zog sie ein Stück zurück.

Leo kam ins Stolpern. Mit einem atemlosen »He!« schüttelte sie seine Hand ab, dann war ihre Aufmerksamkeit auch schon wieder bei dem Verletzten, der unter Stöhnen auf die Beine gezerrt wurde. Er war dürr und trug die gleiche staubige Bauarbeiterkluft wie die beiden Männer, die ihn aus dem Gebüsch befreit hatten. Sein Gesicht war zu sonnenverbrannt, um sein Alter zu schätzen. Irgendwas zwischen dreißig und fünfzig, vermutete Leo. Die Art, wie er seinen rechten Arm hielt, verriet, dass der Sturz keineswegs glimpflich ausgegangen war.

Hastig holte Leo ihr Handy aus der Rocktasche, nur um festzustellen, dass sie keinen Empfang hatte. Sie wirbelte um die eigene Achse und winkte dem Taxifahrer zu, der mit verschränkten Armen neben seinem Wagen stand.

»Rufen Sie bitte einen Krankenwagen über Funk!«

»Nicht nötig«, mischte sich die bellende Stimme wieder ein.

Gereizt warf Leo dem Mann einen Blick zu. Er war zwar einen halben Kopf kleiner als sie, aber von massiver Statur. Sein Gesicht war puterrot, allerdings nicht von der Sonne, sondern es sah eher so aus, als ob dieser Mann unter Dauerstrom stand. Die buschigen Augenbrauen waren zusammengezurrt und betonten die tief eingegrabene Zornesfalte, während sich unter seinem verkniffenen Mund das Kinn wie bei einer Bulldogge vorschob.

»Hast du gehört, was ich gesagt habe, Kleine?«
Unwillkürlich wich Leo einen Schritt zurück und ärgerte sich sofort darüber. Zurückweichen war nicht ihr Stil. »Vielleicht machen Sie mal die Augen auf und sehen genau hin«, sagte sie. »Der Arm des Mannes ist hundertpro gebrochen. Gut möglich, dass das sogar operiert werden muss. Außerdem kann bei einem Sturz aus solcher Höhe sonst was passiert sein – innere Blutungen oder eine üble Gehirnerschütterung.«
Die Bulldogge musterte sie abfällig. »Hör mal, du kannst so viel Fräulein Doktor spielen, wie du willst. Aber nicht hier und nicht jetzt. Wenn ich sage, der Mann hat nix, dann hat der nix.«
»Ja, klar«, sagte Leo, um dann dem untätig herumstehenden Taxifahrer zuzurufen: »Wenn Sie nicht sofort einen Krankenwagen holen, zeige ich Sie wegen unterlassener Hilfeleistung an, verstanden?«
Fluchend rannte die Bulldogge auf den Taxifahrer zu, der sich einem plötzlichen Sinneswandel folgend in sein Taxi gesetzt hatte und nach dem Funkgerät griff.
Mit einem Grinsen wandte sich Leo wieder dem Verletzten zu, der leicht wankend zwischen seinen beiden Helfern stand. »Sollen wir den Arm irgendwie stabilisieren, bis der Notarzt da ist?«, fragte sie.
Drei Augenpaare blickten sie ratlos an.
»Dann tut es nicht mehr so weh bei jeder Bewegung. Ich habe mir vor zwei Jahren mal den Oberarm beim Windsurfen gebrochen, der Weg zum Krankenhaus war die Hölle, was echt nicht hätte sein müssen«, redete Leo weiter, ohne damit eine Reaktion zu erzielen. Sie wurde einfach nur angestarrt. Mittlerweile von einem halben Dutzend Augenpaaren.

Weitere Arbeiter waren dazugekommen und tuschelten miteinander. Dabei beobachteten sie Leo, als sei sie eine Erscheinung und nicht etwa ein knapp siebzehnjähriges Mädchen in einem zerknitterten Sommerkleid und irgendwie mit einem Haarband hochgebundenen Haaren.

»Kann mal jemand einen Erste-Hilfe-Koffer holen?«, fragte Leo.

Statt einer Antwort wurde sie nur noch intensiver angestarrt.

»Lass gut sein, von denen kann nur Radu ein bisschen Deutsch.«

Eine neue Stimme in dem Durcheinander. Klar und ruhig. Sie gehörte einem Jungen, der gerade vom Fahrrad stieg. Ein altersschwaches Teil, das anscheinend nur von seinem flaschengrünen Anstrich mit gelben Streifen zusammengehalten wurde. Der Junge nickte in Richtung des Verletzten. »Radu ist der mit dem kaputten Arm. Aber der versteht bestimmt nicht, was du mit ›Erste Hilfe‹ und ›stabilisieren‹ meinst.«

»Das erklärt einiges.«

Leo musterte den Jungen, der auf sie zukam. Er hatte dasselbe braun gebrannte Gesicht und trug die gleichen abgenutzten Arbeiterklamotten wie die anderen Männer, allerdings war er eindeutig jünger. Vielleicht so um die achtzehn Jahre alt, schätzte Leo. Und seine Haare waren nicht kurz geschoren und voller Staub vom Putz, sondern er hatte rausgewachsene Locken, denen die Sonne einen Goldstich ins dunkle Braun gebleicht hatte.

»Kannst du Radu – in welcher Sprache auch immer – sagen, dass der Krankenwagen gleich kommt?«

»Nein, ich spreche nur ein paar Brocken Rumänisch. Außerdem wäre das eh verschenkt, weil das mit dem Krankenwagen nichts wird.« Er deutete mit dem Kinn in Richtung Taxi.

Der Fahrer hatte in der Zwischenzeit Leos Gepäck auf dem Vorhof zwischen Farbeimern und Bauschutt abgeladen und machte sich anschließend aus dem Staub, während die Bulldogge mit einem mittlerweile tiefroten Gesicht auf sie zukam.
»Du schuldest mir dreißig Euro für die Taxifahrt und außerdem noch einen Fünfziger, Mädchen. Den Fuffi musste ich diesem Arschloch von einem Taxifahrer nämlich in die Hand drücken, damit er das Funkgerät weglegt und sich verpisst.«
Sprachlos starrte Leo den Mann an.
»Und ihr«, sagte er den Arbeitern, die unschlüssig hinter Leo standen, als wäre sie ein menschlicher Schutzschild gegen seinen Zorn, »ab mit euch! *Plecat, plecat!*«
Sofort kam Bewegung in die Beine der Männer, und sogar der Verletzte humpelte trotz sichtlicher Schmerzen davon. Der Einzige, den das alles nicht zu kümmern schien, war der Junge mit dem Fahrrad. Mit aufmerksamem Blick blieb er neben Leo stehen und beobachtete die Szene.
Mittlerweile hatte Leo begriffen, warum die Bulldogge dafür gesorgt hatte, dass kein Krankenwagen kam. »Das sind alles Schwarzarbeiter. Deshalb wollen Sie nicht, dass der Mann ärztlich behandelt wird – egal, was ihm passiert ist. Weil das Ganze dann auffliegen würde. Sind Sie hier der Baustellenleiter?«
Die Bulldogge nickte. »Ja, das bin ich. Horst Bender. Und wer zur Hölle bist du? Etwa die Freundin von diesem arroganten Arschloch da?« Er zeigte auf den Jungen, der als Reaktion bloß die Hände in die Hosentaschen steckte.
»Ich bin Leonie Kressberg, die Tochter von Clemens Kressberg, in dessen Auftrag Sie die Villa renovieren.«
Damit hatte dieser Bender nicht gerechnet. Nachdenklich schob

er sich die Zunge von innen gegen die Wange. »Schau mal einer an … Wie auch immer, Herr Clemens hat vorhin angerufen und gesagt, dass er erst morgen kommt. Deshalb schieben wir hier ja noch Überstunden, damit der Kasten endlich fertig wird.«

Leo kroch die Wut kalt den Nacken hoch. »Und weil Sie unter Zeitdruck stehen, beschäftigen Sie auf der Baustelle meines Vaters Schwarzarbeiter? Das ist echt ein Ding. Am besten packen Sie jetzt schon einmal Ihre Sachen zusammen, denn wenn mein Vater davon erfährt, schmeißt er Sie eh hochkant raus.«

Doch anstatt klein beizugeben, grinste Bender sie abfällig an. »Das glaube ich nicht, Schätzchen.«

»Was Sie glauben, ist mir komplett egal. Ich kenne meinen Vater, der würde so was auf keinen Fall dulden. Also sehen Sie lieber zu, dass der verletzte Mann anständig medizinisch behandelt wird, sonst …«

»Sonst was?« Bender baute sich eine Handbreit vor Leo auf, die muskulösen Arme vor der Brust verschränkt, so als könne er sie wie ein Bulldozer rammen, wenn er nur wollte.

Leo schob das Kinn vor. Der reinste Bluff, in Wahrheit raste ihr Herz wie wild. »Kommen Sie mir ja nicht auf die Tour.« Leider klang sie nicht halb so gelassen, wie sie es sich erhofft hatte.

Und leider fiel Bender auch nicht darauf herein. Ohne sie weiter zu beachten, wandte er sich seinen Arbeitern zu und rief ihnen etwas in einer Sprache zu, die Leo nicht verstand. Aber sie verstand den Gesichtsausdruck der Arbeiter: Sie sahen sie plötzlich feindselig an. Unbehagen stieg in Leo auf, und sie war froh, nicht allein zu sein, auch wenn der Junge neben ihr bloß mit gekrauster Stirn dastand.

»Falls es dich interessiert …« Bender drehte sich mit einem

Grinsen zu Leo um. »Ich habe den Arbeitern erzählt, dass du das Töchterchen vom Chef bist – und dass du sie hier nicht mehr sehen willst. Scheint ihnen nicht zu gefallen.« Er breitete die Arme in einer »Was kann man da tun?«-Geste aus und rempelte Leo dabei an.

»Das reicht jetzt.« Der Junge schob sich vor Leo.

Sofort begannen Benders Kiefermuskeln zu mahlen. »Scheiße, was soll das? Ich dachte wirklich, ich hätte dir deine vorlaute Einmischerei abgewöhnt, Alexei«, knurrte er. »Warum gehst du nicht auf deiner Spielwiese ein paar Blümchen zupfen, anstatt dich immer wieder in Sachen reinzuhängen, die dich nix angehen?«

»Nun, ich arbeite hier. Da kann ich ja schlecht so tun, als würde ich nichts mitbekommen.«

Je ruhiger dieser Alexei wurde, desto lauter wurde Bender. Fast wünschte sich Leo, er würde es auf sich beruhen lassen. Nein, dachte sie dann, jemand muss diesem wichtigtuerischen Mistkerl die Stirn bieten. Und Alexei schien es tatsächlich draufzuhaben.

»Was zur Hölle soll das?!«, rief Bender voll ungebrochener Angriffslust. »Du arbeitest nicht mehr unter meinem Kommando, du gehörst nicht mehr zu meinen Leuten!«

»Nein, das haben wir glücklicherweise hinter uns«, sagte Alexei, der immer noch schützend vor Leo stand.

Bender murrte etwas Unverständliches, dann sagte er: »Genau, wir beide haben nichts mehr miteinander zu schaffen. Du bist mir damals am Lagerfeuer einmal zu viel in die Parade gefahren mit deiner Aufrührer-Tour. Seitdem bist du raus! Deshalb kann dir also völlig egal sein, was in meinem Trupp passiert. Ich regele meine Angelegenheiten, du regelst deine, und ansonsten gehen wir uns aus dem Weg. Verstanden?«

»Das sehe ich anders.«

Zwischen der Bulldogge Bender und dem hochgewachsenen Alexei breitete sich eine Anspannung aus, die sämtliche Warnsignale bei Leo auslöste. Hier würde es gleich krachen. Alexei verlagerte bereits sein Gewicht, so als würde er sich auf einen Angriff vorbereiten, während die Sehnen an Benders Hals verräterisch vortraten. Bei dieser Auseinandersetzung ging es um mehr als um den verletzten Arbeiter, ein Brand, der schon länger zwischen den beiden Männern schwelte.

Es fehlte nicht mehr viel, und die Spannung würde sich wie eine explosive Mischung entzünden.

Obwohl Leos Instinkt sie dazu drängte, sich schleunigst in Sicherheit zu bringen, stellte sie sich neben Alexei. Nicht nur das, sie legte ihm auch ihre Hand auf den Unterarm. Die Berührung dauerte nicht länger als ein paar Herzschläge, trotzdem spürte sie, wie sich seine Härchen unter ihren Fingerspitzen aufrichteten. Dann lockerte sich seine eben noch angespannte Haltung, als hätte Leo einen geheimen Punkt auf seiner Haut berührt, und ein Ausdruck von Verwunderung legte sich über sein Gesicht.

»Alles klar?«, fragte Leo, wobei sie nicht recht wusste, was genau sie damit meinte.

Alexei erwiderte stumm ihren Blick. Da war etwas im Blau seiner Augen … Wie ein Strudel, der einen mitriss, ehe man auch nur einen Gedanken an die Gefahr verschwenden konnte.

»Wenn du nichts mehr zu sagen hast, du Klugscheißer, würde ich vorschlagen, dass du dich aus meinem Revier verpisst«, beendete Benders Knurren den Moment. Im Gegensatz zu Alexei

waren seine Hände immer noch zu Fäusten geballt. »Und nimm deine neue Freundin am besten gleich mit.«
Ein feines Beben ging durch Alexeis Schultern, wie das Abstreifen eines Traums. Dann sah er Bender an. »Ein Tipp noch. Herr Kressberg wird es ganz bestimmt nicht locker nehmen, wenn ihm plötzlich die Arbeiter abhauen und er den Sommer auf einer Baustelle verbringen darf. Und genau das wird passieren, wenn das Gerücht die Runde macht, dass Leute, die sich auf seiner Baustelle verletzen, einfach weggescheucht werden.«
»Du kannst dir deine Tipps sonst wohin stecken. Ich sage es dir jetzt noch ein letztes Mal: Was ich mit meinen Leuten mache, geht dich nichts an. Überhaupt nichts.« Bender verpasste Alexei einen Stoß gegen die Brust.
»Das würde ich an deiner Stelle nicht noch einmal machen«, sagte Alexei mit einer unheimlichen Ruhe.
»Ach ja?« Bender leckte sich die Lippen, ein erstes Zeichen von Unsicherheit.
Leo hielt unwillkürlich den Atem an. Alexei stand nur da und erwiderte ungerührt Benders herausfordernden Blick. Schließlich wich Bender zurück, wobei er sich seine Fingerknöchel rieb. »Genau das ist das Problem mit dir, Alexei«, raunte er. »Du weißt nicht, wo dein Platz ist. Nur weil du einen auf harter Kerl machst, heißt das noch lange nicht, dass dir keiner was kann. Wenn du nicht aufpasst, wirst du dich eines Tages mit einem Sack überm Kopf wiederfinden, während man dir mit einem Knüppel einbläut, wie man sich als kleiner abgewichster Niemand zu benehmen hat.«
»Dann habe ich ja was, worauf ich mich freuen kann«, erwiderte Alexei gelassen.

»Augenblick mal«, mischte Leo sich ein. »Wie meinten Sie das mit dem Sack über dem Kopf? Ist das ein dummer Scherz oder eine Drohung?«

Bender würdigte Leo keines Blickes, aber die Art, wie er seine Fäuste senkte, verriet, dass er sich wieder im Griff hatte. Nach allem, was Clemens Kressbergs Tochter bereits von seinem Führungsstil mitbekommen hatte, wollte er wohl nicht noch eine Schlägerei obendrauf setzen. »Wir klären das ein anderes Mal«, sagte er zu Alexei, ehe er Leo zunickte. »Grüß deinen Herrn Vater von mir, Fräulein. Und sag ihm, ich lasse mir nicht gern vorschreiben, wie ich meinen Job zu erledigen habe. Sonst kann er sich nach einem anderen Baustellenleiter umsehen – den er in Havelseck allerdings nicht finden wird. Hier gibt es nur mich.«

Damit drehte Bender sich um und schnauzte die Arbeiter, die sich das Spektakel aus einem Sicherheitsabstand angesehen hatten, an. Mit geduckten Köpfen kehrten sie zu ihren Aufgaben zurück, während Bender in einem Baucontainer verschwand.

2

»Bellt dieser Bender nur, oder beißt der auch?«, fragte Leo den Jungen. Nein, fragte sie Alexei. Ein schöner, wenn auch ungewöhnlicher Name … und irgendwie passend.
»Ist wohl besser, wenn du künftig einen Bogen um ihn machst.«
Alexei massierte sich den Nacken – offenbar war die Auseinandersetzung doch nicht so spurlos an ihm vorbeigegangen, wie seine Miene vorgab.
Leo schnaufte. »So wie du? Das war ja eben ganz schön knapp.«
»Und wennschon.«
»Ach so … Dann ist diese unhöfliche Tour hier in der Gegend wohl der Standard.«
Alexei warf ihr einen Blick zu. Leo staunte darüber, wie leuchtend blau seine Augen waren, und spürte die Macht des Sogs, in dem sie sich zu verlieren drohte. Unwillkürlich schlang sie die Arme um ihren Oberkörper.
Seine Lippen zuckten. Doch anstatt darauf zu antworten, brachte er nur ein »Man sieht sich« hervor.
»Hey«, rief Leo ihm hinterher. »Du kannst doch jetzt nicht einfach gehen!«
Zu ihrer Überraschung blieb Alexei tatsächlich stehen. Allerdings nicht ihretwegen, sondern weil ein anderer Junge hinter dem Bauwagen hervorgetreten war, der sich ausgiebig zwischen

seinen strohblonden Dreadlocks kratzte, so als wisse er nicht recht, wo er da bloß hineingeraten war.
»Was war denn los, Alter? Hattest du schon wieder Stress mit Bender?«, fragte Dreadlock leicht gedehnt. Offenbar bedeutete jedes Wort für ihn eine extragroße Anstrengung. »Du legst wohl Wert drauf, dass er am Ende noch den Vorhof mit dir aufräumt. Dabei ist deine Visage schon verbeult.«
Unter Alexeis T-Shirt begannen die Schulterblätter zu beben, dann begriff Leo, dass er ein Lachen unterdrückte. Allem Anschein nach brachte ihn der Junge mit dem schwarzen Flesh Tunnel im Ohrläppchen dazu, seine Abwehrhaltung zu vergessen. »Wie konnte man von dem Aufstand nichts mitbekommen?«, rief er dem Jungen zu, der jetzt gemächlich auf sie zuschlenderte. »Hast du dir hinterm Bauwagen dein Resthirn weggequalmt, du Pothead?«
Der Junge grinste. »Nicht heftig genug, um die schlechte Stimmung in deinem Umfeld ausblenden zu können. Du musst langsam mal von dieser Aggro-Schiene Bender gegenüber runterkommen, sonst macht der mit dir noch kurzen Prozess. Du weißt doch, wie der Typ tickt.« Er blinzelte Leo zu. »Hallo, hallo, wen haben wir denn da? Du bist wohl die neue Reinemachmaus für den Herrschaftspalast, was? Hab schon von dir gehört. Geiler Job, der Kasten sieht von drinnen so klasse aus, dass Kressberg eigentlich Eintritt nehmen müsste.«
Leo grinste. »Da bin ich aber froh, dass es *in* der Villa schon besser aussieht als davor. Ich werde die nächsten Wochen nämlich hier wohnen.«
»Der Kressberg lässt dich in seiner Villa wohnen?« Der Junge pfiff anerkennend durch die Zähne. »Musst du dafür noch was anderes machen als putzen?«

»Joschi, halt die Klappe«, warnte Alexei den Jungen.
»Ich mein ja nix Dreckiges, okay?«
Leo grinste. »Na, dann ist ja gut, denn sonst hätte ich die Ehre meines Vaters nämlich auch bis aufs Blut verteidigt. Ich heiße übrigens Leo, Leo Kressberg.«
Man konnte gemächlich mitzählen, wie die Erkenntnis, mit wem er es da gerade zu tun hatte, bei Joschi durchsickerte. »Du bist ohne Scheiß Kressbergs Tochter?« Als Leo nur breit grinste, wedelte er mit der Hand, als habe er sich verbrannt. »Da habe ich ja noch mal Schwein gehabt, dass ich nichts über knappe Zimmermädchenuniformen mit Strapsen erzählt habe.« Er lachte kicksig, zu bedröhnt, um verlegen zu sein.
»Damit wäre dann wohl alles geklärt.« Alexei packte seinen Freund am Oberarm und machte Anstalten, ihn hinter sich herzuziehen. Doch Joschi hielt die Stellung, obwohl er neben dem breitschultrigen Alexei wie ein Strich in der Landschaft wirkte.
»Und du bist dir sicher, dass du eine Kressberg bist? Den Upperclass-Nachwuchs aus Berlin habe ich irgendwie anders in Erinnerung, als ich dort als Straßenmusiker unterwegs gewesen bin«, bemerkte Joschi mit einem Fingerzeig auf Leos Flohmarkt-Outfit.
Während Alexei genervt stöhnte, amüsierte Leo sich bestens, obwohl sie sich ihres verknitterten Kleids nun doppelt bewusst war.
»Ich habe gerade eine Endlos-Anreise hinter mir, inklusive ausgefallener Klimaanlage im Zug. Wenn wir uns das nächste Mal über den Weg laufen, ziehe ich mich meiner sozialen Schicht entsprechend an, versprochen. Und du bist Straßenmusiker?«

»Das *wäre* Joschi, wenn seine Gitarre nicht in der Pfandleihe Staub ansetzen würde«, erklärte Alexei trocken.
Joschi stupste ihn von der Seite an. »Was bist du denn schon wieder so ätzend? Sei lieber froh, dass hier endlich mal eine Frau aufschlägt. Zu viele Männer auf einem Haufen sind einfach ungesund.«
Als Alexei ihm einen finsteren Blick zuwarf, wich Joschi einen Schritt zurück und stolperte dabei fast über Leos Kofferberg. »Ist das dein Zeug?«
Leo nickte.
Beeindruckt klatschte Joschi in die Hände, still stehen war offensichtlich nicht seine Sache. »So viel Krempel. Du willst hier einziehen und nicht bloß Urlaub machen, richtig?«
Wie auf Befehl lief Leo rot an. Sie hatte wirklich elend viel Zeug mitgenommen, aber es fiel ihr immer schwer, etwas zurückzulassen. Das galt auch für tausendfach gelesene Lieblingsbücher, ihre Nagellacksammlung und einen Farn im Topf. »Wenn es möglich wäre, würde Leo sogar die Tapete mitnehmen«, machte sich ihr Vater jedes Mal über ihre Einpackwut lustig, während ihre Mutter nicht müde wurde, darauf hinzuweisen, man könne doch immer und überall alles nachkaufen. Darum ging es Leo jedoch gar nicht: Ihre Sachen standen auch für ein Stück Zuhause – und das hatte sie sich in den Jahren nach der Scheidung ihrer Eltern hart erkämpft.
»Ich wusste ja nicht, was mich in der Pampa erwartet. Da habe ich halt alles Mögliche eingepackt«, verteidigte sie sich. »Und so verkehrt habe ich damit ja wohl nicht gelegen. Hier gibt es schließlich nicht einmal Handyempfang.«
»Lass gut sein«, wiegelte Alexei ab, dem die Sache mindestens

genauso unangenehm war wie Leo. »Sollen wir dir helfen, die Sachen ins Haus zu tragen? Dieser Farn im Topf sieht jetzt schon halb tot aus.«

»Das wäre klasse, danke.« Dann kam Leo ein Gedanke. »Es macht echt wenig Sinn, wenn ich mich weiter als Jeanne d'Arc aufspiele und nach dem Verletzten suche?«

Alexei verzog den Mund, wobei eine blasse Narbe in seiner Unterlippe zum Vorschein kam, wo sie vermutlich einmal schlimm aufgeplatzt war. Passend zu seiner schiefen Nase, die unverkennbar auch schon einmal etwas abbekommen hatte. Lauter kleine Brüche in einem ansonsten bestechend ebenmäßigen Gesicht.

»Vertrau mir: Niemand will dich im Augenblick weniger sehen als Radu. Das war vorhin eindeutig zu viel Aufmerksamkeit für seinen Geschmack. Der wird sich schleunigst absetzen, bevor Bender ihn in die Finger kriegt und zusammenstaucht, weil er so dämlich war, vom Baugerüst zu fallen.«

»Und Radus Arm? Der muss behandelt werden.«

»Kann schon sein.«

Leo hielt seinem Blick stand. »Das ist definitiv so.«

»Du bist ganz schön hartnäckig, was?« Zu Leos Überraschung lächelte Alexei – allerdings nur einen Herzschlag lang, dann war sein ernster Ausdruck auch schon zurück. »Falls der Arm wirklich gebrochen ist, wird Radu nach Rumänien abreisen müssen. So kann er schließlich nicht arbeiten – egal, wie sehr seine Familie auf das Geld angewiesen ist.«

»Aber dann …«, setzte Leo an.

»Jetzt mal kein ›Aber‹«, unterbrach Alexei sie. »Wir kümmern uns um deine Sachen und damit genug.«

»Willkommen am herrlich idyllischen Potsdamer See mit seinen grundentspannten Bewohnern. Mehr gute Laune geht nicht«, feixte Joschi und schulterte eine pralle Reisetasche.

3 Im letzten Jahr hatte Leos Vater Clemens die Jugendstilvilla am Potsdamer See gekauft, mitsamt einem weitläufigen Park, der sich vom Anwesen bis hinunter zum See erstreckte. »Von Berlin aus fährt man knapp zwei Stunden durchs Grün und lässt anschließend die Seele baumeln mit Blick aufs Wasser«, hatte Clemens geschwärmt. »Ein Wunder, dass mir dieses Schmuckstück niemand vor der Nase weggekauft hat.«
Vermutlich lag es daran, dass das einstige Schmuckstück in einem erbarmungswürdigen Zustand gewesen war – was Leos Vater, der ein erfolgreicher Architekt war, natürlich nicht schreckte. Außerdem lag der Potsdamer See jenseits sämtlicher Tourismuspfade, was nichts anderes bedeutete, als dass es anstelle eines hübschen Städtchens nur ein Dorf namens Havelseck und statt Cafés und Restaurants bloß einen einzigen Tante-Emma-Laden gab. Und der war – ungelogen – in einem ehemaligen Kuhstall untergebracht und kam ganz ohne schicken ›Landliebe‹-Stil aus. Warum auch nicht? In dieser Ecke der Brandenburger Seenplatte trieben sich keine Urlauber auf der Suche nach hübsch verpackten Mitbringseln herum. »Dafür verschandeln einem die Touris auch nicht das Seeufer mit ihren Handtüchern«, hatte Clemens seiner Tochter am Telefon weiter vorgeschwärmt, um sie zu einem Besuch zu überreden.
Leo hatte nur gebrummt. Die Lust auf Action und vor allem

aufs Shoppen wäre ihr zu diesem Zeitpunkt ihrer Sommerferien eh vergangen. Bevor sie nämlich an den Potsdamer See fahren würde, stand noch ein Kurztrip mit ihrer Mutter Charlotte nach Paris an, bei der Städtereisen stellvertretend nicht etwa für Kultur-, sondern Konsumrausch standen. Kein Wunder, dass ihre Eltern geschieden waren. Unterschiedlichere Vorstellungen von Spaß konnte man nicht haben.

»Wow, das sieht ja aus wie in einem Schloss«, rutschte es Leo heraus, nachdem sie sich durch den Türspalt beim Eingang gequetscht hatte. Die Haustür ließ sich wegen des Baugerüsts vor der Fassade nur ein Stück weit öffnen.
»Hab ich doch gesagt: Die Hütte ist der Hammer.« Joschi vergaß vor lauter Begeisterung, den Rucksack abzustellen, sondern drehte sich mit ihr einmal um die eigene Achse. Je mehr seine Bekifftheit verflog, desto quirliger wurde er.
Alexei hingegen ließ sich Zeit. Zuerst schob er die schweren Taschen rein und schlüpfte dann aus seinen verdreckten Stiefeln, ehe er ihnen auf Socken folgte. Mit den Stiefeln in der Hand schaute er sich aufmerksam um. Dabei fiel Leo eine rote aufgeworfene Stelle auf seinem Handrücken auf, als habe er sich dort verbrannt oder etwas Säureartiges abbekommen. Schnell presste sie ihre Lippen aufeinander, bevor ihr die Frage rausrutschte, ob er persönlich etwa Erfahrungen mit Arbeitsunfällen hatte.
»Die Halle hat sich ja wirklich gemacht.« In Alexeis Stimme schwang Respekt mit. »Als ich sie das letzte Mal gesehen hab, gab es noch keinen richtigen Fußboden, der Wandputz war bis aufs rohe Mauerwerk runtergeschlagen, und es sah aus wie in

einem Lager für Baumaterial. Wahnsinn, wie groß sie jetzt wirkt.«

Obwohl Leo mit einem Architekten als Vater schon einiges an aufsehenerregenden Bauten zu sehen bekommen hatte, nickte sie zustimmend. Nur interessierte sie im Augenblick etwas ganz anderes als die Höhe der Zimmerdecke.

»Warum bist du denn schon so lange nicht mehr in der Villa gewesen, wenn du hier arbeitest?«

Alexei legte den Kopf schief. »Du bist ganz schön neugierig.«

»Kann sein.«

Sie musterten einander, bis Leo nicht mehr an sich halten konnte und schmunzelte. Fast sah es so aus, als wollte Alexei sie auflaufen lassen, aber dann erwiderte er ihr Lächeln. Nur ein kleines bisschen, nicht mehr als ein Zucken seiner Mundwinkel – aber immerhin brachte es seine Augen zum Strahlen. Erzählen tat er trotzdem nichts, das übernahm Joschi, der gerade den Inhalt von Leos Rucksack inspizierte.

»Nimm's nicht persönlich, dass du keine anständige Antwort aus dem Kerl rausbekommst. Alexei liebt es, den großen Schweiger zu geben. Dabei ist es eine schnell erzählte Geschichte, warum er bei der Grünzeugfraktion gelandet ist.« Joschi stockte, als er aus den Tiefen des Rucksacks ein längliches Gerät hervorholte. »Hallo, was haben wir denn da?«

»Damit kann man Locken machen, auch wenn es nicht so aussieht«, erklärte Leo.

»Echt? Ich hatte da eben eine ganz andere Assoziation, mehr so in Richtung Vibrationstechnik.«

Der Blick, den Alexei ihr zuwarf, schien »Das hast du nun davon« zu sagen.

Leo beschloss, dass die Story es wert war, Joschi ihre Krimskrams-Sammlung durchwühlen zu lassen, solange er die Finger von ihrem Tagebuch ließ. Nicht dass etwas Spannendes drinstand, denn das letzte Jahr war das ruhigste in ihrem Leben gewesen – nichts als geregelter Internatsalltag mit Leuten, die sie bereits in- und auswendig kannte, ohne sich einem von ihnen sonderlich nah zu fühlen. Einschläferndes Einerlei eben. So gesehen waren diese beiden Jungen eine willkommene Abwechslung.

»Und wie ist das nun mit der kürzesten Story aller Zeiten?«

Widerwillig legte Joschi den Lockenstab beiseite. »Alexei ist genau wie ich auf der Durchreise in Havelseck hängen geblieben. Und was macht man komplett abgebrannt in so einem Kaff? Man heuert beim Ausbeuter und Mega-Drecksack Bender an. Mit dem Unterschied, dass ich mir immer noch den Arsch auf dem Bau aufreißen darf, während unser werter Freund dank seiner stahlharten Bizeps abgeworben worden ist.« Joschi klopfte Alexei auf die tatsächlich auffallend breiten Schultern. »Unser Box-Champion«, neckte er, ohne bei seinem Freund eine Reaktion hervorzurufen. Allem Anschein nach hatte Alexei beschlossen, die Sache auszusitzen.

»Boxen klingt cool.« Leo hatte selbst ein paar Stunden Unterricht genommen und anschließend einen Heidenrespekt davor gehabt, wie viel Ausdauer und Geschicklichkeit man für diesen Sport mitbringen musste. Daher auch die Haltung, die Alexei wie von selbst angenommen hatte, als die Auseinandersetzung mit Bender zu eskalieren gedroht hatte: Er wusste, wie man sich verteidigt.

Trotz Leos Begeisterung zuckte Alexei nur mit den Schultern. Kein Thema, das ihn zum Reden brachte.

»Ja«, trällerte Joschi umso eifriger. »Aber Alexeis Jackpot ist sein phasenweise absolviertes Schweigegelübde, wie du gerade persönlich feststellen darfst. Das war die Eintrittskarte zum Traumjob. Offenbar vermuten manche Leute, dass man, wenn man düster genug vor sich hin sinniert, auch gleich eine schöne Seele hat.«

Mit gerunzelter Stirn wandte Leo sich Alexei zu. »Muss ich das verstehen?«

»Joschi meint, dass ich jetzt nicht mehr auf dem Bau schufte, sondern dort drüben.« Alexei zeigte auf die offen stehende Flügeltür, durch die helles Licht einfiel.

Immer noch irritiert, warf Leo einen Blick in den angrenzenden Raum, der eine Art Ballsaal war. Die Wände waren zwar bereits fertig gemalert und das Parkett frisch abgeschliffen, ansonsten stand das weiträumige Zimmer allerdings leer.

»Was kann man denn da drin arbeiten? Staubkörnchen auflesen oder was?«

Als Alexei sie sanft durch die Flügeltür schob, glaubte Leo, frisch geschnittenes Gras zu riechen. Als säße der Duft auf seiner Kleidung oder gar auf seiner Haut. Ein Geruch nach Sommer, Licht und Tagen voller Leichtigkeit. Verblüfft blinzelte sie.

Alexei deutete auf die bodentiefe Fensterfront. »Mein Job ist dort draußen. Im Park.«

»Wow.« Leo war kurz davor, sich die Augen zu reiben. Hinter der Villa erstreckte sich eine verschwenderisch große Rasenfläche, durchsetzt mit Blumenbeeten, eingegrenzt von Hecken und mächtigen Bäumen bis hinab ans Seeufer. Eine Welt aus Blau und Grün.

»Du bist der Gärtner.«

»Nicht wirklich«, sagte Alexei. »Mehr der Bursche, der für die grobe Arbeit zuständig ist: Grünschnitt entsorgen, umgraben, häckseln. Sachen eben, für die man keine Ahnung vom Job haben muss. Der richtige Gärtner ist Viktor Kranz, der hat den Park in den Jahren, in denen die Villa leer stand, so gut es ging instand gehalten. Frag mich nicht, wie er in dieser Zeit über die Runden gekommen ist. Aber jetzt steht er bei deinem Vater im Lohn.«

»Und du mit ihm, du mieser Verräter«, maulte Joschi. »Hast kurzerhand die Seiten gewechselt, ohne einen Gedanken an deinen armen Freund J zu verschwenden.« Zum Trost steckte er sich einen Lolli in den Mund, den er im Vorderfach von Leos Rucksack gefunden hatte.

Alexei stand mit verschränkten Armen vor seinem Freund, sodass Leo die Gelegenheit bekam, ihn einer genaueren Inspektion zu unterziehen. Wieder stachen ihr die Unebenmäßigkeiten in seinem Gesicht, wie die von einer Narbe geteilte Braue, ins Auge. Vermutlich vom Boxen, obwohl der Sport heutzutage eigentlich wenig mit Platzwunden zu tun hatte. Seltsamerweise wirkte Alexei dadurch fast noch attraktiver. Gäbe es diese Brüche nicht, dann wäre er einfach nur ein gut aussehender Typ, der auffallen, aber nicht hervorstechen würde. Doch Alexei stach hervor, das hatte er vom ersten Augenblick an getan.

»Ist der Job als Gärtner denn besser?«, fragte Leo.

Joschi schnaufte. »Logo. Viktor ist cool, während Bender eigentlich nur noch die Peitsche fehlt, um wie der alte Sklaventreiber auszusehen, der er in Wirklichkeit ist. Deinem Vater kann es gar nicht schnell genug gehen, sein Häuschen aufzubrezeln, damit es samt Park in irgend so einer *Schöner Wohnen*-Hochglanz-Zeit-

schrift abgebildet wird. Jedenfalls hat er das Bender gegenüber erwähnt, der sich später darüber ausgeschüttet hat vor Lachen.«
»Deshalb auch der ganze Stress vorn bei der Fassade«, erklärte Alexei. »Dein Vater will die Arbeiten endlich abgeschlossen haben und hat Bender einen Bonus in Aussicht gestellt.«
So viel zum Thema Ruhe, dachte Leo enttäuscht. In Wirklichkeit ging es Clemens in erster Linie darum, seinen Ehrgeiz mit einem perfekt hergerichteten Wochenendhaus zu befriedigen. Bei ihrem Vater lief es halt immer darauf hinaus, sich als erfolgreicher Architekt zu präsentieren.
Während Leo die Freude an der Villa verging, öffnete Alexei eine zwischen den Fenstern eingelassene Tür, so als könne er es gar nicht erwarten, ins Freie zu kommen. Durch die Tür trat man auf eine erhöhte Terrasse, auf der sogar schon ein Tisch samt Stühlen stand. Eine breite Treppe führte hinab in den Garten, der in leuchtenden Farben unter der Mittagssonne lag.
Leo atmete tief ein. Die Luft duftete genau wie Alexei nach frischem Gras und Sonne. Ungläubig blickte sie auf das Bilderbuchparadies, das zwar ein wenig verwildert, aber vielleicht gerade deshalb so wunderschön war.
»Das hier ist der Grund, warum ich es nicht ganz so eilig habe, meine Gitarre wieder auszulösen«, sagte Joschi leise.
»Den Park hat mein Vater mit keinem Wort erwähnt, dabei wäre er *das* Argument gewesen, um mich hierherzulocken.« Leo stockte. »Vermutlich interessiert er Clemens nicht, schließlich besteht der Garten nicht aus Stein oder Beton.«
Alexei lehnte sich gegen die Brüstung, von der die Terrasse umgeben war. »Na ja, der Park interessiert Herrn Kressberg schon, ansonsten hätte ich den Job wohl nicht bekommen.«

»Dann machst du bei diesem Viktor eine Ausbildung zum Gärtner?«
Alexei lachte.
»Oder ist es bloß ein Sommerjob?«, bohrte Leo weiter, obwohl ihr die eigene hartnäckige Neugier inzwischen selbst ein wenig unangenehm war. Falls Alexei jedoch zu der Schar Schwarzarbeiter gehörte, wollte sie das lieber gleich wissen.
»Das ist ja das reinste Verhör«, sagte Alexei.
»Tschuldigung. Ich bin wohl etwas neben der Spur.« Leo massierte sich die Schläfen. »Ich habe eine komplett durchgetaktete Woche mit meiner hyperaktiven Mutter und ihrem neuen Lover hinter mir. Und heute die anstrengende Anreise, zu deren Krönung mein Vater mich nicht wie verabredet am Bahnhof abgeholt hat. Stattdessen musste ich ihm hinterhertelefonieren, nur um mir dann anzuhören, dass er gerade voll im Stress auf irgendeiner Baustelle sonst wo in Deutschland festhängt. Eigentlich ist es so wie immer: Er ist überall, nur nicht da, wo ich bin.« Das kam jetzt vielleicht zu bitter rüber, aber der angestaute Frust musste unbedingt raus.
Alexeis Finger tanzten über die Brüstung, während er Leo plötzlich mit einem anderen Blick bedachte. »Leben deine Eltern getrennt?«
Das war die erste persönliche Frage, die er ihr stellte – und dann gleich zu ihrem Lieblingsthema. Wobei Leo einen Teufel tun und sich das anmerken lassen würde. Vor Joschi wäre das schon gegangen, aber nicht vor Alexei, der selbst ja so gar nichts von sich preisgeben wollte und nur mauerte. Außerdem war ihr plötzlich wichtig, dass er sie nicht für ein einsames Mädchen hielt. So wollte sie auf keinen Fall gesehen werden.

»Meine Eltern sind schon ewig getrennt, deshalb bin ich die letzten Jahre auch auf einem Internat gewesen. Weil es einfacher ist, als sich zwischen zwei Häfen zu zerreißen.« Leo ließ dabei unter den Tisch fallen, dass ihre Eltern kaum die Zeit gehabt hatten, sich um sie zu kümmern. Ihre Mutter Charlotte ging völlig in ihrer Beziehung zu einem französischen Geschäftsmann auf, während ihr Vater Clemens an seine große Liebe, die Architektur, vergeben war. Trotzdem waren sie gute Eltern – und das war es, was aus Leos Sicht zählte.

»Ist mit meinen Eltern ganz ähnlich gewesen«, sagte Joschi, der, von einer inneren Unruhe getrieben, die Treppenstufen hoch- und runterhopste. »War eine einsame Zeit.«

Leo schüttelte hastig den Kopf. »Ich weiß gar nicht, wann ich in den letzten Jahren überhaupt einmal wirklich allein gewesen bin. Im Internat waren immer tausend Leute um mich rum, da wäre es echt ein Traum, allein zu sein. Deshalb bin ich ja auch hierhergekommen: Endlich mal Ruhe.«

»Dann wollen wir dich jetzt auch nicht länger stören.« Mit einer geschmeidigen Bewegung stieß Alexei sich von der Brüstung ab und schnappte sich Joschi, der gerade in Richtung Villa entwischen wollte. »Du kommst zurecht?«, fragte er Leo, obwohl klar war, dass er wegwollte.

»Sicher«, erwiderte Leo notgedrungen.

Alexei blieb mit dem zappelnden Joschi am Haken stehen und betrachtete seine besockten Füße, als liege ihm noch etwas auf der Seele. Dann schlüpfte er jedoch in seine Stiefel, ohne seinen schimpfenden Freund loszulassen. »Viel Spaß beim Ausspannen«, sagte er noch. »Wir machen uns jetzt mal wieder an die Arbeit.«

Mit einem seltsamen Gefühl der Leere sah Leo den beiden Jungen nach, wie sie sich am Fuß der Treppe trennten und Alexei mit langen Schritten den Rasen überquerte, bis er in den Weiten des Parks verschwand. Leo musste sich regelrecht zwingen, ins Haus zu gehen und alle Gedanken an diesen undurchsichtigen Jungen aus ihrem Kopf zu verbannen.
Eine ganze Villa wartete darauf, von ihr erobert zu werden. Allein …

4

Man sah Viktor Kranz jedes einzelne seiner zweiundsiebzig gelebten Jahre an: die hagere Gestalt, der ihre Haut irgendwann zu groß geworden war und nun rundum Falten warf; die Lippen nur zwei dünne Striche, die ihn wie eine Schildkröte aussehen ließen; eine Schildkröte mit einem Riesenzinken als Nase.

Viktor saß auf einem umgedrehten Eimer in der Nachmittagssonne und rauchte eine von seinen selbst gedrehten Zigaretten, die nach verbranntem Unkraut stanken. Kaum hatte er Alexei bemerkt, holte er seinen Tabakbeutel hervor und begann eine Zigarette für den Jungen zu drehen. Eigentlich rauchte Alexei nicht, aber für ihre gemeinsamen Pausen machte er eine Ausnahme. Er ließ sich neben Viktor auf dem Rasen nieder und hatte seine Zigarette schon fast aufgeraucht, als der alte Mann sich schließlich zum Reden bequemte.

»Aufregender Vormittag«, sagte er mit einem harten Akzent, der seine russischen Wurzeln verriet. »Horst Benders Gebrüll war bis hier hinten zu hören. Hat er zufällig in deine Richtung gebrüllt?«

»Er hat in alle möglichen Richtungen gebrüllt.«

Eine Pause entstand, nichts Ungewöhnliches, wenn man mit Viktor zusammensaß. Der alte Mann verschwendete kein Wort freiwillig, sondern wertschätzte Äußerungen wie seltene Blüten.

Sogar wenn er Alexei etwas über das Gärtnern beibrachte, zeigte er es dem Jungen eher oder ließ es ihn selbst herausfinden, anstatt große Reden zu halten.
Alexei lag diese Schweigsamkeit und Ruhe, sie band ihn noch mehr an seinen Job als die Schönheit des Parks. Außerdem hatte er, je länger er mit Viktor zusammenarbeitete, das Gefühl, das Worte im Grunde sowieso nicht wirklich hilfreich waren, um einander zu verstehen. Was man tat oder eben nicht tat – *das* war letztendlich entscheidend. Und Viktor hatte ihm eine Chance gegeben, während Bender in ihm nur einen weiteren Arbeitssklaven gesehen hatte. Wobei er ihn oftmals noch mehr schikaniert hatte als die anderen. Irgendetwas an ihm reizte Bender, vielleicht erahnte er hinter seiner abgerissenen Fassade den Rest von früherem Glanz. Und glänzen durfte man in Benders Nähe nicht, sondern nur buckeln.
Eigentlich war Alexei das alles egal gewesen. Hauptsache, er verdiente genug Geld auf die Hand, um zu überleben. Und wenn es gut lief, dann hatte er so viel zu tun, dass er abends vor Erschöpfung innerhalb einer Sekunde einschlief. Obwohl Bender die Schrauben immer mehr angezogen hatte, hatte Alexei sich nicht ein einziges Mal beschwert. Dann war die Sache am Lagerfeuer passiert, die Bender vorhin erst wieder erwähnt hatte. Es war um die Rumäninnen gegangen, die wegen Arbeit angefragt hatten, und Bender hatte nach ein paar Gläsern Hochprozentigem damit angegeben, dass er jede einzelne dieser Frauen persönlich auf der Besetzungscouch testen würde. Bei den detaillierten Beschreibungen, was genau er mit ihnen anzustellen gedachte, hatte einem schlecht werden können.
»So verzweifelt sahen die Ladys doch gar nicht aus, dass sie auch

nur zwei Sekunden freiwillig auf dieser Couch sitzen bleiben würden«, hatte Alexei schließlich in einer Mischung aus Russisch und Rumänisch gesagt, was ihm jede Menge Lacher und Schulterklopfer unter den Arbeitern eingebracht hatte. Nur Bender hatte darüber nicht lachen können, sondern sich angriffslustig vor Alexei aufgebaut.

»Was willst du damit sagen? Dass ich keinen Schlag bei den Weibern habe?«

Alexei hatte ihn nur angesehen, was Benders Ansicht nach Antwort genug war. Ohne Vorwarnung hatte er das Bein gehoben, und sein schwerer Stiefel wäre bestimmt in Alexeis Gesicht gelandet, wenn dieser nicht so geistesgegenwärtig aufgesprungen wäre. Im Gegensatz zu Bender hatte er keinen Schluck von dem Selbstgebrannten angerührt und wehrte den folgenden Schwinger ebenfalls problemlos ab.

»Den einen hattest du gut, aber wenn du es noch mal probierst, schlage ich zurück«, hatte Alexei den vor Wut schnaufenden Mann gewarnt.

Wenn Raddatz, Benders rechte Hand, nicht dazwischengegangen wäre, hätte Alexei nicht gewusst, wie der Streit ausgegangen wäre. Schlicht aus dem Grund, dass er sich kaum erinnern konnte. So lief es bei ihm, wenn die Wut die Kontrolle übernahm. Sie schob jede andere Empfindung und erst recht jeden klaren Gedanken beiseite. Er hatte geradezu gehofft, dass Bender es drauf ankommen ließ. Auch heute wäre es fast wieder so weit gewesen, wenn Leo ihn nicht in letzter Sekunde … Ja, was eigentlich? Berührt hätte? Genau das hatte sie getan – und er hatte darauf reagiert. Verdammt heftig sogar.

Darüber wollte Alexei jetzt lieber nicht nachdenken, vor allem da Viktor neben ihm saß und ihn aus den Augenwinkeln beobachtete, während er zwischen den Zigarettenpausen seine Fingernägel mit einem Taschenmesser säuberte.

Unter Benders Kommando war Alexeis blinde und taube Zeit gewesen, von dem einen oder anderen Wutausbruch einmal abgesehen. Erst unter Viktors stiller Obhut war er langsam wieder zu sich gekommen, obwohl auch über seiner ersten Woche als Gärtnergehilfe ein dichter Nebel lag. Nur der bittere Geschmack von Tabak in seinem Mund und das wohlige Gefühl, seine Hände in Blattwerk und nicht in Bauschutt zu vergraben, waren ihm in Erinnerung geblieben. Eines Tages hatte er sich dann plötzlich bis zu den Knöcheln in umgegrabener Erde wiedergefunden, während Viktor Wurzelknollen in die Löcher gesetzt hatte.

»Das sind Dahlien«, hatte der alte Gärtner erklärt, nachdem ihm Alexeis fragender Blick aufgefallen war. »Eigentlich ist es noch zu früh, sie zu setzen, aber das Frühjahr meint es in diesem Jahr gut mit uns. Wenn mein Instinkt mich nicht täuscht, erwartet uns ein herrlicher Sommer.«

»Dahlien« war das erste Wort, das seit langer Zeit wieder in Alexeis Bewusstsein hängen geblieben war. Im Lauf der nächsten Wochen waren noch jede Menge mehr hinzugekommen – und sie hatten alle mit dem Park hinter der Villa zu tun. Anstatt verschimmelte Wandverkleidungen runterzureißen oder Bodenfliesen zu schleppen, bis seine überanstrengten Rückenmuskeln streikten, stand er seitdem unter freiem Himmel und half dabei, eine Meer aus Rasengrün, Heckenspiel und Blütenpracht zu erschaffen. Benders Gebrüll und Drohgebärden wurden abgelöst von Pausen mit selbst gedrehten Zigaretten und angenehmem Schweigen. Der alte Gärtner hatte ihn aus einem unerfindlichen

Grund in Beschlag genommen, und der sonst so herrische Bender, der über seiner Arbeiterschar wie ein Drache über einem Schatz wachte, hatte nichts dagegen unternommen. Vermutlich hatte ihm noch das Kräftemessen mit Alexei in den Knochen gesteckt, oder er hatte in Viktor Kranz einen Gegner gefunden, den er nicht mit seinem üblichen Gehabe hatte beeindrucken können. Eigentlich brauchte Alexei es auch gar nicht so genau zu wissen, schließlich wollte er keine schlafenden Hunde wecken. Im Gegenzug stellte Viktor ihm auch keine Fragen. Normalerweise jedenfalls nicht.

»Die Kleine ist ein hübsches Mädchen, was?« Der alte Mann blinzelte verschwörerisch.

Alexei sah den Rauchschwaden nach.

»So hübsch sogar, dass es dir die Sprache verschlagen hat?« Falls Viktor sich darauf ernsthaft eine Antwort erhoffte, wartete er vergebens.

Alexei stand auf und schlug sich den Staub von seiner ohnehin verdreckten Hose. »Radu ist vom Gerüst gefallen und hat sich verletzt, daher das Geschrei. Bestimmt hat Bender ihn bereits abgeschoben, einen nutzlosen Esser kann er nicht gebrauchen.«

»Das ist schade für Radu, aber was geht dich das an? Oder willst du deinen Hahnenkampf mit Bender nun doch noch austragen, obwohl dieser Mann bestimmt nicht fair kämpft?«

Noch eine Frage, die Alexei wohlweislich überhörte. »Dieses verdammte Wackelgerüst vor der Villa. Wenn Bender nicht an allen Ecken und Enden sparen würde, wäre der Mist gar nicht erst passiert, und Leo wäre nicht so mit ihm aneinandergeraten, dass ich schon dachte, der Choleriker geht gleich auf sie los.«

Viktor nickte. »Jetzt begreife ich. Das hübsche Mädchen hat sich mit dem Ungeheuer Bender gestritten, woraufhin der sonst so abwesend wirkende Alexei aus seinem Dornröschenschlaf erwacht ist. Und das ganz ohne Kuss.« Der alte Mann lachte glucksend über seinen eigenen Witz.

Zum ersten Mal fragte sich Alexei, was der Gärtner wohl wirklich über ihn dachte. Genau genommen wollte er bloß schleunigst weg, ehe Viktor ihm noch richtig auf den Zahn zu fühlen begann.

»Radus Familie hat sich gerade erst ein Stück Land gekauft. Er kann es sich nicht leisten, ohne eine Entschädigung einfach so von Bender entlassen zu werden.«

»Er wäre nicht der Erste, der mit leeren Händen gehen muss«, gab Viktor zu bedenken.

Ja, aber der Erste, bei dem ich es mitbekommen habe, dachte Alexei. Kälte breitete sich in seiner Brust aus, ein vertrautes Gefühl, dem er sonst immer zu entkommen versuchte. Aber vielleicht war es jetzt langsam an der Zeit, sich diesem nagenden Schuldgefühl zu stellen. Er hatte sich schließlich lange genug versteckt.

»Radu hat es nicht verdient, so behandelt zu werden«, entschied Alexei. »Seine Familie hat es nicht verdient …«

Viktor kratzte sich an seiner imposanten Nase. »Du hast also vor, den edlen Rächer zu geben. Was soll ich dazu sagen … Es ist auf jeden Fall die beste Taktik, um eine Dame zu beeindrucken.«

Alexei biss die Zähne fest zusammen, während er dem alten Mann zum Abschied zunickte, um dann schnell den Kiesweg in Richtung Villa einzuschlagen. Falls sie Radu schon zu den

Wohnbaracken hinter dem alten Bahnhof gebracht hatten, würde er sich beeilen müssen. Mit dem Fahrrad dauerte es eine Weile bis dorthin, weil er einen Umweg um den Wald fahren musste. Denn den würde er nicht einmal dann freiwillig durchqueren, wenn sein Leben davon abhing.

5

Die Abenddämmerung brach schneller herein, als Leo erwartet hatte. Eben war sie noch durch die sonnigen Zimmerfluchten der Villa gestromert und hatte die brandneue Dusche ausgiebig eingeweiht. Als sie jedoch zum Anziehen in ihr Zimmer huschte, legte sich bereits ein Grauschleier über das Nachmittagslicht, und jetzt stand sie in der Küche und blickte in den abendlichen Garten hinaus. Seufzend schüttelte sie einen Anflug von Melancholie ab und versuchte stattdessen, ein Essen aus dem Kühlschrankinhalt zusammenzubekommen. Die Batterie grüner Smoothies, auf die ihr Vater offenbar schwor, war bereits abgelaufen, genauso wie die Mandelmilch, mit der sie eh nichts anzufangen wusste. Es lag noch ein Stück Quiche im Gemüsefach, aber sie hatte keine Lust, den Speck herauszupulen.
»Also der Klassiker: Nudeln mit Olivenöl.«
Während der Herd summte und Leo Knoblauch schälte, war noch alles in Ordnung. Doch als das Essen fertig war und sie ganz allein an dem wuchtigen Eichenholztisch saß, an dem locker eine Großfamilie Platz gefunden hätte, zog sich ihr Magen zusammen.
Wann war sie das letzte Mal so verflucht allein gewesen?
Vielleicht sollte sie sich nach dem Essen einfach ins Bett legen und so lange lesen, bis ihr die Augen von allein zufielen. Und dabei am besten auch noch Musik hören, damit sie gar nicht erst

mitbekam, wie ruhig es in diesem Haus war. Nicht dass sie sich Sorgen machte, ausgerechnet heute Nacht könnte jemand einen Einbruch wagen. Es war vielmehr … die Villa war leer, unbewohnt, fremd. Ihr Vater hatte zwar schon ein paar Nächte hier verbracht, aber davon war nichts zu spüren. Die Möbel rochen fabrikfrisch, genau wie die Handtücher und die Bettwäsche, es gab keinen liebevoll hingestellten Krimskrams und schon gar keine persönliche Note. Das reinste Ausstellungsgelände. Nur dass Leo eben keine Schaufensterpuppe war.

Lieber nicht groß darüber nachdenken, beschloss sie und kämpfte gegen den Blues an.

Ohne großen Erfolg.

Als sie die Essensreste in den Kühlschrank räumte, nahm sie eine der Weißweinflaschen und hielt sie abwägend in der Hand. Eine zwölfprozentige Chance, dem Abend noch einen Anstrich von Gemütlichkeit zu verleihen.

Am Küchentisch trank Leo das erste Glas, was ihr ein wenig wie das Runterschlucken von Medizin vorkam. Während der trockene Wein ihre Speiseröhre entlangkratzte, warf sie zum gefühlten tausendsten Mal einen Blick auf ihr Handy. Tot, absolut tot. Falls irgendwer dort draußen gerade an sie dachte, bekam sie davon ums Verrecken nichts mit. Warum hatte ihr Vater diese katastrophale Netzlosigkeit am See eigentlich mit keiner Silbe erwähnt? Wenn sie das gewusst hätte, hätte sie die Nacht in seiner Berlin-Mitte-Wohnung verbracht. Die war zwar auch groß und hatte eine Aura des Unbewohnten, weil ihr Vater immer unterwegs war, aber wenigstens konnte man sich die Welt an den Küchentisch einladen.

Mit dem zweiten Glas in der Hand und schon etwas angeschickert, schlug Leo den Weg ins Obergeschoss ein. Allerdings bog sie nicht in das Zimmer ab, das ihr Vater für sie vorgesehen hatte. Clemens hatte es mit Möbeln eingerichtet, die er vermutlich für ihren Geschmack hielt. Zweifelsohne hatte er keine Ahnung, was sie mochte, ansonsten wäre die Einrichtung kaum so stylish-unterkühlt ausgefallen, sondern gemütlich und warm. Nein, in diesem Zimmer, das offenbar für eine andere Tochter als sie vorgesehen war, wollte sie jetzt nicht sein.

Leos Hand wanderte zum Knauf einer Tür, hinter der ein kleines, noch leer stehendes Zimmer lag. Sie hatte es zuvor bei ihrer Besichtigungstour entdeckt. Seinem ungünstigen Schnitt nach war es gut möglich, dass es in früheren Zeiten für das Personal vorgesehen gewesen war. Aber es hatte einen unübersehbaren Vorteil, der Leo magisch anzog: die Aussicht. Mit dem Weinglas in der Hand setzte sie sich auf die breite Fensterbank, auf der man es sich gemütlich machen und in den Park hinabblicken konnte.

Wolkenschlieren zogen über den Nachthimmel, ließen einzelne Sterne aufblitzen und warfen wandernde Schatten auf das Meer von Baumkronen. Wie eine samtige Decke entrollte sich der Rasen und fiel dann ab zum See, der, eingerahmt von schwarzen Baumriesen, wie ein Spiegel dalag. In den Beeten zu beiden Seiten schimmerten weiße Rosen, und der Duft von Lavendel lag in der leicht bewegten Luft.

Ganz versunken in die Aussicht nippte Leo am Wein, als plötzlich eine dunkel gekleidete Gestalt zwischen zwei Säulen aus Rotbuchen hervortrat. Nur ihre Umrisse waren zu erkennen, trotzdem begriff Leo sofort, wer dort unten spazieren ging. Sie war Alexei zwar erst einmal begegnet, aber seine Erscheinung hatte sich ihr fest eingeprägt. Im Geist verlieh sie seinen rausgewachsenen Locken einen goldbraunen Anstrich und den Augen dieses klare Blau, das sie gleich von Anfang an so fasziniert hatte. Immer weitere Details gesellten sich hinzu, bis sie selbst erstaunt war, wie gut sie sich den Jungen gemerkt hatte. Hastig trank sie das Glas leer, und der Wein dämpfte augenblicklich ihre Verlegenheit.

Nun überquerte Alexei den Rasen, und Leo erkannte, dass er nicht einfach nur umherschlenderte, sondern etwas im Arm trug. Ein Paket oder Ähnliches. Er legte es sorgsam ab, dann ging er neben einem der Beete in die Hocke, als wolle er Blumen pflücken.

Leo löste eine Haarsträhne aus ihrem Zopf und kaute nachdenklich auf dem Ende herum, bis ihr auffiel, was sie tat. Das letzte Mal an Haaren herumgekaut hatte sie gefühlt in der Grundschule. Allem Anschein nach war sie angetrunkener, als sie dachte.

Plötzlich richtete Alexei sich wieder auf – und Leo mit ihm. Sie sprang regelrecht von der Fensterbank auf, und ehe sie sichs versah, lief sie auch schon die Treppe hinunter, durch den großen Saal hinaus auf die Terrasse.

Die warme Sommernacht umfing sie. Was gab es da Natürlicheres, als im Garten spazieren zu gehen? Und sich zufällig zu begegnen? »Hallo … Ist die Nacht nicht wunderschön?«, hörte sie sich Alexei schon als Begrüßung zurufen. Ein magischer Moment, ganz unwirklich im Schatten des Parks …

Doch dazu kam es nicht.

Als Leo die Beete erreichte, war von Alexei nichts mehr zu sehen. Enttäuscht drehte sie sich um und erhaschte noch einen

Blick darauf, wie er sich seitlich des Parks zwischen die Hecken schlug. Obwohl sie sich albern vorkam, lief sie ihm nach, um dann abrupt stehen zu bleiben, als sie Schritte auf dem Kiesweg neben sich hörte. Sie verbarg sich gerade noch rechtzeitig zwischen den Buchensäulen, als eine junge Frau vortrat. Nicht viel älter als Leo, soweit man das auf diese Entfernung beurteilen konnte. Ihr Haar floss wie dunkle Seide über ihre Schultern, und ein knappes Sommerkleid betonte ihre schlanken Arme und Beine. Eine wunderschöne Waldfee, die im nächsten Moment auch schon den gleichen Weg einschlug wie zuvor Alexei.
Deshalb hat er am Beet gekniet, begriff Leo. Er hat noch schnell ein paar Blumen für sein Rendezvous gepflückt.
Die Nacht war wirklich wunderschön, allerdings für eine andere, die ihm unter dem Sternenhimmel begegnen würde.

*

Leo wachte durch ein dumpfes Pochen in ihrer Schläfe auf. Ihr ganzer Körper schmerzte, als sie sich benommen aufsetzte.
»Echt jetzt?«, flüsterte sie, als sie auf den nächtlichen See anstelle einer Zimmerwand blickte.
Dann kehrte die Erinnerung zurück: Wie das große Elend sie überkommen hatte, als ihr klar wurde, dass sich nur wenige Meter von ihr entfernt zwei Menschen nahekamen, während sie mutterseelenallein im Park herumstand. Es war ein harter Moment gewesen, als nicht nur die volle Wucht der Einsamkeit sie getroffen, sondern sie auch noch eine komplett verrückte Trauer überkommen hatte, weil Alexei anscheinend schon jemanden gefunden hatte, um diesen Sommer unvergesslich zu machen.

Zu ihrer Enttäuschung hatte sich dann auch noch das brennende Schamgefühl dazugesellt, vor lauter Schwärmerei die Augen vor der Realität verschlossen zu haben. Alexeis Unnahbarkeit war echt gewesen, schlicht aus dem Grund, weil er bereits vergeben war. Wie gut, dass sie keine Chance bekommen hatte, sich ihm mit einer halben Flasche Wein im Blut an den Hals zu werfen.
Derart auf den Boden der Tatsachen zurückgebracht, hatte Leo sich am Seeufer wiedergefunden, das Kinn auf den angewinkelten Knien, mit dem Rücken an einem Findling lehnend. Fledermäuse waren über dem Wasserspiegel auf Jagd gewesen, und der Wind hatte Schilf und Laub rauschen lassen. Ob es der Wein oder der anstrengende Tag gewesen war, ließ sich nicht mehr eindeutig sagen, jedenfalls war sie eingeschlafen und irgendwann wohl zur Seite gekippt, wie ihr schmerzender Kopf verriet.
Der Blick zum Himmel sagte Leo leider nicht, wie lange sie schon am Ufer lag. Allerdings hatte sich der Wolkenschleier inzwischen verflüchtigt, und auch von den Fledermäusen war keine Spur mehr zu entdecken. Es schien, als habe der Wind sie mitgenommen, wohin auch immer er verschwunden war.
Mit steifen Gliedern setzte Leo sich auf.
Der See lag wie blank poliert da. Geradezu einladend.
Schlagartig verpuffte ihre Müdigkeit. Sie schlüpfte aus ihren Sandalen und tippte mit den Zehen ins Wasser. Konzentrische Kreise breiteten sich auf dem silbrigen Spiegel aus. Fein gezeichnete, schwarze Ringe. Fasziniert tauchte Leo den Fuß ein. Kaltes Nass, viel kühler als erwartet – und doch … Das Prickeln, das es auslöste, war tatsächlich einladend. Wie würde es sein, wenn man ganz eintauchte, mit Haut und Haaren sozusagen?

Leo langte nach dem Saum ihres Kleides, als jemand hinter ihr hustete. Wie gestochen wirbelte sie herum. Nur ein paar Schritte von ihr entfernt stand Alexei, mit verschwitzt zurückgestrichenen Haaren und dem T-Shirt bereits in der Hand.

»Genau das hatte ich auch gerade vor«, erklärte er mit einem breiten Grinsen.

»Dich auszuziehen?«, fragte Leo verwirrt.

»Schwimmen zu gehen.«

Vermutlich wäre es klug gewesen, erst einmal durchzuatmen, doch dafür war Leo inzwischen viel zu überspannt. »Und wo ist deine Begleitung abgeblieben?«, fragte sie. »Die kann doch ganz bestimmt auch eine Abkühlung gebrauchen.«

»Joschi ist schon vor Stunden weg.«

»Ich rede ja auch nicht von deinem Kumpel, sondern von der Waldfee, die ich im Park gesehen habe. Auf dem Weg zu dir.«

Die einzige Reaktion von Alexei bestand darin, ein Grinsen zu unterdrücken. Als hätte er es mit einer Verrückten zu tun, die er auf keinen Fall gegen sich aufbringen wollte. »Hast du auf dem Weg zum See vielleicht irgendwelche Beeren oder Pilze probiert? Ein paar davon sind nämlich halluzinogen.«

»Du kannst ruhig dazu stehen, dass deine Fee keine Lust auf ein nächtliches Bad mit dir hatte«, versuchte Leo Alexei zum Sprechen zu bringen. Was ihr auch gelang, jedoch nicht wie erhofft.

»Mal davon abgesehen, dass ich dir keine Rechenschaft schuldig bin, weiß ich wirklich nichts über irgendwelche Feen.« Trotz der klaren Ansage funkelten Alexeis Augen belustigt. »Mir ist bislang nur eine leicht zerknittert aussehende Nymphe mit ziemlich schlechter Laune begegnet.«

Hatte er sie eben als Nymphe bezeichnet? Leo zwang sich, das aufgescheuchte Flattern in ihrem Bauch zu ignorieren, wodurch es sich prompt noch nervöser aufführte. »Und was bitte schön machst du dann hier mitten in der Nacht?«

Alexeis Lachen war kaum zu hören, so leise war es. »Bei Leo Kressberg gibt es immer noch eine Frage, was? Aber gut: Ich musste heute Abend noch was im Garten erledigen. Und da ich keine Dusche habe, sondern nur den Gartenschlauch ...« Er hielt inne und zog eine dunkle Augenbraue hoch.

Ertappt stellte Leo fest, dass sie an einer Haarsträhne knabberte. Schon zum zweiten Mal an diesem Tag. Wie alt war sie noch mal?

»Ist bei dir eigentlich alles okay?«, fragte Alexei und trat auf sie zu. »Du wirkst etwas neben der Spur.«

Komm noch ein wenig näher, und dann kannst du mal sehen, wie verrückt ich mich wirklich aufführen kann. Leo hielt die Luft an, unsicher, ob sie das eben möglicherweise laut gesagt hatte. Aber Alexei blickte sie immer noch abwartend an. »Ich habe ein Glas Wein zu viel getrunken und bin dann am Ufer eingeschlafen«, gestand sie. »Eine echt seltsame Nacht bislang.«

Inzwischen stand Alexei nur noch eine Armlänge von ihr entfernt, und sie glaubte, das hitzige Flimmern seiner Körperwärme zu spüren. Zu nah, schrillte es in ihrem Kopf. Nicht nah genug, hielt eine andere, viel überzeugendere Stimme dagegen.

»Dann wäre es vielleicht nicht verkehrt, ins Bett zu gehen«, sagte Alexei. »Oder du kommst mit ins Wasser. Danach ist dein Kopf bestimmt wieder klar.«

»Da bin ich mir nicht so sicher«, murmelte Leo, als er aus Stiefeln und Hosen schlüpfte.

Alexeis Lachen traf sie bis in die feinsten Fasern ihres Körpers. Was immer er in den letzten Stunden getan hatte, seine Stimmung war wolkenlos wie der Himmel über ihnen. Achtlos ließ er seine Kleidung auf dem Ufergeröll liegen, warf Leo noch einen Blick zu und stieg dann in den See.
Sie beobachtete, wie seine Schultern ins gebrochen glitzernde Wasser eintauchten. Dann streifte sie ihr Kleid ab und folgte ihm.

Das Wasser war genauso kühl und belebend, wie Leo es sich ausgemalt hatte. Es spülte ihre Bedenken fort wie auch ihre Benommenheit. Trotzdem brauchte sie einen Augenblick, um Arme und Beine zu sortieren, ehe sie zu Alexei aufholte, der bereits mit kräftigen Zügen auf die Mitte des Sees zuhielt. Dort drehte er sich auf den Rücken und ließ sich treiben, den Blick nach oben gerichtet.
Bei Tageslicht, wenn die Sonnenstrahlen auf dem See tanzten, wäre Leo unter ihm durchgetaucht, elegant wie ein Delfin. Und als Belohnung hätte er dann so gelacht wie eben, leise und elektrisierend. Nur war es Nacht, und sie wagte es nicht, in die schwarze Tiefe einzudringen. Also zog sie Kreise um Alexei und genoss das Gefühl, wie ihr Körper die Fluten teilte.
»Ich kann nicht begreifen, dass wir ganz allein am See sind«, sagte sie. »Es ist so unglaublich schön hier.«
Zuerst sah es so aus, als sei Alexei zu sehr in den Sternenhimmel versunken, um zu reagieren. Doch dann lächelte er. »Und bis eben war es auch noch so herrlich still.«
Leo verpasste seiner Hüfte einen Stoß, sodass er mit den Armen rudern musste, um nicht das Gleichgewicht zu verlieren. Ge-

schmeidig drehte er sich um die eigene Achse und schwamm neben ihr her.

»Du bist ganz schön tough für ein Mädchen, das eben noch behauptet hat, Feen zu sehen.«

Leo trat Wasser auf der Stelle und musterte Alexei herausfordernd. »Wovor sollte ich mich denn fürchten? Dass du mich wie der Weiße Hai unter Wasser ziehst?«

»Zum Beispiel.«

»Sorry, aber ich befürchte, du überschätzt dich«, sagte Leo, obwohl ihr das Herz bis zum Hals schlug, als Alexei langsam auf sie zuhielt. »Du bist nicht halb so gefährlich, wie du dir vorkommst.«

Jetzt war es Alexei, der sie umkreiste, die Strömung geschickt ausnutzend. »Worüber hast du vorhin am Ufer eigentlich nachgedacht? Ich meine, bevor du dich entschlossen hast, schwimmen zu gehen?«

»Du hast mich beobachtet? Also echt.«

»Nur einen Moment lang. Ich habe dich nämlich erst bemerkt, als ich schon fast in dich reingelaufen war. Und dann standst du so verträumt in der Landschaft, da wollte ich nicht stören.«

»Also hast du lieber abgewartet, bis ich fast einen kleinen Privatstrip hingelegt hätte.«

»Privatstrip und Blümchenunterwäsche passen nicht wirklich zusammen«, gab Alexei zu bedenken.

»Das nächste Mal trage ich auch etwas Schwarzes, so wie du. Versprochen.« Leo schnipste eine Ladung Wasser in Richtung seines Gesichts, doch sein amüsierter Ausdruck blieb.

»Damit wären wir quitt«, erklärte Alexei.

Mittlerweile trat er ebenfalls auf der Stelle, nicht mehr als eine

Armlänge von ihr entfernt. Oder weniger. Denn sie konnte sehen, wie das Wasser silbrige Spuren auf seinen Wangen hinterließ. Es kribbelte in ihren Fingerspitzen, den Verlauf der Tropfen nachzuzeichnen.

»Also, was war es?«

»Was war was?« Leo blinzelte, um den Bann zu brechen, dann erwiderte sie seinen Blick. Wodurch es jedoch nicht leichter wurde. Hinter ihrer Stirn breitete sich eine Art von Benommenheit aus, die nichts mit Wein und Müdigkeit zu tun hatte. Denn sie fühlte sich gleichzeitig unfassbar wach und lebendig – was allerdings daran lag, dass die Strömung des Sees Alexei auf sie zutrieb. Das Wasser, das seine Beine aufwühlten, drängte gegen sie, so dicht war er bei ihr.

Falls Alexei es ebenfalls bemerkte, ließ er sich davon nicht ablenken. »Ich bin halt neugierig, was dir durch den Kopf gegangen ist, als du am Ufer gestanden hast.«

»Oh«, sagte Leo. »Das meinst du.«

Wenn Alexei versucht hätte, sie zu küssen, wäre es nicht halb so intim gewesen wie diese Frage. Leo horchte in sich hinein, ob sie bereit war, diesen besonderen Augenblick mit einem an für sich Fremden zu teilen. Doch zu ihrer Überraschung verspürte sie nicht das Bedürfnis, sich zu schützen oder irgendwie zu verbergen. Ganz im Gegenteil, es durchströmte sie ein warmes Gefühl, dass es ihm überhaupt aufgefallen war.

»Es ist schwierig zu erklären … Ich habe versucht, mir vorzustellen, wie es wäre, ins Wasser einzutauchen. Nicht nur kurz untertauchen, sondern richtig in die Tiefe vorzudringen. Bis man ganz schwerelos und verloren ist. Dieses Gefühl … ich wollte es kennenlernen.«

Etwas in Alexeis Gesicht verriet ihr, dass er genau verstand, was sie nur ungeschickt in Worte fassen konnte. »Und? Warum tust du es dann nicht?«

»Weil ich mich fürchte«, gab Leo zu.

»Falls du es trotzdem tun willst …« Alexei streckte ihr eine nass schimmernde Hand entgegen.

Leo starrte sie an, unsicher, ob Angst oder Neugierde überwog. Dann nahm sie seine Hand und ließ sich sinken.

Über ihr schlugen die Wellen zu, das Gefühl von tausend Nadelstichen brandete über Nacken und Kopfhaut, und trotz ihrer geöffneten Augen sah sie nur Schwärze. Nein, nicht ganz. Vor ihr leuchtete ein helles Oval auf, Alexeis Gesicht. Nur für einen Herzschlag, dann war es auch schon verschwunden. Trotzdem vergaß sie, dass ihre Füße vergeblich nach Grund suchten und eine panische Stimme in ihrem Inneren sie darauf hinwies, dass sie sich in dieser dunklen Weite nicht sicher sein konnte, wo genau sich die Oberfläche befand. Irgendwann meldeten sich die Lungen, doch als sie wieder auftauchen wollte, legte ihr Alexei einen Arm um die Schultern und zog sie tiefer mit sich hinab. Das Schlagen ihres Herzens dröhnte ihr wie Donnerhall in den Ohren, und die Angst zündete ein Feuer in ihrer Brust, schmerzhafter als das Verlangen nach der dringend benötigten Atemluft. Trotzdem wand sie sich nicht aus seiner Umarmung, sondern ließ sich mit ihm sinken, denn es fühlte sich so viel besser und richtiger an, als allein aufzusteigen.

6

Es dämmerte bereits, als Leo das Bettgestell in die Kammer mit dem Blick zum Park schob. Nur verkantete sich prompt ein Bein an der Türschwelle, und Leo musste keuchend eine Pause einlegen.

Am Freitagmorgen hatte ein leichter, aber trotzdem beharrlicher Sommerregen eingesetzt. Also hatte Leo den Spaziergang ins nächste Dorf gestrichen und stattdessen den Vormittag lesend im Haus verbracht. Von Alexei und dem ominösen Viktor hatte sie lediglich Silhouetten gesehen, da die Tropfen sich zu einem nebligen Schleier verwoben. Ohnehin kam ihr Alexei wie in die Ferne gerückt vor – seitdem sie letzte Nacht aus dem See gestiegen waren, war er wie ausgetauscht gewesen. Während ihr das gemeinsame Tauchen zwar eine Gänsehaut, aber auch ein überwältigendes Glücksgefühl beschert hatte, war er mit verschlossenem Gesicht und noch verschlossenerem Mund aufgetaucht. Leo war nichts anderes übrig geblieben, als ihm ein »Bye« nachzurufen, nachdem er sich im Park lediglich mit einem Kopfnicken von ihr verabschiedet hatte.

Irgendwann gegen Nachmittag hatte Leo dann beschlossen, mit Sack und Pack umzuziehen. Action war ein erprobtes Heilmittel gegen Grübeleien, die zu nichts führten. Außerdem fühlte sie sich in dem Zimmer, das ihr Vater für sie vorgesehen hatte, nicht wohl. Sicher, es war eines der schönsten Zimmer, sogar

mit einem eigenen Balkon. Unter anderen Umständen wäre das bestimmt der Hit gewesen, nur brachte ihr dieser von einem Baugerüst eingezäunte Balkon immer wieder Bilder von fallenden Menschen in Erinnerung.
Ständig glaubte sie für einen Sekundenbruchteil zu sehen, wie jemand in eine bodenlose Tiefe stürzte.
Wieder.
Immer wieder.
Sie meinte sogar, einen erstickten Schrei hören zu können. So lange, bis sie das Gefühl hatte, der Schrei reiße gar nicht mehr ab, sondern habe sich in ihr eingenistet.
Also hatte Leo ihre Lethargie abgeschüttelt und beschlossen, samt der nötigsten Möbel in das leere Zimmer überzusiedeln, dessen Fenster zum Garten hinausgingen. Das hatte so weit auch geklappt, nur das Bett machte jetzt Probleme.
Nicht bereit, aufzugeben, konzentrierte Leo sich auf die Kraft in ihren Armen, obwohl sich ihre Glieder schon den ganzen Tag lang bleischwer anfühlten. Trotzdem wollte sie das Bettgestell gerade hochstemmen, als ihr Vater aus der Eingangshalle ihren Namen rief.
»Leonie, bist du da?«
Die Stimme ihres Vaters hallte aus der Eingangshalle ins Obergeschoss.
»Ja, bin ich. Und ich kann Hilfe gebrauchen!«
Einen Augenblick später kam Clemens die Treppe hoch, ein breites Lächeln im Gesicht und einen Strauß weißer Callas in der Hand, der Lieblingsblume ihrer Mutter Charlotte und somit – zumindest Clemens' Logik nach – auch Leos, selbst wenn sie die Dinger eher für den idealen Grabschmuck hielt.

Als Clemens das feststeckende Bettgestell bemerkte, bröckelte sein Lächeln. »Was machst du denn im Abstellraum? Ich habe das Zimmer mit dem Balkon für dich vorgesehen, da stehen doch auch schon die passenden Möbel drin.« Er spähte über das Bettgestell und entdeckte die Kommode und den Lesesessel, die Leo bereits rübergebracht hatte. »Zumindest standen sie dort. Warum spielst du denn hier den Möbelschlepper, Süße?«

Leo schnupperte an den Callas, die nach nichts dufteten und irgendwie nach Kunststoff aussahen, und legte sie auf die Kommode.

»Ich wollte lieber ein Zimmer, das zum Garten rausgeht. Und da gibt es halt neben dem Bad und deinem Reich nur noch dieses hier.«

Das andere Zimmer mit Gartenblick hatte nämlich ihr Vater für sich in Anspruch genommen, was auch völlig okay war. Schließlich würde er seine künftigen Wochenenden am See verbringen, während Leo zum neuen Schuljahr auf Spiekeroog an der Nordsee festsaß und nur gelegentlich zu Gast sein würde.

»Wenn dir die Aussicht so wichtig ist, dann bekommst du halt meins«, schlug Clemens großzügig vor. »Ich dachte immer, du hättest es mehr mit Dünen als mit Gärten.«

Leo setzte ein Pokerface auf. »Kommt vermutlich auf den Garten an.« Unauffällig trat sie von einem Fuß auf den anderen. Wenn ihr Vater zu überlegen anfing, was es von dem Zimmer aus außer gepflegten Rabatten noch zu sehen gab …

»Wie du meinst.« Clemens verlor jedoch bereits das Interesse an dem Thema. »Gleich nach dem Wochenende sage ich den Arbeitern Bescheid, dass sie die Möbel austauschen sollen.«

»Danke, ist schon okay so. Die Kammer ist zwar klein, gefällt mir aber trotzdem.« Leo wischte sich eine verschwitzte Haarsträhne aus dem Gesicht. In Gesellschaft ihres Vaters, der immer wie aus dem Ei gepellt aussah, kam sie sich plötzlich verlottert vor und so gar nicht Kressberg-mäßig.

»Pack doch bitte mal mit an, allein bekomme ich das Bett nicht über die Türschwelle gewuppt.«

Überraschend umständlich fasste Clemens das Bettgestell an, und mit einem Ruck hatten sie es befreit. Dann manövrierte Leo das Bett zu dem Fenster, unter dem sie es stehen haben wollte. Nicht, dass es allzu viele Möglichkeiten in der Kammer gegeben hätte.

»Über die Zimmerverteilung reden wir später noch einmal«, sagte Clemens mit gerunzelter Stirn. »Aber jetzt lass dich erst einmal richtig begrüßen!« Er schloss Leo in die Arme und gab ihr einen Kuss auf die Stirn. »Es tut mir leid, dass du so lange auf mich warten musstest. Ich mache das wieder gut und lade dich zum Essen ein, ja?«

Augenblicklich löste sich das bleierne Gefühl, das sie den Tag über niedergedrückt hatte, in Luft auf. »Prima Idee! Mittlerweile ist der Kühlschrank nämlich leer bis auf zwei Weißweinflaschen. Die halbe Quiche, die ich im hintersten Winkel gefunden habe, ist bereits als Mittagessen draufgegangen.«

Prompt schaute Clemens verlegen drein. »Das mit dem Einkaufen hatte ich komplett vergessen, sorry. Aber sag mal, die Quiche … ist die tatsächlich noch gut gewesen?«

Die Frage gefiel Leo gar nicht. »Wieso? Wie alt war die denn?«

»Vom letzten Wochenende. Wenn du allerdings noch nicht spuckend über der Keramik hängst, wird schon alles in Ordnung gewesen sein.« Clemens legte ihr einen Arm um die Schultern

und drückte herzlich zu. »Als Entschädigung fahre ich gleich morgen früh los und kaufe den halben Supermarkt leer, bevor du überhaupt aufwachst. Versprochen.«
Obwohl die warme Berührung ihres Vaters sich verdammt gut anfühlte, entwand sich Leo seinem Griff. »Da wäre noch eine Sache, bevor wir aufbrechen. Als ich gestern angekommen bin, ist einer der Arbeiter vom Baugerüst gefallen und hat sich verletzt. Dein Bauleiter hat sich allerdings geweigert, einen Krankenwagen zu rufen.«
Das Lächeln auf Clemens' Gesicht entgleiste kurz. Dann war es auch schon wieder da, wenn auch ein wenig schief. »Der Bauleiter Horst Bender ist ein erfahrener Mann. Wenn der meinte, es ginge auch ohne medizinische Betreuung, wird es wohl stimmen. Bestimmt hast du dich bloß erschreckt.«
»Dein ach so toller Bauleiter hat sich die Verletzung nicht einmal angesehen, für den stand von vornherein fest, dass der Arbeiter allein klarkommen muss. Der hat nämlich schwarz hier gearbeitet, und dieser Bender wollte keine Schwierigkeiten. Der Kerl hat sogar ganz dreist behauptet, dass du nichts dagegen sagen kannst, weil er den Job sonst hinschmeißt. Als ob du den weiterhin beschäftigen würdest!«
Anstatt sofort klarzustellen, dass er Bender natürlich hochkant feuern würde, räusperte sich Clemens lediglich. »Die Renovierung dauert leider länger als geplant, deshalb habe ich Bender mein Okay gegeben, noch ein paar zusätzliche Leute zu holen. Wir beide wollen den Sommer am See doch genießen und nicht auf einer Baustelle hausen, oder?«
»Ich freue mich ja auch auf unsere gemeinsame Zeit«, versicherte Leo. Ein Streit zum Auftakt ihres gemeinsamen Urlaubs

war jetzt ganz sicher nicht das Richtige. »Wir sollten uns aber trotzdem erkundigen, was mit dem verletzten Mann los ist.«
»Es ist Freitagabend, die Arbeiter sind doch längst im Wochenende. Ich kümmere mich am Montag darum, ja? Jetzt steht erst einmal ein schönes Essen an, damit du mir nicht vom Fleisch fällst.« Clemens umfasste Leos Ellbogen und zog sie wie ein störrisches Kind hinter sich her.
»Montag ist zu spät«, protestierte Leo. »Bis dahin hat Bender Radu längst abgeschoben und entsorgt wie ein kaputtes Werkzeug.«
Clemens blieb abrupt stehen. »Woher willst du das so genau wissen?«
Es war die bislang unbekannte Schärfe in der Stimme ihres Vaters, die Leo vorsichtig werden ließ. »So läuft das doch«, sagte sie ausweichend. »Das kann man in massenhaft Zeitungsartikeln nachlesen, die über die moderne Sklavenhaltung berichten.«
Mit einem Seufzen kniff Clemens in sein Nasenbein, dann setzte er diesen »Immer lächeln«-Gesichtsausdruck auf, den er für die extraschweren Fälle reserviert hatte. Sofort bekam Leo ein schlechtes Gewissen, weil sie ihrem Vater zur Begrüßung einen solchen Stein um den Hals hängte, anstatt sich erst einmal zu freuen, dass sie nach Monaten endlich wieder einmal zusammen waren. Was, ehrlich gesagt, auch dringend nötig war, denn ansonsten wäre Leo Gefahr gelaufen, zu vergessen, wie ihr Vater jenseits der schnell getippten SMS und Skype-Gespräche zu besonderen Anlässen eigentlich tickte. Durch all die Kleinigkeiten, die man an einem Menschen wahrnehmen musste, um ihm wirklich vertraut zu sein.
»Wir machen es so«, sagte Clemens mit einem Lächeln. »Wir

fahren jetzt ins Restaurant, und wenn ich dort Handyempfang habe, rufe ich bei Bender durch und kläre die Angelegenheit. Aber nun lass uns hier nicht länger rumstehen, Svea wartet im Wagen auf uns.«

Leo traute ihren Ohren nicht. »*Wer* wartet auf uns?«

»Svea«, sagte Clemens, als verkünde er einen Sechser im Lotto. »Sie ist eine liebe Freundin von mir, der ich immer vom Potsdamer See vorgeschwärmt habe. Jetzt wollte sie ihn sich halt einmal anschauen. Außerdem dachte ich, dass du froh sein würdest, wenn noch jemand mit von der Partie ist – und dazu eine junge Frau. Nur mit mir rumzuhängen ist dir doch sicher zu langweilig.«

»Du meinst wohl, dass es dir mit mir zu langweilig ist.«

Den Vorwurf überhörte Clemens schlankweg. »Vertrau mir, Svea wird dir gefallen. Sie ist zwar schon achtundzwanzig, aber ihr beide werdet bestimmt bestens miteinander zurechtkommen.«

Das Blatt hatte sich so schnell gewendet, dass Leo gar nicht wusste, ob sie nun wütend, verletzt oder einfach nur verwirrt sein sollte. Doch ihr Vater gab ihr gar nicht erst die Gelegenheit, herauszufinden, wie sie zu der Situation stand, sondern zog sie einfach hinter sich her. Vermutlich konnte er gar nicht schnell genug zu dieser Svea kommen.

7 In Clemens' offenem Cabrio saß eine junge Frau mit einer riesigen Sonnenbrille auf der Nase. Um den Kopf trug sie ein Seidentuch, als habe sie sich auf der Suche nach einem Stilvorbild einmal zu oft Fotos von Audrey Hepburn angeschaut. Genervt hackte sie auf ihr Handy ein, das hier vermutlich genauso nutzlos war wie Leos. Auf die Idee, die Wartezeit zu nutzen und sich umzusehen, war sie offensichtlich nicht gekommen. Und das, obwohl sie laut Clemens ja so ungemein interessiert am Potsdamer See ist, dachte Leo.

Es würde wenig Sinn machen, einen dezenten Hinweis zu platzieren. An ihrem Vater würde jeder Giftpfeil abprallen – so hingerissen, wie er Svea anstrahlte. Außerdem lohnte es die Mühe nicht, schließlich kannte Leo sich viel zu gut aus mit den »lieben Freundinnen« ihres Vaters. In Wahrheit waren es Affären auf dem Schleudersitz, denn seit seiner Scheidung von Leos Mutter hatte es Clemens mit keiner seiner »lieben Freundinnen« länger als ein paar Monate ausgehalten. So gesehen war Leo die einzige weibliche Konstante im Leben ihres Vaters.

Die Art, wie Svea gekünstelt die Mundwinkel anhob, qualifizierte sie sofort als Typ Freundin »Ich bin die Nummer eins und du das lästige Anhängsel, dessen Anwesenheit ich schon irgendwie ertragen werde«. Immer noch besser als der Typ »Ich bin deine neue Mutti« oder die Variante »Können wir deine Tochter nicht

unterwegs auf dem Parkplatz aussetzen, damit wir uns endlich amüsieren können?«, entschied Leo.
Ohnehin hatte sie nicht vor, sich über das Liebesleben ihres Vaters aufzuregen, das war schließlich seine Sache. Ihr setzte nur zu, dass er es nicht schaffte, wenigstens einen einzigen Abend für sie allein freizuschaufeln – zumal es der Auftakt zu ihren gemeinsamen Ferien war, nachdem sie sich so lange nicht gesehen hatten. Der nervöse Blick, den Clemens ihr zuwarf, verriet, dass er sehr wohl wusste, was er ihr da gerade zumutete. Dass er es trotzdem tat, war eine Sache, über die Leo lieber nicht nachdenken wollte. Ansonsten würde der Abend in einem Desaster enden, bevor er überhaupt begonnen hatte.
»Hallo! Schön, dass wir uns mal kennenlernen«, begrüßte Svea sie mit viel Gewinke, ohne jedoch auszusteigen. »Clemens hat die ganze Fahrt über nur von dir geredet.« Der leicht schnippische Tonfall verriet, dass das Thema nicht ganz nach ihrem Geschmack gewesen war. »Ein Internat auf Spiekeroog also. Und jetzt der Potsdamer See. Als ich siebzehn war, wäre mir das nicht passiert. Ich meine, wenn man in diesem Alter nicht auf Ibiza den Sommer durchfeiert und sich auf alle möglichen Verrücktheiten einlässt, wann dann?«
»Das war vielleicht früher so, wenn man im letzten Jahrhundert jung war«, erklärte Leo mit einem zuckersüßen Lächeln. »Heute ist man in meinem Alter durch diese *crazy life*-Phase schon lange durch und froh, wenn man mal Gelegenheit zum Chillen hat.«
»Habe ich nicht gesagt, dass meine Tochter witzig ist?« Clemens tätschelte Leos Schulter, selbst als niemand in sein Lachen einstimmte. Dann klappte er den Fahrersitz vor und deutete ihr, einzusteigen. Dabei unterschlug er die Möglichkeit, dass Leo

den Wagen auch hätte fahren können. Den Führerschein hatte sie bereits, auch wenn sie mit ihren siebzehn Jahren nur in Begleitung eines Erwachsenen hinters Steuer durfte.
»Bitte sei nett zu Svea. Sie ist ziemlich durch mit den Nerven, nachdem sie einen stressigen Tag in der Redaktion hatte. Sie arbeitet für ein sehr hippes Stadtmagazin, musst du wissen«, flüsterte er Leo beim Einsteigen zu. »Wenn sie ein paar Glas Wein intus hat, wird sie bestimmt umgänglicher.«
»Vielleicht hättest du auf der Fahrt hierher schon eine Flasche Wodka spendieren sollen. So wie ich die Frau einschätze, wird es mehr als einen ordentlichen Schluck brauchen, um die locker zu bekommen«, gab Leo zu bedenken.
»Worüber redet ihr beide denn?« Svea war es anscheinend nicht gewohnt, auch nur eine Minute lang nicht im Mittelpunkt zu stehen.
»Über die besten Entspannungstricks«, erklärte Leo. »Worauf schwörst du denn?«
»Auf romantische Abendessen zu zweit«, kam es prompt von Svea.
Leo setzte ein Haifischgrinsen auf. »Okay … Dann muss Papa heute wohl zu Hause bleiben.«
Während Clemens einen Tick zu laut über Leos vermeintlichen Witz lachte, schmiegte Leo sich in den Rücksitz und fragte sich, warum sie nicht einfach Kopfschmerzen vortäuschte und in der Villa blieb. Der Abend war doch eh schon gelaufen. Dann erinnerte sie sich an den Anruf bei Horst Bender, den ihr Vater ihr versprochen hatte. Wenn er jetzt allein mit der Königin des Berliner Chics unterwegs war, würde er es vergessen, so wie er alles Unerfreuliche möglichst schnell vergaß. »Ich muss mich im

Job ständig rumärgern, da will ich privat meine Ruhe haben«, hatte Clemens einmal erklärt, als Leo ihm seine Ausweichstrategie vorgehalten hatte. Irgendwo war das ja auch verständlich, aber in diesem Fall wollte sie ihn nicht aus der Verantwortung entlassen. Die Villa war seine Baustelle, und es war sein Geld, mit dem die Leute bezahlt wurden.

»Ab jetzt ist Durchatmen angesagt«, verkündete Clemens, als er schwungvoll den Wagen wendete und dann mit Karacho die Allee entlangbretterte.

Leo stemmte sich mit beiden Händen gegen den Vordersitz, weil sie sich noch nicht angeschnallt hatte. Ihr Vater schien es wirklich eilig zu haben. Aber so war es eigentlich immer: Clemens lief und schaute nicht ein Mal zurück. In solchen Momenten dachte Leo, dass ihr Vater sie schon vor langer Zeit abgehängt hatte, ohne es überhaupt mitzubekommen.

IM WALD

Bäume.

Dicht an dicht. Überall. So dicht wie eine Mauer. Als gäbe es keine Welt hinter ihnen.

Ihre Zweige strecken sich aus, verweben sich zu einem undurchdringlichen Netz, lassen dünne Ruten wie Peitschen ausschlagen, Astgabeln zustechen und verstecken ihr Totenholz heimtückisch unter der Laubdecke.

Stolpern, fallen, Erde im Mund, in der Nase, sogar im Auge. In dem guten Auge, das, das noch nicht zugeschwollen ist.

Auf, auf. Hoch auf die Beine, auch wenn sie schon längst nicht mehr weiterwollen, weiterkönnen. Die Hände tastend ausgesteckt, doch der nächste Baum steht schon im Weg.

Verzweiflung rauscht wie eine Flutwelle durch seinen Körper, während er sich an dem Hindernis festkrallt, um das Gleichgewicht zu halten. Die Stirn gegen die kühle Rinde des Baumes presst.

Sein Herzschlag – eine Brandung, wild und aufgebracht. Sein Puls will noch voranpreschen, während der Rest taub ist vor Erschöpfung, wo er nicht schmerzt. Doch selbst die Schmerzen erreichen ihn nur noch wie durch eine Nebelwand. Er könnte sich jetzt einfach hinlegen auf dieses Bett aus verrottetem Laub,

Steinen und würzig duftendem Erdreich. Schlafen, so tief schlafen, dass er nicht mehr aufwacht. Endlich erlöst sein.
Für einen kurzen Moment gibt er sich dem übermächtigen Verlangen hin und schließt die Augen – um sofort bestraft zu werden. Seine Erinnerung nutzt den Moment der Schwäche.
Weißt du denn nicht?, fragt sie ihn. Im Laub, da liegt schon einer. Leblos und starr.
Ohne etwas dagegen tun zu können, blitzt eine Hand auf. Sie schaut hinter einem Findling hervor. Nicht alle fünf Finger sehen mehr so aus, wie sie eigentlich aussehen sollten. Geschwollen und verfärbt und in seltsamen Winkeln abstehend. Und der Rest, der hinter dem Findling verborgen liegt … Der sieht zweifelsohne noch viel schlimmer aus.
Sein Magen rebelliert. Keuchend stößt er sich vom Baumstamm ab, der ihm nicht länger Halt und Trost spendet.
Er muss weiter, weiter weg, obwohl er weiß, dass er niemals weit genug weg sein wird.
Der Wald hält ihn gefangen.

8

»Ich war schon lange nicht mehr so satt«, verkündete Clemens, der beharrlich die Laune hochhielt. »Die Leute wissen in dieser Gegend zwar nicht, wie man ein Restaurant einrichtet, aber was das Kochen anbelangt, macht denen keiner was vor.«

Svea schmollte, seitdem Clemens ihr Lieblingsgesprächsthema, einen gemeinsamen Urlaub auf den Malediven, ausgebremst hatte, um sich von Leos Kite-Kurs erzählen zu lassen. Nur war Leo zu sehr damit beschäftigt gewesen, die braune Bratensoße von ihrem vegetarischen Teller zu kratzen, um große Reden zu schwingen. Also hatte ihr Vater sich kurzerhand seinem Lieblingsthema gewidmet – seinem neuesten Architekturprojekt.

»Die Pommes vom Dorfimbiss waren aber auch nicht verkehrt«, sagte Leo vom Rücksitz aus. Zur Verwunderung ihres Vaters hatte sie dort um einen Zwischenstopp gebeten, weil ihr Magen nach dem Restaurantbesuch immer noch geknurrt hatte.

»Du hättest doch nur sagen müssen, dass mit deinem Essen etwas nicht richtig war, Süße.«

»War nicht so dramatisch, ganz im Gegenteil.« Leo warf ihrem Vater über den Rückspiegel ein Grinsen zu.

Der Imbissbesuch war sozusagen der Höhepunkt des Abends gewesen, die Unterhaltung hatte plötzlich geflutscht, und Leo hatte zum ersten Mal an diesem Tag herzlich gelacht, als Clemens darauf bestanden hatte, ihr mit Ketchup ein Smiley-Gesicht auf die Pommes zu »malen«. Alles hatte sich so leicht angefühlt wie der laue Sommerabend. Vielleicht hing der Stimmungswandel auch damit zusammen, dass Svea im Auto sitzen geblieben war – angeblich, um ihre Nachrichten zu checken, solange sie noch Empfang hatte. Zweifelsohne würde Clemens für diesen Abend noch schwer büßen müssen. Jetzt war er aber noch bestens drauf und fuhr seinen Wagen auf der einsam daliegenden Allee aus, obwohl es unter den Baumkronen stockduster war. Wie ein Kugelblitz rollte das Scheinwerferlicht über den Straßenbelag.

Leo genoss die kühle Luft, die ihr durchs Haar fuhr und in den Ohren brauste. Nicht mehr lange, dann würden sich die Bäume öffnen und den kreisförmigen Vorhof der Villa freigeben. Dabei entspannte sie sich gerade so gut, tief ins Polster gekuschelt, die Augen halb geschlossen, mit den Gedanken im nächtlich Park … am See, auf dem der Sternenhimmel so klar lag wie auf einem Spiegel.

Sveas schriller Aufschrei riss sie aus ihren Träumereien.

In der nächsten Sekunde wurde Leo auch schon in den Gurt geschmissen. Sie nahm einen Schatten wahr, der plötzlich vor der Motorhaube aufragte. Bitte keinen Unfall!, dachte sie, während ihr der Gurt ins Fleisch schnitt.

Die Autoreifen ließen den Straßenschutt wie Fontänen in die Höhe schießen, ehe der Wagen quer auf der Allee zum Stehen kam.

Im Scheinwerferlicht blinzelte ein Fahrradfahrer erschrocken über seine Schulter.

»Verdammt«, keuchte Clemens. »Woher ist dieser Kerl denn so plötzlich aufgetaucht?«

Mit zittrigen Fingern löste Leo den Gurt und rieb sich den brennenden Striemen über ihrem Schlüsselbein. Dann richtete sie sich im Sitz auf und sah sich den Jungen auf dem Fahrrad, der gerade fast unter ihrem Kühler gelandet wäre, genauer an: ein verwirrter Gesichtsausdruck und blonde Dreadlocks, die hinten zusammengebunden waren.

»Das ist Joschi!« Mit einem Satz sprang Leo aus dem Cabrio.

Der Junge blinzelte immer noch, als sei er sich nicht sicher, ob das alles nicht nur ein böser Traum war. Vermutlich war ein anderer Teil seines Verstandes gleichzeitig der festen Überzeugung, dass er eigentlich mit gebrochenen Knochen am Boden liegen müsste. »Was ist los?«, fragte er.

Leo deutete auf das Fahrrad mit dem flaschengrünen Rahmen und den gelben Streifen. »Das ist doch Alexeis Fahrrad.« Keine besonders erhellende Antwort, aber es war das Erstbeste, was Leo in dem Moment durch den Kopf ging.

»Nee, das ist *mein* Bike. Alexei hatte sich das gute Stück ausgeliehen. So von Kumpel zu Kumpel. Und selbst wenn es seins wäre, ist das noch lange kein Grund, mich einfach umzumangeln.«

»Das war auch echt nicht unser Plan.« Leo rieb sich ihren schmerzenden Nacken. »Fühlt sich nach Schleudertrauma an.«

Joschi verzog das Gesicht. »Das war eben aber auch übelst knapp.« Plötzlich begann er am ganzen Körper zu schlottern, ließ das Fahrrad umkippen und setzte sich auf die Kühlerhaube. »Echt, so ein Scheißschreck. Ich dachte, jetzt bin ich dran.«

Leo tätschelte ihm die Schulter, obwohl sie sich am liebsten neben ihn gesetzt und eine Runde mitgezittert hätte.

Mittlerweile war auch Clemens ausgestiegen und hatte seinem Gesichtsausdruck nach beschlossen, dass nicht etwa sein riskanter Fahrstil, sondern der Junge für den Beinahe-Crash verantwortlich war.
»Bist du komplett zugedröhnt, oder was eierst du mitten in der Nacht ohne Licht auf der Straße rum?«
Joschi schüttelte den Kopf, dass die Dreads nur so wippten. »Nee, ich bin brav an der Seite langgefahren, wie es sich gehört. Du bist allerdings wie ein Blitz um die Kurve geschossen und voll auf mich zugeprescht, Mann.«
»Warum auch nicht?«, hielt Clemens dagegen. »Ich kann fahren, wie ich will, schließlich ist das hier mein Land und Gut. Und das weißt du auch genau, Bürschchen. Wenn ich mich nicht irre, arbeitest du doch für mich.«
»Papa, also echt«, zischte Leo ihren Vater an.
»Und wennschon.« Joschi sah aus, als wäre es ihm auch egal gewesen, wenn Bob Marley persönlich vor ihm gestanden hätte. »Die Allee ist trotzdem nicht so was wie deine persönliche Rallyestrecke, auf der du harmlose Biker umbrettern kannst.«
»Würdest du bitte aufhören, mich so dreist zu duzen?!« Der Kommentar ließ Clemens nicht nur verkniffen aussehen, sondern verriet auch, dass er sich durchaus bewusst war, im Unrecht zu sein.
»Wieso? Du duzt mich doch auch«, hielt der Junge dagegen. »Ich heiße übrigens Joschi. Und du?«
Clemens stemmte die Arme in die Hüfte und holte tief Luft, vermutlich um den respektlosen Burschen unangespitzt in den Boden zu rammen. So weit kam es jedoch nicht, denn Svea drückte auf die Hupe.

»Wenn niemand zu Schaden gekommen ist, können wir jetzt ja weiterfahren. Mir reicht es nämlich für heute.«
»Mir ehrlich gesagt auch«, knurrte Clemens. »Wenn du also so freundlich wärst, deinen Hintern von meinem Wagen zu befördern?«
Joschi wischte sich mit einer fahrigen Bewegung über den Mund, in dessen Unterlippe seitlich ein Piercing steckte. »Momentchen, okay? Ich muss mich erst mal einkriegen.«
»Lass dir Zeit«, sagte Leo. »Ich habe noch einen angebissenen Schokoriegel vom Imbiss, falls du ein bisschen Zucker gegen den Schock brauchst.«
»Nee, alles gut. Ich habe mich bloß schon als Kühlerverzierung gesehen.« Wie auf Befehl begann Joschi wieder zu schlottern.
Leo hob das Fahrrad auf und begutachtete es. »Du scheinst Glück gehabt zu haben. Keine Macke dran, soweit ich das beurteilen kann.«
Mehr als ein schwaches Abwinken hatte Joschi dafür nicht übrig. »Egal, auf das Bike steige ich so schnell nicht wieder drauf.«
Clemens, der ohne seine Tochter offenbar nicht den Rückzug antreten wollte, schnaufte. »Verrätst du uns übrigens mal, was du mitten in der Nacht auf meinem Grundstück willst?«
»Nackt im See baden, was sonst?«
Leos Augenbrauen rutschten nach oben. »Echt jetzt?«
Joschi grinste. »Nee, heute ausnahmsweise mal nicht. Ich wollte zu Viktor, um den alten Zausel zu überreden, Alexei aus dem Dorf abzuholen.«
»Was ist denn mit Alexei?«
»Der wollte nicht bei mir auf dem Gepäckträger mitfahren, weil es zu sehr ruckelt. Aber zu Fuß kommt er nicht voran. Sag mal:

Könntet ihr den nicht mit eurer Karre abholen?«, fragte Joschi. Höfliche Zurückhaltung war ganz klar nicht seins. Als Leo nicht sofort reagierte, stupste er sie an. »Du rettest doch liebend gern Leute – und Alexei kann gerade ein bisschen Hilfe gebrauchen. Der ist völlig fertig.«

Leo warf ihrem Vater einen fragenden Blick zu.

»Vergiss es«, sagte Clemens. »Ich werde auf keinen Fall irgendwelche betrunkenen Bekannten von dir durch die Gegend kutschieren.«

»Alexei ist nicht breit, der ist bloß gegen die Faust von diesem Gorilla Bender gelaufen. Keine Ahnung, was er genau hat, damit will er nicht rausrücken, aber er bleibt seitdem alle paar Schritte stehen und keucht hingebungsvoll. Also, spielt ihr jetzt die guten Samariter?«

»Nein«, sagte Clemens.

»Sicher«, sagte Leo im selben Moment.

Vater und Tochter sahen sich an.

»Nun komm schon, Papa. Bender – das ist dieser fiese Typ von gestern. Dieser Baustellenleiter, den du angestellt hast, damit er die Villa im Eiltempo fertig bekommt, und zwar um jeden Preis, und den du vorhin angeblich nicht per Handy erreichen konntest. Das geht uns also durchaus etwas an. Mal davon abgesehen, dass Alexei als Gärtner für dich arbeitet.«

Als Clemens zögerte, richtete Svea sich ruckartig im Sitz auf. »Du willst doch jetzt nicht irgendwelche abgestürzten Teenager aufsammeln? Nun mach mal einen Punkt, Schatz.«

Wie konnten wir nur die Prinzessin und ihre Bedürfnisse vergessen, dachte Leo, ehe sie den verblüfft dreinblickenden Joschi zum Abschied in die Arme schloss und ihm dabei ins Ohr flüsterte: »Wir treffen uns in einer Viertelstunde auf dem Vorhof der Villa. Aber komm auf Zehenspitzen, klar?« Laut sagte sie: »Sorry, aber wenn mein Vater nicht will, will er nicht … Grüß Alexei, wir sehen uns.«

Clemens stand noch einen Moment lang da, so als wisse er nicht recht, was er von alldem halten sollte, dann half er Joschi, das Fahrrad an den Straßenrand zu stellen. »Also ist hier so weit alles okay?«, fragte er.

Joschi setzte sich auf einen Baumstamm und begann mit den Fingern auf den Knien zu trommeln. Sein »Alles cool« klang wie ein »Du kannst jetzt abtreten, Kumpel«.

Kaum saß Clemens im Wagen, trat er auch schon aufs Gaspedal – und nur eine gefühlte Sekunde später erreichten sie die Villa. Als Erstes stieg Svea aus und knallte theatralisch die Autotür zu. Genau darauf hatte Leo gehofft. Ihr Vater würde alle Hände voll damit zu tun haben, seine aufgebrachte Freundin zu beruhigen. Doch statt Svea nachzulaufen, stellte er sich Leo, kaum dass er ausgestiegen war, in den Weg. Ein ungewohnt ernster Ausdruck lag auf seinem Gesicht.

»Es stört mich, dass du solche Leute kennst.«

»Was denn für Leute?«

»Nun, diesen frechen Kerl von eben etwa, Marke Sozialrevoluzzer. Und dann auch noch Viktor Krass' Handlanger, diesen Alexei, der ist auch so eine Type. Wenn ich den im Garten getroffen habe, wirkte der immer völlig unnahbar. Hörte nichts und sah nichts außer seiner Arbeit, schottet sich ab. Angeblich kann der aber auch ganz anders, da kursieren ein paar Geschichten …«

»Du meinst wohl, dein Bauleiter Bender hat Alexei schlechtgemacht, nachdem er ihn nicht mehr ausnutzen konnte.«

Clemens Nasenflügel bebten, wie immer, wenn er allmählich die Geduld verlor. »Jedenfalls ist dieser Alexei ein völlig unberechenbarer Typ, der keinem Streit aus dem Weg geht. Und falls Horst Bender ihm tatsächlich ein paar mitgegeben hat, wird dieser Bursche es bestimmt darauf angelegt haben.«
Einen Herzschlag lang stand Leo stocksteif da. »Wie kannst du dir da so sicher sein? Du kennst Alexei doch gar nicht.«
»Nein, du aber auch nicht.« Womit Clemens natürlich recht hatte. Als Leo seinem Blick auswich, war klar, dass er einen Treffer gelandet hatte. Nachsichtig legte er ihr eine Hand auf die Schulter. »Falls es dich beruhigt: An meiner Meinung über diesen Jungen würde sich auch dann nichts ändern, wenn ich ihn besser kennenlernen würde. Diese Art Jobs macht nämlich eine ganz bestimmte Sorte Leute … Und davon einmal abgesehen, muss ich mich auch nicht für ihn interessieren, nur weil er irgendwelche Aushilfsarbeiten im Park erledigt. Schließlich habe ich mir extra freigenommen, um eine schöne Zeit mit meiner Tochter zu verbringen.«
»Das heißt, Svea reist morgen wieder ab?« Als Clemens ihrem Blick auswich, verspürte Leo einen kurzen Stich. Gut, dass sie heute Abend noch etwas anderes vorhatte. »Wenn Svea wirklich bleibt, sollest du sie jetzt allerdings besser ein bisschen umgarnen, sonst ist sie bestimmt unausstehlich. Ich gehe einfach noch ein wenig an den See und genieße die Stille.«
»Mein großes Mädchen.«
Die Umarmung fiel ungewöhnlich lang aus. Auf Clemens' Seite war Erleichterung spürbar. Genauso wie bei Leo, als es ihr gelang, ihrem Vater unauffällig den Autoschlüssel aus der Jackentasche zu ziehen. Sie wartete noch einen Moment, bis Clemens

mit der schmollenden Svea in der Villa verschwunden war, dann setzte sie sich in den Wagen, nahm den Gang raus, löste die Handbremse … und wartete.

Es dauerte nicht lange, bis Joschi neben dem Cabrio auftauchte. »Wir klauen jetzt nicht wirklich den Schlitten deines Dads, right?«

»Nein«, sagte Leo. »Wir schieben ihn.«

Und das taten sie. Joschi schob auf der Beifahrerseite, während Leo das Lenkrad betätigte und den Wagen ebenfalls nach Kräften vorwärtstrieb.

»Eigentlich könnte Alexei sich ja auch von dieser dunkelhaarigen Schönheit retten lassen, mit der er sich nachts trifft«, rutschte es Leo heraus.

Augenblicklich hörte Joschi auf zu schieben. »Von wegen. Die einzige Affäre, die dieser Typ hat, ist mit seiner rechten Hand. Und nicht einmal da bin ich mir sicher.«

Leo wurde prompt noch ein Stück von dem rollenden Wagen mitgezogen. Joschis Reaktion war überraschend deutlich ausgefallen.

»Wie kommst du denn auf die Idee mit der Dunkelhaarigen?«, hakte er nach.

Spätestens jetzt bereute Leo es, das Thema überhaupt angeschnitten zu haben. »Ich habe nur jemanden im Park gesehen, mehr nicht. Ich könnte die Person noch nicht einmal genau beschreiben.«

»Aber sie war mit Alexei zusammen, also, die Dunkelhaarige?« Joschi machte ein Gesicht, als sei ihm ein Reifen über den Fuß gerollt.

»Nein, das mit Alexei habe ich nur so gesagt. Ich wollte bloß wissen, ob er eine Freundin hat«, gab Leo zu. »Vermutlich wollte das Mädchen bloß zum See oder so. Vergiss es, ja?«
Einen Moment lang kämpfte Joschi sichtlich mit sich, ob er ihr glauben konnte. »Okay«, sagte er schließlich und begann mit solchem Eifer zu schieben, dass Leo schnell das Lenkrad packen musste, damit das Cabrio nicht von der Straße abkam. Erst als sie auf der Allee die erste Kurve hinter sich gelassen hatten, hielten sie an und schnappten nach Luft.
»Ab hier können wir den Motor starten, ohne dass mein Vater etwas davon mitbekommt.« Leo ließ sich in den Fahrersitz fallen und strich sich eine verschwitzte Haarsträhne aus dem Gesicht.
Joschis Finger trommelten in einem irren Stakkato gegen die Autotür. »Ich will ja nicht wie der Herr Oberlehrer rüberkommen … Aber willst du echt selbst fahren?«
»Meinst du, du kannst es besser?«
»Ich?« Joschi stieß ein gurgelndes Lachen aus. »Shit, hast du eine Ahnung, was aktuell alles Illegales in meiner Blutbahn kreist?«
Leo grinste. »Dachte ich mir schon. Ich hingegen bin so clean, dass du von mir essen könntest. Außerdem habe ich einen Führerschein.«
»Jaaaa, aber doch bestimmt so ein Ding, wofür man eine Begleitperson braucht.«
»Habe ich doch. Dich.«
»Sehe ich aus, als wäre ich über fünfundzwanzig?«
Tat Joschi mit seinem spitzen Jungengesicht und dem schlaksigen Körper definitiv nicht. Deshalb plinkerte Leo aufmunternd mit den Wimpern. »Wenn uns in dieser gottverlassenen Einöde

die Polizei anhält, sage ich einfach, du hättest mich wegen deines Alters angelogen.«

Gelenkig glitt Joschi auf den Beifahrersitz. »Und ich dachte, deine große Schwester sei das böse Biest bei euch.«

»Meine große …?« Dann kapierte Leo den Seitenhieb und ließ schnaufend den Motor an. »Und du nennst mich gemein.«

Joschi schob sich eine Sonnenbrille auf die Nase, als würden sie die Côte d'Azur entlangbrausen und nicht mit Fernlicht durch einen nächtlichen Laubwald fahren. »Nur nicht so empfindlich. Irgendwie ist da schon eine gewisse Ähnlichkeit zwischen dir und dieser genervten Tante: Ihr seid beide blond, beide stur, beide reich. *Eine* Familie sozusagen.«

»Ich hoffe doch sehr, dass Svea niemals zu meiner Familie gehören wird«, stellte Leo fest. »Und jetzt Themenwechsel, wenn du nicht laufen willst.«

Obwohl Leo Joschi für seinen Kommentar wütend anfunkelte, machte sie sich ehrlich gesagt keine Sorgen, dass ihr Vater ernsthaft über eine feste Beziehung mit Svea nachdachte. So etwas war für seinen Geschmack generell zu fordernd – und noch schlimmer: Dann war man ja festgelegt. Für Clemens war Svea schon Geschichte, sie wusste es bloß noch nicht. So war das eben bei ihrem Vater … Leo war dieses Verhalten ihres Vaters mehr als gewohnt, nur kam es ihr zum ersten Mal falsch vor. Menschen auszuwechseln, sobald sie unbequem wurden, konnte doch wohl kaum der richtige Weg sein. Ihrer war es jedenfalls bestimmt nicht.

9

Havelseck war eins von den Dörfern, deren Häuser eins nach dem anderen entlang der Hauptstraße lagen. Und die Straße hatte man schnell hinter sich gelassen, ohne dass sie einem lange in Erinnerung blieb.

Leo hatte bereits bei ihrer Anreise, als das Taxi durch den Ort gebraust war, Bekanntschaft mit Havelseck gemacht. Den hiesigen Bahnhof hatte man schon vor langer Zeit geschlossen, weil es sich nicht lohnte, die kleine Ortschaft anzufahren. Das Zentrum, wenn man es so nennen wollte, bestand aus einer schlichten Kirche, einer Handvoll Geschäfte und ebenjenem Imbisstand mit den anständigen Pommes.

Als Joschi sie auf eine Seitenstraße lotste, stellte sich heraus, dass das Dorf in Wirklichkeit viel größer war. Abseits der Hauptstraße tat sich ein alter Kern mit einzelnen Gehöften auf, die in immer größeren Abständen voneinander standen, bis Joschi bei einem verlassen wirkenden Hof schließlich »Stopp« sagte.

Leo dachte schon, ihr Beifahrer habe sich geirrt, aber dann bemerkte sie, dass jemand auf dem Findling saß. Als sie den Wagen parkte, erfasste das Scheinwerferlicht die Gestalt voll.

Alexei hob eine Hand hoch, um nicht geblendet zu werden. »Geht es auch weniger grell?«, rief er.

»'tschuldigung.« Leo blendete das Licht ab, ehe sie aus dem Wagen stieg.

»Leo?«
Alexei stand auf. Ungewöhnlich langsam und vorsichtig, wie Leo fand.
Joschi war schon an der Seite seines Freundes, mit dem ganzen Körper in Bewegung wie ein Hund, der sein Herrchen begrüßte.
»Na, hat sich keiner von diesen alten Säcken, die immer den Straßenstrich abfahren, bis zu dir verirrt? Oder warst du denen zu hässlich?«
Anscheinend stand Alexei nicht der Sinn nach Blödeleien, denn er packte seinen Freund am Arm und zog ihn zu sich. »Du solltest doch Viktor holen.«
»Hallo?« Joschi deutet mit beiden Händen auf Leo. »Dieser Fahrservice ist ja wohl meilenweit besser als dein knorriger Gartenfreund.«
»Was hast du angestellt, dass sie dir gefolgt ist? Und dann noch mit so einer Luxuskarre.«
Leo verdrehte die Augen. »*Sie* kann euch übrigens hören. Nur so nebenbei.«
Leider interessierte das Alexei nicht weiter. Stattdessen fixierte er Joschi so eindringlich, bis dieser sich unter dem Blick seines Freundes zu winden begann. »Raus mit der Sprache«, forderte er.
»Mann, ich hab überhaupt nichts gemacht. Ganz im Gegenteil. Ihr alter Herr hat mich unterwegs fast umgekachelt, deshalb steht uns jetzt dieser Schlitten zum Abtransport zur Verfügung. Wie wäre es also mit ein wenig Begeisterung?«
Statt begeistert zu sein, machte Alexei ein Gesicht wie sieben Tage Regenwetter.
Das kann ich auch, dachte Leo und stellte sich mit verschränkten

Armen vor Alexei, um ihn schweigend anzustarren. Die Rechnung ging auf, denn nach einem Moment lächelte Alexei sie an. Ziemlich schief, was allerdings nur zum Teil an dem faustgroßen Bluterguss links von seinem Kinn lag.

»Schönen guten Abend.«

Leo nickte, dann schaute sie sich demonstrativ um. »Hübsch hier.«

Die Betonplatten des Hofs waren im Lauf der Zeit verrutscht und schoben sich nun wie Kontinentalplatten gegeneinander. Die Fensterscheiben des Hauses reflektierten das Scheinwerferlicht nur teilweise, weil sie eingeschlagen waren.

»Wenn man der Straße folgt, wird es noch hübscher«, sagte Alexei. »Erst kommt der besagte Straßenstrich beim alten Bahnhof und dahinter eine einsturzgefährdete Kaserne mit einem mannshohen Stacheldrahtzaun drum herum. Frag Joschi, der wohnt da.«

Joschi hob sofort abwehrend die Hände. »Nur vorübergehend, bis mein Reise-Etat aufgestockt ist und ich meine Gitarre wiederhabe.«

Leo stand immer noch wie eine Statue da. »Und?«, fragte sie Alexei.

»Was *und*?«

»Ich warte auf eine Erklärung.«

»Echt? Na, dann.« Mehr fiel Alexei dazu allem Anschein nach nicht ein.

Joschi verdrehte die Augen. »Könnt ihr diese ›Wer ist die abgebrühtere Sau‹-Nummer vielleicht im Auto fortsetzen oder sie am besten einfach bleiben lassen?« Als keiner der beiden reagierte, wedelte er Alexei mit der Hand vorm Gesicht herum. »Hallo, ist da jemand? Die Lady erwartet ein wenig Respekt dafür, dass sie mitten in der Nacht hierhergefahren ist. Also sag ihr gefälligst endlich, was passiert ist, und sei nicht so scheißstur.«

»Ich bin nicht stur«, sagte Alexei.

Leo zog nur eine Augenbraue hoch.

Alexei machte einen Schritt auf sie zu, nur um sogleich wieder stehen zu bleiben und sich in die Seite zu fassen. Als er wieder Luft bekam, sagte er: »Meinetwegen, wenn du drauf bestehst.«

Endlich, dachte Leo. Sie hätte es nämlich keine Sekunde länger ausgehalten, auf Abstand zu bleiben. »Also, warum bist du so heftig mit Bender aneinandergeraten?«

»Bin ich nicht.«

»Nun hör aber auf«, knurrte Leo. »Joschi hat mir davon erzählt. Und auch so ist ja kaum zu übersehen, dass du schwer was abbekommen hast.«

Alexeis Augen funkelten. »Vertrau mir, Bender sieht nicht wesentlich besser aus. Ich lass mich nämlich nicht gern schlagen.«

»Ach, Bender sitzt jetzt also auch mit schmerzenden Knochen in seinem Lieblingssessel und weiß kaum, wie er sich vor lauter Schmerzen bewegen soll?«

Alexei presste nur die Lippen zusammen.

»Ist ja auch kein fairer Kampf gewesen«, mischte sich Joschi ein. »Die Sache war eigentlich längst gelaufen, und Alexei wollte schon abdrehen, da hat Bender ihm noch einen Haken verpasst. Totales Foul.« Zögernd berührte er Alexei an der Schulter. »Als du zu Boden gegangen bist …«

»Der Typ ist eben eine hinterhältige Ratte, das ist alles«, unterbrach Alexei seinen Freund.

Es kostete Leo einiges an Beherrschung, nicht weiter nachzuhaken, was genau passiert war, nachdem Bender Alexei ausgetrickst hatte. Und wie es überhaupt zu dieser Schlägerei gekommen war. Doch Alexei sah aus, als könne er sich nicht mehr lange auf den Beinen halten.

»Ab ins Auto mit dir, ich fahre dich ins nächste Krankenhaus.«

»Unsinn. Morgen früh ist alles wieder in Ordnung. Ich brauch nur eine Runde Schlaf.« Alexei setzte sich in Bewegung, doch schon nach zwei Schritten blieb er stehen und krümmte sich vornüber.

Der Kerl lässt es wirklich drauf ankommen, dachte Leo gereizt und sagte: »Wenn das so ist, dann habe ich die Fahrt wohl umsonst gemacht. Denn wenn nix ist, kannst du ja ruhig nach Hause laufen.« Sie tat so, als würde sie sich umdrehen und in Richtung Auto davonmarschieren. Wobei jeder Schritt eine Herausforderung war, denn wenn er sie jetzt nicht zurückhielt, würde ihr nichts anderes übrig bleiben, als allein loszufahren. Fürs Einknicken war es zu spät.

Leo hatte das Cabrio schon fast erreicht, als Alexei ihr das erhoffte »Warte!« nachrief. Augenblicklich wirbelte sie herum. »Worauf denn? Dass du endlich mit dem Scheiß fertig bist?«

Alexei schüttelte kaum merklich den Kopf. »Schon gut, ich hab's kapiert.«

Tatsächlich war er ihr gefolgt, flankiert von Joschi, der von einem Ohr bis zum anderen grinste. Allem Anschein nach gefiel ihm der kleine Machtkampf – im Gegensatz zu Alexei, dessen Gesicht vor Anstrengung ganz blass geworden war.

»Krankenhaus geht aber nicht. Und nicht etwa, weil ich so ein harter Hund bin, sondern weil ich keine Versicherungskarte

habe. Es sind eh nur die Rippen angeknackst, das kenne ich schon.«
»Sicher?«
Alexei schob den Saum seines Kapuzenpullis hoch.
Das harte Licht der Scheinwerfer zauberte unzählige Schatten auf seinen entblößten Bauch. Obwohl Leo ein Schauder über den Rücken jagte, trat sie näher, um in diesem Spiel aus Licht und Schatten die Stelle auszumachen, wo Bender einen Treffer gelandet hatte. Tatsächlich hatte sich am unteren Rand von Alexeis Rippenbogen bereits ein handtellergroßes Hämatom gebildet. Allein beim Hinsehen glaubte Leo den Schmerz zu spüren.
»Das tut ein paar Tage lang weh, mehr nicht«, erklärte Alexei.
»Ich weiß nicht …«, murmelte Leo, während sie nicht aufhören konnte, die Verletzung anzustarren. Alexei anzustarren.
»Und? Hast du dich ausreichend davon überzeugen können, dass ich nicht am Sterben bin?«
Leo zwang sich, ihm ins Gesicht zu sehen, doch Alexeis herausfordernder Blick machte es nicht unbedingt besser. Reiß dich zusammen, mahnte sie sich. »Keine Ahnung, es könnte ja auch ein Stück Rippe abgesprungen sein oder so.«
»Willst du mich vielleicht abtasten?« Dem Zucken in Alexeis Mundwinkeln nach zu urteilen, amüsierte er sich bestens über ihre 1-a-Fürsorglichkeit.
Schlagartig schoss Leo die Hitze ins Gesicht, und als er den Pulli wieder runterzog, stand sie immer noch wie hypnotisiert da, obwohl sie innerlich über ihre Reaktion stöhnte. Ein bisschen nackte Haut – und schon war sie dahin, ihre Coolness.
»Viktor kann sich die Verletzung doch mal anschauen«, schlug Joschi vor und brach damit den seltsamen Bann zwischen Leo

und Alexei. »Als ich in diesen rostigen Nagel getreten bin und mir fast eine Blutvergiftung eingefangen hätte, hat er mich auch behandelt. Der war früher mal so eine Art Sani beim russischen Militär, der kennt sich damit bestimmt aus.«

Alexei murrte etwas Unverständliches.

»Das klingt doch gut«, warf Leo ein. Zwar hatte sie diesen Viktor bislang noch nicht kennengelernt, aber er und seine Fachkenntnisse waren anscheinend die einzige Chance, dass sich Alexei überhaupt behandeln ließ.

Allerdings schien Alexei das anders zu sehen. »Damit ich mir in den nächsten Tagen als Belohnung für ein paar bandagierte Rippen ständig entsprechende Kommentare von ihm anhören darf? Wohl eher nicht. Viktor hat schon genug rumgestichelt, weil ich mich in diese Sache mit Radu reingehängt habe.«

Leo lächelte eisern. »Dann stellst du deine Ohren eben auf Durchzug, das machst du doch ohnehin dauernd.«

»Kommt mir gerade mehr so vor, als würde hier jemand anders auf Durchzug schalten.« Eine steile Falte zeichnete sich zwischen Alexeis Brauen ab. »Ich will nicht zu Viktor, okay?«

»Nö, nicht okay«, sagte Leo und strich sich mit einem unschuldigen Blinzeln eine Strähne aus dem Gesicht. »Und jetzt Tempo, sonst schläft der alte Herr womöglich schon, bevor wir ankommen.«

Als Alexei fluchte, schaltete Leo tatsächlich auf Durchzug. Außerdem musste sie achtgeben, dass man ihr die Befriedigung, sich gegen diesen Sturkopf durchgesetzt zu haben, nicht ansah. Bei einer Polizeikontrolle würde sie bestimmt verdächtigt werden, etwas aus Joschis Vorrat geraucht zu haben, so, wie sie grinste.

Joschi stützte Alexei, so gut es ging, und zusammen bewegten sie sich im Schneckentempo zum Wagen. Mit einem unterdrückten Stöhnen sank Alexei auf den Beifahrersitz und schloss die Augen. Auf seiner Unterlippe zeichneten sich dunkle Einkerbungen ab – dort, wo er vor Schmerz hineingebissen hatte, um nicht zu schreien oder sonst irgendeine Art von Schwäche zu zeigen. Der Junge war eindeutig am Ende seiner Kräfte.

Als Leo das Verdeck des Cabrios ausfuhr – mit Einbruch der Nacht war ein kühler Wind aufgekommen, der nach Regen roch –, bemerkte sie jedoch noch mehr. Während die Mechanik ihre Arbeit erledigte, nahm sie ein Prickeln auf ihrer Haut wahr, ein Ziehen und Zupfen tausend unsichtbarer Fäden. Es brachte sie dazu, die Finger am Zündschlüssel verharren zu lassen und den Kopf dorthin zu drehen, wo Alexei saß. Ohne dass er sich darum bemühte, übte er eine Anziehungskraft auf sie aus, der sie sich nicht entziehen konnte. In seiner Gegenwart kam sie aus dem Staunen über sich selbst gar nicht mehr heraus, sowohl ihre Reaktion als auch ihre Gefühle hielten immerzu etwas Neues, Fremdes parat. Eine einzige Achterbahnfahrt, bei der sie sich mit jeder Faser spürte, als sei sie plötzlich aus einem Dämmerschlaf aufgewacht, mit Herzrasen, aufgeputscht durch die Gegenwart dieses Jungen, der eine verwirrende Energie in ihr entfesselte.

Offenbar spürte Alexei diese Wechselspannung ebenfalls, denn er schlug seine Augen auf und sah sie an. »Du kannst ruhig losfahren. Falls ich ohnmächtig werde, gebe ich vorher Bescheid. Versprochen.«

»Dann bin ich ja beruhigt. Und du mach die Augen wieder zu und versuch dich zu entspannen, bis wir bei Viktor sind.«

»Ist das ein Angebot oder ein Befehl?«

»Na, rate mal«, murmelte Leo und startete den Wagen. Bevor sie losfuhr, warf sie noch rasch einen Blick über die Schulter zu Joschi. Kein Wunder, dass von dem nichts mehr zu hören gewesen war, seitdem er auf den Rücksitz geschlüpft war. Der Junge schmiegte sich in die Polster, als wären sie ein Himmelbett.

Als er Leos Blick bemerkte, grinste er breit. »Um Klassen besser als das lumpige Stockbett in Benders Baracke. Meinst du, dein alter Herr hätte ein Problem damit, wenn ich ein paar Nächte in seiner Nobelkarosse penne? Ich mach auch nix dreckig.«

Da nicht ganz klar war, ob Joschi das ernst meinte, grinste Leo nur zurück. »Ich fahre in Richtung See, richtig?«

»Genau. Viktor hat so ein Häuschen im Wald, da führt ein Weg hin, kurz bevor man bei der Villa ankommt.«

»Nee«, sagte Alexei mit geschlossenen Augen. »Wir fahren zur Villa. Viktor kann sich das morgen anschauen.«

Es fehlte nicht viel, und Leo hätte mit ihrer Stirn aufs Lenkrad geschlagen. Wie konnte man nur so dickköpfig sein? »Wir fangen mit der Diskussion jetzt nicht von vorne an.«

»Ich habe nur zugesagt, dass Viktor sich das Ganze mal anschauen kann. Nicht, wann.«

Leo startete den Wagen und ruckelte über die unebene Hofzufahrt. Sofort keuchte Alexei auf und presste seine Finger so fest in den Autositz, dass die Knöchel weiß hervortraten.

»Alles okay?«

»Scheiße …« war alles, was Alexei zwischen zusammengebissenen Zähnen hervorbrachte.

»So viel dazu. Gib mir Bescheid, wenn ich zu Viktor abbiegen soll, Joschi«, sagte Leo ruhig, während in Wirklichkeit ein Vulkan in ihr auszubrechen drohte. »Und du …« Sie warf Alexei einen scharfen Blick zu. »Du kannst unterwegs gern aussteigen, falls dir das Ziel nicht passt. Allerdings musst du das dann während der Fahrt tun, weil ich nämlich auf keinen Fall anhalten werde.«

Obwohl Alexei der Schweiß auf der Stirn stand, lachte er. Nur ganz leise, doch Leo hörte es trotzdem.

Wie macht er das nur, dass selbst die kleinste Geste von ihm so verdammt viel in mir auslöst?, fragte sie sich, während sie den Wagen in die Dunkelheit fuhr.

10

Als Leo vor einem Haus im Wald hielt, nagte das schlechte Gewissen an ihr. Alexei war während der Fahrt in Schweigen verfallen und man hätte meinen können, er schliefe – wäre da nicht sein unsteter flacher Atem gewesen.

»Alles gut. Beim guten Vik brennt noch Licht«, sagte Joschi und streckte sich ausgiebig auf dem Rücksitz.

Kaum war Leo ausgestiegen, brachte die kühle Nachtluft sie zum Frösteln, entweder weil ein Tanktop zu Rock und Leggings nicht ausreichte oder weil ihre Nerven schlappmachten. Trotzdem stand sie einfach nur da, während Alexei keinerlei Anstalten machte, auch aus dem Auto zu steigen.

Hör auf, dich wie ein kleines Mädchen zu benehmen, und tu etwas, dachte Leo. Sie fing langsam an, sich selbst auf die Nerven zu gehen. Was war bloß los mit ihr?

Bevor sie jedoch überhaupt weiter überlegen konnte, was genau sie jetzt eigentlich tun sollte, ging die Haustür auf, und ein hagerer Mann leuchtete sie mit einer Taschenlampe an. In einer Sekunde blickte er noch düster drein, um in der nächsten verwundert die Augenbrauen hochzuziehen.

»Damenbesuch zu dieser späten Stunde?«

Leo fiel sein harter Akzent auf. »Guten Abend«, sagte sie mit einem verlegenen Lächeln. »Ich bin Leo Kressberg, eine Freundin von Alexei, der … nun ja.«

Zu ihrer Erleichterung öffnete Alexei endlich die Beifahrertür und setzte ein Bein nach dem anderen auf den Boden, ohne jedoch aufzustehen. Sein Gesicht leuchtete geradezu, so blass war es.
»Schau mal an, was die Katze da mitgebracht hat.« Mit erstaunlich kräftigen Schritten hielt der alte Mann auf Alexei zu und strahlte ihm mit der Taschenlampe direkt ins Gesicht. »Wie ich sehe, hast du Bender tatsächlich einen Besuch abgestattet. Hoffentlich hat sich die Tracht Prügel gelohnt.«
Alexei schirmte seine Augen mit der Hand ab. »Weiß ich im Moment noch nicht so richtig.«
Joschi gesellte sich pfeifend zu ihnen. »Hey, soll ich dich aus der Karre rausziehen oder besser von hinten schubsen?«
»Lass bloß die Finger von mir.«
Alexeis Blick irrte den Waldsaum entlang, der das Grundstück umkränzte, während sein Atem immer schneller ging. Es hörte sich an, als reiche der Sauerstoff nicht aus. Da stimmt was nicht, begriff Leo.
»Ich kriege verdammt schlecht Luft«, bestätigte Alexei da auch schon ihre Vermutung. »Es ist, als ob mein Brustkorb in einem Schraubstock steckt.«
Ich hätte ihn ins Krankenhaus fahren sollen, ob er will oder nicht, hielt Leo sich vor. »Bender hat ihm die Rippen eingedrückt«, erklärte sie Viktor, der den Jungen nachdenklich musterte. »Vielleicht ist dabei ein Lungenflügel verletzt worden?«
Zu ihrer Erleichterung winkte Viktor ab. »Keine Sorge, unser Held hyperventiliert nur. Ist vermutlich der Schock.« Dann wies er Joschi an, seinem Freund beim Aufstehen zu helfen. »Ab ins Haus mit ihm, hier draußen wird es nicht besser werden.

Und du, Alexei: Atme gefälligst normal. Hier bist du in Sicherheit.«

Zu Leos Verwunderung hatte Viktors barscher Ton tatsächlich Wirkung gezeigt, denn als sie ein paar Minuten später am Küchentisch saßen, wirkte Alexei schon deutlich gefasster. Allem Anschein nach hatte der alte Mann richtiggelegen, und Alexei hatte vor lauter Stress zu hyperventilieren angefangen. Jetzt saß er in sich zusammengesunken da und starrte auf seine Oberschenkel. Nicht einmal, als Viktor eine antik aussehende Arzttasche vor ihm auf den Tisch stellte, hob er den Blick. Leo machte sich unterdessen am Wasserkessel zu schaffen, obwohl sie keine Ahnung hatte, wie man den altertümlichen Gasherd anbekam. Aber irgendetwas musste sie tun, um nicht die Wände hochzugehen.
Viktor öffnete die Tasche und rieb sich die Hände mit einer Flüssigkeit ein, vermutlich Alkohol. »Wenn der Patient sich dann bitte frei machen würde?«
Mit gesenktem Kopf sagte Alexei zu Joschi: »Ziehst du mal die Vorhänge zu?«
»Ich kann auch rausgehen, wenn dir das lieber ist«, bot Leo an.
»Nein, kein Ding. Mich stresst nur die Aussicht.«
»Ist doch stockfinster draußen«, sagte Joschi, zog die Vorhänge mit dem Teekannen-Muster aber trotzdem zu.
Endlich stand Alexei auf und zog sich den Hoodie über den Kopf. Im grellen Licht der Leuchtstoffröhren konnte man jeden einzelnen Muskel unter seiner sonnengebräunten Haut sehen. Und Leo sah genau hin, auch wenn sie sich deshalb innerlich

wand. Dieses Zu-Alexei-hinsehen-Müssen war wie ein Drang, der sich nicht beherrschen ließ. Etwas in ihr bekam nicht genug davon, ihren Blick seine breiten Schultern entlanglaufen zu lassen, die dunkle Spur von Haaren, die unter seinem Nabel begann, zu bemerken und bei seinen Armen an jenen Moment zu denken, in dem sie sie bei ihrem nächtlichen Bad im See so fest umschlossen gehalten hatten. Doch ihr fiel noch etwas anderes an ihm auf. Denn trotz seiner Statur und der ausgeprägten Muskulatur wohnte Alexei eine Ahnung von Zerbrechlichkeit inne. Sie verriet, dass er zwar viel und hart arbeitete, sich aber nicht um sein Wohlergehen scherte. Vielleicht, weil er dafür keine Zeit hatte oder nicht genug Geld erübrigen konnte … Oder weil er es einfach immer drauf ankommen lässt, dachte Leo. Wie eine Aura umgab ihn diese gewisse Gleichgültigkeit – so als wäre er von einem Netz aus feinen Rissen umgeben und als bräuchte es nicht viel, damit er zerbricht.

»Sieht es echt so übel aus?«, riss Alexei sie aus ihren Gedanken.

Hastig konzentrierte Leo sich auf die Verletzung. »Es ist nur … ich bin echt froh, dass es nicht meine Rippen sind.«

Der faustgroße Bluterguss hatte sich in der Zwischenzeit weiter verdunkelt und prangte nun wie eine üppige lila Blüte auf dem unteren Rippenbogen. Als Viktor die Stelle abtastete, verzog Alexei das Gesicht vor Schmerz.

»Das muss ein ganz schön kräftiger Schlag gewesen sein«, stellte Viktor fest. »Von der Prellung wirst du eine Weile was haben. Aber soweit ich das beurteilen kann, sind nur die untersten beiden Rippen angeknackst. So gesehen hast du noch einmal Glück gehabt. Hätte Bender dich ein Stück höher getroffen, wäre die alte Bruchstelle vermutlich wieder aufgegangen.«

»Wie? Du hattest echt schon mal gebrochene Rippen?« Joschi pfiff durch die Zähne. »Die Geschichte will ich hören.«
»Willst du nicht.« Alexeis Stimme war nicht mehr als ein Raunen.
»Ist auch immer das Gleiche mit dir: du und deine Geheimnisse.« Schmollend schnappte sich Joschi einen Keks aus einer Dose auf dem Tisch und biss hinein, nur um im nächsten Moment einen Hustenanfall zu bekommen und die Krümel in die hohle Hand zu spucken. »Hölle! So wie die Dinger schmecken, stammen die noch aus dem Zweiten Weltkrieg.«
»So ungefähr«, sagte Viktor. »Das nächste Mal fragst du besser, bevor du dir etwas in den Mund steckst, von dem du keine Ahnung hast.«
»Dann ist also nichts gebrochen?«, erkundigte sich Alexei, der seine Rippen betastete, so als könne er nicht recht glauben, dass sie wirklich heil geblieben waren.
Viktor nickte bloß, holte aus der Arzttasche einen Tiegel hervor und verteilte eine große Portion Salbe auf der betroffenen Stelle, ehe er einen Verband anlegte.
»Sexy«, flachste Joschi und bekam von Alexei prompt den Mittelfinger gezeigt.
Während bei Leo die Anspannung langsam nachließ, blickte Viktor ernst drein. »Auch wenn es nur schmerzt, aber das mit der Gartenarbeit wird jetzt erst einmal nichts, Junge.«
»Mit Schmerzen komme ich klar«, behauptete Alexei. »Mal abgesehen davon, dass der Buchsbaum-Schnitt längst überfällig ist, sind die Hecken unten beim See schon halb verwildert. Und der Giersch hört nicht freiwillig zu wachsen auf, nur weil ich einen blauen Fleck habe.«

»Du kannst doch kaum aufrecht stehen, ohne zu ächzen. Was willst du da mit einer Gartenschere anfangen?«, gab Leo zu bedenken.
Obwohl die Diskussion sichtlich anstrengend war für Alexei, grinste er Leo an. »Da spricht die Garten-Expertin.«
»Sorry, aber man muss weder ein Fachmann noch besonders clever sein, um zu verstehen, dass du nicht in der Lage bist, zu arbeiten.«
Schlagartig wurde Alexei ernst. »Dann habe ich allerdings ein Problem. Sogar ein verdammt großes.«
»Warum?« Leo blickte verwirrt von Alexei, der ihrem Blick auswich, zu Viktor.
Der alte Mann kratzte sich am Kinn, als wisse er nicht recht, ob er sich äußern solle.
»Okay, langsam bin ich beunruhigt«, sagte Leo.
Seufzend lenkte Viktor ein. »Dein Vater zahlt nach geleisteten Arbeitsstunden. Wenn Alexei wegen seiner Verletzung nicht arbeiten kann, fällt nicht nur sein Lohn und somit sein Essensgeld weg, sondern er kann seine Miete fürs Gartenhaus nicht zahlen.«
»Und was mit Leuten passiert, die nicht malochen können, wissen wir ja seit Radus Armbruch«, gab Joschi zu bedenken. »Die können ihre Siebensachen packen, und tschüss.«
Leo konnte es nicht glauben. »Mein Vater nimmt vielleicht Miete für den Gartenschuppen, was irgendwie schon daneben ist, aber er würde nie jemanden vor die Tür setzen, nur weil er zu krank zum Arbeiten ist. Niemals.«
»Ach ja, ich vergaß. Dein Vater würde auch nie Schwarzarbeiter beschäftigen, die von seinem Baustellenleiter wie Sklaven gehal-

ten werden, um die Jugendstilvilla für ein paar Euro zu altem Glanz auferstehen zu lassen.«

Alexeis Gesicht war genauso verschlossen wie sein Blick, der immer noch an Leo vorbeiging. Als wäre sie gar nicht mehr da, als hätte sie aufgehört zu existieren. Und so fühlte es sich auch an, von ihm ignoriert zu werden. Es tat weh. Verdammt, es schmerzte unerträglich und machte sie wütend. Das Verlangen, Alexei anzuschreien, was er sich eigentlich einbilde, und dann hinaus in die Nacht zu stürmen, war kaum zu beherrschen. Nur hätte das nichts an der Tatsache geändert, dass er recht hatte. Clemens kümmerten diese Dinge nicht, so wie ihn viele andere Dinge auch nicht kümmerten – was er heute ja zur Genüge bewiesen hatte.

Leo atmete tief durch. »Ich bin nicht verantwortlich für das, was mein Vater macht oder eben nicht macht. Ich treffe meine eigenen Entscheidungen – und genau deshalb bin ich hier. Weil mir andere Menschen eben nicht egal sind.«

Unmerklich verschob sich etwas, wie ein elektrischer Hauch strich es über Leos nackte Unterarme und ließ die Härchen sich aufstellen. Dann sah Alexei sie an, ganz direkt, ohne ein verlegenes Lächeln oder Blinzeln. »Das stimmt«, sagte er. »Du bist wirklich unverwechselbar.«

Genau wie du, dachte Leo, brachte aber kein Wort heraus.

Als sei ihm seine plötzliche Offenheit nun doch unangenehm, rieb Alexei sich mit dem Handrücken, auf dem die aufgeworfene Stelle immer noch genauso rot leuchtete wie vor ein paar Tagen, über seine Lippen. »Tut mir leid, ich wollte dir nicht wegen etwas auf die Zehen treten, für das du nichts kannst. Es ist nur … Ich weiß nicht, was ich jetzt machen soll. Ich stecke in einer totalen Sackgasse fest. Also, vergessen wir das Ganze?«

»Ja, sicher«, sage Leo, was jedoch nichts daran änderte, dass sie immer noch mit vor Verblüffung weit aufgerissenen Augen dastand. Hatte Alexei, der so unnachahmlich stur und unnahbar war, sich eben tatsächlich bei ihr entschuldigt? Und nicht nur das, sondern sich sogar verletzlich gezeigt?

Auch Joschi schien die Gunst der Stunde zu wittern. »Mal abgesehen davon, dass man Leo nicht für das Verhalten ihres alten Herrn verantwortlich machen kann, hat sie mitten in der Nacht deinen Arsch durch die Gegend kutschiert, obwohl du dich wie eine Pussy aufgeführt hast«, warf er ein, während er mit angezogenen Knien auf einem Stuhl hockte und mit geübten Handgriffen zwei Zigarettenblättchen zusammenklebte. »Wie wäre es mal mit einem herzlichen ›Danke schön‹?«

Mehr als ein Lächeln war bei Alexei nicht drin, doch das geriet überraschend offen.

Obwohl Leos Puls beschleunigte, zwang sie sich, gelassen zu bleiben. Schließlich hatte Alexei sie eben erst wie ein verwöhntes Mädchen dastehen lassen, das von den Härten des Lebens keine Ahnung hatte. Nur – vielleicht bin ich ja auch ahnungslos, überlegte Leo. Aber was ich definitiv nicht bin, ist gemein und nachtragend. »Das war ein harter Tag, für uns alle«, sagte sie. »Dabei war ich auf ein paar entspannte Sommertage eingestellt. Und dann stehe ich vor dieser angeblich wunderschönen Villa, die in Wahrheit eine einzige Baustelle ist und auf der auch prompt jemand verunglückt. Ich werde von einem cholerischen Arschloch rumgeschubst, dann rette ich ein anderes Arschloch mit angeknacksten Rippen davor, die Nacht unter freiem Himmel zu verbringen, und lasse mich dafür auch noch blöd anmachen.« Okay, gestand Leo sich ein, ein bisschen gemein und nachtragend bin ich doch.

Alexei grinste sie an. »Aber im Gegensatz zu Bender bin ich wenigstens ein gut aussehendes Arschloch.«

»Darauf kannst du dir auch echt was einbilden.« Die letzten schmerzenden Splitter lösten sich auf, als Leo sein Lächeln erwiderte.

»Wenn das also geklärt wäre, trinken wir jetzt alle noch eine Tasse Rauchtee und sagen uns dann Gute Nacht.« Viktor stand mit einem Ächzen auf und fasste sich in den Rücken.

Nur Joschi winkte ab, den soeben fertig gebauten Joint schon zwischen den Lippen. »Ich geh mal kurz vor die Tür nach diesem ganzen Rumgestresse. Will jemand mitkommen? Nein? Hier einen auf Drogenabstinenzler machen und dann komisch riechenden Tee trinken, alles klar.«

Nachdem Viktor den Tee eingegossen hatte, stützte Alexei die Arme auf die Tischplatte, als fehle ihm plötzlich die Kraft, sich länger aufrecht zu halten.

»Was für ein krasser Tag.«

»Wie ist er denn für Radu ausgegangen?«, fragte Leo, nachdem sie den Tee probiert hatte. Der duftete tatsächlich ungewöhnlich, irgendwie holzig, aber er schmeckte gut. Vor allem, weil Viktor zweifelsohne die halbe Zuckerdose reingerührt hatte. Der alte Mann saß nun mit übergeschlagenen Beinen da und nippte elegant an seinem Tee.

»Nun, Bender wird Radu abgeschoben haben«, sagte Viktor. »So hält er das doch immer.«

Alexei nahm einen Schluck aus seiner Tasse und zog die Nase

kraus. »Dieses Mal nicht. Raddatz, Benders rechte Hand, hatte Radu schon in den Bulli gesetzt, um ihn zum nächsten Busbahnhof zu bringen, als ich ihn erwischt habe. Hat eine Weile gedauert, Raddatz davon zu überzeugen, den Mann erst einmal zum Arzt und dann mit einer Abfindung im Portemonnaie zum Bahnhof zu bringen.«

»Du hast diesen Fatzke Raddatz dazu bekommen, endlich mal etwas richtig zu machen?« Viktor schnalzte anerkennend mit der Zunge. »Gib's zu, du hast doch was gegen ihn in der Hand gehabt.«

»Genau«, brummte Alexei. Nicht mehr lange, und er würde zu müde zum Erzählen sein. »Raddatz organisiert für Bender ja immer die Leute vom Arbeiterstrich. Da die Auswahl nicht gerade klein ist, hat er eine Art Bewerbungsgebühr eingeführt, von der sein Chef allerdings nichts weiß.«

»Moment«, unterbrach Leo ihn. »Das ist doch wohl ein Scherz! Man muss dafür zahlen, um bei Bender eine Arbeit unter so miesen Umständen zu bekommen?«

Alexei zuckte mit den Schultern. »Das ist nichts Ungewöhnliches. So geht es überall zu, wo Leute um jeden Preis Arbeit brauchen. Ich habe noch viel krassere Sachen erlebt, bevor ich in Havelseck gelandet bin. Die Nachfrage bestimmt das Angebot, richtig?« Als er einen Schluck nehmen wollte, stellte er fest, dass sein Becher leer war, und hielt ihn Viktor hin. »Einmal nachfüllen, bitte.«

Der alte Mann langte nach der Teekanne, Alexei hielt jedoch seine Hand über den Becher.

»Nichts gegen deinen Rauchtee, aber im Augenblick brauche ich definitiv etwas Stärkeres.«

»Das Letzte, was du jetzt brauchst, ist Schnaps«, stellte Viktor fest.

»Das glaube ich nicht. Heute könnte ich nämlich gar nicht genug Alkohol bekommen«, erklärte Alexei auf eine verblüffend charmante Art. Es sah ganz danach aus, als würde die Müdigkeit eine Seite seiner Persönlichkeit bei ihm freilegen, die sonst unter hartnäckigem Schweigen und einer undurchdringlichen Abwehrhaltung verborgen war.

Tu nicht so verwundert, du hast es von Anfang an gespürt: Alexei ist viel mehr, als er zu sein vorgibt, dachte Leo fasziniert.

»Und was hat es jetzt auf sich mit dieser Bewerbungsgebühr?«, fragte sie nach.

Mit sichtlicher Mühe nahm Alexei den Faden wieder auf. »Wer für Bender arbeiten will, muss erst mal an Raddatz Kohle abdrücken. Und wer die nicht hat, bekommt ein Darlehen zu Wucherzinsen. Das kann man dann notfalls auch mit ein paar Sonderjobs abarbeiten. Üble Aktionen, für die sich sonst niemand hergeben würde.«

»Dann rührt die Wunde auf deinem Handrücken, die nicht heilen will, vermutlich von einem dieser Jobs«, mutmaßte Leo.

Es dauerte einen Augenblick, bis Alexei begriff, wovon sie redete. »Dir entgeht auch gar nichts, was?« Vorsichtig strich er mit den Fingern über die aufgeworfene Haut. »Aber stimmt schon, die Verätzung habe ich mir bei einer Nacht-und-Nebel-Abrissaktion geholt. Arbeitshandschuhe waren nicht im Budget drin. Sind sie nie.«

Hektisch versuchte Leo, den Kloß runterzuschlucken, der sich in ihrer Kehle festgesetzt hatte. Doch sie konnte Alexei mittlerweile gut genug einschätzen, um zu wissen, dass er auf Mitleid allergisch reagierte. Was für eine krude Mischung: Auf der einen Seite dieses Übermaß an Stolz und auf der anderen eine schon fast krankhafte Gleichgültigkeit sich selbst gegenüber.

»Der Herr Vorarbeiter war vermutlich nicht begeistert von dieser Planänderung«, sagte Viktor.

»Stimmt, das lief nicht ganz so easy«, gab Alexei zu. »Bender hat mich abgepasst, als ich Joschi sein Fahrrad bei der Baracke vorbeigebracht habe. Der Typ war fuchsteufelswild. Ein echtes Wunder, dass der mir nicht gleich welche reingehauen hat. Jedenfalls wollte er das Geld von mir wiederhaben, das Raddatz notgedrungen für Radu ausgelegt hatte. Meinen Gegenvorschlag, mich einfach am Arsch zu lecken, fand Bender leider nicht so überzeugend.«

»Das kann ich mir vorstellen.« Allein bei der Vorstellung von dem bulligen Mann mit seiner angriffslustigen Art wurde Leo ganz flau.

»Tja, und schon hatte ich seine Faust im Magen.« Alexei ahmte ein Geräusch nach, als würde einem die Luft aus den Lungen gepresst werden. »Anfangs sah es trotzdem noch ganz gut aus für mich, weil Bender nicht mit Gegenwehr gerechnet hatte. Normalerweise lassen seine Leute ja alles, ohne mit der Wimper zu zucken, über sich ergehen. Irgendwann hatte er dann genug eingesteckt und hielt mir die Hand hin, so als wolle er es dabei belassen. Ich nehme seine Hand, und bäng! – verpasst er mir mit der Linken einen Schwinger.« Unwillkürlich fasste Alexei sich ans Kinn, wo sich der Bluterguss mittlerweile veilchenblau ausgebreitet hatte.

Das Knarren der Haustür ließ sie alle drei aufschrecken. Joschi war von seiner kleinen Raucherexpedition zurückgekehrt und hatte Alexeis letzte Worte anscheinend mitbekommen. »Dieser Typ ist ein ganz übler Wichser«, sagte er, hörbar angefasst wegen Benders Arglist.

»Und ich bin ein Idiot, weil ich auf den alten Trick reingefallen bin«, sagte Alexei.

»Mann, du bist zu Boden gegangen wie ein Sack Kartoffeln und warst einen Moment lang völlig weggetreten«, sagte Joschi, dem seine Bestürzung immer noch anzusehen war. »Als Bender dir zum Abschied noch einen Tritt in die Rippen verpasst hat, hast du nicht einmal mehr gezuckt. Ich dachte voll, du wärst tot. Ungelogen. Und dann, als du wieder zu dir gekommen bist, hast du so einen komischen Ausdruck gehabt. Kreidebleich warst du und hast dich umgesehen, als hättest du keine Ahnung, wo du überhaupt bist. ›Lew?‹, hast du gesagt und mich angeschaut, als ob ich ein Gespenst wäre. Das war so strange, ich kann das gar nicht beschreiben.«

»Dann lass es.«

Der drohende Unterton in Alexeis Stimme brachte Joschi zum Schweigen.

Im Gegensatz zu Viktor. »Wer ist Lew?«, fragte der alte Mann.

Einen Moment lang sah es so aus, als würde Alexei mit der Faust auf den Tisch schlagen. Doch je länger er Viktor anstarrte, desto mehr ließ das wütende Blitzen in seinen Augen nach. »Eine alte Geschichte«, sagte er schließlich.

»Und eine traurige noch dazu, so, wie du klingst.« Leo konnte nicht glauben, dass sie das wirklich gesagt hatte.

Doch Alexei brüllte sie nicht an, endlich die Klappe zu halten, sondern legte nur den Kopf in den Nacken und schloss die Augen. »Ist lange her.«

Wenn es so lange her und längst vergessen ist, warum setzt dich dann allein die Erinnerung daran so heftig unter Strom?, hätte Leo ihn zu gern gefragt. Sie saß nur eine Armlänge von ihm entfernt, aber sie wagte es nicht, die Hand nach ihm auszustrecken, aus Angst, sich einen Schlag wegzuholen.

»Okay, Schlafenszeit.« Joschi deutete mit schweren Lidern auf das Sofa, das in der angrenzenden Wohnstube stand. »Kann ich heute Nacht bei dir pennen, Viktor?«

Der alte Mann blinzelte. Er hatte so in Gedanken versunken dagesessen, dass Leo schon geglaubt hatte, er wäre eingenickt. »Tut mir leid, aber das Sofa ist für Alexei. Mein Bett brauche ich mit meinen morschen Knochen nämlich selbst.«

»Hau dich ruhig aufs Sofa, Joschi«, sagte Alexei. »Ich verschwinde eh gleich. Brauche nur noch einen Moment, und dann …« Wie in Zeitlupe legte er seinen Kopf auf dem Tisch ab und stieß ein leises Knurren aus, als seine Rippen ihm die Position übel nahmen. Trotzdem rührte er sich nicht mehr. Alexei war eingeschlafen.

Während Joschi das als Zeichen nahm, es sich auf dem Sofa gemütlich zu machen, stand Leo so leise wie möglich auf. »Dann mal gute Nacht«, flüsterte sie und winkte ab, als Viktor sie zur Tür begleiten wollte.

Vor dem Haus blieb sie stehen und atmete die würzige Waldluft tief ein. Was hatte Alexei nur gegen den Wald? Dann warf sie einen letzten Blick auf das Häuschen. Wie gern wäre sie geblieben. Hier war es so viel besser als in dem Haus, zu dem sie jetzt zurückkehren musste – egal, wie schön und erhaben es war. Sie sah sich bereits, wie sie das Cabrio auf den letzten Metern ausrollen ließ, um dann zögernd durch die Eingangstür der Villa zu treten, wohl wissend, dass nach dieser Nacht einige Dinge zwischen ihr und ihrem Vater anders sein würden. Auch wenn Clemens das vermutlich kaum bemerken würde. Genau das war ja ihr Problem.

11

Für Horst Bender war die Nacht noch lange nicht vorbei. Die Sache mit diesem verdammten Alexei steckte ihm in den Knochen. Schon klar, er hatte dem Wichtigtuer ordentlich was aufs Maul gegeben. Aber dazu hatte er auf einen Trick zurückgreifen müssen – und das hinterließ einen bitteren Nachgeschmack, den er nicht loswurde. Verbissen ließ er vor seinem geistigen Auge den Film ablaufen, wie er seinen Stiefel in Alexeis Seite rammte, während der Bursche am Boden lag. Ausgeliefert und armselig.

Augenblicklich ging es ihm besser.

Ja, ein Horst Bender ließ sich keine Regeln diktieren. Und schon gar nicht von so einem Wichser, der bloß einen auf harter Kerl machte, während ihm der gute Stall, aus dem er stammte, wie ein verräterischer Geruch anhing. Seit er Alexei das erste Mal gesehen hatte, hatte er ihm klarmachen wollen, wer das Sagen hatte: nämlich er, Bender. Bislang hatte nie einer von seinen Leuten seinen Führungsanspruch angezweifelt, sein Wort war Gesetz. Bis dieser kleine Drecksack ihn herausgefordert hatte, und das mehr als einmal. Alexei hatte ihn vor seinen Leuten bloßgestellt, sich aufgespielt und ihm dann zu guter Letzt auch noch vorschreiben wollen, wie das mit dem nutzlos gewordenen Radu abzulaufen habe. So gesehen war der Abend mit Alexei im Dreck zu seinen Füßen ein voller Erfolg gewesen. Alle hatten gesehen, was er mit denjenigen anstellte, die ihm dumm kamen. Egal, wie jung und kräftig sie waren. Oder wie überzeugt davon, im Recht zu sein.

Trotzdem fühlte es sich nicht nach einem Sieg an. Auch nicht nach dem ganzen Schnaps, den er im Kreise seiner kuschenden Rumänen- und Bulgaren-Freunde am Lagerfeuer vor der Baracke getrunken hatte.

»Ich hätte dem feinen Herrn Alexei nicht in die Rippen, sondern in die arrogante Visage treten sollen«, murmelte er, und seine Hände ballten sich zu Fäusten. »Dann wären zumindest die Weiber nicht länger hinter ihm her.« So wie die Tochter vom Kressberg, die hatte gar nicht die Augen von Alexei lassen können, während sie für ihn nur einen abfälligen Blick übrig gehabt hatte.

Leise vor sich hin fluchend ging Bender auf und ab in dem Zimmer, das er für sich allein beanspruchte. Es herrschte zwar chronischer Platzmangel in der Baracke, aber dieser Raum stand ihm trotzdem dauerhaft zur Verfügung, für den Fall, dass er abends mal nicht wegkam und hier übernachten musste. Oder ihm der Sinn nach ein wenig Ablenkung stand. Und genau das war jetzt der Fall.

Sein Blick ging erneut zu seinem Handy, um die Uhrzeit zu checken.

01:53 Uhr

Der Samstag war schon angebrochen, und er saß immer noch allein in seinem Zimmer. Dabei brauchte er dringend etwas, um sich abzureagieren. Oder vielmehr jemanden.

Wo zur Hölle trieb sich dieses Miststück nur rum? Er hatte doch deutlich gesagt, dass er die Nacht nicht allein verbringen wollte.

Nun, wenn sie endlich auftauchte, würde er ihr eine Lektion verpassen. Dazu war er jetzt richtig in Stimmung.
Bei der Vorstellung, auf welche Weise er gleich seinen Frust abbauen würde, besserte sich seine Laune schlagartig. Er stand vom Bett auf und ging zur Kommode, wo eine angebrochene Flasche Wodka stand. Gerade als er sich einen Schluck eingegossen hatte, klopfte es an der Fensterscheibe. Mit einem Knurren auf den Lippen fuhr Bender herum, sah aber nur schwarzes Glas, in dem sich das Licht der Deckenlampe brach.
Hastig trank er das Glas leer und trat ans Fenster. Aber erst, als er es geöffnet hatte und in die Nacht hinausblickte, machte er eine Gestalt im Dunkel zwischen den Bäumen aus. Dort stand sie … wartend, eine einzige Herausforderung. Und jede Sekunde, die er verstreichen ließ, machte ihn zu einem Verlierer.
»Was soll das denn für ein Scheißspielchen sein?«, knurrte Bender. »Glaubst du, ich renn dir wie ein Idiot im Wald hinterher? Da scheiß ich drauf.«
Es kam keine Antwort zurück, trotzdem glaubte Bender ein leises Lachen zu hören, das für ihn nichts anderes als »Du feiger alter Sack« hieß.
Ihm blieb nichts anderes übrig, als die Herausforderung anzunehmen und endgültig für Klarheit zu sorgen, dass er – er allein! – hier der Chef war. Niemand durfte es wagen, sich gegen ihn zu stellen.
Leicht wankend stieg Bender in seine Stiefel, ehe er sich aus dem Fenster beugte und brüllte: »Pass auf! Ich komme, und wenn ich dich hab, dann kannst du was erleben! Dieses Mal gibt es mehr als nur einen Warnschlag, du arrogantes Stück Dreck!«

IM WALD

Er tastete sich voran. Da war Borkenrinde, glatt und kühl unter seinen suchenden Händen. Ein weiterer Feind, der sich ihm in den Weg stellt. Er ist umgeben von Feinden, sie umringen ihn und kreisen ihn ein. Egal, wohin er sich wendet, überall versperren Bäume ihm den Weg.

Stolpern, straucheln, weiterlaufen. Immer weiter hinein in das Labyrinth aus Stämmen, fort, so weit ihn die Füße tragen.

Kein Blick zurück. Aber einen nach unten, denn etwas Hartes bohrt sich in seine nackte Fußsohle. Und da quillt es schon hervor, das Blut. Rot. Blutrot. So wie es hinter seinem zugeschwollenen Auge leuchtet, während er sich durch die sternenlose schwarze Nacht vorantastet.

Wimmernd lässt er sich auf den Boden sinken und zieht einen widerspenstigen Holzsplitter aus seiner Sohle. Wenn er seine Flucht fortsetzen will, wird er das bald auf allen vieren tun müssen. Wie ein Tier, jeder Würde beraubt.

Er will das nicht mehr, dieses widerliche Gefühl, ein Nichts zu sein, nach dem man tritt und schlägt, das man verlacht und unter Johlen jagt.

»Ich lasse mich nicht noch einmal fangen«, verspricht er sich selbst. Dabei bemerkt er den metallischen Geschmack im Mund. Noch mehr Blut, noch mehr Rot.

Ohne zu wissen, woher er die Kraft nimmt, stemmt er sich in die Höhe und stolpert tiefer in den Wald hinein.

12

Alexei wachte auf, weil ihn das ungute Gefühl beschlich, beobachtet zu werden. Außerdem war da noch etwas anderes gewesen. Ein Schrei? In seinen Träumen hatte jemand geschrien, aber das war nichts Ungewöhnliches, sondern vielmehr die Regel seit über einem Jahr. Was jedoch durch den dichten Nebel des Schlafs zu ihm gedrungen war, schien ein Ruf gewesen zu sein. Jemand hatte seinen Namen gerufen.

Mit einiger Anstrengung gelang es Alexei, seine Augen zu öffnen. Grelles Tageslicht blendete ihn und erzeugte einen stechenden Kopfschmerz. Auch sonst wurde nichts besser, in seinem Körper herrschte ein Brennen, Ziehen und wundes Pochen, als sei er bei lebendigem Leib durch die Mangel gedreht worden. Außerdem war ihm viel zu warm. Stöhnend schob er den Deckensaum von seiner schweißüberzogenen Brust und stieß dabei auf rauen Stoff. Der Verband, erinnerte er sich. Wegen Benders Fußtritt … Der finale Tritt, als er schon längst am Boden gelegen hatte, ohnmächtig, während sein Geist die Gelegenheit genutzt hatte, an einen Ort zurückzukehren, der zu seiner persönlichen Hölle geworden war. Die Erinnerung war so lebendig gewesen, dass er viel zu lange gebraucht hatte, um zu kapieren, dass er bloß auf dem staubigen Vorhof der Baracke lag. Er hatte Joschi sogar mit Lew verwechselt. Viktor hatte es mitbekommen … und Leo.

Wie auf Kommando begann Alexeis eingedrückter Rippenbogen, ihm die Luft abzupressen. Das gleiche Spiel wie am Abend zuvor, nur dass dieses Mal kein Viktor neben ihm stand und ihm befahl, normal zu atmen. Er war allein, und sein rebellierender Körper war stärker als sein Wille. Egal, wie verzweifelt er nach Luft rang, es kam nicht annähernd genug Sauerstoff in seiner Lunge an. Konnte man eigentlich auf dem Rücken liegend ersticken, einfach so?

Bevor seine Atmung völlig außer Kontrolle geriet, drang ein schabendes Geräusch an sein Ohr und lenkte ihn von seiner Panik ab.

Jemand hatte die abgesenkte Tür zum Gartenhaus mit einem kräftigen Ruck geöffnet.

Er war nicht länger allein.

Alexei schlug die Augen auf. Es brauchte einen Moment, bis er begriff, was er sah. Im hell einfallenden Licht stand ein Mädchen. Ihr offenes blondes Haar verlieh ihr etwas Unwirkliches, als wäre sie von einer strahlenden Aura umgeben. Etwas in ihm verschob sich bei ihrem Anblick, löste sich auf wie Rauch im Sommerwind.

»Ich habe angeklopft«, entschuldigte sich Leo. »Und gerufen habe ich auch, aber du schläfst ja wie ein Toter.«

»Kein Problem«, sagte Alexei, wobei er einen metallischen Geschmack in seinem Mund bemerkte. Blut, dachte er verwirrt. Anscheinend hatte er sich im Schlaf auf die Zunge gebissen.

Die Grimasse, die er zog, entging Leo nicht. »Ist mit dir alles okay?«

Nein, schon lange nicht mehr. Doch diese Antwort sparte Alexei sich lieber. Für Geständnisse gab es ohnehin keinen Grund, seine Atmung hatte sich nämlich beruhigt. Seine Aussetzer waren reine Kopfsache, genau wie Viktor vermutet hatte. Darüber würde er sich später Gedanken machen. Jetzt musste er erst einmal mit einem Mädchen klarkommen, das die Angewohnheit hatte, ihn immer eiskalt zu erwischen.

»Komm ruhig rein«, sagte er zu Leo.

Trotzdem blieb sie mit einem verlegenen Lächeln in der halb offenen Tür stehen. »Bist du dir sicher?«

»Ja, doch. Ich bin gleich wieder voll da.«

Beim zweiten Anlauf gelang es Alexei, sich auf der schmalen Pritsche aufzusetzen. Als er letzte Nacht von Viktor zurückgekehrt war, hatte er offenbar nicht nur vergessen, die Fensterläden zu schließen, sondern er hatte auch seine Klamotten einfach dort liegen lassen, wo er sie ausgezogen hatte.

Aber das war noch nicht alles.

Neben der Spüle stand nicht länger das frisch abgewaschene Geschirr vom Vortag, sondern die Teller und Gläser lagen zerschlagen auf dem Boden, als hätte sie jemand mit einer Handbewegung vom Bord gewischt. Die Türen des Schranks, in dem früher Blumentöpfe aufbewahrt worden waren, standen sperrangelweit offen, und der gesamte Inhalt, der aus Alexeis Hab und Gut bestanden hatte, war rücksichtslos herausgeschmissen worden. Dazwischen lag das komplette Vorratssortiment verstreut und roch nach Erdbeermarmelade. Sogar seine Bücher waren aus dem Wandregal geworfen worden, und ihre zerknickten Buchdeckel verzierten das Werk der Zerstörung.

Gewöhnlich hielt Alexei penibel Ordnung, weil das Gartenhaus nicht größer war als ein Verschlag, in dem selbst im aufgeräumtesten Zustand chronische Platznot herrschte. Er konnte sich nicht erklären, was passiert war. Fassungslos starrte er das Chaos um sich herum an.

»So wohnst du also.« Leo hob eine zersprungene Tasse auf und betrachtete sie mit einem Gesichtsausdruck, der Alexeis Bestürzung zu spiegeln schien.

»Mann, das kann doch nicht wahr sein! Ich träume wohl noch.« Alexei rieb sich die Augen. Es half nichts: Vor ihm lag sein kurz und klein geschlagenes Zuhause. Wer auch immer sich hier ausgetobt hatte, musste rasend vor Wut gewesen sein.

»Wenn das bei dir nicht immer so aussieht, was ist denn dann passiert?«, fragte Leo, die sich noch immer keinen Schritt bewegt hatte, einfach weil es keinen Platz gab, wo sie ihren Fuß hätte hinsetzen können. »Hat Bender dir einen Besuch abgestattet, um seinen Standpunkt noch einmal deutlich zu machen?«

»Schon möglich. Nur …« Egal, wie gründlich Alexei seine Erinnerung durchforstete – er hatte nicht die geringste Idee, was in Wirklichkeit vorgefallen war. Und das machte ihm mehr Sorge als das zerschlagene Porzellan. »Keine Ahnung, was da los gewesen ist«, gab er widerwillig zu. »Das muss schon so ausgesehen haben, als ich gestern Nacht nach Hause gekommen bin. Ich war wohl zu k. o., um es zu bemerken, und bin bloß der Länge nach ins Bett gekippt.«

»Wo genau bist du denn vorher gewesen?«

Die Schärfe in Leos Stimme ließ Alexei aufhorchen. Warum auch immer, das klang nach Vorwurf. Sie war sauer auf ihn. Noch etwas, wofür er keine Erklärung hatte.

»Du weißt doch genauso gut wie ich, wo ich gewesen bin: bei Viktor.«

»So, so.« Leo schob mit der Sandalenspitze einen aufgeplatzten

Kartoffelsack beiseite, um die Tür hinter sich schließen zu können. »Ich glaube, wir beide müssen mal über was reden.«
Okaaay, dachte Alexei. Sie ist definitiv sauer auf mich.
»Wie spät ist es überhaupt?«, fragte er, während er sich nach seiner Armbanduhr umsah. Für gewöhnlich nahm er sie nie ab, wie der helle Streifen Haut an seinem Handgelenk bewies. Jetzt war jedoch keine Spur von ihr zu entdecken. Er musste sie demnach auf dem Rückweg von Viktor verloren haben. Dabei hatte sie schon viel üblere Sachen überstanden.
»Neun Uhr morgens. Aber hör mal …«
»Shit, ich habe total verpennt. Viktor wird mir was flüstern, er hasst Unpünktlichkeit.« Alexei wollte aufspringen, doch der aufflammende Schmerz in seinen Rippen machte ihm einen Strich durch die Rechnung. Mit einem unterdrückten Stöhnen blieb er auf der Pritsche sitzen.
»Vergiss das mit Viktor, der wartet nicht auf dich. Nicht nur wegen deiner angeknacksten Rippen, sondern auch weil heute Sonntag ist. Da wird nicht einmal auf dieser Baustelle gearbeitet.«
Es dauerte einen Augenblick, bis Alexei begriff, was Leo gesagt hatte. »Es ist Sonntag? Unsinn. Gestern war hundertpro Freitag, deshalb hat Bender mich ja vor der Baracke erwischt. Freitagnachmittag wird der Wochenlohn ausgezahlt.«
»Heute ist trotzdem Sonntag, und geprügelt habt ihr euch vorgestern«, beharrte Leo, während sie ihn musterte. Dann strich sie sich mit einem ergebenen Gesichtsausdruck das Haar hinter die Ohren. »Du bist den ganzen Samstag über unauffindbar gewesen. Niemand hatte auch nur eine Ahnung, wo du abgeblieben bist. Joschi war deshalb ziemlich aus dem Häuschen,

und Viktor meinte bloß, dass du schon wieder auftauchen würdest. Aber ich habe ihm angesehen, dass er sich ebenfalls Sorgen um dich gemacht hat. Hast du in irgendeiner Kaschemme deinen Frust weggesoffen und bist in einem fremden Bett untergeschlüpft?« Bei der Erwähnung des »fremden Bettes« verschränkte sie die Arme vor der Brust, als würde sie sich für seine Antwort wappnen.

Doch Alexei schüttelte bloß verständnislos den Kopf. »Wir waren letzte Nacht bei Viktor, das weiß ich genau. Ich war ziemlich durch den Wind, das gebe ich zu, aber ich kann mich trotzdem daran erinnern, dass ich unbedingt noch nach Hause wollte. Ich hasse den Wald, deshalb wollte ich auf keinen Fall in diesem Haus schlafen. Also, wir haben noch geredet, über Benders miese Tricks, und dann …« Er brach ab.

Und dann bin ich wach geworden, weil ein Teil von mir dich hat rufen hören, dachte er, wagte es jedoch nicht, diesen Gedanken laut auszusprechen. Ansonsten war da nichts, die Zeit dazwischen war wie ausgelöscht. Er hatte keinerlei Vorstellung, was zwischen ihrem Gespräch bei Viktor und diesem Morgen im Gartenhaus passiert war. Plötzlich durchzuckte es ihn. Da war doch etwas! Dieser schreckliche Albtraum, der sich so verdammt echt angefühlt hatte.

Der Wald. Er war durch den Wald geflohen. Auf nackten Füßen, die erdbeschmiert und blutig über gefallenes Laub liefen. Tiefer hinein in den Wald, solange sie ihn noch trugen.

Hatte er das nur geträumt, oder war er tatsächlich zwischen den Bäumen umhergeirrt, gejagt von grauenhaften Erinnerungen, ohne darauf zu achten, wohin er trat, bis seine Füße ihn vor lauter Wunden nicht weitertragen konnten?

Alexei schob die Decke beiseite und betrachtete seine Füße. Sie waren sauber und unverletzt.

»Ich warte wohl besser draußen auf dich.« Mit hochrotem Gesicht wendete Leo sich ab und langte nach dem Türgriff. Dann war sie auch schon draußen und zog mit einem Rums die Tür hinter sich zu.

»Was ist denn jetzt?«, fragte Alexei verwirrt. Dann begriff er, was Leo nach draußen getrieben hatte: die fehlende Decke. Fluchend angelte er nach einer einigermaßen sauberen Jeans und einem T-Shirt, das zwischen Geschirrsplittern lag und lediglich ein paar Marmeladenspritzer abbekommen hatte. Er schüttelte die Sachen notdürftig aus und schlüpfte hinein, ehe er Leo ins Sonnenlicht folgte.

13

Leo ärgerte sich über sich selbst. Gut, sie hatte einen Tick zu viel von Alexei zu sehen bekommen, aber deshalb musste sie ja noch lange nicht unschuldslammrot anlaufen und fluchtartig das Zimmer verlassen. Vor allem, weil er selbst das Ganze eher locker nahm. Zumindest machte er den Eindruck, als er ihr ein paar Minuten später ins Freie folgte und kein Problem damit zu haben schien, ihr direkt in die Augen zu blicken. Er grinste sogar.

»Tut mir leid, ich war irgendwie noch nicht ganz bei mir.«

»Blödsinn! Ich hätte einfach draußen warten sollen, bis du aus dem Bett raus bist«, beeilte Leo sich klarzustellen. »Es ist nur so, dass ich mir echt Sorgen gemacht habe, weil du den kompletten Samstag wie vom Erdboden verschluckt warst. Es hätte dir ja sonst was passiert sein können, so angeschlagen, wie du nach der Prügelei mit Bender gewesen bist. Und als ich dich dann eben durchs Fenster seelenruhig im Bett habe liegen sehen …«

Es fühlte sich irgendwie zu intim an, darüber zu sprechen. Als würden ihre Worte zu viel verraten, vielleicht sogar Dinge, die sie nicht einmal sich selbst eingestand. Etwa, dass es durchaus auch andere Gründe als ihre Sorge gab, die sie schon am Morgen zum Gartenhaus getrieben hatten. Weil sie ihn unbedingt wiedersehen wollte … Oder vielmehr *musste*, nachdem er sich in ihrem Kopf festgesetzt hatte wie eine fixe Idee.

»Vergessen wir das Ganze einfach, okay?«, erlöste Alexei sie.
Leo nickte, obwohl ihr klar war, dass sie kaum vergessen würde, was sie im Gartenhaus zu sehen bekommen hatte: weder den nackten Alexei noch die Zerstörung um ihn herum.
Allerdings war er wohl nicht so locker, wie er tat. Als er sich durch das heillos zerzauste Haar strich und ein Stück Zweig zwischen den Strähnen hervorzog, wurde er blass. »Fuck«, murmelte er. »Wo kommt das denn her?«
»Vermutlich hast du dich querfeldein durch den Wald geschlagen«, schlug Leo vor. Bis eben war sie der Überzeugung gewesen, dass Alexei nur den Ahnungslosen spielte, während er sich in Wirklichkeit mit der dunkelhaarigen Waldfee vergnügt und dabei Zeit, Job und seine neue Nachbarin mit den vielen Fragen glatt vergessen hatte. Jetzt war sich Leo da aber nicht mehr so sicher. Alexei wirkte nicht nur verstört, sondern auch ziemlich ramponiert. »Diese vielen frischen Kratzer …« Sie deutete auf das rot leuchtende Netz, das seine Unterarme bedeckte. »Die sehen so aus, als wärst du durchs Dickicht gelaufen.«
Sichtlich verwirrt kratzte Alexei an den Schrammen herum, als erwarte er, dass sie wie Klebetattoos abgingen. Was sie natürlich nicht taten. Stattdessen riss der Schorf auf, und Blut trat hervor.
»Alexei, hör auf damit.«
»Womit?«
»Dir selbst wehzutun.«
Mit gerunzelter Stirn betrachtete er die frisch aufgegangene Wunde, dann glitt sein Blick ins Leere. Trotzdem glaubte Leo die Gedanken hinter seiner Stirn rasen zu hören. Nur schienen sie

nirgendwo anzukommen. Langsam wanderten seine Finger erneut über die Schrammen. Leo griff nach seiner Hand und hielt sie fest. Seine Haut fühlte sich kalt an, obwohl sie im warmen Sonnenlicht standen.

»Bitte«, sagte Leo.

Alexei brauchte einen Augenblick, bis er nickte. »Ich lass es bleiben, versprochen.« Dann schob er vorsichtig Leos Hand beiseite. »Mann, ich muss wie ein Irrer rüberkommen. Das Chaos im Gartenhaus, ich hocke völlig planlos mittendrin, und jetzt so ein Scheiß.«

»Du hast wirklich keine Ahnung, was du gestern gemacht hast, was?«, sagte Leo. »Das muss ein ziemlicher Schock sein.«

»Heute *ist* Samstag«, beharrte Alexei. »So durchgedreht bin ich nun auch wieder nicht, dass mir ein ganzer Tag verloren geht und ich nix davon mitbekomme.«

Leo schaute ihn nur abwartend an.

»Das gibt es doch nicht!« Alexei legte den Kopf in den Nacken, und Leo glaubte, einen stummen Fluch von seinen Lippen abzulesen. »Falls du mich nur verarschst, wäre genau jetzt der richtige Zeitpunkt, um die Sache aufzuklären. Das ist nämlich kein Stück witzig.«

Wut hatte sich in seine Stimme geschlichen, sie kälter und schärfer gemacht und ein Unbehagen in Leo geweckt. Du kennst diesen Jungen nicht, erinnerte sie sich. Du weißt nicht, wie er reagiert, wenn er sich in die Enge gedrängt fühlt. Vielleicht schlägt er um sich … Er wird diesen gewissen Ruf schon nicht umsonst haben. Nein, entschied sie trotz des Kribbelns zwischen ihren Schulterblättern. Alexei ist nur verstört, damit komme ich zurecht.

Demonstrativ lehnte Leo sich vor, sodass sie die feinen Glanzpunkte in seinen Augen sehen konnte. »Das Ganze ist kein dummer Witz, und das weißt du genau.«
Alexei erwiderte ihren Blick, die Augen zu Schlitzen verengt, als warte er nur darauf, dass sie sich ihren Worten zum Trotz verriet. Sein ganzer Körper stand unter Anspannung, doch dann lockerte er die Schultern. »So ein verfluchter Mist, als hätte ich nicht schon genug Probleme am Hals. Jetzt auch noch Entführung durch Außerirdische.«
»Bestimmt gibt es eine logische Erklärung für deinen Filmriss«, versuchte Leo ihm auf die Sprünge zu helfen. »Nach Benders Foul warst du doch kurz ohnmächtig. Joschi hat zwar nur den Tritt in die Rippen gesehen, aber es ist doch durchaus möglich, dass er dir auch gegen den Kopf getreten hat. Vielleicht hast du dir ja dabei eine Gehirnerschütterung zugezogen.«
»Deshalb habe ich im Wald eine Art Heilungsschlaf hingelegt, bis mich ein guter Samariter ins Gartenhaus getragen hat.« Alexei lachte trocken und trat ungeachtet seiner nackten Füße nach einem Stein.
Er braucht etwas, woran er sich festhalten kann, erkannte Leo. Sonst dreht er durch. »Vielleicht hast du beim Nachhausekommen einen Eindringling überrascht.«
»Klar, und nachdem der große Unbekannte mir eins übergezogen hat, war er so freundlich, mir die Klamotten auszuziehen, mich auf die Pritsche zu legen und mich dann netterweise auch noch zuzudecken, damit ich schön schlafen kann.« Alexei presste den Kiefer so fest zusammen, dass die Knochen hervortraten. »Deine Idee mit der Gehirnerschütterung klingt vernünftig, auch wenn es mir ziemlich strange vorkommt.«

»Allerdings wissen wir immer noch nicht, wer für die Verwüstung verantwortlich ist.« Leo bereute ihren Kommentar sofort, als Alexei erneut seinen Kiefer anspannte.

»Bender, wer sonst?«, knurrte er. »Dem Arsch hat es nicht gereicht, mir ein paar Tritte zu verpassen, als ich schon am Boden lag. Der wollte mir unmissverständlich klarmachen, was er mit Leuten anstellt, die sich in seine Angelegenheiten einmischen.«

»Klingt logisch«, lenkte Leo ein, obwohl sie noch nicht restlos überzeugt war. Bender war zweifelsohne ein machtbesessener Typ, nur hätte er sich nicht eher eine Bestrafung für Alexei einfallen lassen, von der seine Arbeiter auch etwas mitbekamen? Diese Gedanken hob sie sich für später auf, wenn Alexei sich von dem Schock einigermaßen erholt hatte. Jetzt musste er erst einmal etwas runterkommen. »Was hältst du von einem Frühstück bei uns in der Küche? Ich habe gestern den Tante-Emma-Laden im Dorf leer gekauft, nur um jetzt auf dem ganzen Zeug sitzen zu bleiben. Mein Vater hatte nämlich einen Riesenstreit mit seiner neuen Flamme. Nachdem das Drama epische Ausmaße angenommen hatte, weil Svea sein Paradies am See für ein ödes schwarzes Loch hält, hat er sie kurzerhand ins Auto gesetzt und zurück nach Berlin verfrachtet. Vermutlich sind die beiden immer noch mit ihrer Versöhnung beschäftigt. Ich sitze also mutterseelenallein in diesem riesigen Kasten fest.«

»Wenn das so ist … Ich habe tatsächlich einen Mordshunger.« Alexei lächelte und schien fest entschlossen, einen Strich unter das Rätsel seines Blackouts samt Folgen zu ziehen.

Gemeinsam schlenderten sie über die Rasenfläche zur Villa, versunken in ein Schweigen, in dem ein Versprechen mitschwang: Dieses Zusammensein konnte komplett danebengehen, aber es konnte genauso gut etwas zutage fördern, das Leo bislang bestenfalls gespürt hatte: dass die Chemie zwischen Alexei und ihr stimmte, auch wenn sie vermutlich eine ziemlich explosive Mischung abgaben.

Die Sonne wärmte die Luft allmählich auf, nachdem sie sich am Vortag kaum hatte blicken lassen. Das Gras war noch feucht und duftete nach Sommer. Leichtfüßig nahm Leo die Treppen hoch zur Terrasse, während Alexei ein wenig länger brauchte und die Hand gegen seinen Rippenbogen presste. Seine Fußsohlen hinterließen feuchte Abdrücke auf den Sandsteintreppen.

Leo verspürte einen seltsamen Hüpfer in der Brust. Als Alexei ihren Blick erwiderte, lächelte sie ausweichend.

»Wenn du willst, kannst du unsere Dusche benutzen. Heißes Wasser ist bestimmt genau das Richtige für deine ganzen blauen Flecken.«

»Gern, ich fühle mich völlig verpekt.« Alexei musterte seine schwarz geränderten Fingernägel. »Ist das Zeug etwa Harz?« Dann ließ er seine Hände in den Taschen seiner Jeans verschwinden. Offenbar war sein Bedarf an Grübeleien erst einmal gedeckt.

Obwohl er seine Hände so schnell versteckt hatte, war Leo nicht entgangen, dass die Fingerknöchel an seiner rechten Hand blutverkrustet waren. Dabei konnte sie sich nicht daran erinnern, dass sie vorgestern schon aufgeplatzt gewesen waren. Noch mehr frische Wunden, dachte sie mit einem mulmigen Gefühl im Bauch. Bestimmt waren die Knöchel aufgeplatzt, als er bei der Prügelei mit Bender einen Schlag gelandet hatte. Nur warum waren ihr diese Verletzungen dann nicht schon am Freitagabend aufgefallen? Weil du zu sehr damit beschäftigt gewesen bist, Alexeis Sturkopf in die richtige Bahn zu lenken, dachte sie. So musste es sein.

14

Leo stellte gerade den Brotkorb auf den Tisch, als Alexei frisch geduscht die Küche betrat. Sein Haar bildete nun ordentliche, nass glänzende Wellen, die er aus dem Gesicht gestrichen hatte, und der herbe Geruch von Leos Limonen-Duschgel breitete sich im Raum aus. Jede Erinnerung an Harz, Schweiß und tiefen Schlaf war fortgespült, nur das Gewirr aus frischen Schrammen an seinen Unterarmen erinnerte daran, dass ihm mehr zugestoßen war als lediglich eine Schlägerei mit Bender.

Alexei schnappte sich die beiden Marmeladengläser, die noch auf der Anrichte standen, und stellte sie auf den ansonsten fertig eingedeckten Tisch.

»Du hättest ruhig auf mich warten können, ich hätte dir geholfen.«

»Kein Ding«, sagte Leo, während sie sich hinsetzte. »Ehrlich gesagt war ich nur so fleißig, weil ich einen Bärenhunger habe und keine unnötige Zeit verschwenden wollte.« Zum Beweis steckte sie sich eine Erdbeere in den Mund. Davon, dass sie schon gefrühstückt hatte, bevor sie zum Gartenhaus aufgebrochen war, musste er ja nichts wissen.

Alexei grinste. »Na, dann.«

Als er sich, auf jede Bewegung bedacht, an den Tisch setzte, bemerkte Leo, dass ihm das T-Shirt noch feucht an der Brust klebte. Entweder hatte er sich nicht die Zeit genommen, sich in Ruhe abzutrocknen, oder ihm tat jeder Quadratmillimeter seiner Haut zu weh, um sie mit einem Handtuch abzureiben … Stopp!, forderte sie sich auf. Ich muss wirklich aufhören, jede Kleinigkeit an diesem Jungen wie ein Meldeamt zu registrieren. Sonst interpretiere ich bald in jedes zufällige Blinzeln etwas hinein.

Trotzdem entging Leo nicht, dass Alexei den gedeckten Tisch bloß anstarrte, anstatt sich zu bedienen. »Ist nichts dabei, was du magst? Oder isst du bloß bestimmte Sachen, grün und unbehandelt oder so?«

»Sehe ich aus wie ein Veganer?«, fragte Alexei belustigt.

Leo grinste lediglich. Sie konnte ja schlecht sagen, dass er eher aussah wie jemand, der seit Tagen nichts Anständiges zwischen die Zähne bekommen hatte.

»Es ist nur …« Alexei schien nach den richtigen Worten zu suchen. »Ich habe so einen verdammten Hunger, dass es fast klüger ist, nichts zu essen. Kennst du dieses Gefühl?«

»Nein«, sagte Leo wahrheitsgemäß.

»Worauf ich hinauswill, ist … Es kann einem das Genick brechen, wenn man etwas zu sehr will und die Leidenschaft zu groß wird. Mich macht das zumindest immer völlig blind, ich weiß dann kaum noch, was ich tue. Deshalb ziehe ich lieber die Reißleine, bevor …« Mitten im Satz brach Alexei ab und machte ein Gesicht, als könne er kaum glauben, was er eben gesagt hatte.

Leo ging es nicht anders. Okay … War das wirklich der gleiche Alexei, an dessen Unnahbarkeit sie sich vor ein paar Tagen noch wund gestoßen hatte? Angestrengt versuchte sie den aufgescheuchten Schmetterlingsschwarm in ihrem Bauch zu igno-

rieren. Jetzt hieß es locker bleiben. »Klingt, als ob du ein paar schlechte Erfahrungen gemacht hast.«
Zu ihrer Enttäuschung schüttelte Alexei den Kopf, immer noch sichtlich baff wegen des Themas, das er selbst angeschnitten hatte. »Tut mir leid, so eine Psychokacke gebe ich sonst nicht von mir. Deine Theorie mit der Gehirnerschütterung wird immer wahrscheinlicher, bei mir ist zweifelsohne was durcheinandergeraten. Und zwar so richtig.« Alexeis Hand wischte über den Tisch, als wolle er sich vergewissern, dass er echt war. Ob er wirklich hier bei ihr saß und dieses Gespräch führte …
Draußen vor dem offen stehenden Fenster tschilpte eine Amsel, während ein warmer Wind hereinwehte. In der Küche gab es plötzlich zwei verschiedene Realitäten: Ein unbeschwerter Sommermorgen traf mit einem Mal auf eine verwirrende Stimmung zwischen zwei Menschen, die vom leuchtenden Grasgrün des Gartens und dem Brötchenduft unerreicht blieben. In diesem Augenblick gab es nur sie beide – und die Frage, ob Alexei bereit war, sich zu öffnen. Leo musste sich regelrecht dazu zwingen, nicht unruhig auf dem Stuhl herumzurutschen, während Alexei gedankenverloren ins Leere starrte.
Leo nahm ihren ganzen Mut zusammen. »Mir ist das noch nie passiert, was du da eben beschrieben hast. Leider. Es fühlt sich an, als würde mir etwas im Leben fehlen … diese gewisse Leidenschaft, auch wenn sie gefährlich ist.«
Während Alexei eben noch ganz gedankenversunken gewesen war, sah er sie nun mit einer solchen Eindringlichkeit an, dass sie seinem Blick kaum standzuhalten vermochte. Jetzt bekommst du von ihm, worauf du so versessen bist, dachte sie. Die Frage ist nur, ob du es auch aushalten kannst.

»Hat es wirklich noch nie etwas gegeben, das du unbedingt wolltest?«, fragte Alexei scheinbar ruhig, aber Leo entging der raue Klang in seiner Stimme nicht. »So sehr, dass allein die Vorstellung, es zu bekommen, dich glatt umgehauen hat und du bereit warst, deine Vernunft und sogar dein Gewissen auszuschalten?«

Vielleicht eine Ahnung davon, als ich mich mit dir im See habe sinken lassen, wäre die ehrliche Antwort gewesen. Doch das konnte sie ihm ja wohl kaum ins Gesicht sagen. »Das klingt nach einer extremen Leidenschaft«, tastete Leo sich deshalb vor. »Du hast so etwas schon einmal erlebt, oder?«

Alexeis Nicken war nicht mehr als eine Andeutung, aber es reichte aus, um ihr einen eifersüchtigen Stich zu versetzen. Bei derartig starken Gefühlen war zwangsläufig Liebe im Spiel. Was sonst löste einen solchen Taumel aus? Während sie bloß darauf hoffte, hatte Alexei es bereits erlebt. Mit einer anderen – da war sie sich sicher. Sie beneidete ihn um diese Erfahrung. Und zugleich litt sie aller Vernunft zum Trotz, weil er diesen Wahnsinn nicht mit ihr erlebt hatte. Diese Intensität, die sein Blick verriet, wollte sie für sich, und zwar mit einem so starken Verlangen, dass sie das Gefühl hatte, gleich in tausend Stücke zu zerspringen.

»Was ich nicht verstehe, ist, warum man sich zurückhalten sollte«, sagte Leo. »Wenn mir etwas so überaus wichtig ist, warum sollte ich dann darauf verzichten, anstatt alles daranzusetzen, es auch zu bekommen?«

Alexei musste nicht eine Sekunde lang darüber nachdenken. »Weil man sich von diesem Wollen nicht leiten lassen darf, denn sonst … Es versklavt einen.«

»Liebe ist doch keine Sklaverei!« Leo bremste sich, doch es war zu spät – der Satz war heraus.
Alexei runzelte die Stirn. »Ich spreche doch nicht von Liebe, davon habe ich keine Ahnung. Ich kenne mich nur damit aus, etwas zu sehr zu wollen – und das ist bestimmt nicht dasselbe wie lieben.«
Falls es darauf eine passende Erwiderung gab, fiel sie Leo nicht ein.
Wie auf Kommando begann Alexei, sich den Teller vollzuladen, um dann alles im Eiltempo in sich hineinzustopfen. Von asketischer Zurückhaltung keine Spur mehr. Und auch Leo nahm sich blind etwas aus dem Brotkorb, während im Hintergrund das Radio dudelte und ihr Schweigen irgendwie erträglicher machte. Nach einer Weile stellte sie jedoch fest, dass sie sich wider Erwarten entspannte. Es war okay, still beieinanderzusitzen, es herrschte jene wohlige Ruhe, die nur entsteht, wenn die Chemie zwischen zwei Menschen stimmt und man die tausend kleinen Gesten nicht braucht, um sich unentwegt zu versichern, wie gut man miteinander auskommt. Man tut es einfach.
In Leo breitete sich plötzlich ein Gefühl aus, als ob sie aus dem Schatten in die Sonne getreten wäre – nur dass sie diese besonders hell leuchtende Wärme nicht auf der Haut, sondern eine Handbreit unter ihrer Brust fühlte. Die Glücksmomente, die sie bislang erlebt hatte, hatten ähnlich wohlig gestrahlt, allerdings nicht so kribbelnd und so, als würde ein ganzer Blumengarten in ihrem Inneren sprießen, dessen Triebe sich um jeden vernünftigen Gedanken rankten, bis man ihn einfach vergaß; die Unsicherheiten unter grünem Blattwerk verbargen und die tausend Fragen, die ihr in Alexeis Gegenwart ständig auf der Zunge

lagen, mit Blütenzauber unsichtbar machten. Es war fast ein Zuviel an Gefühl – und gleichzeitig war es noch lange nicht genug.
Es dauerte eine Weile, bis Leo merkte, dass Alexei sein Wolfsschlingen beendet und sich im Stuhl zurückgelehnt hatte, um sie neugierig zu mustern.
»Ein Penny für deine Gedanken«, sagte er.
Ertappt, dachte Leo. Höchste Zeit für eine Ausrede, die ihr seliges Smilen erklärte. »Ich habe gerade daran gedacht, was für ein Schweineglück es ist, dass der Sommer inzwischen richtig in Hochstimmung ist. So ein See vor der Haustür macht ja wenig Sinn, wenn man nicht darin schwimmen kann.«
Alexeis Schnaufen verriet, dass er ihr kein Wort glaubte. »Das Wetter also. Wie aufregend.«
»Für jemanden wie mich unbedingt«, spann Leo den Faden weiter. »Mein Internat liegt auf einer Nordseeinsel, was nichts anderes bedeutet, als dass man im Frühsommer seinen gefütterten Winterparka gegen eine Regenjacke eintauscht. Und wenn es endlich einmal nicht schifft, kannst du Gift darauf nehmen, dass dich der Wind wegweht. Von daher bringt mich jeder noch so kleine Sonnenschein zum Strahlen.«
Abwägend knabberte Alexei an einer der Apfelspalten, die Leo zuerst kunstvoll auf einem Teller angerichtet hatte, um sie dann wieder durcheinanderzubringen. Ihr Dekowahn war ihr immer etwas peinlich.
»Internat also.«
»Ja, aber keins von der Snob-Sorte«, stellte Leo klar. »Das hat mehr was von einer Jugendherberge, wo man ständig zum Küchendienst eingetragen wird und als älteres Semester verpflich-

tet ist, sich um die Jüngeren zu kümmern. Ich bin inzwischen ein Profi im Heimweh-Wegreden und im Chemie-Nachhilfegeben im Tausch gegen Kunstbilder. Malen kann ich nämlich null, was allerdings auch nicht weiter schlimm ist. Irgendwer hilft einem immer aus.« Leo schob das Kinn vor. »Du brauchst gar nicht so skeptisch dreinzublicken, okay?«

Sofort hob Alexei die Hände. »Versteh mich nicht falsch. Das klingt wirklich so, als würde dieses Internat total zu dir passen. Du fühlst dich schließlich für alles verantwortlich, sogar für verprügelte Aushilfsgärtner mit Gedächtnisschwund.«

»Für die ganz besonders.«

Da! Ein Zucken um Alexeis Mundwinkel! Und dann ... ein Lächeln.

»Es ist nur so ...«, setzte Alexei an. »Ich kann mir überhaupt nicht vorstellen, dass dein Vater dich auf eine so sozial ausgerichtete Schule schickt, wo du Kartoffeln schälen musst, anstatt zu lernen, wie man eine Cocktailparty schmeißt und das Personal auf Trab hält.« Als Leo ein Protestbrummen vernehmen ließ, wurde sein Lächeln noch breiter. »Nicht dass ich deinen alten Herrn überhaupt kennen würde. Trotzdem denkt man bei jemandem, der sich ein solches Haus für gelegentliche Wochenendtrips kauft, dass er seinen Nachwuchs auf Internate schickt, die anstelle eines Gemüsegartens einen Golfplatz haben.«

»Totales Klischeedenken«, winkte Leo ab. Allerdings fühlte sie sich nicht wohl dabei. Denn in Wirklichkeit lag Alexei gar nicht so falsch. Die ersten drei Jahre nach der Scheidung ihrer Eltern hatte sie nämlich tatsächlich auf einem Internat mit hervorragendem Unterricht und einem Freizeitangebot, das jedem Luxusresort Konkurrenz gemacht hätte, verbracht. Doch eine hochprofessionelle Rundumversorgung gab einem noch lange nicht das Gefühl, gut aufgehoben zu sein. Man fühlte sich einfach nur perfekt wegorganisiert. Ansonsten hätte es auf diesem Internat wohl kaum so viele Drogen, Essstörungen und Mobbing gegeben. Mal ganz abgesehen davon, dass die meisten Beziehungen ihrer Mitschüler einem Bäumchen-wechsel-dich-Spiel geglichen hatten, bei dem Leo sich nach einer Weile ausgeklinkt hatte. Allerdings erst, nachdem sie selbst einige Schmisse abbekommen hatte, worüber sie aber nur ungern sprach. Zum Sprung in die Oberstufe hatte sie dann den Internatswechsel bei ihren Eltern durchgeboxt. Bei diesem Anlass waren ihre Eltern auch zum ersten Mal einer Meinung gewesen: dass der Hippieverein an der Nordsee, den ihre Tochter sich da ausgesucht hatte, überhaupt nicht ging. Und Leo hatte entschlossen dagegengehalten, obwohl ihre Mutter mit Liebesentzug und ihr Vater mit hartnäckigem Taubstellen reagiert hatten.

»Dann geht es bei dir jetzt also in den Endspurt«, riss Alexei sie aus ihren Gedanken. »Hast du schon eine Idee, was du nach dem Abi machen willst?«

Leo pustete sich eine Haarsträhne aus dem Gesicht. Im Augenblick hatte sie noch weniger Lust als sonst, über den Sommer hinauszublicken. »Keine Ahnung. Vermutlich erst einmal eine Warteschleife mit verschiedenen Praktika. Eins davon muss ich wohl oder übel im Architekturbüro meines Vaters abreißen.« Unwillkürlich verzog sie das Gesicht. Allein bei der Vorstellung, über den idealen Grundriss für Reihenhäuser zu diskutieren, trocknete sie innerlich aus.

»Die Aussicht scheint dich ja mächtig zu begeistern«, stellte Alexei amüsiert fest.

»Das ist eben der Preis dafür, dass ich noch nicht so die richtige Peilung habe. Dann wird man eben rumgereicht.«

»Kann ich mir bei dir gar nicht vorstellen. Ich meine, das mit der fehlenden Peilung. Du wirkst auf mich wie jemand, der sehr genau weiß, was er will.«

»Echt?« So hatte Leo sich noch nie gesehen. Stattdessen hatte sie oft Angst, den Anschluss zu verpassen. »Eigentlich bin ich in der Schule in allem eher so larifari, also ohne herausstechendes Talent oder Interesse.«

Alexei rieb mit dem Handrücken über den grün-lila verfärbten Bluterguss an seinem Kinn, während er nachdachte. »Schon mal an einen sozialen Job gedacht?«

»So was wie Jugendamt oder Streetworker?« Die Idee fühlte sich ganz gut an, obwohl Leo keine Ahnung hatte, was man dafür draufhaben musste.

»Du kannst auch Jura studieren und Leute unterstützen, die von raffgierigen Ausbeuter-Schweinen wie Bender über den Tisch gezogen werden. Das wäre doch bestimmt nach deinem Geschmack: den Fieslingen dieser Welt eins überzubraten. Und zwar nicht auf so eine dämliche Art, wie ich es gemacht habe, sondern mit Köpfchen, damit die anschließend weg sind vom Fenster.«

Leo streckte übertrieben den Rücken durch und strich sich das Haar zurück. »Vielleicht sollte ich wirklich über eine Karriere als hauptberufliche Rächerin der Schwachen und Entrechteten nachdenken. Ein wenig Übung habe ich ja schon. Und was ist mit dir?«

»Was soll mit mir sein?«

»Na ja, deine Zukunftspläne ...«

Obwohl Alexei gleichgültig dreinschaute, wanderten seine Finger zu den Schrammen an seinem Unterarm, um den frischen Schorf wieder aufzukratzen. »Das ist überschaubar: euren Garten wieder wie einen Garten und nicht wie ein Stück Wildnis aussehen lassen, nachdem Viktor jahrelang allein und ohne Kohle für Werkzeug und neue Pflanzen herumgewerkelt hat. Da gibt es noch einiges zu erledigen, bis der Herbst kommt.«
Ungeduldig kippelte Leo auf ihrem Stuhl. Der Garten konnte ihr gestohlen bleiben, sie wollte herausfinden, wer Alexei war, wenn er sich nicht mit Aushilfsjobs durch den Sommer brachte. »Und wenn der Herbst kommt, gehst du dann irgendwo zum Studieren hin?«
Das Grinsen, das Alexei aufsetzte, war eindeutig gespielt. »Studieren? Ich habe ja nicht einmal einen anständigen Schulabschluss. Nee, ich bin froh, wenn dein Vater mich in Lohn und Brot behält. Sonst darf ich weiterziehen und mich mit dem nächstbesten Halsabschneider rumplagen.«
Kein Schulabschluss, keine Pläne, nur arbeiten, um zu überleben. Das musste Leo erst einmal verdauen. »Aber … so, wie du dich ausdrückst, deine ganze Art … da muss doch was Besseres drin sein als bloß ein Aushilfsjob.«
»Kann es sein, dass ich gerade tierisch in deinem Ansehen sinke, weil ich nicht irgendeinen Plan in der Hinterhand habe, geschweige denn ein schickes Auslandspraktikum?«
»Unsinn«, beeilte Leo sich klarzustellen. »Ich serviere dir kein Frühstück, weil ich dich für Superman halte, der bloß inkognito in Arbeiterklamotten rumläuft. Du gefällst mir so, wie du bist.«
Das war jetzt einen Tick zu sehr auf den Punkt gewesen. »Wie

du dich für Radu eingesetzt hast, zum Beispiel«, schob sie deshalb schnell hinterher.
Nun wurde aus Alexeis aufgesetztem Grinsen doch noch ein echtes. »Ja, ich bin auch ganz begeistert von mir. Ich lasse mir von Bender dermaßen eins auf die Zwölf geben, bis ich anschließend nicht mehr weiß, was die Uhr geschlagen hat.«
Leo konnte nicht anders, sie musste lachen. Das änderte jedoch nichts daran, dass sie ihm seine »Ich bin nur ein gewöhnlicher Hilfsarbeiter, der gerade mal dafür taugt, ein Gartenbeet umzubuddeln«-Tour nicht abnahm. Wenn er allerdings nicht darüber reden wollte, war ihr das recht, schließlich hatte sie ihm das Elite-Internat in der Schweiz auch nicht auf die Nase gebunden.
»Hast du deinen Vater eigentlich auf Benders Machenschaften angesprochen?«, fragte Alexei unvermittelt.
Leo schnappte sich ihren Kaffeebecher und nahm einen Schluck, um Zeit zum Nachdenken zu gewinnen. Tatsächlich hatte sie zwei Anläufe nehmen müssen, bis Clemens ihr zugesichert hatte, dass er mit Bender reden würde. Von einem Rausschmiss dieses raffgierigen Arschlochs hatte ihr Vater allerdings nichts hören wollen. »So läuft das Geschäft in dieser Gegend nun einmal, da werden sich auch die anderen Bauleiter nichts nehmen. Außerdem ist die Renovierung schon fast abgeschlossen, da lohnt sich ein Wechsel eh nicht mehr«, hatte Clemens behauptet. »Ich finde es ja großartig, dass du eine so ausgeprägte soziale Ader hast. Trotzdem darfst du die Augen nicht vor der Realität verschließen, Süße.« Diese herablassende Art, so als wäre sie nicht mehr als ein blauäugiger Teenager, stieg Leo noch immer sauer auf. Was sie jedoch noch mehr verletzt hatte, war die oberflächliche Tour, mit der ihr Vater sie abserviert hatte. So gesehen war sie

mit Clemens nicht besser dran als etwa Svea oder ihre Mutter, die immer betonte, wie leicht die Trennung von Clemens gewesen sei. Jetzt ahnte Leo auch den Grund dafür: Das Zerbrechen seiner Ehe hatte ihren Vater nicht sonderlich erschüttert.

Allerdings waren das alles Dinge, die sie Alexei gegenüber nicht preisgeben konnte, dafür war es zu schmerzhaft. »Mein Vater wird mit Bender reden«, sagte sie deshalb bloß.

Alexei schnaubte durch die Nase. »Reden ist bei Leuten wie Bender bestimmt eine spitzenmäßige Idee. Sich mal so richtig aussprechen und gemeinsam überlegen, wie man als Menschenschinder und oberster Zuhälter des Arbeiterstrichs weniger fies sein kann, damit gewisse Bauherrn kein schlechtes Gewissen haben müssen. Klingt echt vielversprechend.«

»Na, dann werde ich meinem Vater eben den Tipp geben, sich stattdessen von Bender verprügeln zu lassen. Das scheint dann ja der einzig echte Weg zu sein.«

Sie musterten einander wie zwei startklare Kampfhähne.

Ich kenne diesen Jungen genau genommen kaum, dachte Leo. Trotzdem fühlt sich alles so vertraut an, sogar ein Streit. Eigentlich sollten wir uns vorsichtig aneinander rantasten, um herauszufinden, wie der andere tickt und ob man überhaupt zueinander passt. Stattdessen gehen wir hier dermaßen in die Vollen …

Auch Alexei massierte nachdenklich seinen Nacken. »Ich wollte keine Grenze überschreiten«, sagte er schließlich. »Es geht mich nichts an, was du mit deinem Vater besprichst.«

»Doch, irgendwie schon.« Leo zog die Nase kraus. »Offenbar sind wir beide zwei hemmungslose Einmischer.«

Das Friedensangebot hing zwischen ihnen wie ein zugespielter Ball, der nun auf halber Strecke in der Luft stand.

»Eigentlich bin ich das nicht«, sagte Alexei gedämpft. »Als ich für Bender zu arbeiten angefangen habe, war mir so ziemlich alles egal. Dass mich seine Ausbeuterei ankotzt, habe ich erst viel später bemerkt, da habe ich schon für Viktor gearbeitet. Das kam durch Joschi. Der hat den gleichen Mist wie ich durchgemacht, um an Kohle zu kommen. Dabei ist mir dann erst aufgefallen, was für ein Ausbeuterladen das ist. Da hat es schon ein bisschen gerappelt zwischen Bender und mir. Und später habe ich diesem Obermacho unter die Nase gerieben, dass ein toller Kerl wie er eigentlich keine seiner Arbeiterinnen betatschen müsste, um an eine Frau ranzukommen. Solche Sachen halt. So richtig angefressen war ich allerdings erst, nachdem …« Er verstummte.

»Ja?«, hakte Leo nach.

Alexei lächelte schief. »Nachdem Bender dich so grob angefasst hat.«

Schlagartig schoss Leo das Blut ins Gesicht. Das Tempo zwischen ihnen würde sich offensichtlich höchstens dahingehend ändern, dass es sich noch beschleunigte.

15

Ein Hüsteln zerstörte die Vertrautheit, die sich gerade erst unerwartet zwischen Leo und Alexei aufgetan hatte.

Joschi stand am offenen Küchenfenster. »Ist mir total peinlich, und ich störe nur ungern eure traute Zweisamkeit, aber mir hängt der Magen zwischen den Knien. Am Sonntag bekommt man in diesem Dreckskaff nicht mal ein trockenes Brötchen. Falls ihr die ganzen Sachen auf dem Tisch also nicht noch im Alleingang vernichten wollt … Ich hätte im Gegenzug auch eine extrem heiße News zu bieten.«

»Na los. Komm rein«, sagte Leo.

Geschmeidig wie eine Katze kletterte Joschi durch das Fenster und steckte sich bereits ein Stück Käse in den Mund, bevor er sich überhaupt hingesetzt hatte. Allem Anschein nach konnte er noch schneller essen als Alexei. Während Leo darüber staunte, welche Mengen ein Schlaks wie Joschi verdrücken konnte, begann Alexei mit den Fingern ungeduldig auf dem Tisch zu trommeln.

»Also, was ist nun mit deiner groß angepriesenen Neuigkeit?«

»Moment.« Mit einem Schluck Milch spülte Joschi das gepellte Ei runter, das er sich ganz in den Mund gestopft hatte. »Ich bin vorhin mit dem Fahrrad ins Dorf gegurkt, weil ich dachte, dass wenigstens der Bäcker aufhat. Aber nix.«

»Das haben wir bereits mitbekommen, als du eben deine Bettelrede geschwungen hast«, stoppte Alexei seinen Kumpel.

Joschi schob angriffslustig das Kinn vor, überlegte es sich dann aber anders. »Im Dorf habe ich jedenfalls Loki getroffen, das ist so ein Typ, der auch ganz gern mal was raucht. Wir kennen uns noch von diesem kleinen Festival drüben in …« Ein Blick von Alexei genügte, um ihn auszubremsen. »Jedenfalls arbeitet Loki im Krankenhaus und macht da sauber. Echt ekliger Job. Wir haben uns ein nettes schattiges Plätzchen gesucht, und plötzlich fragt der mich: ›Du arbeitest doch für Bender, oder?‹ Und ich so: ›Nicht wirklich. Ich verdien mir nur was bei dem dazu, bis ich genug Kohle zusammenhabe, um mich wieder nach Berlin zu verpissen.‹ Hat Loki aber nicht interessiert, der winkte bloß ab. ›Der Bender‹, hat er gesagt, ›der liegt seit letzter Nacht bei uns im Keller, kam am Ende meiner Nachtschicht rein.‹ Da hab ich vielleicht geguckt. ›Wie Keller?‹ Da fiel mir echt nichts zu ein, aber bei der Art, wie Loki gegrinst hat, hätte ich es mir auch denken können. Der meinte den Leichenkeller.«

»Bender ist tot?« Leo konnte es nicht glauben. Obwohl sie ihn nur ein einziges Mal getroffen hatte, hatte der rotgesichtige Mann einen bleibenden Eindruck hinterlassen. Die Erinnerung, wie er sich mit geballten Fäusten vor Alexei aufgebaut hatte, stand ihr noch lebhaft vor Augen. Ein flaues Gefühl breitete sich in ihrem Magen aus, als sie einen Seitenblick auf Alexei warf, der jedoch mit vollkommen ausdruckslosem Gesicht dasaß.

Joschi deutete mit einer Banane auf Leo. »Der Kerl ist nicht nur tot, also irgendwie umgekippt wegen Herzschlag oder so. Nee, so easy ist das nicht. Der Flurfunk hat Loki nämlich gezwitschert, dass Bender erst mal im Kühlfach liegt und auf den Gerichtsmediziner aus Potsdam wartet. So läuft das mehr so mit den ungewöhnlichen Leichen. Mann, das war echt der unentspannteste Joint meines Lebens.«

Leo traute ihren Ohren kaum. »Das ist jetzt ein schlechter Witz, oder? Es ist noch nicht klar, wie Bender gestorben ist? Also möglicherweise eines unnatürlichen Todes?« Wieder schaute sie zu Alexei, auf eine Reaktion hoffend, die dem unguten Gefühl in ihrer Bauchgegend ein Ende setzte. Doch der spielte bloß gedankenverloren an seinen verschorften Fingerknöcheln herum.

»Krass, oder?« Joschi rollte ein weiteres Ei über die Tischplatte, bis die Schale von einem feinen Spinnennetz überzogen war. »Du hättest mit deiner Heldenaktion einfach nur ein bisschen warten müssen, Alexei. Dann hätte sich das Problem von selbst erledigt, ohne dass du die Hucke voll bekommst.«

Die Aussicht schien Alexei jedoch nicht sonderlich das Herz zu wärmen. »Was genau meinte Loki denn mit ›ungewöhnliche Leiche‹?«, hakte er nach, den Kopf immer noch gesenkt wie ein Kartenspieler, der sich nicht ins Blatt schauen lassen will.

Nun druckste Joschi herum. »Ist wohl nicht ganz klar, was genau Bender passiert ist. Die haben ihn nämlich gestern im Wald gefunden, nur mit einer Hose am Leib und mit eingeschlagenem Schädel.« Das Ei kullerte über den Tisch, als er seine Hände zurückzog. Offenbar war ihm der Appetit vergangen. »Da war jemand noch wütender auf den Typen als du«, sagte er leise zu Alexei.

Einen Augenblick lang sah es so aus, als würde Alexei aufspringen und davonstürmen. Seine Augen waren wie verschlossen, sie verrieten nicht, was hinter ihnen vorging. Dann tastete

Alexei nach der Stelle unter seiner Brust, wo ihn Benders Stiefel getroffen hatte, und Leben kehrte in seine Gesichtszüge zurück. »Eigentlich ist es keine große Überraschung, dass Bender mit eingeschlagenem Schädel abtritt. Er war ein echtes Schwein. Trotzdem … Niemand sollte so enden.«
»Nicht einmal Bender?«, hakte Leo nach.
»Nicht einmal der.«
Endlich erwiderte Alexei ihren Blick, und sie glaubte, nichts anderes als Aufrichtigkeit darin zu entdecken. Trotzdem wollte sich der Zwiespalt, der sich in ihrem Bauch festgefressen hatte, nicht auflösen. Wo war Alexei gewesen, dass er anschließend so zerkratzt und zerschunden aussah? Im Wald, wie Bender? Mit aller Entschlossenheit wischte Leo den Gedanken beiseite. Alexei hatte sich Bender gestellt und war letztlich als Sieger aus ihrem Streit hervorgegangen, indem er Radu auf Benders Kosten geholfen hatte, auch wenn er dafür Prügel hatte einstecken müssen. Er hatte also keinen Grund gehabt, sich noch einmal mit diesem Mann anzulegen.
Unvermittelt tauchte vor Leos geistigem Auge ein halb bekleideter Mann auf, der durch den nächtlichen Wald lief.
Wer konnte schon sagen, was Bender zugestoßen war?

16

Nach Alexeis Empfinden war der späte Nachmittag die schönste Zeit am See. Wenn das Sonnenlicht weich und golden geriet und die Schatten des Schilfrohrs länger wurden. Das Wasser plätscherte an den Kiesstrand, und die Holzbohlen des Stegs, auf dem er ausgestreckt auf dem Rücken lag, trugen die Wärme des Tages immer noch in sich.

Zum ersten Mal an diesem Tag gelang es ihm, sich frei zu machen und mit der Stimmung zu gehen. Seit dem Frühstück mit Leo hatte er sich den Kopf zermartert, wer einen Grund gehabt hätte, das Gartenhaus zu verwüsten und seine persönlichen Sachen zu verschrotten. Ganz zu schweigen von seinem Aussetzer und der Frage, ob Benders Tod irgendwie damit zusammenhing. Während er mit Joschi das Gartenhaus aufgeräumt hatte, war es besonders schlimm gewesen. Da hatte er kaum die Kraft aufgebracht, sich gegen die Gedanken zu wehren, die ihm unaufhörlich durch den Kopf schossen. Doch egal, wie sehr er sich auch anstrengte, die verlorenen Stunden blieben unauffindbar.

Solche Blackouts hattest du in der letzten Zeit doch immer wieder einmal, wenn auch nicht ganz so heftig, hatte er sich zu beruhigen versucht.

Ohne Erfolg.

Dass sein Gedächtnis genau in dem Zeitraum ausgesetzt hatte, in dem Bender ermordet worden war, passte einfach zu gut zusammen. Vor seinem geistigen Auge begann ein Film abzulaufen, in dem er Bender dabei überraschte, wie er die wenigen Dinge, die ihm gehörten, zu Kleinholz verarbeitete. Sie gerieten in Streit, und dieses Mal behielt er die Oberhand, trieb Bender durch den Wald, um ihn dann … Nein! Alexei weigerte sich, auch nur eine weitere Sekunde in diese Richtung zu denken. Alles, was er gewollt hatte, war, Bender in seine Schranken zu weisen und Radu zu helfen. Mehr nicht.

Das wolltest du vielleicht, aber mit deinem Temperament ist das so eine Sache. Du hattest dich in der letzten Zeit nicht sonderlich gut unter Kontrolle, oder?, hörte Alexei eine innere Stimme, die ihm die Schamesröte ins Gesicht trieb.

Die Prügelei mit Bender war tatsächlich nicht die erste gewesen, seit er in Havelseck seine Zelte aufgeschlagen hatte. Etwas, was er früher niemals getan hätte, es widersprach schließlich dem unausgesprochenen Ehrenkodex beim Boxen. Um solche Stilfragen hatte er sich zuletzt jedoch wenig gekümmert, sondern sich zunehmend seiner Wut, die immer stärker in ihm loderte, überlassen. So gesehen war es unmöglich zu sagen, ob er Bender nicht doch noch den Kopf zurechtgestoßen hatte. Wortwörtlich. Er kannte sich ja selbst nicht mehr, und genau das zersetzte ihn allmählich wie ein Säurebad.

Doch jetzt am See schienen seine Gedanken zumindest für einen Augenblick zur Ruhe zu kommen. Als hätte ihn das weiche Licht der Abenddämmerung eingesponnen.

Das Holz des Stegs, auf dem Alexei rücklings lag, war noch angenehm warm. Er hatte die Arme hinter dem Kopf verschränkt und sah den Schwalben bei ihren waghalsigen Flügen über das grün schillernde Wasser zu. Der süße Geruch von Cannabis

hing in der Luft und vermischte sich mit dem angenehm brackigen Duft des Sees.
»Irgendwas Geiles zu essen wäre jetzt nicht schlecht nach der ganzen Maloche, um deine Hütte wieder auf Vordermann zu bringen«, nuschelte Joschi. Er ließ die Beine über den Rand des Stegs baumeln und paffte Rauchringe in die Luft. »Ich gehe echt am Stock.«
»Echt jetzt? Du willst mir doch nicht ernsthaft erzählen, dass du nach deiner Fressorgie heute Morgen schon wieder Kohldampf hast. In meinem Kühlschrank sind noch ein paar Grillwürstchen …«
»Ich rede doch nicht von totem Schwein. Was ich dringend brauche, ist süß und klebrig. Ich will Schokolade«, stellte Joschi klar.
»Kiff nicht so viel, dann gibt sich das auch mit deiner Gier nach Süßem.«
Von dem Tipp ließ Joschi sich nicht beeindrucken, dafür hatte sein Verlangen ihn viel zu fest im Griff. »Oder so extrasmoothe Eiscreme mit klitzekleinen Karamellstücken drin. Wie das Zeug, das bei Leo im Eisfach steht.«
Ein feiner Stromschlag ging durch Alexeis Rückenmuskulatur, und die Härchen an seinen Unterarmen richteten sich kribbelnd auf. Ein rascher Blick zu Joschi bestätigte, dass sein Kumpel nichts von seiner Reaktion mitbekommen hatte. Seit der Nacht mit Leo im See, als er ihr so nah gewesen war, floss unentwegt ein elektrischer Fluss durch seinen Körper, der nur darauf wartete, Funken zu schlagen. Kurz überlegte er, seinem Freund von dem nächtlichen Bad zu erzählen, aber es fühlte sich nicht richtig an. Dieser Moment gehörte nur Leo und ihm, auch wenn er

sich unsicher war, ob sie ihn genauso intensiv wahrgenommen hatte wie er. Falls ja, hatte sie sich später nichts anmerken lassen. Sie war so locker und selbstsicher gewesen wie sonst auch, während er sich vorgekommen war, als müsse er explodieren, wenn er auch nur ein Wort sagte. Folglich hatte er den Mund gehalten und sich schleunigst abgesetzt.

»Huuunger«, jammerte Joschi. Nervigerweise klopfte er nun auch noch mit seinen Handflächen auf den Steg.

»Falls du mit dem Gedanken spielst, bei Leo anzuklopfen und sie um Süßigkeiten anzuschnorren, dann vergiss das ganz schnell. Oder erinnerst du dich nicht mehr an den Gesichtsausdruck ihres Vaters, als der uns in seiner Küche angetroffen hat?«

Clemens Kressberg hatte mit seiner Ankunft ihr spätes Frühstück umgehend beendet. Ein Blick auf Alexeis ramponiertes Gesicht hatte ihm gereicht, um seine eh schon schlechte Laune endgültig in den Keller rutschen zu lassen. »Du musst Viktors Handlanger sein«, hatte er Alexei begrüßt, bevor Leo ihn vorstellen konnte. »Ein Frühstücksangebot umfasst der Job aber eigentlich nicht.« Daraufhin hatte Alexei sich betont höflich verabschiedet und Joschi mit sich ins Freie geschleift, obwohl Leo – wie es ihre Art war – sofort Protest eingelegt hatte.

»Der Kressberg ist ein verkniffener Arsch, das komplette Gegenteil zu seiner Tochter«, erklärte Joschi und sah zu, wie seine ins Wasser baumelnden Füße Fontänen aufspritzen. »Der Herr Papa macht nur einen auf lässig, aber sein Töchterchen ist es wirklich. Ich steh ja eigentlich nicht so auf die Sorte Mädels mit zu viel Kohle, unabhängig davon, wie entspannt sie tun. Aber Leo ist okay.«

Alexei brummte zustimmend, während er gegen das Bedürfnis

ankämpfte, mit einem Kopfsprung ins Wasser einzutauchen, bloß um die fiebrige Anspannung, die sich in ihm aufgebaut hatte, loszuwerden.

Diese Mal entging Joschi offenbar nicht, dass sein Kumpel bei dem Thema Leo nervös wurde. »Die Leo hat was, right? Und damit meine ich nicht bloß ihren süßen kleinen Hintern oder ihren Kussmund, bei dem man sich automatisch vorstellt, wie der sich wohl macht beim …«

Ohne auf seine protestierenden Rippen zu achten, setzte Alexei sich auf. »Wie war das mit der Schokolade und dem besten Eis aller Zeiten, für das du sterben würdest? Ich wette, der Biergarten im Nachbardorf hat eine Eistruhe. Wenn wir gleich losmarschieren, sind wir in gut einer Stunde dort.«

Mit einem fetten Grinsen hob Joschi eine Augenbraue an. »Hey, ich bin vielleicht breit, aber nicht schwachsinnig. Das war eben ein total billiger Themenwechsel. Schäm dich, Mann. Und mich dann noch mit meiner Süßigkeitensucht ködern zu wollen, nur damit ich dir nicht ausmale, wofür Leos feucht glänzende rosa Lippen wie geschaffen sind.«

»Kein Wunder, dass Clemens Kressberg uns vor die Tür gesetzt hat: Ich sehe aus wie ein Assi, und du benimmst dich wie einer.«

»Okay, ich habe verstanden. Keine pornösen Gedankenspiele mit Leos Mund in der Hauptrolle. Aber nur wenn du aufhörst, mir hier den coolen Typen vorzuspielen. Du fährst voll auf sie ab.«

»Und wennschon«, hielt Alexei dagegen.

»Hallo? Wie: Und wennschon? Bis Viktor dich unter seine Fittiche genommen hat, warst du voll der Zombie. Ich hätte nie gedacht, dass ich in meinem Leben mal mehr als drei Worte mit dir wechseln würde, so scheißgleichgültig warst du drauf. Das Gewühle in der Erde und der alte Mann, die haben dich wieder auf die Füße gebracht, auf einmal hattest du wieder einen Funken in den Augen, anstatt einen anzustarren, als wüsstest du nicht, ob man überhaupt echt ist und nicht bloß ein Schatten. Ich dachte, das wäre schon deine Höchstleistung, dabei bist du erst jetzt so richtig aus deinem Wachkoma aufgewacht. Danke, Leo!« Joschi spitzte die Lippen und machte Kussgeräusche.

Alexei lachte in den saphirblauen Abendhimmel.

»Oh, bitte! Erzähl mir bloß nicht zu viel darüber, was dich alles an Miss Wonderful anturnt«, ätzte Joschi.

Sein Kumpel hatte eindeutig nicht vor, lockerzulassen. Alexei lag bereits der Spruch auf der Zunge, dass es eben nach ein paar Wochen in Gesellschaft von lauter hässlichen Kerlen nicht viel brauchte, um einem den Kopf zu verdrehen. Das wäre jedoch nicht nur Leo gegenüber unfair gewesen, sondern etwas in ihm sträubte sich dagegen, die Wahrheit zu verdrehen.

»Das ist schon so eine Sache mit Leo.« Erstaunt stellte Alexei fest, wie gut es tat, über sie zu sprechen. Wenn er jetzt nicht zu Joschi rüberschaute, sondern einfach weiterredete … »So etwas ist mir bislang noch nie passiert, eigentlich ist sie nicht einmal mein Typ.«

Joschi kicherte. »Kann ich mir vorstellen. Wenn mich einer gefragt hätte, wie deine perfekte Frau aussieht, hätte ich auf eine Gummipuppe aus Taiwan getippt. Redet nix, will nix.«

Nun stützte sich Alexei doch auf die Unterarme und warf seinem Freund einen Blick zu.

»War ein Witz«, beeilte sich Joschi klarzustellen, während er sein Feuerzeug klacken ließ, um die nächste Selbstgedrehte anzustecken. »Aber mal Hand aufs Herz: Welche Mädchen waren es denn sonst so bei dir? Bislang hast du ja keine mit dem Hintern angeschaut.«

»Die Mädchen, die mir ein geiles Gefühl gegeben haben«, gab Alexei widerwillig zu. Seine Vergangenheit fühlte sich wie eine Geschichte an, die ein anderer erlebt hat. Es gelang ihm kaum, auf sie zurückzugreifen, seine Erinnerung war zwar da, aber zugleich wie von ihm abgetrennt. Als würden zwei Alexeis denselben Körper bewohnen. Und so war es ja auch irgendwie. Aber wenn man erst einmal mit der Wahrheit angefangen hatte, blieb man auch dabei, selbst wenn es unangenehm wurde. »Du weißt schon, die Sorte Mädchen, die einen ansieht, als wäre man ein Geschenk Gottes, ohne dass man groß etwas dafür tun muss.«

»Aber sicher doch. Als ob dich abgefuckten Vogel jemals ein Mädel so angesehen hat wie die Erfüllung ihrer geheimsten Wünsche.« Joschi hustete, als er den Rauch zu tief einatmete. Dann blinzelte er seinen Freund mit geröteten Augen an. »Das ist dir echt passiert, was?«, begriff er. »In deinem früheren Leben, als du noch nicht mit vor Dreck starrenden Klamotten und einem Sparten in der Hand hinter Viktor hergeeiert bist. Du warst mal heiß, was? Wahnsinn. Wir sollten uns bei Gelegenheit mal ein bisschen darüber unterhalten, was du so getrieben hast, bevor du dich entschlossen hast, den Gartenwichtel zu geben.«

Es zuckte kurz in Alexeis Mundwinkel, dann hatte er sich wieder unter Kontrolle. »Ich kann mir jedenfalls nicht vorstellen, dass Leo einen Typen-anhimmel Blick im Angebot hat.«

»Die nicht«, stimmte Joschi zu. »Die Frau will ganz klar mehr.«

Und genau das ist der Haken an der Sache, dachte Alexei. Warum sollte Leo sich ausgerechnet für mich interessieren? Egal, wie greifbar die Anziehungskraft zwischen ihnen am See und auch an diesem Morgen gewesen war, er wurde den Verdacht nicht los, dass Leo sich bloß aus Neugierde mit ihm abgab. Neugierde auf das Leben, das er führte und das ihr fremd war. Seit sie sich das erste Mal begegnet waren, steckten sie in einer emotionalen Achterbahn fest: Radus Unfall, das nächtliche Bad, die Prügelei mit Bender und sein Verschwinden plus Gedächtnisverlust … Leos Urlaub am See hatte bislang wenig mit der Ruhe zu tun, nach der sie sich sehnte. So gesehen war es ein Wunder, dass sie keinen riesigen Bogen um ihn machte.

»In Leos Nähe fühle ich mich nicht wie der Typ, der ich jetzt bin. Und auch nicht wie der Typ, der ich vorher war. Es ist wie eine Ahnung, wer ich sein könnte, wenn ich es hinbekomme, sie nicht zu vergraulen«, rutschte es Alexei raus. »Außerdem ist mir ihr Mund ebenfalls aufgefallen – auch wenn mir nicht gleich so ein Schweinkram durch den Kopf gegangen ist wie dir.«

Joschi starrte ihn ob dieses Ausmaßes an Offenheit so verblüfft an, dass ihm der halb aufgerauchte Joint ins Wasser fiel und er erst einmal mit Fluchen beschäftigt war.

Alexei dagegen kaute an seiner eh schon lädierten Unterlippe. Er hätte besser den Mund gehalten, schließlich hatte Joschi ohnehin schon zu viel mitbekommen, nicht nur was Leo anging. Dann würde er sich früher oder später auch Gedanken darüber machen, was Alexei in der Zeitspanne getrieben hatte, die sauber wie mit einem Skalpell aus seiner Erinnerung herausgeschnitten war. Und vielleicht würde er die Vorstellung, dass sein Kumpel sein Temperament mal wieder nicht im Griff gehabt hatte, ebenfalls nicht abwegig finden.

Die Bilder vom Wald und den blutigen Füßen, die er ständig

vor sich sah … War das gar kein Albtraum, der sich nicht abschütteln ließ, sondern in Wirklichkeit die Erinnerung an einen Mann, der davonlief – aus Angst, weil ihm jemand den Kopf einschlagen wollte?

Zeigte ihm sein krankes Gehirn auf diese Weise, was er getan hatte, auch wenn er sich nicht daran erinnern wollte?

Die Schonzeit im warmen Nachmittagslicht war eindeutig vorbei. Alexei ließ sich auf den Rücken sinken und breitete die Arme aus wie ein Gekreuzigter. Genauso fühlte er sich auch: festgenagelt und ohne die Hoffnung, daran etwas ändern zu können.

17

Nachdem der Sonntag so vielversprechend gestartet hatte, war die Luft mit Clemens' überraschender Rückkehr eindeutig raus. Seit er die beiden Jungen ziemlich rüde vor die Tür gesetzt und sich wegen Benders Tod aufgeregt hatte, erging er sich in brütendem Schweigen – was Leo nur recht war. Sie war nämlich nicht gerade gut auf ihren Vater zu sprechen. Ihren Besuch einfach so rauszuschmeißen, war schon ein starkes Stück. Und wie er Alexei angesehen hatte … Als gehöre der Junge der Kaste der Unberührbaren an. Nach einer Weile war ihre Wut jedoch verflogen, vor allem weil ihr bewusst wurde, dass ihr Vater merklich angeschlagen aus Berlin zurückgekehrt war. Allem Anschein nach war die Zeit, die er mit Svea in der Stadt verbracht hatte, ein einziges Wechselbad der Gefühle gewesen. Nun starrte Clemens entweder finster vor sich hin oder rannte mit seinem Handy herum in der Hoffnung auf Empfang. Wenn es ihm endlich gelang, einen Balken auf seinem Display einzufangen, zog er anschließend eine noch finstere Miene, weil keine Nachricht von Svea eingegangen war.

Nach ein paar gescheiterten Versuchen, ihren Vater in ein Gespräch zu verwickeln, hatte Leo aufgegeben. Jetzt, am frühen Abend, saßen sie gemeinsam auf der Terrasse, und Leo versuchte sich einzureden, dass sie sich nicht zu Tode langweilte. Ohne sich dessen bewusst zu sein, stellte sie sich an die Brüstung, die

die Terrasse umgab, und blickte zum See. Genau in diese Richtung waren vor einer Weile Alexeis hohe Gestalt und Joschi mit vornübergebeugtem Rücken geschlendert.

»Der See ist jetzt wohl kaum der richtige Platz für dich.«

Leo zuckte zusammen. »Wie bitte?«

»Dein sehnsüchtiger Blick spricht Bände«, sagte Clemens. »Du willst doch nicht ernsthaft diesen beiden Kerlen hinterherlaufen, oder?«

Endlich eine Reaktion von ihrem Vater – nur leider bestand sie darin, seine Tochter abfällig zu mustern. Leo fühlte sich prompt wie ein Kind, das bei einer verbotenen Sache ertappt worden war.

»Ich will ihnen nicht hinterherlaufen, sondern mich nur ein bisschen unterhalten.«

»Wenn du dich unterhalten willst, kannst du das mit mir tun. Dazu bist du doch schließlich hergekommen, oder etwa nicht?«

Fast hätte Leo sich entschuldigt, aber dann dachte sie daran, dass Clemens seit seiner Ankunft in Gedanken eindeutig bei Svea gewesen war und für seine Tochter kein einziges Wort übrig gehabt hatte. »Das stimmt schon, ich bin in erster Linie deinetwegen hier. Allerdings bin ich mir nicht sicher, ob das umgekehrt auch für dich gilt.«

Clemens zog die Augenbrauen zusammen, bis sich eine steile Falte auf seiner Stirn bildete. »Möchtest du mir etwas Spezielles mitteilen?«

Es wäre leichter gewesen, jetzt ein Ausweichmanöver einzuleiten. Ihr Vater hatte so eine Art an sich … Wenn du dich nicht sofort lieb Kind bei mir machst, werde ich dich mit Missachtung strafen, sagte sein Blick. Das hast du eh schon ausgiebig getan, dachte Leo trotzig.

»Du ignorierst mich, Papa. Wenn du dich mit Svea gestritten hast, dann tut mir das leid, und wir können gern darüber reden. Aber ich finde es nicht okay, dass du mich wie ein Spielzeug beiseiteschiebst, weil du mit den Gedanken woanders bist.«

»Ach, das ist es also. Du bist beleidigt, weil du nicht im Mittelpunkt stehst.« Clemens schüttelte belustigt den Kopf, aber sein Ausdruck blieb hart. »Du wirst deiner Mutter wirklich immer ähnlicher. Die hat auch andauernd die Diva gegeben. Sehr anstrengend.«

Leo unterdrückte den Schmerz, den dieser Giftpfeil auslöste. »Mama ist eine tolle Frau, also nehme ich es als Kompliment. Und was Svea betrifft … Ich habe sie zwar nur kurz kennengelernt, aber ich glaube nicht, dass du dir ihretwegen den Kopf zerbrechen musst. Die sitzt bestimmt mit ihren Freundinnen in einer Berlin-Mitte-Bar und macht einen auf Partygirl. In ein oder zwei Tagen hat sie genug davon und meldet sich wieder bei dir.«

Prompt fühlte Clemens sich in seiner Ehre verletzt. »Vielen Dank, aber ich brauche keine Beziehungstipps von einer Siebzehnjährigen, die ihre Abenteuerlust mit ein paar sozialen Randgestalten ausleben will. Ein Kiffer und ein Schläger. Ich wusste, dass dieses Insel-Internat dir nichts als Flausen in den Kopf setzen würde. Jetzt haben wir die Bescherung.«

Diese Anschuldigung machte Leo nicht nur sprachlos, sondern traf sie bis ins Mark. Ihr Vater konnte sie doch nicht absichtlich kränken wollen, bloß weil sie eine eigene Meinung an den Tag legte. Wie eine Schlafwandlerin drehte sie sich um und ging die Treppe hinab in den Garten.

»Leonie, nun warte doch«, rief Clemens. »Das ist mir eben doch nur so rausgerutscht. Wirklich, es tut mir leid! Dieser ganze missglückte Start in unsere Sommerferien tut mir leid. Was hältst du von einem Ausflug nach Potsdam? Es ist noch nicht zu spät, dort in ein Hotel einzuchecken und es uns gut gehen zu lassen. Dann hauen wir beide richtig auf den Putz.«
Einen Moment lang hielt Leo inne und wollte schon einlenken, als ihr klar wurde, dass ihr Vater bloß aus dem Grund ausgehen wollte, um Svea in nichts nachzustehen. Die amüsierte sich schließlich bestens in der Stadt, während er auf einer Baustelle mit ein paar Fertigpizzen im Gefrierschrank festsaß. Was Leo wollte, war dabei eher nebensächlich.
»Ein anderes Mal, ja?«, sagte Leo. Damit wandte sie sich endgültig ab und lief im Eilschritt über die Rasenfläche, getrieben von dem Wunsch, möglichst viel Strecke zwischen sich und ihren Vater zu bringen.

Leo hatte keinen Blick dafür, wohin sie lief, sie bemerkte kaum den Wald mit seinen Ästen, das Buschwerk und das federnde Unterholz unter ihren Sandalen. Die Spinnen, deren Netze sie im Vorbeilaufen zerriss, erreichten sie genauso wenig wie die schönen Farne im Schatten oder die flüchtenden Eichhörnchen, die sich auf den nächsten Stamm retteten und dort lautstark über den Störenfried schimpften.
Leo sah nur eins: ihren Vater, den sie jahrelang angehimmelt und schrecklich vermisst hatte. Aber auch den Mann, zu dem er für sie in den letzten Tagen geworden war. Entweder hatte Clemens sich seit ihrem letzten Treffen in einen anderen Menschen verwandelt, oder Leo erkannte zum ersten Mal, wie ihr

Vater wirklich war: ein Egoist, der die Welt seinen Bedürfnissen entsprechend zurechtbog.
Doch die Wut verflog mit jedem Schritt. Zu stark waren die kostbaren Erinnerungen an früher, wenn ihr Vater einmal Zeit für sie gehabt hatte. Außerdem gestand sie sich ein, dass Clemens nicht der Einzige war, der sich verändert hatte. Nachdem sie die Scheidungskind-Wehen, das Hormon-Chaos der Pubertät und ein paar anschließende Identitätskrisen überstanden hatte, fühlte sie sich endlich reingewachsen in ihre Haut. Sie hatte das Gefühl gehabt, ihrem Vater auf Augenhöhe entgegenzutreten – mit dem Ergebnis, dass sie sich wie zwei Fremde gegenüberstanden.
So schlimm ist es doch gar nicht, versuchte Leo sich zu beruhigen. Vielleicht musste sie sich erst daran gewöhnen, Clemens nicht länger durch die rosarote Brille einer liebenden Tochter zu sehen, sondern als einen Menschen mit Fehlern und Macken. Und ihr Vater musste erst verdauen, dass er es jetzt mit einer jungen Erwachsenen zu tun hatte, die ernst genommen werden wollte, anstatt auf dem Rücksitz geparkt und mit Pommes abgefüttert zu werden. Obwohl … die Nummer mit dem Ketchup-Gesicht war schon niedlich.
Als Leo den Blick hob, schimmerte Blaugrün zwischen den Baumstämmen auf. Wie auf ein geheimes Kommando hin öffnete sich der Wald und gab den Blick auf den See frei. Sie war einen weiten Bogen gelaufen, nur um dort anzukommen, wohin sie eh von Anfang an gewollt hatte.
Leo zog ihre Sandalen aus und watete knöcheltief am Ufer entlang. An ihre Fußsohlen schmiegten sich vom Wasser glatt geschliffene Kiesel, das späte Sonnenlicht tanzte auf dem Was-

serspiegel, und Frösche gaben ein Abendkonzert. Verwilderte Schönheit. Nur ein paar Pfade führten ans Ufer und verrieten, dass irgendwo zwischen den Bäumen abgelegene Datschas standen. Vermutlich gehörten sie Leuten aus den umliegenden Dörfern, die am Sonntagabend jedoch etwas anderes zu tun hatten, als die Einsamkeit zu genießen.

Irgendwann vergaß Leo, Ausschau nach anderen Spaziergängern zu halten, sie vergaß, den Kies nach Glasscherben abzusuchen, und sie vergaß, die ersten Mücken abzuwehren. Ein Moment von Schwerelosigkeit breitete sich aus, trieb sie voran, ohne dass sie sich dessen bewusst war. Eine angenehme Leere füllte ihren Kopf aus, und ihre Gliedmaßen verfielen in einen gleichmäßigen Rhythmus. Als plötzlich ein Steg mit zwei Gestalten vor ihr auftauchte, stahl sich ein Lächeln auf ihr Gesicht.

Dort auf dem Holzsteg lag Alexei und blickte in den Abendhimmel, während sein Freund Joschi verträumt an seinen Dreadlocks spielte und leise vor sich hinsang.

Leo gönnte sich den Anblick und mehr noch das prickelnde Gefühl, das die Vorfreude in ihr wachrief.

Dann entdeckte Joschi sie.

»Ich glaub es nicht: eine Wassernymphe!«, rief er. »Waschecht mit blondem Wallehaar, aber leider angezogen.«

»Ich möchte lieber nicht wissen, was genau du geraucht hast«, rief Leo zurück und gab dann acht, auf den letzten Metern nicht über einen größeren Stein im Wasser zu stolpern und sich den Auftritt zu vermasseln. Besonders jetzt nicht, da Alexei sich aufsetzte und ihr zusah, wie sie näher kam. Bildete sie sich das ein, oder war da ein gewisses Leuchten in seinen Augen?

»Wie war der Spaziergang?«, fragte Alexei und reichte Leo eine

Hand, um ihr auf den Steg zu helfen. Als er dabei die Lippen fest aufeinanderpresste, erinnerte sich Leo an den Verband unter seinem verwaschenen blauen T-Shirt. Für einen Herzschlag legte sich ein Schatten über sie, aber dann wurde er auch schon von der friedlichen Stimmung fortgewischt.

»Es ist mir ein Rätsel«, sagte sie, »warum es hier nicht vor Tagesgästen wimmelt, so wunderschön, wie es ist. Aber nicht einmal die Leute aus dem Dorf scheint der See anzuziehen.«

»Umso mehr Platz für uns«, posaunte Joschi gut gelaunt aufs glatt daliegende Wasser hinaus. »Die anderen tummeln sich alle am Nachbarsee, der ist nämlich so eine Art Freizeitoase mit künstlich angelegtem Sandstrand, einer Würstchenbude, und als Bonus kann man bis kurz vor knapp mit dem Auto ranfahren. Außerdem haben die Handys dort Empfang, während man hier echt suchen muss, bis man einen Balken findet. Für die meisten Leute sind das unschlagbare Argumente für den Nachbarsee.«

»Was nicht verkehrt ist bei deiner raumgreifenden Persönlichkeit.« Alexei brauchte einen Moment, bis er eine angenehme Sitzhaltung gefunden hatte, und Leo sah ihm an, dass er immer noch Schmerzen hatte. »Um genau zu sein: wir haben Platzverbot am Nachbarsee, weil Joschi sich bei unserem letzten Besuch unbedingt mit einer Mundharmonika als Straßenmusiker ausleben musste. Und dann noch diese ständige Kifferei, da stehen die Leute aus der Gegend auch nur bedingt drauf. Hier ist eher Bier und Korn angesagt.«

Leo grinste. »Du hättest noch mehr rauchen sollen, Joschi. Dann wären dank des THC-Nebels wenigstens alle zu entspannt gewesen, um sich zu beschweren.«

»Ich verdiene nicht genug, um den Weltfrieden zu errauchen.« Joschi stand auf und streckte sich. »So richtig ungemütlich ist das Pack übrigens erst geworden, als unser guter Alexei anfing zurückzupöbeln. Ich befürchte, seine ›Ihr wollt Ärger? Könnt ihr haben‹-Haltung war der eigentliche Grund für unseren Rauswurf. Die Dörfler mögen es nicht, wenn einer von außerhalb Ohrfeigen verteilt, statt welche einzustecken. So, ich geh jetzt mal was wegbringen, nicht dass ihr euch wundert, wenn gleich ein Wasserfall ertönt.« Ein wenig steif in den Beinen verschwand er im Gebüsch.

»Okaaay«, sagte Leo gedehnt, kaum dass sie allein waren.

»So schockierend war seine Vorankündigung mit der Pinkelei nun auch wieder nicht.«

»Das mein ich auch nicht, sondern die Sache mit dem Nachbarsee.«

Entweder hatte Alexei sie nicht verstanden, oder er war gerade wirklich zu sehr damit beschäftigt, die Landschaft hinter ihr zu bewundern. Leo fragte sich, ob sie besser über diese Angelegenheit hinweggehen sollte, schließlich ging sie das Ganze nichts an. Aber Alexei geht mich etwas an, dachte sie entschlossen. Sich zu jemandem hingezogen zu fühlen bedeutete noch lange nicht, dass man die Augen vor seinen Schwächen und vielleicht sogar vor seinen Abgründen verschließen durfte. Die Lektion hatte sie dank ihres Vaters gerade erst gelernt.

»Das klang eben so, als würdest du häufiger in Schlägereien geraten.«

Hinter ihr war es jetzt offenbar hoch spannend, denn Alexei verengte die Augen zu Schlitzen und schaute demonstrativ an ihr vorbei. Dann seufzte er. »Das war keine Schlägerei, bloß Rumgeschubse. Diese Dorfprolls waren echt nicht auszuhalten, die hatten uns schon vorher auf dem Kieker, weil wir weder zu den Dosenbiertrinkern noch zu den Faschos und auch nicht zu braven Schnauzehaltern und Unsichtbarmachern gehören. Für die ist jemand wie Joschi leichte Beute, einfach weil er überall raussticht und keinen Trupp Kumpels hinter sich hat.«

»Sondern nur dich.« Leo wollte zynisch klingen, doch es gelang ihr nicht.

»Von mir hat sich da keiner beeindruckt gefühlt.« Alexei machte nicht den Anschein, als ob er sich etwas auf seine Streitlust einbildete. Ganz im Gegenteil. »Der Bademeister hat Joschi und mich eher zu unserem eigenen Schutz rausgeschmissen, sonst wäre die Angelegenheit bestimmt mit mehr als ein paar blauen Flecken ausgegangen.«

Die Art, wie Alexei über den Vorfall sprach, verwirrte Leo. So, wie er ihrem Blick auswich, schien er sich eher als Verlierer zu sehen, obwohl er doch die Courage aufgebracht hatte, sich allein gegen eine Clique zu stellen.

»Hast du eigentlich keine Angst, wenn du dich auf solche Sachen einlässt?«

»Ich habe mehr Angst davor, wie es mir geht, wenn ich es nicht tue«, sagte Alexei. »Entweder man stellt sich tot, dann gleitet alles an einem ab und hinterlässt keine Spuren. Oder man lässt die Dinge an sich ran und geht damit ein gewisses Risiko ein. Bei mir ist es jedenfalls so, dass nur gar nicht oder volles Programm geht. Meine Filter sind offenbar nicht die besten.« Er lächelte, allerdings auf diese spezielle Art, die Leo das Herz schwer werden ließ.

So war das also, wenn man Alexei besser kennenlernte. Schmerzhaft … und in so mancher Hinsicht verwirrend.

Leo zog ihre Knie vor die Brust und schlang die Arme um die Schienbeine. Als sie zu ihrem überhasteten Spaziergang aufgebrochen war, war es ihr in den Jeansshorts und dem Tanktop noch zu warm gewesen. Jetzt, wo die Sonne allmählich hinter den Baumwipfeln am gegenüberliegenden Seeufer versank, zog Kühle vom Wasser her auf. Gänsehaut bildete sich auf ihren Unterarmen, aber das bemerkte sie erst, als Alexei mit seinem Zeigefinger darüberstrich. Es war nur eine flüchtige Berührung, die sie fast mehr erahnte. Und trotzdem brandete eine knisternde Woge durch ihren Körper.

Im nächsten Augenblick zog er die Hand zurück, als habe er ebenfalls einen Schlag bekommen. »Dir ist kalt«, sagte er.

»Nicht wirklich.«

»Es wird bald dunkel.«

Leo sah ihn an.

»Vielleicht solltest du …« Alexei beendete den Satz nicht.

»Was sollte ich? Nach Hause gehen? Ist es das, was du mir sagen willst?«

Alexei saß still da und betrachtete die Stelle ihres Unterarms, die er eben so unvermittelt berührt hatte. Vermutlich war es nicht mehr als eine spontane Eingebung gewesen, ein unschuldiges Spiel, weil ihn der Kälteschauer auf ihrer Haut gereizt hatte. Aber nun stand diese Berührung zwischen ihnen – und noch mehr die Art, wie intensiv sie beide darauf reagiert hatten.

Frag ihn, ob er in einer Beziehung ist. Egal, was Joschi behauptet hat, forderte eine innere Stimme Leo auf. *Dieses Mädchen neulich … das kann doch nicht zufällig mitten in der Nacht durch den Park gelaufen sein. Sie wollte zu ihm. Was sonst?*

Alexei ist niemand, der ein doppeltes Spiel spielt, hielt eine

zweite Stimme dagegen. Wenn da jemand anders wäre, hätte er mir das längst klargemacht.
Du kennst ihn doch gar nicht, wandte die erste Stimme ein.
Doch, ich kenne ihn. Auch wenn ich es nicht erklären kann.
»Soll ich gehen?«, fragte Leo leise.
»Ja«, sagte Alexei. Und plötzlich lächelte er, ein wenig verhalten, als wisse er nicht recht, ob er sich mit beiden Beinen auf festem Grund befand. »Aber nicht nach Hause, sondern mit zu mir. Du kannst dir einen Pulli ausleihen und wir schnappen uns, was mein Kühlschrank hergibt. Joschi kann unterdessen ein Lagerfeuer in Gang bringen, als Pyromane ist er unschlagbar.«
»Das klingt doch gut.« Leo stand auf, und ehe Alexei protestieren konnte, half sie ihm hoch. »Für einen Invaliden bist du ganz schön stolz.«
Alexei lachte.
Und es klang so wunderbar, dass es kaum zu ertragen war. Das ist es, dachte Leo, davon will ich mehr, selbst wenn es zu viel ist.

18

Das Gartenhaus war noch nicht ganz hinter der Hecke aufgetaucht, als Alexei unvermittelt stehen blieb. Sie waren den Weg vom See so dicht nebeneinandergegangen, dass ihre Hände sich immer wieder wie zufällig berührt hatten. In Wirklichkeit konnten sie beide nicht genug bekommen von dem Prickeln, das ihre Berührungen auslösten. Die ganze Zeit über hatten sie gelacht und geredet – worüber, wusste Leo allerdings nicht mehr in dem Moment, als Alexei plötzlich mitten in der Bewegung erstarrte.

»Stimmt etwas nicht?«

Kaum hatte Leo die Frage ausgesprochen, hörte sie die Stimmen ebenfalls. Aufgeregte Männerstimmen und dazwischen eine Frau, die in beruhigendem Ton auf sie einzureden schien. Eine Stimme gehörte eindeutig Clemens. Was hatte ihr Vater denn bei dem im Dämmerlicht liegenden Gartenhaus zu suchen?

So unvermittelt, wie Alexei angehalten hatte, so schnell rannte er jetzt los. »Warte hier«, rief er Leo noch zu.

Von wegen, dachte sie und folgte ihm.

Auf dem kleinen Platz vor dem Gartenhaus stand Clemens zusammen mit zwei uniformierten Polizisten. Als er Alexei und Leo heranpreschen sah, setzte er ein herzliches Lächeln auf und

öffnete die Arme, die er eben noch vor der Brust verschränkt gehabt hatte.
»Da seid ihr ja! Ich habe den Herrschaften eben erklärt, dass ihr den Abend unten am See verbringt. Habt ihr eure Pläne geändert?«
Während es Leo über den Stimmungswandel ihres Vaters noch die Sprache verschlug, reagierte Alexei sofort. »Wir wollten nur kurz Grillzeug holen. Ist etwas passiert?«
Clemens winkte scheinbar locker ab, doch Leo bemerkte den Schweißfilm auf seiner Oberlippe. »Unserem Bauleiter Horst Bender ist etwas zugestoßen, und nun wollen die Beamten mit dir wegen Freitag reden, Alexei. Du weißt schon, wegen eurer kleinen Meinungsverschiedenheit. Ich habe den Herrschaften bereits erklärt, dass du bloß sauer warst, weil der Bautrupp ein paar Büsche im Vorgarten ruiniert hat. Deswegen bringt man doch niemanden um.« Dann wendete Clemens sich mit einem Lächeln an die beiden Polizisten. »Ich sagte ja bereits, dass unser Alexei die Gärtnerei seit seinem Praktikum bei Viktor Kranz sehr ernst nimmt.«
Unser Alexei? Praktikum? Daher wehte also der Wind. Clemens hatte kalte Füße bekommen, als die Polizisten wegen Alexei vor seiner Tür gestanden hatten – und da hatte er ihnen allem Anschein nach die Geschichte aufgetischt, dass Alexei ein Gast war, der *just for fun* ein Praktikum beim Gärtner machte. Kein Wort darüber, dass er als ungelernte Aushilfe im Gartenhaus hauste und von Clemens Kressberg für eine – Zitat – »soziale Randgestalt« gehalten wurde.
Leos Vater hatte Glück, dass die soziale Randgestalt jetzt so schnell schaltete. »Herr Kressberg hat recht«, sagte Alexei. »Ich

fand es unmöglich, dass der Bender seine Leute nicht anhält, vorsichtig wegen der Grünanlage zu sein. Als dann am Freitag ein alter Rhododendron zu Schaden gekommen ist, hat es mir gereicht.«

»Haben Sie Herrn Bender deshalb am Freitagabend aufgesucht?«, fragte die Beamtin, die ein Notizheft in der Hand hielt, während ihr Kollege aufgebracht schnaubte. Er schien nicht allzu viel auf die Geschichte zu geben, die Clemens ihnen serviert hatte.

Die Polizeibeamtin sah Alexei fragend an.

Alexei nickte mit ausdrucksloser Miene. »Genau. Ich wollte Bender nur noch einmal darauf hinweisen, zukünftig besser achtzugeben. Das hat ihm nicht gepasst, und wir sind aneinandergeraten. Mehr nicht.«

»Der Junge hat nur den wilden Mann raushängen lassen. Kein Grund, ihn deswegen in die Mangel zu nehmen.« Clemens gab ihm einen freundschaftlichen Knuff in die Seite, woraufhin Alexei keuchend Luft ausstieß und nach seinen Rippen fasste.

Die beiden Polizeibeamten wechselten einen Blick.

»Außerdem habe ich Alexei kurz danach mit dem Auto abgeholt, und wir haben noch bis spät in die Nacht zusammen abgehangen«, warf Leo ein.

Doch es war zu spät. Der Polizist machte einen Schritt auf Alexei zu und musterte ihn. »Sieht aber nach ein bisschen mehr als bloß einer kleinen Rauferei aus, oder? Bender hat Ihnen ganz schön was verpasst, bestimmt nicht nur den Kinnhaken. Der Kerl war nicht umsonst als äußerst brutal verschrien.« Er deutete auf Alexeis verschorfte Fingerknöchel. »Und Sie haben kräftig zurückgeschlagen, wie ich sehe.«

Alexei zuckte bloß mit den Schultern.

»Falls die Auseinandersetzung nichts mit dem Unfall von Herrn Bender zu tun hat, sollten wir das Thema jetzt besser ruhen lassen«, sprang Clemens ihm bei. Leo nahm sich fest vor, ihrem Vater für seine Unterstützung bei der ersten Gelegenheit um den Hals zu fallen.

»Wir haben nur noch ein paar Fragen«, wiegelte die Polizistin ab und nickte Alexei zu. »Haben Sie Herrn Bender nach diesem Zusammenstoß noch einmal gesehen – vielleicht am Samstag?«

»Nein. Unsere Unterhaltung vom Freitag hat mir vollauf gereicht.«

»Sind Sie sich da auch sicher, Herr …?«, fragte die Polizistin mit hochgezogener Augenbraue.

»Ja, bin ich. Es gab keinen Grund, Bender noch einmal zu sehen.« Zum ersten Mal verriet Alexei Anzeichen von Nervosität. Er stockte und rieb sich viel zu auffällig seine malträtierte Seite. »Außerdem reicht es völlig, wenn Sie mich Alexei nennen. Ich bin schließlich erst achtzehn, da kommt das mit dem Vornamen besser.«

Die Polizistin schenkte ihm ein Lächeln von der hochprofessionellen Sorte, das nichts anderes meinte, als dass sie auf seinen Trick nicht reinfiel. »Mag sein, aber wir hätten trotzdem gern Ihre Daten. Wären Sie so nett, mir Ihren Personalausweis zu zeigen?«

»Den Perso habe ich jetzt nicht hier, weil … Hab vergessen, ihn bei meiner Abreise einzustecken. Genau wie meinen Führerschein und den ganzen restlichen Papierkrempel.«

»In dem Fall müssen wir Sie bitten, mit aufs Revier zu kommen, Herr …?

»Leanca«, sagte Alexei merklich frustriert.
»Leanca also.« Der Polizist sprach den Namen wie ein Schimpfwort aus. »Klingt in meinen Ohren nicht so, als hätten Sie einen deutschen Pass. Ist das etwa ein polnischer Nachname?«
Falls Alexei sich angegriffen fühlte, ließ er es sich zumindest nicht anmerken. »Nein, mein Vater ist vor zwanzig Jahren aus Moldawien nach Deutschland gekommen.«
»Warum? Hat es ihm in seiner Heimat nicht gefallen?« Der Polizist gab sich mittlerweile keine Mühe mehr, seine verächtliche Haltung zu überspielen.
»Haben Sie ein Problem?«, fragte Leo bissig zurück.
»Wie auch immer«, mischte sich die Polizistin ein. »Auf dem Revier können Sie uns dann auch gleich Ihre Aussage unterschreiben, Herr Leanca.«
Alexei warf Leo einen verstohlenen Blick zu. Tut mir leid, die ganze Sache, war in seinen Augen zu lesen. Sie lächelte tapfer, auch wenn ihr in Wahrheit zum Heulen zumute war. Diese Leute behandelten Alexei, als wäre er ein Verbrecher. Dabei hatten sie noch gar nicht gefragt, wo er den Samstag, an dem Bender zu Tode gekommen war, überhaupt gewesen war. Auf dem Revier würden sie das zweifelsohne nachholen. Und dann?
»Ich begleite den Jungen«, bot Clemens an.
»Ich auch.« Leo streckte die Hand aus und berührte Alexeis Handrücken. Sofort strömte eine Woge von Wärme durch ihren Körper.
Doch Alexei schüttelte den Kopf. »Geh lieber zu Joschi und sag ihm Bescheid, dass es mit dem Grillen heute nix mehr wird. Vielleicht schaut er ja mal bei Viktor vorbei, damit der alte Herr im Bilde ist.«

»Und was ist mit mir?«

Alexei lächelte. »Wir sehen uns morgen. Wenn du dann noch Lust hast.«

Natürlich habe ich das, dachte Leo, als sie Alexei hinterhersah, wie er mit den drei Erwachsenen in Richtung Villa fortging. Unabhängig von dem, was passiert ist – und noch passieren wird.

19

»Vielen Dank noch einmal. Ohne Ihre Unterstützung hätte ich vermutlich den Rest der Nacht auf dem Revier verbringen dürfen.«

Alexei stand geduckt in der offenen Autotür, während Clemens Kressberg den Motor laufen ließ, so als könne er es nicht abwarten, seinen lästigen Gärtner endlich los zu sein. Seit ein Scan von Alexeis Personalausweis auf dem Revier eingetroffen war und die Beamten Clemens Kressberg unmissverständlich klargemacht hatten, dass er Alexeis Praktikum besser schleunigst offiziell anmeldete, war Leos Vater deutlich auf Abstand gegangen. Das »Mein guter Junge!«-Schauspiel war vorbei, trotzdem war Alexei dankbar für die Unterstützung.

»Schon gut«, sagte Clemens Kressberg, ohne den Blick von der Straße abzuwenden. Mittlerweile ging es auf Mitternacht zu, und auf der Allee, die zur Villa führte, war es stockdunkel. »Hauptsache, wir überstehen die nächsten Tage, bis einigermaßen Gras über die Sache gewachsen ist. Tu dir selbst den Gefallen und häng dich in die Arbeit rein. Am besten so sehr, dass du abends gar nicht erst auf die Idee kommst, mit meiner Tochter zu grillen oder sonst was anzustellen. Dann gibt es auch keine weiteren Probleme.«

Mit einer solchen Reaktion hatte Alexei nicht gerechnet, schließlich hatte Clemens Kressberg sich eben noch für ihn eingesetzt.

»Ich soll Leo die kalte Schulter zeigen – quasi als Wiedergutmachung für Ihre Unterstützung?«
Clemens Kressberg musterte ihn herablassend. »Da hast du wohl was falsch verstanden. Ich würde dir natürlich niemals den Umgang mit meiner Tochter verbieten. Schlicht aus dem Grund, weil Leonie mir das niemals durchgehen lassen würde, sie hat ja eine sehr … nun ja … ausgeprägt soziale Ader. Aber falls du genügend Zeit haben sollest, dich mit ihr zu treffen, würde ich mal darüber nachdenken, ob du wirklich der richtige Mann für den Job bist – jetzt, wo ich dich auch noch anmelden muss. Und das Gartenhaus … Kann ich dich da wirklich weiterhin wohnen lassen? Wie die Polizisten angemerkt haben, ist die sanitäre Ausstattung ja bestenfalls notdürftig.«
»Sie drohen mir damit, mich vor die Tür zu setzen, wenn ich Leo weiterhin treffe.« Sogar laut ausgesprochen wirkte das Ganze wie ein schlechter Scherz.
»Nun tu doch nicht so überrascht. Was ich eben auf dem Polizeirevier mitbekommen habe, sprach nicht gerade für dich. Du bist ein Streuner, der Schlägereien nicht abgeneigt ist, der auf Drogen steht und der …«
»Ich nehme keine Drogen«, unterbrach Alexei die Anklage.
»Hör doch auf.« Clemens Kressbergs Stimme troff vor Ironie. »Als du vorhin beim Gartenhaus aufgetaucht bist, hast du gestunken wie ein ganzes Cannabisfeld im Sonnenschein. Das ist den Polizisten übrigens auch nicht entgangen, die werden dir künftig bestimmt genau auf die Finger schauen. Aber erst einmal steht ja die Frage im Raum, was mit Horst Bender geschehen ist. Dazu werden sie dich bestimmt noch einige Male befragen.«
»Das können die Bullen auch gern machen, nur ändert das

nichts daran, dass ich mit Benders eingeschlagenem Schädel nichts zu tun habe.«

Clemens Kressberg legte den Kopf schief, die Unsicherheit in Alexeis Stimme war ihm anscheinend nicht entgangen. »Schon möglich, dass dem so ist«, sagte er dann abwägend. »Aber du wirst bestimmt verstehen, dass du aus Sicht eines liebenden Vaters nicht gerade den richtigen Umgang für dessen einzige Tochter darstellst. Leonie gibt sich vielleicht tough, aber in Wirklichkeit ist sie ein sehr sensibles Mädchen. Was meinst du, wie es ihr ergeht, wenn sie sich auf dich einlässt, nur um dann hautnah mitzuerleben, wie du stolperst und nicht wieder hochkommst. Denn – machen wir uns nichts vor: Du *wirst* stolpern, es steht dir quasi auf die Stirn geschrieben. Ein lebensunerfahrenes Geschöpf wie Leonie glaubt zwar, dass sie dich retten kann, aber wir wissen beide, dass es für dich nur eine Rettung gibt: den Kopf schön unten behalten und zusehen, dass du keine fremden Kreise störst. Und schon gar nicht meine. Ansonsten findest du dich schneller auf der Straße wieder, als du ›unfair‹ sagen kannst.«

Das waren also seine Optionen: Entweder ging er auf Abstand zu Leo, ohne dass sie auf die Idee kam, ihr Vater könnte dahinterstecken. Oder er musste sich nach einem neuen Job *und* einer neuen Bleibe umsehen. Dass er in Havelseck und Umgebung nach der Schlägerei mit Bender noch einmal eine Arbeit fand, war höchst unwahrscheinlich. Er würde weiterziehen müssen, was nichts anderes bedeutete, als dass Leo so oder so aus seinem Leben verschwand.

»Möchten Sie, dass ich meine Sachen sofort packe und verschwinde?«

Clemens Kressberg musterte Alexeis zu einer Maske erstarrte Miene, dann lächelte er siegessicher. »Mal schauen, wie es die nächsten Tage so läuft. Wenn du dich von meiner Tochter fernhältst …«

»Und wenn nicht?« Bevor Alexei sichs versah, hatte er sich in der offen stehenden Wagentür aufgebaut, die Arme gegen den Rahmen gestemmt, sodass seine angespannte Muskulatur hervortrat. Offenbar entging das auch Clemens Kressberg nicht, denn er drückte sich prompt ein bisschen tiefer in seinen Sitz.

»Reiß dich zusammen, sonst schmeiße ich dich gleich raus«, drohte Leos Vater. »Wäre eh das Beste, wenn ich so darüber nachdenke.«

»Und wenn ich so darüber nachdenke, müsste ich, bevor ich Havelseck verlasse, der Polizei einen Besuch abstatten und erklären, warum ich plötzlich keine Bleibe mehr habe. Das wäre es dann mit der Praktikum-Story, und wahrscheinlich müsste ich sogar damit rausrücken, dass ich Bender ein paar verpasst habe, weil er seine Schwarzarbeiter so beschissen behandelt, nur damit Ihr Traumpalast möglichst schnell fertig wird. Das käme bestimmt nicht gut.«

»Das ist Erpressung«, sagte Clemens Kressberg mit versteinertem Gesicht.

»Ich würde sagen, es ist eine Verhandlung, mit der Sie angefangen haben. Also?«

Clemens Kressbergs Adamsapfel zuckte ganze vier Mal auf und ab, so heftig musste er schlucken, bevor er antwortete. »Wie gesagt, du machst ein Praktikum bei uns. Und ich mache Urlaub mit meiner Tochter, was nichts anderes bedeutet, als dass ich sie künftig von morgens früh bis abends spät verplanen werde. Falls sie dich danach noch sehen will, kann ich ja wohl nichts dagegen tun. Aber wenn dir was an Leonie liegt, solltest du dir ernsthaft Gedanken machen, ob jemand wie du wirklich der Richtige für sie ist. Ich gebe dir einen Tipp: Meine Tochter hat etwas Besseres verdient, nicht nur, weil sie mein Kind ist, sondern weil sie ein großartiger Mensch ist. Oder siehst du das etwa anders?«

»Nein, Leo ist großartig«, flüsterte Alexei. Dann schlug er die Autotür zu.

Während Alexei den rasch im Dunkeln verschwindenden Rücklichtern des Wagens nachblickte, hallten Clemens Kressbergs entscheidende Worte in seinem Kopf nach. »Du *wirst* stolpern, es steht dir quasi auf die Stirn geschrieben«, hatte er gesagt und mit jedem Wort recht gehabt. Wie zur Hölle war er nur auf die Idee gekommen, ausgerechnet ein Mädchen wie Leo an sich heranzulassen? Er würde sie mit sich zu Fall bringen, egal, wie sehr er gehofft hatte, dass sich mit ihr endlich alles zum Guten wenden würde.

Ihr Vater hatte es auf den ersten Blick erkannt: Er brachte nur Unglück. Dabei wusste Clemens Kressberg nicht einmal einen Bruchteil davon, wer Alexei in Wirklichkeit war.

Und was er getan hatte.

Unabhängig davon, wie weit er vor seiner Vergangenheit geflüchtet war, sie war weiterhin ein Teil von ihm und sorgte dafür, dass seine Erinnerung ein löchriges Netz war und er immer öfter die Beherrschung verlor. Abgesehen davon taugte er auch kaum für eine Liebesbeziehung, nicht einmal für eine Affäre.

Alexei drückte sich die Handballen gegen die Schläfen, doch sie konnten nichts gegen den anwachsenden Druck in seinem Inneren ausrichten. Wie ein Sturm baute er sich auf und toste so laut, dass er kaum noch klar denken konnte.

Als er Leo kurz nach ihrer Ankunft mit vor Schrecken weit aufgerissenen Augen gesehen hatte, wie sie wild entschlossen war, einem völlig Fremden zu helfen, da hatte er keinen Gedanken daran verschwendet, was er ihr eigentlich antat, indem er auf sie zuging. Seitdem hatte er ein paar halbherzige Anläufe unternommen, sie auf Abstand zu halten, mehr nicht. Sein Gewissen war einfach nicht so stark wie das Verlangen, ihr näherzukommen. Clemens Kressberg tat gut daran, wenn er seine Tochter vor jemandem wie ihm schützen wollte. Doch er konnte sich nicht von Leo fernhalten, vollkommen unmöglich.

Damit war jetzt aber Schluss, er würde sich von Leo fernhalten, auch wenn er gerade bei ihrem Vater durchgesetzt hatte, sie weiterhin treffen zu dürfen.

Während sich sein Entschluss festigte, fühlte Alexei sich, als würde etwas in ihm absterben. Es war ein einziger Albtraum, viel schlimmer als der vom Wald, der ihn immer wieder heimsuchte.

Der Wald …

Wind fuhr ins Laub, und das Rascheln erinnerte Alexei daran, dass er mutterseelenallein auf der nächtlichen Allee stand, umgeben von Bäumen, die ihm wie eine undurchdringliche Front vorkamen.

Der Pfad, der zu Viktors Haus führte, war bereits zu sehen. Ein schwarzer Gang, patrouilliert von dicht an dicht stehenden Stämmen.

Schlagartig brach Alexei der Schweiß aus, seine Atmung beschleunigte sich unwillkürlich. Es brauchte nicht mehr viel, und er würde erneut ausflippen, so wie neulich, als Leo ihn hierhergebracht hatte. Reiß dich verflucht noch mal zusammen, sagte er sich. Du befindest dich auf einer Straße im beschaulichen Brandenburg und nicht in irgendeiner gottverlassenen Wildnis am Ende der Welt. Es gibt keinen einzigen Grund, jetzt durchzudrehen. Schalt einfach das verfluchte Kopfkino aus und setzt dich in Gang.

Das war jedoch leichter gesagt als getan. Der Wald um ihn herum schien sich zu verselbstständigen, die Baumstämme begannen zu wandern, wechselten ihre Plätze, sprangen auf ihn zu, während es im Laubdach raschelte, als habe dort jemand Stellung bezogen, der ihn beobachtete. Um ihn zu attackieren.

Alexei lief los.

Doch der Wald war schneller.

IM WALD

Den Wald zu betreten ist, als würde man eine unsichtbare Grenze überschreiten. Und dann gibt es nur noch ihn, und immer weiter und weiter dehnt sein Reich sich aus.

Die Welt, aus der man stammt und die einem so vertraut ist, geht innerhalb weniger Augenblicke verloren. Verschwindet hinter grob zupackenden Händen, schwingenden Eisenstangen und Tritten mit schwerem Schuhwerk.

Die Wildnis, sie hat dich.

Wenn du die Grenze überschritten hast.

Nicht freiwillig.

Du warst schon ein Gefangener, als du zwischen die Bäume getreten bist. Die Spitze eines Schlagstocks zwischen den Schulterblättern, stolpernd, das Blut in den Augen wegblinzelnd. Da hast du noch nicht gewusst, dass der Feind nicht nur hinter dir steht, sondern dass du von ihm umringt bist.

»Zieh dein Hemd aus!«

»Raus aus den Stiefeln!«

»Und jetzt: Auf die Knie!«

Die Befehle hallen im Nebel, der vom Waldboden aufsteigt. Die Bäume scheinen zu wispern, als du auf die Knie sinkst und den ersten Schlag erwartest.

Gleich ist es vorbei, denkst du.

Aber du irrst dich, es ist noch lange nicht vorbei.

20

»Noch ein Glas?« Viktor Kranz hielt die Flasche mit der bernsteinfarbenen Flüssigkeit in die Höhe.

Alexei fragte sich, wie viele Gläser von dem als Medizin getarnten Schnaps er bereits intus hatte. Er wusste es nicht. Geschadet hatte es jedenfalls nicht, in seinem Magen glimmte ein angenehmes Feuer, seine Lippen pulsierten vom Alkohol, und der Hustenanfall wegen des Hochprozentigem hatte ihn zurück ins Hier und Jetzt befördert.

»Ich nehme noch einen«, sagte er mit heiserer Stimme.

Während Alexei sein Glas mit einem Zug leerte und anschließend in einen weiteren Hustenanfall ausbrach, betrachtete Viktor Kranz ihn nachdenklich.

»Ich weiß, du willst nicht darüber reden, aber die Sache mit dem Wald … Was auch immer dir da passiert ist, es wird Zeit, dass du darüber hinwegkommst, Junge.«

Mit einem Knall stellte Alexei das Glas auf den Tisch und lehnte sich im Stuhl zurück. Das bisschen Entspanntheit, das ihm der Alkohol geschenkt hatte, war sofort wieder dahin. »Warum sollte ich?«, fragte er, obwohl er sich die Antwort denken konnte.

Viktor hielt seinem fordernden Blick gelassen stand. »Weil Horst Bender, wie man hört, im Wald erschlagen worden ist.«

Trotz stieg in Alexei auf. Er war es leid, verhört zu werden. »Na und? Was habe ich damit zu tun?«

»Tja, was hast du damit zu tun … Wo warst du gestern?«

Das war mal wieder typisch Viktor: kein langes Drumherumgerede, sondern zielgenau auf den Punkt. Alexei schenkte sich sein Glas nach und nippte an dem seidig glänzenden Inhalt. Es fehlte nicht mehr viel, und er würde vermutlich zu betrunken sein für eine Unterhaltung. Eine angenehme Vorstellung. Doch es gelang ihm nicht, Viktor und seine Frage auszublenden, dafür hatte er zu viel Respekt vor dem alten Mann.

»Den Bullen habe ich erzählt, dass ich den Samstag bei dir verbracht habe.«

Viktors beachtliche Nase kräuselte sich, das war alles. »Verstehe. Du warst also den ganzen Tag über bei mir. Was haben wir gemacht, falls die Polizei sich bei mir danach erkundigt?«

»Den Keller aufgeräumt, bis spätabends.« Eine andere Ausrede war Alexei auf dem Revier nicht eingefallen, als die Polizisten ihn gefragt hatten, wie er den Samstag zugebracht hatte.

»Dann weiß ich ja Bescheid.«

Noch immer starrte Alexei auf sein volles Schnapsglas, das sichere Versprechen, der Befragung zumindest für diese Nacht zu entkommen. Es war jedoch Viktors bedingungsloses Vertrauen, das ihn davon abhielt, es auch zu leeren.

»In Wirklichkeit habe ich nicht die leiseste Ahnung, wo ich gewesen bin, als Bender erschlagen wurde«, gab er zu. »Das Letzte, woran ich mich erinnere, ist, wie ich Freitagnacht hier bei dir gesessen habe und todmüde war. Tja, und dann wache ich heute Morgen auf, weil Leo bei mir im Gartenhaus steht. Dazwischen ist nichts, rein gar nichts. Ich weiß nur, dass ich am ganzen Körper zerkratzt bin und dass jemand meine Bude auf den Kopf gestellt hat.«

Viktor murmelte etwas Unverständliches, dann holte er sich ebenfalls ein Glas aus dem Küchenschrank, goss sich ein und trank es in einem Zug leer.

»Ich weiß selbst, wie verdächtig das alles klingt«, sagte Alexei in die Stille hinein. »Ist ja nicht gerade abwegig, so, wie Bender mich angekotzt hat. Dem war es doch vollkommen egal, was aus Radu wird. Was überhaupt aus einem von uns wird. Nur immer draufschlagen, damit gar nicht erst einer von seinen Sklaven auf die Idee kommt, aufzumucken.«

Während Alexei sprach, baute sich eine ungeahnte Wut in ihm auf, und er ertappte sich dabei, wie er die Hände zu Fäusten ballte. Je länger er darüber nachdachte, umso wahrscheinlicher kam es ihm vor, dass er Bender tatsächlich hatte büßen lassen. Für seine Hartherzigkeit, aber auch stellvertretend für die Schweinehunde, die dachten, sie könnten einen einfach in den Wald verschleppen, um … Alexei stöhnte gequält auf. Sein ramponierter Verstand ließ offenbar nicht nur ganze Tage in schwarzen Löchern verschwinden oder schickte ihn zurück in die quälende Vergangenheit, inzwischen durchmischte er sie auch mit der Gegenwart. Und ließ alle Grenzen verschwimmen.

»Du wolltest Bender zur Rechenschaft ziehen«, sagte Viktor sanft. »Das ist etwas ganz anderes, als ihn umzubringen.«

»Da ist aber noch was. Jemand hat bei mir im Gartenhaus Tabula rasa gemacht, und ich habe keine Ahnung, wann und warum das geschehen ist.«

Viktor lehnte sich im Stuhl zurück, die Stirn in Falten gelegt. »Der alte Schuppen.«

»Es ging wohl eher darum, meine persönlichen Sachen zu pulverisieren. Was Persönliches also.«

»Und du denkst, das könnte Bender gewesen sein?«
Alexei hob die Achseln. »Schon möglich. Vielleicht wollte er mir klarmachen, dass ich mich nach der Sache besser aus Havelseck verpissen sollte. Und ich habe ihn dabei erwischt und ihn dann durch den Wald verfolgt. Oder er hat mich gejagt, keine Ahnung. Irgendwann sind wir aufeinander losgegangen und …« Er konnte den Satz nicht beenden. Die Geschichte klang verstörend logisch – und fremd zugleich. Das hat nichts mit mir zu tun, dachte er. Bitte lass es nichts mit mir zu tun haben, das könnte ich nicht auch noch ertragen. Doch der Zweifel blieb. Menschen waren nicht immer ehrlich, auch nicht zu sich selbst. Wenn er tatsächlich zum Mörder geworden war, dann hatte er – aus welchem Grund auch immer – beschlossen, sich selbst zu belügen. Schließlich wäre es nicht das erste Mal, dass er die Wahrheit verdrängte, weil er sie nicht aushielt.
»Du bist kein Mörder«, sagte Viktor.
Ein schmerzhafter Stich ging durch Alexeis Nacken, als er den Kopf hob. Wie lange hatte er so gedankenverloren dagesessen? »Da bin ich mir nicht so sicher …«
»Aber ich. Ich habe beim Militär mehr als genug Mörder kennengelernt, um zu wissen, wann ich einem gegenübersitze. Wenn du jemanden getötet hast, dann sicher nicht mit Absicht.«
»Du hältst es demnach durchaus für möglich, dass ich Bender auf dem Gewissen habe – ob nun beabsichtigt oder nicht.« So standen die Dinge also: Selbst Viktor, der ihn besser als alle anderen zu kennen schien, hatte Zweifel an seiner Unschuld.
»Die Nacht, als du an meinem Küchentisch eingeschlafen bist … Da habe ich dich kurz vor Morgengrauen schreien gehört.«
Alexei brauchte einen Moment, bis er verstand, von welcher

Nacht der alte Mann redete. »Wegen der Schmerzen in meinen Rippen?«

»Nein, du hattest einen Albtraum«, erklärte Viktor. »Die Mutter aller Albträume, so wie du geschrien hast. Als würde man dir die Seele aus dem Leib reißen … Doch als ich nach dir sehen wollte, warst du bereits weg. In den Wald verschwunden.«

Vor seinem inneren Auge sah Alexei, wie er lief, nicht mehr als ein ferner Umriss, ein gehetzter Schatten, der von den Bäumen verschlungen wurde. Ein Stöhnen schlich sich über seine Lippen.

Viktor nickte, als reiche ihm diese Reaktion als Bestätigung aus. »Vor wem auch immer du weggerannt bist, obwohl deine Rippen dich vor Schmerz fast umgebracht haben müssen – ich glaube nicht, dass es Bender war. Dich verfolgt jemand anders, Junge.«

»Klar, mein Havelsecker Fanklub.« Alexei brachte nicht die Kraft auf, ein zynisches Lächeln aufzusetzen. In ihm hatte sich ein Riss aufgetan, der immer tiefer wurde.

Die Art, wie Viktor ihn ansah, verriet mehr Mitgefühl, als Alexei lieb war. »Du brauchst mir nicht zu verraten, vor wem du dich am See versteckst. Aber bestimmt gibt es dort draußen Menschen, denen du früher oder später eine Antwort schuldig bist. Denn egal, wie man es dreht: Bei Benders Tod deutet einiges auf dich hin.«

Das stimmte. Es gab tatsächlich Menschen, die nach wie vor unter den Entscheidungen litten, die er im letzten Jahr getroffen hatte. In deren Schuld er stand … Trotzdem wollte Alexei nicht daran denken, wie die Stimme seines jüngeren Bruders Carol geklungen hatte, nachdem er ihn vom Polizeirevier aus zum ersten Mal seit Monaten angerufen hatte – nur um den Jungen bitten zu müssen, einen Scan seines Persos oder Führerscheins zu schicken. Carols aufgeregte Stimme, in der weder Zorn noch Anklage mitschwang, sondern die reine Freude, endlich wieder mit seinem Bruder zu sprechen, nachdem das letzte Lebenszeichen bereits Wochen zurücklag – in Form einer läppischen Postkarte von der Brandenburger Seenplatte. Der Junge hatte nicht mal wissen wollen, wo Alexei steckte, ihm war bloß wichtig gewesen, zu hören, ob es ihm gut ging … Und dann hatte Carol noch gesagt, dass er ihn vermisse.

Die Worte seines kleinen Bruders taten Alexei immer noch weh.

Dagegen waren die stumm anklagenden Blicke der Polizeibeamten, nachdem sie Alexeis Akte eingesehen hatten, unwichtig gewesen, genauso wie ihr sicherlich gut gemeinter Rat, sich einmal in Ruhe zu überlegen, ob er auch wirklich das Richtige tat. Alexei hatte nur erwidert, dass er volljährig sei und deshalb tun könne, was er wolle. Nur wollte er das hier wirklich? Bis vor ein paar Tagen hatte er sich einfach treiben lassen, von freiem Willen hatte nur insofern die Rede sein können, als er den Willen aufbrachte, nichts zu wollen. Seit Leos Ankunft hatte sich das geändert, er war plötzlich auf- statt tiefer abgetaucht. Aber um welchen Preis?

Ich habe kein Glück mit den Frauen, dachte Alexei, während sich etwas in seiner Brust verhärtete. Sobald sie in meinem Leben auftauchen, gerät alles durcheinander. »Ich will bloß meine Ruhe«, erklärte er Viktor mit Nachdruck. »Die Arbeit bei dir … der Garten … das muss reichen. Mehr bekomme ich einfach nicht auf die Reihe.«

Nun sah Viktor zum ersten Mal erstaunt aus. »Und das Mädchen? Ich habe doch mitbekommen, wie ihr beide euch anseht. So etwas gibt man doch nicht einfach auf.«

»An Leo brauche ich eh keinen weiteren Gedanken zu verschwenden. Das hat mir ihr Vater mehr als deutlich gemacht. Wenn ich sie nicht in Ruhe lasse, setzt Clemens Kressberg mich vor die Tür – und ich kann es ihm nicht im Geringsten übel nehmen.«

»Unsinn! So etwas brauchst du dir nicht gefallen zu lassen.« Zum ersten Mal, seit Alexei den alten Mann kannte, klang er aufgebracht. Offenbar fand er Clemens Kressbergs Verhalten unmöglich.

»Ich bin ja nicht gerade der Jackpot«, wiegelte Alexei ab. »Ganz im Gegenteil. Ich bringe den Menschen, die mir nahestehen, nur Unglück. Wenn ich mich von Leo fernhalte, tue ich ihr einen Gefallen: Ich schütze sie. Das ist das Beste, was ich für sie tun kann.«

»Dieser verquere Gedanke macht für dich im Augenblick vielleicht Sinn, weil du durcheinander bist. Aber ich bezweifle stark, dass Leo sich davon überzeugen lässt. Sie ist niemand, der vor einer Herausforderung wegläuft. Die hat ihren eigenen Kopf.«

»Umso wichtiger, dass ich jetzt auf Abstand gehe, bevor alles nur noch schlimmer wird. Ich will ihr nicht wehtun, aber genau das werde ich. So gut kenne ich mich mittlerweile. Wenn ich meinem Verlangen nachgebe, haben immer andere darunter zu leiden.« Alexei ignorierte das Tosen, das durch seinen Körper wütete. Seine Entscheidung war richtig, ganz gleich wie falsch sie sich anfühlte. »Bestimmt hätte sich das mit Leo sowieso bald totgelaufen. Sie ist nur für diesen einen Sommer hier, und vielleicht nicht einmal das, wenn es ihr am See zu langweilig wird. Und schon bald geht es auf in die große, weite Welt, die wartet nämlich nur auf Leo Kressberg. Ich bin da bloß ein Stolperstein.«

»So hätte ich dich nicht eingeschätzt«, sagte Viktor.

»Tut mir leid, dich zu enttäuschen.« Alexei schnappte sich die Flasche mit dem bernsteinfarbenen Schnaps und sah zu, dass er sie schleunigst leerte. Mehr konnte er nicht tun.

21

Nachdem sie am Montagabend über einen Holperpfad zur Villa zurückgekehrt waren, ließ Clemens sein Fahrrad achtlos zur Seite fallen und hielt sich den unteren Rücken.

»Alles in Ordnung?«, fragte Leo.

Sofort nahm ihr Vater die Hände vom Kreuz. »Diese gebückte Haltung ist auf Dauer nichts für mich. Ich bin eben mehr der Wandertyp.«

»In deinem Alter kann es doch mal ziepen, vor allem wenn man den ganzen Tag mit dem Rad unterwegs gewesen ist.«

Clemens verzog das Gesicht. »Unsinn, das hat mit dem Alter nichts zu tun.« Als gelte es das zu bekräftigen, klatschte er in die Hände. »Wir gehen jetzt eine Runde schwimmen im See, dann ist alles wieder bestens.«

Leo stellte das Fahrrad, das am Morgen von einem Lieferservice gebracht worden war, ebenfalls ab. »Eigentlich wollte ich bei Alexei vorbeischauen und hören, wie es auf der Polizeiwache gelaufen ist. Heute Morgen habe ich ihn ja verpasst, weil du so schnell loswolltest.«

»Das mit dem Gärtner lief alles einwandfrei, habe ich dir doch schon erzählt. Und jetzt komm! Ein alter Herr wie ich braucht beim Schwimmen eine Aufpasserin für den Fall, dass ich einen Krampf bekomme und absaufe.«

Leo erwiderte das Lächeln ihres Vaters nur halbherzig, auch wenn sie sich dabei furchtbar fühlte. Ein Teil von ihr war nämlich bereits zum Gartenhaus vorgeeilt, doch sie brachte es einfach nicht übers Herz, Clemens seinen Wunsch abzuschlagen, nun, da es so aussah, als wolle ihr Vater zu guter Letzt doch noch den Sommer mit ihr verbringen. So engagiert hatte sie ihn nämlich noch nie erlebt, eine Idee jagte die andere, und er schien wirklich Spaß an ihrer Gesellschaft zu haben. Seit die Polizei bei ihnen vor der Tür gestanden hatte, schien sich bei Clemens etwas losgetreten zu haben – und Leo wollte die Begeisterung ihres Vaters nicht ausbremsen, indem sie nun plötzlich etwas anderes zu tun hatte. Etwa mit einem gar nicht mehr so verschlossenen Alexei am See spazieren zu gehen und dabei wie zufällig seine Hand zu streifen.

Nachdem Leo es einige Stunden später endlich schaffte, sich Clemens zu entziehen, brach die Dunkelheit bereits herein. Zu ihrer Enttäuschung war im Park weit und breit niemand zu sehen. Dabei verrieten mehrere gestutzte Hecken und ein frisch gejätetes Beet, dass Alexei den Tag über äußerst beschäftigt gewesen war. Auch das Gartenhaus lag verlassen da, und von seinem Besitzer war keine Spur zu entdecken.

Enttäuscht steckte Leo einen Zettel in den Türrahmen.

Alles gut bei Dir? Wir wollten uns doch sehen ... Nein: Wir sollten uns sehen. Unbedingt!

xxx Leo

Schnell fügte Leo noch ihre Handynummer hinzu – mehr wusste sie nicht zu schreiben, ohne aufdringlich oder sogar verzweifelt zu klingen. Als würde ihr ganzes Lebensglück davon abhängen, Alexei zu treffen. Was es tatsächlich auch tat, wenn sie ehrlich zu sich war. Der Gedanke an ihn hatte sie durch den Tag begleitet, als habe sich die Sehnsucht nach ihm verselbstständigt und würde ihr nun unablässig seinen Namen zuflüstern. Seit sie ihn getroffen hatte, gab es einen neuen Raum in ihrem Inneren, der ihm gehörte – auch wenn er ihn bislang gar nicht eingefordert hatte. Und ein Teil von ihr kreiste unablässig um ihn herum, auf den Moment wartend, in dem sie endlich eintreten durfte.

So fühlte es sich also an, wenn es einen ernsthaft erwischt hatte. Leo versuchte, darüber zu schmunzeln. Was ihr jedoch nicht gelang, dafür war das Ganze zu groß und berauschend. Allein das Feuerwerk, das Alexeis Berührungen ausgelöst hatten …

»Glückwunsch«, flüsterte Leo, während sie immer noch sinnlos vor dem Gartenhaus herumstand. »Jetzt gehörst du zum Club der verknallten Mädchen. Bitte geben Sie Ihr Gehirn an der Garderobe ab und lächeln Sie ungehemmt wie ein Honigkuchenpferd.«

Vermutlich würde sie hier mit einem Seufzen auf den Lippen Wurzeln schlagen, bis Alexei auftauchte und sie erlöste. Nur … wo war er? Clemens hatte Leo zwar versichert, dass mit der Polizei alles geklärt sei, aber sie hätte das lieber persönlich aus Alexeis Mund gehört. Vielleicht hatte er sich ja abgesetzt, nachdem die Polizei ihn wegen Horst Benders Tod vernommen hatte? Ein schrecklicher Gedanke, den Leo sofort beiseiteschob. Und doch blieben Zweifel zurück … Alexei würde nicht erklären können, wo er vom Freitag auf den Samstag gewesen war. Und obwohl er sich in Leos Gegenwart schwer zusammengerissen hatte, war ihr nicht entgangen, wie sehr ihn dieses Nicht-Wissen belastet hatte. Möglicherweise zu sehr …

Der Dienstagmorgen brachte wenigstens etwas Erleichterung. Noch im Schlafshirt und mit halb geschlossenen Augen öffnete Leo das Fenster, um die taufrische Luft einzulassen, als sie ihn sah. Er war es tatsächlich! Als wäre nie etwas passiert, pflanzte Alexei etwas zwischen die blühenden Rosenstöcke. Was, konnte sie auf diese Entfernung nicht erkennen. Bevor Leo sichs versah, hing sie schon halb aus dem Fenster und rief seinen Namen. Doch er war offenbar zu weit entfernt, um sie zu hören, denn er arbeitete einfach weiter. Als sie fünf Minuten später mit einem hastig übergestreiften Kleid in den Garten lief, war er bereits verschwunden, und nur eine Handvoll frisch gesetzter Lavendelbüsche kündete davon, dass sie nicht geträumt hatte.
Der Tag verging, ohne dass Alexei noch einmal zu sehen war. Auch ansonsten passierte nicht viel. Die Arbeiter von Horst Bender hatten sich seit seinem Tod nicht mehr auf der Baustelle blicken lassen, was Leo ganz lieb war, sie hatte nun wirklich andere Sorgen. Davon abgesehen ließ es sich auch mit einem Gerüst an der Hausfassade und einem mit Baumaterialien zugestellten Vorhof ganz gut leben. Inzwischen hatte sie sich sogar daran gewöhnt, ihr Fahrrad in einem Slalom um Farbeimer und Mischmaschinen zu lenken.
Glücklicherweise fragte Clemens nicht nach, weshalb Leo während ihres Ausflugs zum Schloss Sanssouci kaum den Mund aufbekam. Ihr Vater schien den jungen Mann, den er aufs Polizeirevier begleitet hatte, genauso vergessen zu haben wie die

noch ausstehenden Arbeiten an der Villa, die seit Horst Benders Tod ruhten. Sogar sein Handy lag unberührt auf der Kommode in der Eingangshalle. Es sah ganz danach aus, als sei Clemens wild entschlossen, ihren gemeinsamen Sommer in vollen Zügen zu genießen und alle anderen Sorgen auszublenden. Leo hatte direkt ein schlechtes Gewissen – vor allem, als sie abends auf der Terrasse stand und wieder einmal zu der Hainbuchenhecke hinüberblickte, hinter der das Gartenhaus verborgen lag. Als ihr Vater reinging, weil ihm die Mücken zu viel wurden, war sie sogar erleichtert.

Leo war so in ihre Grübeleien versunken, dass sie den alten Viktor erst bemerkte, als er ein lärmendes Gerät anschmiss, um die Rasenkanten bei den Staudenbeeten zu bearbeiten.

»Guten Abend«, rief Leo ihm zu. »Müssten Sie denn nicht längst im Feierabend sein?«

Viktor legte den Trimmer beiseite und schlenderte ein paar Schritte in Richtung Terrasse, während er sich eine Zigarette drehte. »Der Rasen mag es nicht, wenn man ihn im Sonnenschein schneidet.«

»Ach so. Aber ist das nicht eine Arbeit, die Sie besser Alexei überlassen sollten? Dieses Gerät da sieht ganz schön schwer aus.« Leos Herz hüpfte ihr bis in die Kehle, während sie inständig hoffte, dass dem alten Herrn ihre Nervosität entging.

»Ach, Alexei hat heute schon genug gearbeitet, der muss sich nicht auch noch mit den Kanten herumplagen.«

Leo versuchte, den Mund zu halten, aber es gelang ihr nicht. »Dann ist Alexei den Tag über im Garten gewesen?«

Viktor paffte Rauchwolken in den Abendhimmel. »Wo sollte er denn sonst gewesen sein?«

Bei mir – aber das konnte Leo ja wohl schlecht sagen. Also hob sie bloß hilflos die Hände.

Während Viktor sich wieder seinen Rasenkanten widmete, fragte Leo sich zum ersten Mal, ob sie sich vielleicht in Alexei getäuscht hatte. Oder vielmehr in der Verbindung, die sie zwischen ihnen zu spüren geglaubt hatte. Er war ja nicht einfach Schritt für Schritt in ihr Leben getreten, sondern hatte plötzlich mittendrin gestanden und alles andere wie eine übermächtige Naturgewalt verdrängt: ihre Pläne, ihren Vater und offenbar sogar ihr Gespür, was Typen anbelangte. Auch wenn sie ihn nach ein paar gemeinsam verbrachten Stunden natürlich nicht wirklich kennen konnte, hatte sie trotzdem geglaubt, dass die Anziehungskraft zwischen ihnen echt war. Dieser Gleichklang, den sie am See gefühlt hatte … Hatte sie sich das alles nur eingebildet?

Falls dem so ist, dann hat Alexei es darauf ankommen lassen, dachte Leo, während sie dem von langen Schatten durchzogenen Garten entschlossen den Rücken zuwendete. So, wie die Dinge standen, war es an der Zeit, nach vorne zu schauen. Und dieses Vorne war definitiv nicht hinter der Hainbuchenhecke im Garten verborgen.

22

Die Nacht war schon angebrochen, und der Himmel stand voller Sterne, als Leo es nicht länger aushielt. Den ganzen Abend über hatte sie sich einzureden versucht, dass es nun an Alexei war, auf sie zuzugehen. Und dass er, wenn er es nicht tat, schlicht und ergreifend kein Interesse daran hatte. Dann wäre die Sache zwischen ihnen eben beendet, denn Hinterherlaufen kam nicht infrage, so etwas machte es bloß schlimmer. Zum Schluss stand man dann doppelt geohrfeigt da: Man verriet, wie nah einem der andere ging, und holte sich auch noch einen unnötigen Korb ab.

All das war Leo schmerzhaft klar, trotzdem kippte sie innerlich ständig um, so als hätte Alexei das Fundament ihres Ichs ins Wanken gebracht. Immer wieder ertappte sie sich dabei, wie sie nach Erklärungen für sein Schweigen suchte. Ein scheinbar unbelehrbarer Teil ihres Selbst wollte nicht begreifen, dass sie sich in dem Jungen höchstwahrscheinlich getäuscht hatte. Die winzige Chance, dass alles ein riesiges Missverständnis war, verdrängte jeden Anflug von Vernunft.

Er hat dich zwei komplette Tage lang gemieden, obwohl euch lediglich ein paar Hundert Meter trennen, und null auf deine Nachricht reagiert. Deutlicher geht es ja wohl nicht. Ein bisschen Geplänkel fand er anscheinend ganz nett, aber jetzt hat er andere Dinge im Kopf, vermutlich ein gewisses feenhaftes Ding.

Akzeptier es, so läuft es eben manchmal, redete Leo sich zu, während sie sich ihren Vorsätzen zum Trotz auf dem Weg zum Gartenhaus befand. Hoffentlich war es ihre Sturheit, die sie dazu antrieb, und nicht ihre Verknalltheit, die sich einfach nicht abstellen ließ.

Im Park und beim Gartenhaus war niemand zu entdecken. Kein Alexei, kein Viktor, nicht einmal Joschi hatte sich bislang blicken lassen, was aber vermutlich daran lang, dass er unter der Woche auf irgendeiner Baustelle Geld verdiente und erst Freitagabend wieder aufschlagen würde.

Nicht zu sehen war allerdings auch der Zettel, den Leo an die Tür des Gartenhauses gesteckt hatte. Den musste Alexei also gefunden haben.

Erhalten? Ja.

Reaktion? Keine.

Ein bitterer Geschmack breitete sich in ihrem Mund aus. Da half auch die Erkenntnis nicht, noch einmal Glück gehabt zu haben, weil Alexei sie schon nach so kurzer Zeit abservierte und nicht etwa erst nach einer gemeinsam verbrachten Nacht. Durch das schnelle Aus bekam sie zumindest die Gelegenheit, mit erhobenem Haupt dazustehen, auch wenn sie sich innerlich vor Kummer zusammenkrümmte.

»Zur Hölle mit dir, Alexei«, flüsterte Leo, während sie gegen die Tränen ankämpfte.

Gerade als sie sich zum Gehen wenden wollte, blitzte etwas Helles inmitten der dichten Hecke auf.

Dort war jemand.

Dann drang auch schon Lichtschein durch das Blattwerk.

Nach kurzem Suchen entdeckte Leo einen schmalen Pfad, der in die Hecke hineinführte. Hin- und hergerissen betrat sie ihn und fand sich nach ein paar Schritten am Eingang zu einem Rondell wieder, das von einer Hainbuchenhecke umkränzt war. Vor Aufregung atmete sie tief ein und nahm dabei einen Duft wahr. Für einen Augenblick war alles, was sie sah oder hörte, unbedeutend, nur dieser betörende Duft zählte. Er lag wie ein süßes Versprechen in der Nachtluft.

Angelockt von der schweren und zugleich lieblichen Süße wagte Leo sich einen Schritt vor. Sogleich überkam sie das Gefühl, einen geheimen Ort zu betreten, an dem andere Regeln galten. An solchen Orten verging die Zeit anders, die Sinne spielten verrückt, und sogar die Bitterkeit, die sie eben noch gequält hatte, war plötzlich vergessen. Hier gab es keinen Platz dafür.

Leicht benommen blinzelte Leo. Woher kam dieser Duft?

Das Rondell wurde fast vollständig von einem kreisrunden Blumenbeet ausgefüllt, in dem üppig blühende Rosen, hüfthoch stehende Lupinen mit Blütensträngen wie aufgereihte Perlen und in verschiedenen Roséönen leuchtender Phlox standen. Alles Blumen, deren Duft Leo kannte. Aber keine von ihnen war für diesen besonderen Zauber verantwortlich.

Mutig geworden, setzte sie noch einen Schritt vor, um dann stehen zu bleiben.

Im Licht einer Gartenlaterne kniete Alexei am Beet, dessen Einfassung mit im Dämmerlicht schwach schimmernden, farblosen Blüten übersät war. Sein helles T-Shirt, das Leo den Weg gewiesen hatte, war keineswegs strahlend weiß, sondern auf Brusthöhe erdbeschmiert, so als habe er sich beim Niederbücken mehrmals mit der Hand an die immer noch schmerzenden Rippen gefasst. Selbst im schwachen Laternenlicht konnte Leo erkennen, wie erschöpft er aussah. Trotzdem war er zu dieser späten Stunde noch am Arbeiten. Vermutlich war dies der Ort, zu dem er in der Nacht verschwunden war, als sie ihn vom Fenster aus beobachtet hatte. Es schien Jahre her zu sein, dass sie ihm in den Park gefolgt war, so viel war seitdem geschehen.

Als Alexei sie bemerkte, legte er das Pflanzmesser weg, mit dem er eben noch zugange gewesen war, und stemmte sich in die Höhe. »Hallo«, sagte er auf eine Weise, als schwinge ein Fragezeichen mit.

Leo verschränkte die Arme vor der Brust. »Hier hast du dich also verkrochen.«

Falls Alexei die Schärfe in ihren Worten bemerkte, ließ er es sich zumindest nicht anmerken. »Ich komme immer hierher, wenn ich ein wenig Zeit habe. Viktor hat mir das Beet überlassen, als Spielwiese quasi.« Er strich sich das Haar aus den Augen und verteilte dabei versehentlich Erde in den Locken. »Die Beete waren vollkommen überwuchert und …«

»Das ist ja wahnsinnig spannend«, unterbrach Leo ihn. »Aber ehrlich gesagt habe ich keine Lust, mich von dir in die Kleine Gartenkunde einführen zu lassen.«

»Okay, wenn es dich nicht interessiert …« Alexei kniete sich wieder hin und nahm seine Arbeit auf, als hätte Leo sich spontan in Luft aufgelöst.

Einige Herzschlägc lang schaute sie ihm ungläubig zu. »Diese Nummer ist doch wohl nicht dein Ernst«, platzte es dann aus ihr heraus.

Alexei blickte nicht auf, sondern trennte stoisch Pflanzentuffs aus dem Blütenteppich.

Eigentlich hätte Leo sich auf der Stelle umdrehen und gehen

müssen, so schwer getroffen fühlte sie sich von seiner Gleichgültigkeit. Aber ihr Stolz war stärker, sie wollte sich nach der emotionalen Achterbahn, die sie an Alexeis Seite durchlebt hatte, nicht ohne eine Erklärung abservieren lassen. Wobei »abserviert« eine Übertreibung war. Alexei ignorierte sie einfach.

»Wow, ich bin beeindruckt. So etwas Abgebrühtes wie dich habe ich ja noch nie erlebt«, sagte Leo. »Dabei habe ich normalerweise einen sechsten Sinn für Jungs mit einem ausgewachsenen Nähe-Distanz-Problem. Internate sind nämlich voll mit solchen Typen, die von null auf hundert beschleunigen, um dann auch schon diesen ›War doch alles nur Spaß‹-Blick aufzusetzen, sobald der erste Reiz verflogen ist.«

»Ach, so ist das. Ich habe mich bei der Anmach-Nummer bloß geschickter angestellt als der übliche Internats-Trottel, und deshalb bist du drauf reingefallen.« Alexei gab sich nicht einmal die Mühe, von seiner Arbeit aufzublicken.

»Ja, bin ich, du kannst also stolz auf dich sein. Die meisten Kerle, die so ticken wie du, verraten sich beim Flirten schon dadurch, dass sie sich in erster Linie selbst begehrenswert und aufregend finden wollen. Denen ist die Person, die sie anmachen, völlig egal. Aber du hast mir das Gefühl gegeben, dass du wirklich an mir interessiert bist.«

Alexei erstarrte mitten in der Bewegung. »Nimm es nicht persönlich«, sagte er leise.

Mit Not unterdrückte Leo das Bedürfnis, sich auf ihn zu stürzen und ihren Frust mithilfe ihrer Fäuste an ihm auszulassen. »Als ob das so leicht ginge. Ich kann meine Gefühle leider nicht einfach so an- und ausschalten wie du. So kaputt bin ich nicht.«

Das folgende Schweigen machte alles nur schlimmer.

Alexei seufzte. »Du hast recht, ich hätte mich von Anfang an von dir fernhalten sollen. Ich habe es nicht hinbekommen, aber das hole ich jetzt nach.« Demonstrativ beugte er sich über die duftenden Blüten und arbeitete weiter.

»So einfach ist das nicht, dafür waren wir beide schon zu weit.« Leo hielt inne, weil das Eingeständnis zu weh tat. Ihr wurde bewusst, dass sie drauf und dran gewesen war, sich ernsthaft in diesen Jungen zu verlieben. »Du gehst auf einen zu, so weit, wie man eigentlich nur gehen kann, wenn es einem mit dem anderen Menschen ernst ist. Nur um einem dann plötzlich und ohne eine Warnung die kalte Schulter zu zeigen.«

Anstatt zurückzuschlagen, saß Alexei nur still und ein wenig verloren da.

Leo hielt es kaum noch aus. »Was stimmt denn bloß nicht mit dir, Alexei?«

Ein Zucken ging durch seine Schultern, und als er den Blick hob, glaubte Leo zu sehen, wie er mit sich rang, ob er ihr überhaupt eine Antwort geben sollte.

»Wenn du mich für einen Scheißkerl halten willst – nur zu. Das ist doch eine verdammt einleuchtende Erklärung für mein Verhalten. Und eine bessere wirst du nicht bekommen.« Alexei lachte rau. »Dann wollte ich eben bloß klären, ob ich an die Tochter meines Chefs rankomme. Und als ich gemerkt habe, dass sie anbeißt, habe ich von einer Sekunde auf die andere das Interesse verloren. Nicht mal ein bisschen Rummachen habe ich mitgenommen, was nun echt krank ist, selbst für einen Hochstapler wie mich.«

Die Reaktion verwirrte Leo. »Welche andere Erklärung gäbe es denn sonst dafür, dass du mir aus dem Weg gehst? Zwischen uns war doch alles einfach nur …«, sie suchte nach einem anderen, sehr viel schwächeren Wort als »wunderschön«, »… es war alles okay, und mein Vater meinte, dass es auch auf dem Polizeirevier keine weiteren Probleme gegeben hätte.«

»Mehr hat dir dein Vater nicht erzählt?«

»Was meinst du mit ›mehr‹?«

Als Leo ihn ratlos ansah, fluchte Alexei. »Vergiss es. Deine Gemeiner-Mistkerl-Theorie ist gut, belassen wir es dabei.«

So leicht ließ sich Leo jedoch nicht abwimmeln. »Hat mein Vater auf dem Polizeirevier etwas aufgeschnappt, das dich schlecht aussehen lässt? Weiß er den Grund, warum du Hals über Kopf von zu Hause weg bist, ohne deine Papiere einzustecken?«

Die Art, wie Alexei den Kopf zurückzog, als hätte er eine Ohrfeige erhalten, verriet ihn.

»Das ist es also. Dieser plötzliche Rückzieher hat etwas mit deiner Vergangenheit zu tun.«

Vor Aufregung ging Leo ein paar Schritte auf Alexei zu, der prompt zurückwich. »Lass es gut sein, Leo«, warnte er sie.

»Hängt es mit deinen Erinnerungslücken zusammen, mit deiner Angst vorm Wald? Bitte, sag es mir.«

Alexei richtete sich auf, das Pflanzmesser so fest in der Hand, dass seine Fingerknöchel weiß hervortraten. »Ich kann nicht. Wirklich nicht. Wichtig ist nur, dass du endlich begreifst: Es ist vorbei.«

»Ist es das denn?« Leo machte noch einen Schritt auf Alexei zu, wobei sie das Pflanzmesser in seiner Hand zu ignorieren versuchte, genauso wie das warnende Ziehen in ihrem Nacken. Er war nicht nur ein ganzes Stück größer als sie und ihr körperlich eindeutig überlegen, sondern sie wusste auch, dass sein Temperament öfter mal mit ihm durchging. Doch das kümmerte sie jetzt nicht.

»Du weißt nicht, worauf du dich einlässt«, sagte Alexei. »Vielleicht glaubst du, mich zu kennen, aber ich kann dir garantieren: Du hast keine Ahnung, wozu ich imstande bin. Und es ist besser für dich, es gar nicht erst herauszufinden.«

Es war, als stünde Leo vor einer unsichtbaren Mauer, die sich zwischen Alexei und ihr aufgetan hatte. Er war unerreichbar für sie geworden. Sie konnten zwar miteinander reden, sich sogar gegenseitig mit Worten verletzen, aber aufeinander zugehen … Dieser Schritt schien völlig außer Reichweite. Wie hatte das nur passieren können?, fragte sie sich. Plötzlich kam Leo sich sehr einsam vor, und ihre eben noch fest verschränkten Arme glitten hinab wie ein nutzlos gewordener Schild. Sie war keine Kriegerin mehr, die sich durch Angriff verteidigte, sondern sie fühlte sich nackt und ausgeliefert.

»Du solltest jetzt besser gehen«, flüsterte Alexei.

»Ich weiß.«

Trotzdem bewegte Leo sich nicht. Allein die Vorstellung, dieses zwischen Hecken gelegene Versteck zu verlassen, schien unmöglich. Die blütengeschwängerte Luft duftete zu gut, die Dunkelheit fühlte sich weich an, und die nächtlichen Geräusche im Garten verdichteten sich zu einem Sommerkonzert. Sie wollte an diesem Ort bleiben. Sie wollte bei ihm bleiben, während sie es zugleich kaum aushielt, nur einen Handbreit vor ihm zu stehen und ihm trotzdem so fern wie noch nie zu sein. Es fehlte nicht mehr viel, und es würde sie zerreißen, einmal mitten entzwei. Sie glaubte, das Zerren in ihrem Inneren bereits zu spüren, wie es sich hineintrieb in Haut und Seele.

Alexei gab einen verzweifelten Laut von sich und rieb sich mit beiden Händen das Gesicht. »Verdammt. Man kann doch nicht wegen einem Menschen, der einem eben noch fremd war, plötzlich halb verrückt werden bei der Vorstellung, ihn zu verlieren. Das ist nicht fair.«

»Ist es denn so?«

»Ja«, sagte Alexei. »Nein.«

»Nein?«

»Das mit dem ›nicht fair‹ stimmt nicht.«

Leo hielt den Atem an. Sie wartete darauf, dass der Moment zerplatzte wie eine Seifenblase. Als Alexei sie ansah, zum ersten Mal wirklich ansah, seit sie das Versteck zwischen den Hecken betreten hatte, erkannte sie, dass die filigranen Fäden, die zwischen ihnen gesponnen waren, sie immer noch miteinander verbanden … und hielten. Egal, was er sagte oder tat. Mehr brauchte sie nicht, um ihre Chance zu ergreifen, gleichgültig wie hoch der Preis dafür sein mochte. Sie deutete auf das Beet mit den unscheinbaren Blüten.

»Haben diese Blumen etwas Besonderes an sich? Im Vergleich zu den Rosen machen sie ja nicht viel her.«

Ein winziges Lächeln erschien auf Alexeis Lippen. Ein Tasten, ob der Weg, der sich zwischen ihnen da gerade auftat, auch wirklich gangbar war. »Bei Tage wirken sie sogar noch unaufregender. Allerdings kommt es bei den Sommernachtslevkojen nicht darauf an, wie sie aussehen. Es geht um den Duft, den sie mit Einbruch der Dunkelheit verströmen. Das macht sie zu wahren Königinnen.«

Ehe Leo sich versah, hockte sie neben Alexei und wurde dafür mit dem üppigen Duft der Levkojen belohnt. »Unglaublich«, sagte sie und atmete tief ein – nur um eine verwirrende Erfahrung zu machen. So berauschend, wie die zarten Blüten auch dufteten, ihre Wirkung verblasste gegen den Geruch, der von Alexei ausging. Es war eine Mischung aus warmer Haut und der Herbheit von frisch geschnittenem Gras. Und darunter … etwas Ursprüngliches, das an tiefe, wilde Landschaft erinnerte. Unruhig und lockend.

»Das ist mehr, als ich aushalten kann«, gestand Leo ein.

Für einen Augenblick schien Alexei zustimmend zu nicken. Dann veränderte sich seine Haltung, nur ein ganz klein wenig. Die Spannung in seinen Schultern lockerte sich, während seine Lippen sich leicht öffneten. Auch Leo spürte, wie ihre Muskeln sich in Seidenbahnen verwandelten. Ihr Körper hatte offenbar beschlossen, nicht nur seine Abwehr aufzugeben, sondern regelrecht dahinzuschmelzen. Ungläubig ertappte sie sich dabei, wie sie mit einer Haarsträhne spielte.

»Angeblich haben Sommernächte ja immer etwas von einem Traum«, sagte Alexei vorsichtig. »Alles wird unscharf und scheint zu schwirren, man ist erschöpft und überdreht zugleich.«

»Die Nacht stellt alles auf den Kopf«, stimmte Leo zu. »Das Sehen und Denken ist nicht mehr so wichtig, dafür vertraut man plötzlich seinem Instinkt und lässt zu, dass sonst eher vernachlässigte Sinne die Führung übernehmen.« Die Erinnerung, wie sie aus der Hecke getreten und vom Duft eingehüllt worden war, war schlagartig wieder lebendig. »Man spürt sich ganz anders, die Haut wird empfindlich und macht aus jeder Berührung ein Ereignis. Als würde man sich mit der aufziehenden Dunkelheit verwandeln.« Sie fühlte ihren eigenen Worten nach und rechnete fast damit, sie zu bereuen. Doch sie hatten Bestand in der warmen Nachtluft.

»Wie die Levkojen, die einem erst nachts die Sinne verwirren.«

»Ein ganzes Beet voller geheimnisvoller Verführer«, wisperte Leo nicht ganz ernst gemeint.

Als Alexei gedämpft lachte, überkam sie ein warmes Prickeln, als sei sie erst jetzt erwacht. Schlagartig fächerte sich ihre Wahrnehmung weit auf: das Schattenspiel von Nachtvögeln gegen den Himmel, das Froschkonzert vom See, die abendliche Feuchtigkeit, die von der Erde aufstieg, der leichte Schweißfilm auf ihren nackten Armen, der Insekten anzog, das Rascheln in den Blättern … und neben ihr Alexei, dessen Atem in ihrer Nähe merklich schneller ging.

War er noch derselbe, oder hatte die Nacht ihn schon verwandelt?

Hinter Leos Stirn wollte sich die Vernunft zu Wort melden, sie auf die Gefahr hinweisen, die von ihm ausging. Doch sie kümmerte sich gar nicht erst um die Stimme, sondern überließ sich ganz dem Zauber und wich nicht zurück, als Alexeis Fingerspitzen ihren Unterarm entlangstrichen.

»Wenn du so weitermachst, bekomme ich wieder eine Gänsehaut.«

»Wäre das schlimm?«

»Nein. Ganz im Gegenteil.«

Langsam verlagerte Alexei sein Gewicht, bis er vor ihr aufragte. Obwohl jede seiner Bewegungen ruhig, fast suchend war, verriet ihn die Energie, die sein Körper ausstrahlte. Als sie Leo wie eine heiße Welle erreichte, glaubte sie, ihr kaum standhalten zu können.

»Gilt das hier nur für heute Nacht?«, versuchte sie gegen die Magie, die sich zwischen ihnen aufbaute, anzukommen. Was hatte Alexei gesagt? Wenn man etwas unbedingt wollte, war es manchmal besser, darauf zu verzichten. Weil es einen ansonsten versklavte. Und so intensiv, wie sie auf seine Nähe reagierte, machte genau das ihr Angst.

»Reicht das denn nicht?«, fragte Alexei kaum hörbar.

»Würde es dir denn reichen?«

Sein »Nein« bekam Leo kaum noch mit, denn seine Hand legte sich um ihren Nacken, während sich das Blau seiner Augen in tiefes Wasser verwandelte und sein Gesicht sich aus der Nähe in eine Vielzahl wunderschöner Elemente auflöste. Hatte sie die dunkelrote Linie, die sein Lippenherz rahmte, eigentlich schon zuvor bemerkt? Und der Geruch, der von seiner warmen Haut aufstieg, wie würde er wohl schmecken? Dann dachte sie nicht länger. Alexei küsste sie sanft und hart zugleich. Es war ein Auftakt und kein Spiel. Und Leo wollte alles, was er in dieser Nacht zu geben hatte. Falls ein Zauber auf dieser Sommernacht lag, dann würde sie ihm ohne Rückhalt erliegen.

23

Leo lag auf der Seite, die Knie angezogen. Von den Schultern bis hinab zu den Füßen schmiegte sich Alexei an sie, ein warmer schützender Schild in ihrem Rücken, nachdem in den Morgenstunden die Kälte vom See ins Gartenhaus gekrochen war. Nicht mehr lange, und die Sonne würde über die Baumwipfel steigen, dann würde der Garten in helles Gold getaucht werden, seine Farben würden aufleuchten und der Tau zu glitzern beginnen, bis die Sonne ihn wegküsste. Aber bis dahin gehörte die Welt noch der samtigen Dunkelheit,und solange Nacht herrschte, lag sie geborgen in Alexeis Umarmung.

Ein Kuss landete flüchtig wie ein Nachtfalter auf ihrem Nacken.

Alexei.

Seine Lippen waren nicht weich, sondern spröde und auch etwas wund nach der letzten Nacht. Trotzdem fühlte sich ihre Berührung federleicht an.

Auch sein nächster Kuss war nicht viel mehr als ein elektrisierendes Streichen, aber es genügte, um die letzten Spuren von Müdigkeit aus ihrem Körper zu vertreiben.

Leo rekelte sich, ganz vorsichtig, denn sie wollte sich nicht aus seiner Umarmung lösen. Doch ihr kläglicher Versuch, die sich aufbauende Energie, die sie vom Scheitel bis zu den Zehen durchflutete, unter Kontrolle zu bringen, scheiterte in der Sekunde, als Alexei sich ihren Bewegungen anpasste. Ihre erhitzte Haut schien eins zu werden, sein Oberschenkel schob sich über ihren Po, während sich seine Brust fest gegen ihren Rücken presste. Er hatte den Arm um ihre Taille geschlungen, und die Muskeln seines Unterarms zeichneten sich unter der Haut ab. Allein dieses Detail ließ ihr Herz schneller schlagen.

Verstohlen warf Leo einen Blick durchs Fenster.

Draußen tasteten sich die ersten Sonnenstrahlen durchs Blättergrün.

Und wennschon … Sie beschloss, den Tagesanbruch zu übersehen, und wand sich stattdessen ein wenig stärker in Alexeis Umarmung, bis er der Verlockung nicht länger widerstehen konnte und auf sie glitt, um den Mund fest auf ihren zu pressen, während ihre Körper miteinander verschmolzen.

»Und?« Leo blinzelte, geblendet vom Morgenlicht. »Ist der Zauber jetzt vorbei?«

Sie lag auf dem Bauch, die Unterarme aufgestützt, und spielte mit dem zerknitterten Laken. Ihr Haar hatte sich am Hinterkopf gescheitelt und hing ihr wie ein Vorhang übers Schlüsselbein. Einzelne Strähnen hatten sich an ihrer verschwitzten Haut verfangen, und Alexei verspürte das Bedürfnis, sie ganz vorsichtig abzupflücken. Obwohl sie die Nacht miteinander verbracht hatten, hatte seine Lust nichts an Kraft eingebüßt. Wenn Leo nicht eben die alles entscheidende Frage in den Raum gestellt hätte, würden seine Finger jetzt schon wieder über ihre Wirbelsäule streicheln – eine Einladung zum Tanz. Das würde nun aber erst einmal warten müssen.

Alexei ließ sich auf den Rücken sinken. Seine Schlafpritsche bot gerade mal ausreichend Platz für eine Person, was bislang allerdings kein Problem gewesen war. Sie hatten sich festgehalten, untrennbar ineinander verflochten. Jetzt lösten sie sich jedoch, waren nicht länger eins, und er musste entscheiden, ob er sie wirklich gehen lassen konnte. Natürlich musste er das, am besten sofort.

»Die Nacht mit dir war wunderschön«, sagte er stattdessen.

»Aber es war nur diese *eine* Nacht, oder?«, hakte Leo sofort nach. Sie würde ihn nicht mit einer Ausflucht davonkommen lassen, so viel stand fest.

Und wenn wir uns die Nächte bewahren?, überlegte Alexei. Wenn wir nur den Augenblick nehmen und keinen Gedanken daran verschwenden, wohin es mit uns geht? Dabei kannte er die Antwort längst: Wenn er einen solchen Vorschlag machte, würde Leo ihm den nächstbesten Gegenstand an den Kopf werfen und ihn danach nie wieder eines Blickes würdigen. Obwohl das vermutlich die beste Lösung wäre … Wem machst du eigentlich etwas vor?, dachte er. »Ich will beides, die Nacht und den Tag. Aber ich weiß nicht, wie das funktionieren soll.«

Leo strich konzentriert das Laken glatt. »Weil du die Nähe nicht aushältst?«

Da war sie wieder, ihre Vermutung, dass er bloß ein Scheißkerl war, der es mit einer ernsthaften Beziehung nicht hinbekam. Alexei musste wider Willen lächeln. Wenn das tatsächlich sein Problem wäre …

»Keine Sorge, ich halte die Nähe zu dir aus, verdammt gut sogar.« Zärtlich kitzelte er die Senke ihrer Taille. Wie erhofft rekelte Leo sich, nur um dann doch wieder ernst dreinzublicken.

Widerwillig gab Alexei nach. »Es geht um etwas anderes. Als ich dir gestern Nacht gesagt habe, dass du keine Ahnung hast, was mit mir los ist, war das nicht übertrieben. Ich begreife mich die meiste Zeit selbst nicht, jedenfalls nicht mehr.« Er verstummte. Tatsächlich ging es um so viele verschiedene Dinge, dass er nicht wusste, wo er überhaupt ansetzen sollte. Einmal abgesehen davon, dass er ein paar Details für sich behalten musste. Nicht nur aus Furcht, Leo abzuschrecken, sondern auch, weil einige Geheimnisse nicht ihm allein gehörten. »Mir ist erst nach dem Polizeibesuch klar geworden, worüber ich mir, gleich nachdem wir uns kennengelernt hatten, Gedanken hätte machen sollen«, setzte er an. »Nur bin ich gar nicht dazu gekommen: Du warst da – und das war alles, was von da an noch wichtig war. Aber gerade weil du mir so wichtig bist, hätte mir das nicht passieren dürfen.«

»Das klingt kompliziert.«

Wenn du wüsstest, dachte Alexei und ertappte seine Hand gerade noch rechtzeitig dabei, wie sie sich in Richtung Leos Rücken davonmachen wollte. Es war die reinste Folter, ruhig dazuliegen, während sich neben einem die weich geschwungene Landschaft ihres Körpers erstreckte. Dabei staunte er darüber, dass er selbst in einer so schwierigen Situation, in der jedes Wort darüber entscheiden konnte, wie es mit ihnen weiterging, nicht zu vergessen imstande war, wie ihr Mund schmeckte und welche Laute man ihm entlocken konnte. Egal, wie sehr er sich gegen das Eingeständnis wehrte, er würde nicht mehr von ihr loskommen, unabhängig davon, ob sie allen Hindernissen zum Trotz einen gemeinsamen Weg fanden oder sie ihn wegen einer der tausend zur Verfügung stehenden Gründe verlassen würde. Dass er derjenige sein könnte, der sich von ihr abwandte, stand inzwischen außerhalb der Möglichkeiten. Er hatte es einmal versucht und war auf ganzer Linie gescheitert. Dazu hatte es nicht mehr als ihr unerwartetes Erscheinen zwischen den Hainbuchenhecken gebraucht. Leo plötzlich an dem Ort zu sehen, der ihm so viel bedeutete, hatte sämtliche guten Vorsätze wie ein Kartenhaus in sich zusammenfallen lassen. Und allein schon deshalb verdiente sie eine Erklärung für sein Verhalten in den letzten Tagen.

»Bevor ich in Havelseck gestrandet bin, war ich bereits ein paar Monate lang unterwegs, nachdem ich im letzten Sommer gar nicht erst wieder zur Schule gegangen bin. Stattdessen bin ich eines Morgens einfach los, ohne einen Plan.«

Bis hierher war alles normal, mit einer solchen Geschichte hatte Leo offenbar gerechnet, wie ihr interessierter, aber keineswegs verblüffter Ausdruck verriet. »Hattest du einfach die Schnauze voll, oder gab es einen bestimmten Grund?«, fragte sie.

Der Grund, warum er es nicht länger zu Hause ausgehalten hatte … Und schon war es weder normal noch leicht zu erzählen. Alexei brach trotz der Schwüle im Gartenhaus der kalte Schweiß aus. Entweder er vertraute sich Leo jetzt an, oder … Nein, es gab kein »oder«. Er hatte sich bereits entschieden.

»Wie du ja weißt, stammt die Familie meines Vaters ursprünglich aus Moldawien, wo sie einer russischen Minderheit angehört. Seine Schwester ist mit den Eltern in die USA weitergezogen, aber mein Vater ist in Deutschland geblieben, weil er sich in meine Mutter verliebt hat. Nur sein ältester Bruder ist zurückgeblieben, weil er bereits Familie hatte.«

Ein Seitenblick auf Leo bewies, dass sie ihm aufmerksam zuhörte, während das eben noch eifrig bearbeitete Laken vergessen unter ihren Händen ruhte.

»Soweit ich mich erinnere, ist die Situation in Moldawien ziemlich angespannt«, sagte Leo. »Es gibt immer wieder Auseinandersetzungen zwischen den Moldawiern und den dort lebenden Russen. Ist der Familie deines Onkels etwas zugestoßen?«
Ja, ich bin ihnen zugestoßen, schoss es Alexei durch den Kopf. Er brauchte einen Moment, bis er das Gefühl, zu ersticken, überwunden hatte.
»Lew …« Er stockte, obwohl er genau das nicht wollte. Aber den Namen laut auszusprechen kostete ihn fast seinen ganzen Mut. »Also … Lew ist der älteste Sohn meines Onkels. Wir beide haben irgendwann angefangen, uns auf Facebook zu schreiben, bis es sich nach einer Weile so anfühlte, als wären wir nicht in zwei verschiedenen Ländern aufgewachsen, sondern als würden wir uns schon unser halbes Leben lang kennen. Keiner meiner Kumpel reichte da ran, es hat von Anfang an gepasst, trotz der vier Jahre Altersunterschied. Seelenbrüder eben. Lew war dann auch zu Besuch bei uns in Deutschland, und meine Eltern hätten ihn am liebsten gleich dabehalten. Nicht nur, weil das Leben im Grenzgebiet zu Transnistrien nicht gerade ein Zuckerschlecken ist. Sondern auch, weil Lew als helles Köpfchen an unseren Unis bessere Chancen gehabt hätte. So lief das aber nicht mit Lew, der hatte seine eigenen Pläne. Egal, wie krass es bei ihm zu Hause zuging, er hatte nicht vor, sich abzusetzen. Ganz im Gegenteil, er wollte die Geschichte seines Landes nicht den Abzockern und Betrügern überlassen. Für ihn fing das schon in seinem Heimatort an. Letzten Sommer habe ich ihn dann besucht, und bevor ich mich versah, war ich mittendrin in seinem persönlichen Guerillakampf gegen die örtlichen Nationalisten.«
Leo legte stöhnend den Kopf in den Nacken. »Du kannst auch

wirklich keiner Auseinandersetzung aus dem Weg gehen, was? Lass mich raten: Du und dein Cousin habt euch mit einer ganzen Horde Polit-Verbrechern angelegt, die dir zur Belohnung für ein solches Maß an Kühnheit die Nase und ein paar Rippen gebrochen haben.«

Alexei brachte ein gequältes Lächeln zustande. »So eine gute Figur habe ich bei der Sache leider nicht gemacht. Und Lew auch nicht. Die Nationalisten stehen in der Kleinstadt, in der die Familie meines Onkels lebt, ziemlich gut da, die haben jede Menge Unterstützer mit der entsprechenden Kohle. Unter anderem geben die auch so ein richtig fieses Propagandablatt raus. Dieses Geschmiere hat Lew gehasst wie die Pest. Das Blättchen steckt regelmäßig in jedem Briefkasten, während die meisten Leute sich nicht einmal eine anständige Tageszeitung leisten können. ›So bekommst du die Leute rum, indem du ihnen immer wieder die gleichen Lügen erzählst. Irgendwann glauben sie die, weil sie ja sonst nichts anderes zu hören bekommen‹ – ist Lew nicht müde geworden zu betonen. Er war ganz besessen von der Schwachsinnsidee, dem Lügenapparat ein Ende zu setzen. Mehr war auch einfach nicht drin. Lew hing zwar mit ein paar Gleichgesinnten ab, aber deren einzige Protesthandlung bestand darin, in der Kneipe an einem Extratisch zu sitzen und sich regelmäßig von den Nationalisten durch die Straßen jagen zu lassen.«

»Und dann kamst du ins Spiel: der kleine Cousin aus Deutschland, der von Lews heldenhaftem Kampf schwer beeindruckt war. Klingt nach einem großen Abenteuer im Wilden Osten.«

Leo schenkte ihm ein einfühlsames Lächeln – genau das, was Alexei brauchte, um weitersprechen zu können. »Ich war von Lew beeindruckt. Mehr als das. Er hatte so eine unwiderstehliche Mischung aus Charisma und Überzeugungskraft, außerdem schien er sich für genau die richtige Seite einzusetzen. Ich hatte bis dahin mit Politik nichts am Hut gehabt und war ziemlich platt, wie leidenschaftlich Lew darüber sprach. Mir hat sich da in so mancher Hinsicht eine neue Welt eröffnet.«

An die Anfänge seines Besuchs hatte Alexei schon lange nicht mehr gedacht, doch jetzt überkam ihn wieder jener Stolz, von jemandem wie Lew ins Vertrauen gezogen worden zu sein. Zugleich erinnerte er sich jedoch auch an diesen juckenden Neid, der ihn gequält hatte. Denn obwohl Lews Lebensumstände, gemessen an denen seiner Familie im wohlhabenden Hamburg, kläglich ausfielen, schien er ihm meilenweit überlegen. Wenn Alexei damals die Wahl gehabt hätte, mit seinem Cousin zu tauschen, hätte er es sofort getan. Er hatte es auf seine Weise sogar versucht, aber das Leo gegenüber einzugestehen, war vollkommen unvorstellbar. Die Scham war zu groß.

»Du hast dich von Lew zu einer Dummheit überreden lassen, richtig?« Der Schatten in Leos Blick verriet, dass sie allmählich begriff, worauf er hinauswollte.

»So ähnlich«, gab Alexei zu. »Allerdings hat Lew mich nicht überredet, ich habe es freiwillig getan. Der Grund, warum ich mit ihm in das Haus eingestiegen bin, in dem die Druckmaschine der Nationalisten stand, war, dass ich ihm das schuldig war. Auch wenn er es nicht wusste: Er hat mir sehr viel gegeben, und ich … Ich wäre sogar mitgegangen, wenn er mich aufgefordert hätte, ihm in die Hölle zu folgen. Obwohl … das bin ich dann ja auch.«

Leos Lippen zuckten, aber falls ihr eine Frage auf der Zunge lag, sprach sie sie nicht aus. Stattdessen rollte sie sich auf die Seite und legte eine Hand auf seine Brust. Alexei zuckte zusammen, verblüfft, wie warm sich die Berührung anfühlte, oder auch wie kalt ihm mittlerweile war. Als würde die Vergangenheit ihm das Leben entziehen.

»Um es kurz zu machen: Sie haben uns erwischt. Aber vor Ort haben sie mir bloß eins mit dem Stahlrohr übergezogen.« Er fasste sich an die Augenbraue, dorthin, wo sie von einer Narbe durchbrochen war und einen Zacken warf. »Die Rippen und der Rest waren erst später dran.«

Leo riss die Augen weit auf. »O Gott. Die werden doch nicht wirklich ...«

»Genau das habe ich damals auch gedacht. Aber sie haben.« Alexei versuchte sich auf die Wärme zu konzentrieren, die von Leos Hand ausging, aber es war schwer. Ihm wurde immer kälter, und mit der Kälte zog ein Gewicht in seiner Brust ein, das ihn runterzog, tief hinab, dorthin, wo alles taub und schwarz wurde. An den dunklen Ort, wo man ewig fiel, ohne jemals aufzuschlagen. Ein wohlbekanntes Gefühl, das ihn lange Zeit am Leben gehalten hatte. Taubheit und Dunkelheit waren nämlich imstande, die Erinnerung zu bannen, ehe sie einen völlig auffraß. Doch jetzt konnte er sie nicht gebrauchen, er brauchte Klarheit und Kraft, um Worte für das zu finden, was hinter seiner Stirn zu einem wild gewordenen Albtraum ausgewachsen war.

»Sie sind mit uns rausgefahren in den Wald, damit niemand etwas sieht oder hört oder später dann von uns findet. Der Wald in dieser Gegend hat nämlich nichts mit unseren hübschen Grünanlagen gemeinsam, wo man alle naselang über einen Spazierweg oder eine Picknickoase stolpert. Die Wälder in dieser Ecke Moldawiens sind noch ursprünglich, die Menschen mit ihren Häusern und Straßen nur eine Randerscheinung. Als sie uns aus dem Wagen geschmissen und Ewigkeiten durchs Unterholz getrieben haben, dachte ich, die setzen uns einfach in der Wildnis aus, und die Natur wird dann die Dreckarbeit erledigen. Da hatte ich noch nicht kapiert, was für einen Gefallen wir diesen Leuten getan hatten. Wir hatten uns ihnen in dem Moment ausgeliefert, als wir in einer Nacht-und-Nebel-Aktion in deren Haus eingestiegen waren. Niemand wusste über unseren Plan Bescheid, also würde auch niemand wissen, wohin wir mitten in der Nacht gegangen waren. Dieser Stinkstiefel Lew ist mit seinem Cousin nach Deutschland abgehauen, würden die Leute denken. Falls wir dort nie ankommen würden, würde das niemanden argwöhnisch machen. Auf der Flucht nach Deutschland ist schon so mancher verloren gegangen.«

»Und was ist dann im Wald passiert?«

Alexei schloss die Augen. Jetzt dachte er nicht mehr nach, sondern die Worte flossen aus ihm heraus. Er brachte nicht die Kraft auf, ihnen eine Form zu geben oder sie noch irgendwie zurückzuhalten. Dafür spürte er sich zu wenig.

»Sie haben Lew erschlagen. Und mich beinahe auch. Ich weiß nicht, wie ich ihnen entkommen bin … Alles, woran ich mich erinnern kann, sind Bruchstücke, fast immer sinnlos aneinandergereiht. Ich kann Lew schreien hören, unerträglich hoch, und dann nur noch ein unmenschlicher Laut. Ich sehe … Teile von ihm, Ausschnitte. Seine gebrochenen Finger … Vor allem aber sehe ich den Wald. Ich laufe und laufe, doch er hört nicht auf. Es ist, als würde ich in einem geschlossenen System feststecken.« Er sog tief Luft in seine Lungen, die sich nur widerwillig weiteten. »Und irgendwie hänge ich seitdem dort fest. Der Wald hat in meinem Kopf Wurzeln geschlagen, und er zieht mich immer wieder in sein Reich zurück – und dann laufe ich, ich laufe um mein Leben.«

»Du hast dich im Wald verirrt, nachdem du der Hinrichtung entkommen bist.« Entsetzen schwang in Leos Stimme mit. »Deshalb bekommst du Panikattacken, sobald es in Richtung Wald geht.«

»Kann sein. Ziemlich wahrscheinlich sogar.« Alexei biss seine Zähne aufeinander, bis sein Kiefer zu schmerzen begann. Doch das Schuldgefühl, das er empfand, tat mehr weh. »Es kotzt mich nur so an, dass es ausgerechnet der Wald ist, der sich mir eingebrannt hat, und nicht Lew. Als wäre meine eigene Todesangst wichtiger als sein qualvolles Sterben.«

»Hättest du ihn denn irgendwie retten können?«

»Nein. Ich wundere mich bis heute, dass ich noch lebe. Diese Männer wollten uns beide umbringen, daraus haben sie keinen Hehl gemacht. Trotzdem … Ich bin entkommen, während Lew gestorben ist. Danach bin ich zwei Tage lang im Wald umhergeirrt, ehe mich Wilderer aufgegriffen haben. Daran kann ich mich nicht erinnern, ich war viel zu dehydriert und am Ende meiner Kräfte. Der Arzt im Krankenhaus meinte später, es sei ohnehin ein Wunder gewesen, dass ich so lange durchgehalten habe bei meinen Verletzungen. Aber mich wundert es nicht. Die Angst vor dem, was hinter mir lag, war größer als Durst und Schmerzen. Ich wollte nur weg, weg von dem, was unter dem Laub verscharrt lag und bereits zu verrotten angefangen hatte.«

»Du sagst das, als würdest du dich dafür schämen, dass du entkommen bist. Dein Cousin wäre sicherlich froh gewesen, dass

du es geschafft hast.« Leo schmiegte sich an seine Brust. So als könne sie es nicht länger aushalten, ihm in die Augen zu sehen. Weil er eben doch Schuld auf sich geladen hatte, indem er überlebt hatte, anstatt an der Seite seines Cousins zu sterben. Weiterzuleben, obwohl er von beiden der Wertlosere war.
»Wie ist es danach weitergegangen?«
Alexei lächelte bitter. »Sie haben Lews Überreste nie gefunden. Und von den Männern, die uns in den Wald gebracht hatten, hatte jeder ein wasserdichtes Alibi. Die Ermittlungen in deren Richtung waren schnell eingestellt. Kein Wunder, einer von denen ist der Bruder des örtlichen Polizeichefs, und die anderen arbeiteten für den Bürgermeister, der kurz vor seiner Wiederwahl stand. Ich kann wohl froh sein, dass ich nicht hinter Gittern gelandet bin, weil ich meinen Cousin nach einer Streiterei angeblich erschlagen und seine Leiche irgendwo im Wald verscharrt hätte. Viel hat nicht dazu gefehlt, meine Eltern haben mich quasi illegal nach Deutschland zurückgebracht.«
Leo malte sanfte Kreise auf seine Haut, jeder ein Feuerring auf Eisgrund. »Bist du dann später von zu Hause fortgegangen, weil deine Familie dir Vorwürfe gemacht hat?«
»Nein, ganz im Gegenteil. Meine Eltern waren nur froh, mich lebend wiederzuhaben, und mein Bruder Carol hat sich aufgeführt, als würden Weihnachten und Ostern zusammenfallen. Es war kaum auszuhalten, dass er mich so vermisst hatte. Wie er mich angesehen hat … ein bisschen so, wie ich Lew angesehen habe«, sagte Alexei. »Überhaupt … diese Blicke, als sei ich eine Figur aus Glas, die kurz vorm Zerspringen steht, weil ein böser Geist in ihr nistet. Ich habe meiner Familie nicht mehr gutgetan – und sie mir auch nicht.«

Leos Finger hielt inne. »Ist das der einzige Grund, warum du von zu Hause fort bist?«
Alexei schluckte schwer und wünschte sich sehnlichst, Leo würde weitermachen, ihn berühren und ihm Wärme spenden, so viel Wärme, dass er sich darin verlieren konnte. »Nein, es gab noch einen anderen Grund«, sagte er. »Ich bin einfach gut im Weglaufen.«

24

Leo konnte nicht sagen, wie lange sie schon unter der Dusche stand. Das Wasser prasselte ihr auf Hinterkopf und Nacken und umschloss ihren Rücken wie ein schützender Mantel. Mit halb geschlossenen Augen beobachtete sie das Tropfenballett an der Duschwand, während das monotone Plätschern die reinste Wohltat für ihre Nerven war.
Es gab allerdings noch einen anderen Grund, warum sie schon so lange unter dem Wasserstrahl stand: Die Dusche war auch ein Versteck vor den verstörenden Dingen, die Alexei ihr erzählt hatte. Obwohl Leo versuchte, sich dagegen zu wehren, wanderten ihre Gedanken zurück ins Gartenhaus.

Diese grausame Geschichte, das begriff Leo, während Alexei in Schweigen verfiel, sie gehört jetzt auch ein Stück weit mir, nachdem Alexei sie mit mir geteilt hat. Und ich gehöre nun zu dieser Geschichte. Was Lew zugestoßen ist, geht mich nun auch etwas an, obwohl ich ihn nie kennengelernt habe.
Das Unheil in einem weit entfernten Wald war nicht irgendeinem Fremden passiert, sondern dem Jungen, der so dicht neben ihr gelegen hatte, dass sie den Herzschlag in seiner Brust hatte spüren können. Dem Jungen, der ihr in kürzester Zeit so wichtig geworden war, dass sie es kaum ertrug, sich die Schmerzen auch nur vorzustellen, die er erlitten hatte. Verschleppt und

misshandelt, wegen eines Dummejungenstreichs – denn nichts anderes war der geplante Sabotageakt in ihren Augen schließlich gewesen. Der Cousin, den er so bewundert hatte, erschlagen am Waldboden … Und dann seine Flucht, geplagt von Schuldgefühlen und Todesangst. Sie konnte kaum in einen dieser Abgründe blicken, ohne dass es sie zerriss, während Alexei damit tagein, tagaus leben musste.

An diesem Morgen wandelte sich zwar Leos Blick auf Alexei, doch ihre Gefühle für ihn blieben unverändert. Wenn überhaupt, fühlte sie sich jetzt nur noch stärker zu ihm hingezogen – nun, da sie begriff, was sich hinter seinem oft abweisenden Verhalten verbarg. Deshalb legte sie auch nicht sofort Protest ein, als er plötzlich von der Pritsche aufsprang und nach seinen Jeans langte, das Gesicht erstarrt und grau. Es war kein Leben darin, sondern nur schmerzhafte Erinnerung. Erst als er schon die Türklinke in der Hand hatte, setzte sie sich auf.

»Wo willst du hin?«

Wie auf Befehl spannten sich Alexeis Armmuskeln an. Ist das jetzt Abwehr- oder Angriffshaltung?, dachte Leo.

»Ich muss raus. Jetzt.«

»Das versteh ich«, rief Leo ihm nach, obwohl Alexei es vermutlich nicht mehr hörte, so schnell, wie er zwischen den Hecken verschwand.

Und sie verstand ihn tatsächlich, auch wenn sie nun keine Chance hatte, ihm zu zeigen, dass seine Geschichte sie nicht verunsicherte oder sie gar auf Abstand gehen ließ. Das Letzte, was sie wollte, war, dass er sich noch verlassener und gänzlich allein gelassen fühlte. Also legte sie ihm eine Nachricht auf die Pritsche, bevor sie ging.

Vielen Dank für Dein Vertrauen! Ich bin so froh, dass Du mir von Lew erzählt hast. Komm zu mir, sobald Du kannst, ja?

Sei umarmt, Deine Leo

Als Leo durch das taufrische Gras zur Villa lief, waren ihre Gedanken noch ganz bei Alexei und bei der Selbstverachtung, die sie in seinen Augen gesehen hatte. Doch als die Villa auftauchte, kam der Schock über das Gehörte wie ein Donner angerollt, bedrohlich und unausweichlich. Leo schaffte es gerade noch, sich am ganzen Körper zitternd unter die Dusche zu schleppen.

Und jetzt?, fragte sich Leo, nachdem das warme Wasser die Anspannung wenigstens etwas gelöst hatte. Wie geht es jetzt weiter?
Sie würde dem Druck standhalten, nichts anderes hatte Alexei mit seinem Geständnis verdient, auch wenn die Verunsicherung ihr noch in den Knochen steckte.
Mit einem Ruck stellte Leo das Wasser ab, trat aus dem Dunstschleier und griff nach dem Handtuch. Zuerst rieb sie sich das Haar trocken, dann wickelte sie sich in das Tuch ein. Leider hatte sie vergessen, sich frische Kleidung zurechtzulegen, so kopflos, wie sie ins Badezimmer gestürmt war. Und in die Kleider, die nach Garten und Alexei rochen, konnte sie gerade unmöglich noch einmal steigen. Nicht jetzt.
Vorsichtig öffnete Leo die Badezimmertür und lauschte auf den Flur hinaus. Aus der Küche erklangen Geräusche, offenbar war Clemens inzwischen aufgestanden. Auf Zehenspitzen lief sie in

ihr Zimmer. Nachdem sie ein paar frische Klamotten aus dem Schrank gefischt hatte, blieb ihr Blick am Spiegel hängen, der auf der Innenseite der Schranktür befestigt war.

»Das ist jetzt nicht wahr«, entfuhr es Leo.

Ihre Knie waren zerschrammt von Erde und Steinen, auf die sie sich achtlos gekniet hatte, nachdem sie Alexeis Küsse bei den Sommernachtslevkojen erwidert hatte. Als Leo sich zur Seite drehte, bemerkte sie rote Kratzer auf ihrem Rücken. Das hatte ich ja ganz vergessen, dachte sie mit einem Schaudern. Während Alexeis Schwere sie auf diese berauschende Art niedergedrückt hatte, hatte es sie nicht weiter gekümmert, dass Stacheln und Dornen ihre Haut geritzt hatten. Jetzt brannten die Stellen, genau wie ihre geschwollenen Lippen und das wunde Pochen zwischen ihren Schenkeln. Das Wasser hatte einige Spuren der letzten Nacht fortgespült, aber eben nicht alles. Wollte sie das überhaupt? Alles auslöschen und vergessen?

Mit einem Stöhnen lehnte Leo die Stirn gegen das Spiegelglas. Bis das Knarren der Tür sie herumfahren ließ.

»Nicht reinkommen, Papa!«

Doch es war nicht Clemens, der im Türspalt stand, sondern eine junge Frau, höchstens drei oder vier Jahre älter als Leo. Sie sah geradezu unwirklich aus, mit einem feinen Gesicht und dunklen mandelförmigen Augen. Der einzige Makel war ein verblassender Bluterguss neben ihrem Mundwinkel, den sie jedoch gut überschminkt hatte. Im Kontrast zu ihrer Schönheit stand das schlichte Outfit aus Top und Leggings, während ihr schwarzes Haar zu einem Dutt hochgesteckt war.

Ist das vielleicht die Waldfee, die ich nachts im Park gesehen habe?, schoss es Leo durch den Kopf, während sie sich hastig ins noch feuchte Handtuch wickelte. Doch statt eines Zauberstabs hielt die junge Frau einen Eimer mit Putzsachen in der Hand.

»Entschuldigung. Ich dachte, du bist im Badezimmer.« Wer auch immer die Waldfee war, sie sprach mit einem starken osteuropäischen Akzent. Vermutlich Rumänisch, genau wie die Arbeiter, die die Villa instand setzten.

Leo lächelte verlegen. »Das war ich auch. Bis eben. Ich bin übrigens Leo«, stellte sie sich vor.

»Elena.« Ihr Lächeln war so umwerfend, dass Leo am liebsten ihr Smartphone gezückt und ein Foto gemacht hätte. »Ich komme später und mache sauber, ja?«

»Nicht doch, ich kann mich auch im Bad anziehen, wenn du in diesem Zimmer starten möchtest.« Leo schnappte sich ihre Anziehsachen. Als sie sich vorbeugte, fuhren Elenas Augenbrauen zusammen, dann deutete sie auf Leos Schulter.

»Du hast dir wehgetan.«

»Ach, das. Ich bin an einem Rosenzweig hängen geblieben«, wiegelte Leo ab, während ihr Röte ins Gesicht schoss. Ob Alexei wohl auch solche verräterischen Male von ihrer gemeinsamen Nacht davongetragen hatte? »Nicht weiter schlimm.«

Elena sah das offensichtlich anders. Sie hatte bereits ihren Putzeimer abgestellt und inspizierte Leos Kratzspuren. »Da stecken noch Splitter drin, die müssen raus«, stellte sie erstaunlich resolut fest. »Und Schrammen hast du auch. Bist du gefallen?«

»So in der Art.«

Die Hitze auf Leos Wangen nahm zu. Hoffentlich hatte sie nirgends einen verräterischen Knutschfleck. Sie hatte sich so mitreißen lassen von Alexeis wilder Zärtlichkeit, dass sie es vermutlich nicht einmal mitbekommen hätte, wenn sie sich in einem Brennnesselbeet gewälzt hätten.

Elena schien jedoch keine weiteren Erklärungen zu erwarten, sondern werkelte mit der Pinzette, die Leo aus ihrer Kosmetiktasche gefischt hatte, bereits an der verletzten Stelle herum. Zielsicher zog sie zwei Splitter heraus und verteilte anschließend eine Wundcreme, die Leo ansonsten für ihre rissigen Lippen benutzte.

»Jetzt ist es gut«, erklärte Elena mit sichtlicher Befriedigung.

»Vielen Dank.« Endlich konnte Leo in ihre Sachen schlüpfen. »Da habe ich ja Glück gehabt, dass du hier reingeschneit bist. Alleine wäre ich an die Splitter nämlich nicht rangekommen.«

Elena winkte ab, nun wieder zurückhaltender. »Ich soll übrigens sagen, dass dein Vater weggefahren ist. Er will einkaufen. Und ich soll sauber machen, besonders dieses Zimmer hier. Weil das nicht dein richtiges Zimmer ist und es deshalb staubig ist.«

Es brauchte einen Moment, bis Leo verstanden hatte, worauf Elena hinauswollte. »Ich bin umgezogen, richtig. Mir hat die Aussicht auf den Garten besser gefallen. Tut mir leid, wenn ich dir damit zusätzliche Arbeit mache.«

Falls Elena sich darüber ärgerte, ließ sie es sich nicht anmerken. Stattdessen ging sie ans Fenster. »Schöne Aussicht«, bestätigte sie.

»Bist du zufällig schon einmal hier gewesen?« Leo musste es einfach wissen. »Im Garten, meine ich.«

Elena blickte hinaus, als müsse sie erst einmal darüber nachdenken. »Nein«, sagte sie schließlich. »Nur geschaut, für mehr ist keine Zeit. Leider. Soll ich auch im Garten arbeiten? Es ist ja noch viel zu tun, und der Gärtner ist langsam.«

Dann laufen in Havelseck wohl noch mehr von diesen Feenwesen durch die Gegend, dachte Leo. Sie stellte sich neben Elena ans Fenster und blickte mit einem bohrenden Gefühl in der Magengegend hinaus. Allerdings war nur Viktor dort unten auszumachen, wie er zwischen den Rabatten, die in Weiß- und Rosatönen leuchteten, Unkraut jätete. Es ging bereits auf zehn Uhr zu, und die Sonne stand so hoch, dass er gerade eine Pause einlegte, um sich den Schweiß von der Stirn zu wischen. Von Alexei war noch keine Spur zu entdecken.

»Viktor weiß schon, was er tut.«

»Aber er ist zu alt für den großen Garten. Armer Mann«, beharrte Elena, vermutlich in der Hoffnung auf ein paar zusätzliche Arbeitsstunden.

»Es gibt noch einen zweiten Gärtner.« Leo zögerte. Ob ihre Stimme sie verriet? Sie konnte kaum an Alexei denken, ohne dass hinter ihrer Stirn ein heilloses Durcheinander ausbrach. Als Elena sie musterte, redete sie jedoch einfach los. »Du kennst ihn vielleicht – Alexei. Er hat früher für Horst Bender gearbeitet.«

»Für Horst Bender, ja?«, wiederholte Elena angespannt.

»Hat mein Vater dich ebenfalls über Bender eingestellt?«

Elena zuckte zusammen. »Bender ist tot«, sagte sie, als wäre damit alles geklärt.

Leo lehnte sich mit der Schulter gegen den Fensterrahmen und musterte die junge Frau, die Viktor so aufmerksam bei der Arbeit beobachtete, als gäbe es nichts Interessanteres auf der Welt. Im Seitenprofil war der überschminkte Bluterguss neben ihrem Mund gut zu erkennen. Wenn Horst Bender nicht davor zurückgeschreckt war, seinen Willen selbst bei wehrhaften Gegnern wie Alexei mit Gewalt durchzusetzen, wie ist er dann wohl mit einer

jungen Frau umgesprungen, die möglicherweise nicht nach seiner Pfeife tanzen wollte? So düster, wie Elena dreinblickte, war es nicht schwer, eins und eins zusammenzuzählen.
»Das mit dem blauen Fleck in deinem Gesicht, das war Bender, richtig?«
Elenas Hand fuhr hoch, um den Bluterguss zu bedecken. »Er war ein gemeiner Mann. Es ist gut, dass er nicht mehr da ist. Er hat nur bekommen, was er verdient hat.« Dann streckte sie sich plötzlich und deutete mit dem Finger hinab in den Garten. »Das ist Alexei?«
Prompt muckte Leos Magen erneut auf. Alexei stand neben Viktor, anscheinend besprachen sie irgendetwas. Obwohl sein Gesicht auf diese Entfernung nicht zu sehen war, glaubte Leo, an seiner Körperhaltung ablesen zu können, dass er immer noch Schmerzen hatte.
»Er sieht krank aus«, bestätigte Elena ihre Beobachtung.
»Nur etwas angeschlagen.« Unter dem Blick, mit dem Elena sie beobachtete, fühlte Leo sich seltsam nackt. »Er hat sich mit Bender geprügelt«, schob sie schnell hinterher.
»Ich habe davon gehört.«
Elena sah wieder hinab in den Garten, und genau in diesem Moment drehte Alexei den Kopf und blickte in Richtung der Villa. Als würde er nach jemanden Ausschau halten. Sofort zuckten Leo und Elena zurück.
»Vielleicht hat dieser Alexei ja mehr getan, als Bender nur zu schlagen«, raunte Elena, während Leo noch dagegen ankämpfte, sich nicht von ihren Gefühlen überwältigen zu lassen. »So oder so, Bender hat bekommen, was er verdient.«
»Wie meinst du das?«

Schweigend verschränkte Elena die Arme vor der Brust.
Aber sie brauchte nichts weiter zu sagen. Leo begriff auch so, was sie andeutete: dass Alexei den Menschenschinder Bender auf dem Gewissen hatte. In diesem Augenblick verschob sich etwas in Leo, und es war, als würde sich eine Tür öffnen, die sie zuvor gar nicht bemerkt hatte: Der Bauleiter Horst Bender war erschlagen im Wald gefunden worden, nur mit einer Hose bekleidet. Jemand hatte den Mann dazu gebracht, sich auszuziehen, um ihn dann durch den Wald zu hetzen und ihm zu guter Letzt den Schädel einzuschlagen.
Was hatten seine Peiniger zu Alexei gesagt? Hemd und Schuhe aus.
Alexei war durch den Wald geflüchtet, genau wie Bender. Nachdem ihn jemand misshandelt und sogar seinen Tod gewollt hatte. Nur, dass Alexei am Ende hatte entkommen können …
Plötzlich kam Alexei ihr weit weg vor, fremd und unergründlich, gefangen in einer vergangenen Tragödie, die ihn wie ein dunkler König beherrschte. Vielleicht so sehr, dass er selbst zum Täter geworden war … Denn wer konnte schon sagen, was in der Zeit passiert war, an die Alexei sich nicht mehr erinnern konnte?
Unwillkürlich dachte Leo an Alexeis Hand, wie sie auf ihrem Bauch gelegen hatte, weil es auf der Pritsche nicht genug Platz gab, um sie zwischen ihnen abzulegen. Seine Hände waren kräftig und braun gebrannt, mit Schwielen von den Arbeitsgeräten und zerkratzt von Dornen. Trotzdem waren sie schön, eigentlich sogar zu schön, um durch harte Arbeit zerschunden zu werden. Unter den kurz geschnittenen Nägeln hatte Leo Erdreste entdeckt, Erinnerungen an ihr Spiel, das im Garten begonnen hatte, ehe sie es dann irgendwie ins Gartenhaus geschafft hatten.

Davon hatte Alexeis Hand erzählt, aber Leo auch an etwas erinnert: an seine verschorften Fingerknöchel, die nach seiner Schlägerei mit Bender noch nicht aufgeplatzt gewesen waren. Alexei war Rechtshänder. Wenn er zuschlagen würde, dann mit genau dieser Hand. Und offenbar hatte er zugeschlagen, auch wenn er sich daran nicht erinnern konnte.

Was hatte er also so hart mit seiner rechten Faust getroffen, dass seine Fingerknöchel aufgesprungen waren?

Ohne sich dessen bewusst zu sein, glitt Leo an der Wand hinunter, bis sie auf dem Boden zum Sitzen kam. Die Welt um sie herum schien mit Krachen, Knacken und Lärmen zu zerbrechen. Ein Haufen Schutt, mehr blieb nicht zurück. Erst als Elena ihre Hand nahm, begriff sie, dass die junge Frau sich neben sie gehockt hatte.

»Alles gut?«

»Ich weiß es nicht«, sagte Leo. »Ich weiß es wirklich nicht.«

25

Zwischen den Bäumen breitete sich die Abenddämmerung früh aus. Man konnte den Schatten regelrecht zusehen, wie sie länger und länger wurden. Sie verwuchsen so rasch miteinander, dass man ganz verblüfft war, wenn der Wald plötzlich in Dunkelheit versank. Das Unterholz war immer noch nass von dem Regen, der am Nachmittag heruntergekommen war, und Dunst stieg vom Erdreich auf. So regenschwanger, wie die Wolkenberge am Himmel dahinglitten, würde es nicht mehr lange dauern bis zum nächsten Guss.

Leo saß in einem alten Gartenstuhl vor Viktor Kranz' Haus und knabberte an ihren Fingernägeln. Ein längst überwunden geglaubtes Laster, was ihr gerade jedoch herzlich am Hintern vorbeiging. Sie hatte andere Sorgen. Dass sie nicht wirklich wusste, was sie vor Viktors Haus zu suchen hatte. Da sie es im Augenblick allerdings weder mit ihrem Vater unter einem Dach aushielt noch mit dem Fahrrad ziellos in der Gegend herumfahren wollte, schien ihr diese Lösung die beste. Als der Gärtner auf einem uralten Motorrad vorfuhr, stand sie auf, um ihm mit den Einkäufen zu helfen, die er in einem Anhänger transportiert hatte.

»Na, so was«, sagte Viktor. »Schon wieder Damenbesuch. Ich scheine ja richtig beliebt zu werden.«

Schon wieder? Leo horchte auf. Dann drückte sie verlegen eine Papiertüte mit Kartoffeln vor die Brust. »Ich wollte nicht stören.«

»Tust du auch nicht«, winkte Viktor ab.
Wer ihn in diesen Tagen noch so alles besuchte, behielt der alte Mann allerdings für sich. Stattdessen schimpfte er über die Pfützen, von denen die Allee überzogen sei wie ein Minenfeld. In der Küche dirigierte er Leo auf den Küchenstuhl, wo sie es jedoch nicht lange aushielt und ihm so lange im Weg stand, bis er ihr ein Bündel Möhren in die Hand drückte.
»Schrubben und klein schneiden, es gibt Eintopf.«
Dankbar stürzte sich Leo auf die Arbeit. Als sie mit den Möhren fertig war, kamen noch Kartoffeln und anderes Gemüse dran. Sie arbeitete möglichst sauber, um nicht allzu rasch fertig zu werden. Es war gemütlich in Viktors Küche mit der rot-weiß karierten Wachsdecke und dem Radiogedudel im Hintergrund. Leider hatte Leo von ihren Großeltern nur ihre demente Oma kennengelernt. Und dann war da noch Clemens' Rabenstiefmutter, die in minderjährigem Besuch bloß die potenzielle Verunreinigung ihres pikobello durchgestylten Zuhauses sah. Trotzdem war Leo sich ziemlich sicher, dass zumindest Großväter so sein sollten wie Viktor Kranz: alt und schief, kratzig und in jeder Hinsicht vertrauenerweckend. Sie sollten Häuser haben, die genauso alt und schief aussahen wie sie selbst. Außerdem sollten sie einen jederzeit willkommen heißen, ohne Fragen zu stellen, und Eintöpfe kochen, die nach Trost dufteten und leise blubbernd auf dem Herd standen.
So hätte es ruhig den ganzen Abend weitergehen können, nur saß etwas unter Leos Haut und brannte schlimmer als jeder Stachel.
»Warum haben Sie sich eigentlich ausgerechnet für Alexei als rechte Hand entschieden, obwohl es im Frühjahr doch nur so

gewimmelt haben muss vor Arbeitern, die liebend gern etwas anderes gemacht hätten, als sich von Bender herumkommandieren zu lassen?«

Kaum war die Frage raus, biss Leo sich von innen in die Wange. Da hätte sie auch genauso gut fragen können: Haben Sie Alexei auch auf den ersten Blick angesehen, dass er etwas Besonderes ist?

Viktor stand vor einem Küchenschrank, hinter dessen Scheiben Blümchengardinen hingen. Nachdenklich kratzte er sich am Kinn, wobei nicht klar war, ob ihm Leos Frage oder die Auswahl des Essgeschirrs Kopfzerbrechen bereitete.

»Tja, warum? Vermutlich weil Alexei als Einziger von diesem Haufen anständig Russisch spricht«, sagte er schließlich. »Außerdem brauchte ich jemanden, der zupackt, ohne zu maulen. Und wenn Alexei etwas kann, dann das.«

»Ach so.« Leo versuchte, nicht allzu enttäuscht auszusehen.

Nachdem Viktor mehrere Schüsseln und Teller verschoben hatte, holte er einen Stapel Suppenteller hervor. Mitten in der Bewegung hielt er inne, als sei ihm noch etwas eingefallen.

»Außerdem hat Alexei nach der Arbeit auf dem Bau immer auf der Terrassentreppe gehockt, während seine Kollegen sich längst in der Baracke den Feierabend schöngetrunken haben. Da dachte ich mir eben, vielleicht interessiert ihn der Garten ja. ›Anstatt bloß rumzusitzen und die Steintreppe mit deinem Hintern blank zu wetzen, könntest du mir mal mit den schweren Blumentöpfen helfen, die im Keller stehen‹, hab ich zu ihm gesagt. Alexei hat nur mit den Schultern gezuckt, die schweren Dinger nach oben getragen, sie sauber gemacht und unter meiner Anweisung bepflanzt.«

Obwohl Viktor mit seiner Erzählung noch nicht am Ende angelangt war, holte er erst einmal seinen Tabaksbeutel aus der Hosentasche, drehte sich eine Zigarette und ging vor die Tür. Leo folgte ihm auf dem Fuß und biss fest die Zähne zusammen. Hier half kein Drängeln, das war ihr klar.

Viktor paffte eine ganze Armee Rauchwolken in die Abendluft, bevor er den Faden wieder aufnahm. »Anfangs hatte ich so meine Zweifel. Alexei war wie ein Automat, nichts schien ihn zu kümmern: weder, was um ihn herum passierte, noch wie es ihm erging. Bender hatte seine reine Freude an dem Jungen, konnte ihn scheuchen, wie er wollte.« Trotz der langen Zeit wurde Viktors Mund beim Rückblick immer noch zu einer harten Linie.

»Das hat Sie mächtig gestört, was?«

»Ja«, gab Viktor zu. »Schon möglich, dass das der ausschlaggebende Grund war, warum ich Alexei in meine Obhut genommen habe: Ich hatte Sorge, dass Bender und seine Konsorten ihn sonst verbrennen würden.«

Leo nickte. »Ich habe gehört, wie das üblicherweise abläuft. Ein gewisser Raddatz, ein Kompagnon von Bender, nutzt die Arbeiter gewissenlos aus. Wenn sie Schulden bei ihm haben, müssen sie Jobs erledigen, für die sich sonst niemand hergeben will.«

»Und Alexei hat nicht Nein gesagt, weil er nicht darüber nachgedacht hat. Oder weil ihm gleichgültig war, was mit ihm geschah«, ergänzte Viktor.

Leo schlang die Arme um ihren Oberkörper, um dem Gefühl, den Halt zu verlieren, entgegenzuwirken. Wer auch immer Alexei bis zum letzten Sommer gewesen sein mochte – vermutlich ein behütet aufgewachsener Junge, wenn man seine Sprache und sein Benehmen bedachte –, das schreckliche Erlebnis im

Wald hatte ihn zu einem Flüchtenden gemacht. Zuerst war er seinen Peinigern entkommen, dann dem Wald, um später nach einer ziellosen Reise quer durch Europa dem Ausbeuter Bender in die Hände zu fallen, dem er nichts entgegenzusetzen gehabt hatte. Und genau das war doch der Punkt: Der Alexei, den Leo kennengelernt hatte, war zwar verschlossen und oft distanziert, aber er versuchte mit aller Kraft, aus dieser Dunkelheit aufzutauchen, in die Lews Tod ihn gestürzt hatte. Die Frage war bloß: Gelang ihm das, ohne dabei andere in die Tiefe zu stürzen?
Nun sind wir dort angelangt, wo ich von Anfang an hinwollte, ohne es mir einzugestehen, dachte Leo. Erschrocken merkte sie, dass sie sich ihren Daumennagel blutig gebissen hatte. »Shit.«
Viktor blickte sie fragend an.
»Hat Alexei Ihnen erzählt, warum ihm damals alles egal war?«
»Nein. Und ich habe auch nie gefragt. Wir haben alle unsere Geheimnisse, so ist das eben.« Viktor betrachtete die schwach glühende Spitze seiner Zigarette. »Mir war nur wichtig, dass er nicht noch mehr Schaden nahm. Das ist es mir immer noch.«
Das Brennen unter Leos Haut war mittlerweile so stark, dass es kaum noch auszuhalten war. »Und wenn er nun anderen Schaden zufügt, weil er von einem Extrem ins andere geschlagen ist? Zuerst gleichgültig bis zur Selbstaufgabe, und jetzt …« Sie suchte nach den richtigen Worten, doch egal, in welche Richtung sie dachte, es klang immer wie eine Anklage.
Letztendlich sprang Viktor ihr bei. »Du zerbrichst dir den Kopf, ob Alexei mit Bender im Wald abgerechnet hat. Nach allem, was man hört, klingt es ja durchaus nach einem Racheakt: ein halb nackter, im Wald erschlagener Mann. Allerdings auch ein Mann, der gehasst wurde, weil er vielen unrecht angetan hat.«

»Das stimmt natürlich«, gab Leo zu. Sie konnte Viktor ja schlecht verraten, wie viele verstörende Parallelen es zwischen Benders Tod und Alexeis Erlebnis im Wald gab. »Nur ist Alexei vermutlich der Einzige darunter, der keinen Schimmer hat, wo er war, als jemand Bender den Kopf eingeschlagen hat.«
Obwohl Leo damit einen harten Verdacht aussprach, blieb Viktor gelassen. Als könne nichts, was sie als Verdacht anführte, sein Vertrauen in Alexei erschüttern. Und genau das war es, was Leo beruhigte. Sie kannte Viktor zwar kaum, aber sie vertraute seiner Menschenkenntnis. Mehr noch: Sie vertraute diesem Mann, der einem verschlossenen Jungen wie Alexei eine Chance gegeben hatte.
Das Licht von Viktors Feuerzeug flammte auf, als er seine ausgegangene Zigarette neu ansteckte. »Nun, Alexei weiß zwar nicht, was er getan hat, als Bender starb, doch ich kenne ihn gut genug, um mir selbst eine Antwort darauf zu geben. Du musst deine Antwort schon allein finden.«
»Ich weiß nicht, ob ich das hinbekomme«, sagte Leo, obwohl die lähmende Angst, die sie den ganzen Tag über empfunden hatte, immer mehr wich. Wer war der Alexei, den sie in der letzten Nacht kennengelernt hatte, denn gewesen? Jemand, der einfühlsam und zugleich leidenschaftlich war. Jemand, der den Mut aufbrachte, zu seinen Fehlern, Schwächen und Geheimnissen zu stehen. Jemand, der gerade dabei war, sich wiederzufinden, nachdem man ihn mit Gewalt seiner Seele beraubt hatte.
»Und wenn ich mich irre?«
»Du bist doch kein unsicheres Mädchen! Ich habe gesehen, wie du mit Alexei fertigwirst, und das will schon was heißen. Außerdem hätte ich geschworen, dass du Alexei inzwischen ebenfalls

gut kennst, vielleicht sogar besser als ich. Seit du da bist, ist er wie ausgewechselt. So habe ich ihn noch nie erlebt – es muss ihn also ganz schön erwischt haben.« Als Leo nur stumm den Mund auf- und zuklappen ließ, setzte Viktor ein Lächeln auf. Der alte Herr wusste genau, was er mit seinen Worten bewirkte. »Vielleicht lehne ich mich zu weit aus dem Fenster, aber ich würde wetten, dass der Junge selbst nicht weiß, wie ihm geschieht. Beim ersten Mal kann die Liebe einen ganz schön durchschütteln.«

»Liebe … zum ersten Mal«, sprach Leo die Worte wie eine Beschwörungsformel nach.

Zu ihrem Glück spazierte gerade ein Tier durchs Unterholz, zumindest klang es so, als mit einem Krachen ein trockener Ast brach. Viktor starrte in die Dunkelheit, und Leo nutzte die Gelegenheit.

»Mensch, ich muss los.«

Bevor sie jedoch aufspringen konnte, hielt Viktor sie am Arm fest.

»Einen Moment noch. Wenn du schon nicht mit mir zu Abend essen willst, dann nimmst du wenigstens etwas vom Eintopf mit.« Viktor verschwand in die Küche und kam mit einem Einwegglas voll Suppe zurück. Er musterte Leo, wie sie unruhig vor ihm stand, dann lächelte er. »Tu mir den Gefallen und sorg dafür, dass er ordentlich was isst. Es gibt schließlich nichts Besseres als Suppe.«

Leo nickte, während ihr klar wurde, dass man ihr ihre Entscheidung offenbar von der Nasenspitze ablesen konnte.

*

Viktor blickte dem Mädchen nach, wie es kaum die Zeit fand, das Einwegglas auf den Gepäckträger seines Fahrrads zu spannen.
»So eilig haben es nur Frischverliebte«, murmelte er. Dann blinzelte er in die Nacht. Der Wind war aufgefrischt. Nicht mehr lange und der Regen würde wieder einsetzen. Gut so, der Garten hatte es nötig.
Gerade als Viktor beschloss, vorm Haus noch eine Zigarette zu paffen, hörte er erneut ein Knacken aus dem Unterholz. Rotwild, dachte er zuerst. Allerdings neigte Rotwild nicht zu einer solchen Unvorsicht.
Angestrengt starrte er in das Dunkel zwischen den Bäumen. Bewegte sich dort etwas? Seine Augen waren schon lange nicht mehr die besten. Vielleicht sollte er sich seine Zigarette doch lieber für später aufheben …
In diesem Moment trat eine Gestalt zwischen den Bäumen hervor, und als das Licht aus dem Küchenfenster auf sie fiel, erkannte Viktor sie. Allem Anschein nach wurde er tatsächlich immer beliebter, so viel Besuch hatte er noch nie gehabt.
»Ach, du bist es«, sagte er erleichtert. »Macht man so etwas: Im Dunkeln stehen und lauschen?«
Als Antwort ging ein schwerer Ast auf ihn nieder.

26

Der verborgene Ort zwischen den Hainbuchen lag verlassen da, dort erzählten nur einige niedergedrückte Pflanzen von ihrem Beisammensein in der letzten Nacht. Auch beim Gartenhaus war von Alexei weit und breit keine Spur zu entdecken.

Wo steckst du?, dachte Leo enttäuscht. Ein Leben ohne Handy war wirklich nervraubend. Wie hatten es die Menschen früher überhaupt geschafft, sich ohne schriftliche Vorankündigung per Brieftaube zu treffen?

Probeweise drückte Leo die Klinke des Gartenhauses herunter, und zu ihrer Verblüffung schwang die Tür auf. Offenbar war das Türschloss bei dem Einbruch vor ein paar Tagen kaputtgegangen. Komisch, dass ihr das am Morgen gar nicht aufgefallen war. Es dauerte einen Augenblick, bis Leo den Lichtschalter fand, denn mittlerweile war es so dunkel, dass man im Häuschen kaum mehr die Hand vor Augen sah. Als das Deckenlicht anging, fiel ihr Blick auf die schmale Pritsche, die jetzt ordentlich gemacht war. Eine Rose lag auf dem Kopfkissen, während ihre Nachricht verschwunden war. Augenblicklich fragte Leo sich, ob die Blume für sie gedacht war, nachdem sie in der letzten Nacht ja im wahrsten Sinne des Wortes auf Rosen gebettet gewesen war, wie die Kratzspuren an ihrem Rücken bewiesen. Diese Art von Romantik würde durchaus zu Alexei passen.

Nachdem Leo das Einwegglas mit der Suppe in den Kühlschrank gestellt hatte, sah sie sich nach einem Stück Papier um, auf dem sie ihm eine Nachricht hinterlassen konnte, da sie leider keine Antwort-Rose zur Hand hatte. Auf dem Wandbord standen jedoch nur Alexeis Bücher, die nach dem rätselhaften Vorfall schwer lädiert aussahen. Sie nahm das erstbeste in die Hand und staunte nicht schlecht.

Ein Sachbuch über Neurologie, also über Erkrankungen des Nervensystems. Sehr medizinisch. Ein getrocknetes Eichenblatt steckte zwischen den Seiten wie ein Lesezeichen.

Zögernd schlug Leo das Buch an der entsprechenden Stelle auf und las. Obwohl das meiste in einem schwer verständlichen Fachjargon geschrieben war, begriff sie wegen der markierten Stellen zumindest so viel, dass Alexei sich besonders für die Veränderungen des Gehirns nach einem erlittenen Trauma zu interessieren schien. Offenbar geriet bei manchen Menschen, wenn sie etwas Grauenhaftes erlebten, die Chemie im Hirn durcheinander, und anschließend mussten sie mit den Folgen leben.

Unwillkürlich dachte Leo an die Zeitungsberichte, in denen von deutschen Soldaten die Rede war, die nach ihrem Afghanistan-Einsatz nicht mehr in ihr normales Leben zurückfanden, sondern sich in Depressionen, Medikamenten und Tobsuchtsanfällen verloren. Ein Heilmittel dagegen gab es allem Anschein nach nicht, man konnte nur lernen, mit der Krankheit umzugehen.

Einige Begriffe der posttraumatischen Belastungsstörung stachen Leo regelrecht ins Auge: Flashbacks … Gedächtnisverluste … unkontrollierbare Aggression.

War Alexei das, was in diesem Buch beschrieben stand: ein

schwer traumatisierter Mensch, der durch eine Belastungsstörung die Kontrolle über sein Leben verloren hatte? Zumindest versuchte er wohl herauszufinden, was in ihm vorging. Was ja bedeutete, dass er sich seinem Problem stellte, anstatt vor ihm davonzulaufen.

Die Erleichterung überkam Leo wie ein sanfter Regenschauer. Alexei war zwar verletzt, aber er war trotzdem stark. Bestimmt auch stark genug, um sich von einem wie Bender nicht zum Äußersten treiben zu lassen. Genau das hatte Viktor in ihm erkannt, und sie würde auch daran glauben.

Alexei war kein Mörder.

Sorgsam stellte Leo das Buch zurück aufs Bord. Ein Stück weiter daneben fand sie einen Notizblock, der zu ihrer Erleichterung nur leere Seiten enthielt. Besser, wenn sie nicht weiter in Versuchung geführt wurde. Sie war ohnehin schon viel zu fixiert darauf, Alexei wie eine Geheimschrift zu entschlüsseln. Einem Tagebuch oder Ähnlichem hätte sie bestimmt nicht widerstehen können, egal wie falsch der Vertrauensbruch sich angefühlt hätte.

Nachdem sie eine Nachricht neben die Rose aufs Kopfkissen gelegt hatte, beschloss sie, dem See noch einen Abstecher abzustatten, obwohl es nicht besonders wahrscheinlich war, dass Alexei an diesem nach Regen duftenden Abend auf dem Steg saß. Trotzdem gefiel ihr die Vorstellung, durch die Dunkelheit zu laufen, getrieben und ziellos zugleich.

Wie erwartet lag der Steg verlassen da, er war nicht mehr als ein dunkler Pfad, der sich im Schwarz des Wassers verlor. Die Bäume, die den See umkränzten, begannen zu rauschen, als ein plötzlich aufkommender Wind in sie fuhr. Leo hielt der Böe ihr Gesicht hin, so als würde diese ihr etwas zuflüstern wollen. Wie auf einen geheimen Befehl hin begann ihr Herz zu rasen. Etwas geht vor sich, flüsterte es in ihrem Ohr. Ein Sturm zieht auf.

Dann zuckte auch schon ein Blitz über den Himmel und überflutete für einen Sekundenbruchteil das sich unruhig kräuselnde Wasser mit Licht.

Leo rieb ihre mit einer Gänsehaut überzogenen Oberarme, als Elektrizität durch die Luft flirrte.

Ein Donner folgte, sein Hall preschte wie eine Walze über den See und dröhnte ihr bis in den Bauch hinein. Einen Atemzug später setzte der Regen ein. Schwer und eisig kalt fielen die Tropfen, und Leo war erst ein paar Schritte gerannt, da war sie bereits bis auf die Haut durchnässt.

Der Weg zurück zur Villa schien endlos, der vom Wasser aufgeschwemmte Boden klebte an ihren Schuhsohlen, und der Regen verdichtete sich zu einer Wand aus tausend kleinen Widerständen. Tropfen verklebten ihre Wimpern, schlugen ihr in die Augen, sodass sie fast blind weiterstolperte. Trotzdem war es wunderbar! Als habe das Gewitter ihr so viel Leben eingehaucht, dass sie schier überschäumte vor Energie.

Die Steintreppen zur Terrasse standen unter Wasser, als Leo sie emporhastete, auf das einladende Licht zu, das von der Eingangshalle in den Saal fiel. Sie rutschte fast in einer Pfütze aus, die den Marmor in eine Schlitterbahn verwandelt hatte. Im letzten Moment fing sie sich jedoch und musste lachen. Lauter als der Regen.

Dann hörte sie ihren Namen.

Alexei kam durch den Regen auf sie zugelaufen. Noch bevor sie ihn wegen der Stufen warnen konnte, nahm er zwei auf einmal und stand auch schon vor ihr. Das T-Shirt klebte an seiner Brust, und die nassen Locken hingen ihm ins Gesicht, sodass sie kaum seine Augen sehen konnte. Sie ahnte den Ausdruck auch so: Er war unsicher, wie er ihr begegnen sollte.

Du hast dich den ganzen Tag über unsichtbar gemacht, erinnerte sich Leo. Doch das war jetzt egal, es stand nichts mehr zwischen ihnen, nachdem sie eine Antwort gefunden hatte auf die quälende Frage, wie sie zu ihm stand.

»Es regnet!«, rief Leo übermütig.

»Ja, und du bist nass, als hätte man dich gerade aus dem See gezogen«, rief Alexei gegen den Lärm des Unwetters an.

»Genau wie du.«

Leo fiel ihm um den Hals und küsste seine eiskalten Lippen. Augenblicklich zog sich ihre von den Wasserfluten ausgekühlte Haut zusammen, als wäre sie ihr zu klein. Trotzdem fror sie nicht, ganz im Gegenteil, denn der Kuss war alles andere als kalt.

»Mit einer solchen Begrüßung habe ich nicht gerechnet«, sagte Alexei sichtlich erstaunt.

Lächelnd packte Leo sein T-Shirt am Saum. »Weißt du was? Du musst ganz dringend raus aus den nassen Klamotten, bevor du dir noch eine Erkältung holst.«

»Bist du dir da auch sicher?« Alexei schob sich das tropfende Haar aus der Stirn. Anscheinend konnte er noch immer nicht glauben, dass sie ihn weder zurückwies noch sich mit einer Ausrede zurückzog, weil sie ihn nicht länger ertrug.

»Absolut sicher.« Spielerisch schob Leo ihre Hand unter sein Shirt und ließ ihre Finger um seine Taille gleiten.

Unter der Berührung sog Alexei scharf die Luft ein. Dann nahm er sie mit genau dieser wilden Zärtlichkeit in die Arme, die sie an ihm liebte. Nur leider folgte nicht der erhoffte Kuss. »Dein Vater ist irgendwo da drinnen.«

»Das hoffe ich für ihn, Clemens wird nämlich nicht gern nass«, sagte Leo mit einem unschuldigen Augenaufschlag.

Doch so leicht war Alexei nicht zu beruhigen. »Er wäre bestimmt nicht begeistert über den Anblick, wie du mir aus den nassen Klamotten hilfst.«

»Dann lassen wir uns besser nicht erwischen«, sagte Leo gegen Alexeis leicht geöffnete Lippen und gab ihm schnell einen Kuss, ehe er protestieren konnte. Dann schlüpften sie aus ihren durchweichten Schuhen, und sie zog ihn durch die Terrassentür ins Trockene.

Vorsichtig lugte Leo in die Eingangshalle, doch es brannte nur ein Licht auf der Kommode. Clemens war nirgends zu entdecken. Ein Blick auf den Vorhof zeigte, dass der Wagen fort war.

»Bestimmt ist meinem Vater zu langweilig gewesen, und er ist irgendwo noch ein Glas Wein trinken gegangen.«

Als Leo sich umdrehte, stand Alexei dort, wo sie ihn zurückgelassen hatte. Er zitterte, wenn auch nicht vor Kälte.

»Wo warst du den ganzen Tag über?«, fragte er. Die Selbstvergessenheit, die ihr Kuss eben noch auf sein Gesicht gezaubert hatte, war wie weggewischt. Stattdessen hatte sich erneut Argwohn breitgemacht, so als stellte er sich innerlich darauf ein, doch noch einen Schlag von ihr zu empfangen.

Ihn so verletzlich zu erleben versetzte Leo einen Stich. Sie war dafür verantwortlich. Allerdings würde es ihn vermutlich nur noch mehr verunsichern, wenn sie ihm jetzt von ihren Zweifeln erzählte – egal, wie sehr sie darüber hinweg war. Also setzte sie

ein strahlendes Lächeln auf und ging auf ihn zu. »Ich habe Viktor einen Besuch abgestattet, und dann habe ich dich gesucht. Ziemlich erfolglos. Ich sollte dir einen Peilsender verpassen.« Sie lachte allein über ihren Scherz.
Alexei rieb unschlüssig seinen Bizeps. »Was wolltest du denn bei Viktor?«
»Plaudern, was sonst? Ach ja. Und wir haben zusammen Eintopf gekocht. Ich habe dir eine Portion in den Kühlschrank gestellt.«
Endlich schlich sich ein Lächeln auf Alexeis Gesicht. »Plaudern – und das ausgerechnet mit Viktor. Was zum Teufel stellst du eigentlich mit uns Kerlen an, dass wir plötzlich kaum noch den Mund zubekommen?«
Leo nahm das als Einladung, seine Hand zu nehmen. »Keine Ahnung«, sagte sie. »Aber ich weiß, was ich jetzt mit dir anstelle. Du gehörst nämlich in die warme Badewanne.«
Alexei ließ sich den Gedanken durch den Kopf gehen – und was auch immer dabei herauskam, es verlieh seinen Augen einen Glanz, der Leo allein schon fast um den Verstand brachte. »Gut«, sagte er, wobei seine Fingerspitzen über ihr Schlüsselbein wanderten. »Aber nicht allein.«

*

Leo pustete sanft gegen den Badeschaum und sah dem aufstiebenden glänzenden Blasengebilde bei seinem kurzen Tanz in der Luft zu. Dann warf sie Alexei einen Blick zu.
Schon wieder.
Aber sie musste sich immer wieder vergewissern, dass er auch wirklich ihr gegenüber in der Badewanne saß. Es war der Be-

weis, dass sie beide den Abgrund zwischen ihnen überwunden hatten. Ansonsten hätte er wohl kaum so relaxt bis zu den Schultern versunken im warmen Wasser gesessen, den Hinterkopf auf dem Rand abgelegt, die Augen lediglich einen Spalt geöffnet. Nur das amüsierte Zucken seiner Mundwinkel verriet, dass er sie ebenfalls beobachtete.

»Ich muss dir etwas gestehen«, sagte Leo. Sofort setzte ein aufgeregtes Flattern in ihrer Brust ein, das ihr zu sagen schien: Gefahr! Betritt diesen Weg nicht! Doch es blieb ihr nichts anderes übrig, wenn sie ihre Entscheidung für Alexei ernst nahm.

»Das klingt nicht so, als ob du bloß mehr Platz in der Wanne einfordern willst.« Seine Stimme klang träge, täuschte jedoch nicht darüber hinweg, dass er sofort voll bei der Sache war. Sich sein Vertrauen zu erarbeiten würde zweifelsohne noch eine Herausforderung werden.

»Mehr Platz wäre zwar nicht schlecht …«, sagte Leo und legte ihre Füße auf seiner Brust ab. »Aber es geht mehr darum, dass ich heute im Gartenhaus gewesen bin.«

»A-ha.«

Alexei schnappte sich einen ihrer Füße und begann ihn zu massieren. Obwohl das Wasser die Berührung abschwächte, hätte Leo sich am liebsten zurückgelehnt, um die Liebkosung zu genießen. Später, flüsterte sie sich zu. Später ist noch genug Zeit dafür, wenn alles geklärt ist.

»Ich habe einen Blick auf dein Buchregal geworfen, da steht ein medizinisches Fachbuch, in dem die Auswirkungen von Traumata beschrieben werden.«

»In einem anderen Leben habe ich mal mit dem Gedanken gespielt, Medizin zu studieren. Wäre früher genau mein Ding gewesen«, murmelte Alexei und versank tiefer im dampfenden Wasser.

Es war ein verführerisches Ablenkungsmanöver, über seine Vergangenheit zu sprechen, mehr darüber herauszufinden, wie er früher gewesen war. Doch Leo widerstand, wenn auch nur knapp. »Ich hatte bei diesen posttraumatischen Belastungsstörungen den Eindruck, einige der Symptome bei dir wiederzuerkennen«, sagte sie und ließ damit die Katze aus dem Sack. »Da war die Rede von Gedächtnisaussetzern, Wutausbrüchen und dem Hang, seine Emotionen auszublenden, bis man ganz taub ist.«

Alexeis Mund verhärtete sich. »Du meinst, ich bin gefühlskalt? Komisch, ich habe eigentlich eher das Gefühl, dass meine Gefühle mich voll im Griff haben und mich bei jeder Gelegenheit in den Wahnsinn treiben. Alles fühlt sich immer zu viel an, verwandelt jeden Gedanken zu einem Rauschen in meinem Kopf. Entweder mache ich dicht, oder …«

»Oder was?«, fragte Leo nach.

»Oder ich verliere die Kontrolle, weil ich nicht damit klarkomme, jemandem nahezukommen.« Alexei stockte. »Dir nahezukommen.«

»Aber du hast doch nichts Schlimmes gemacht.« Leo setzte sich ruckartig in der Badewanne auf. »Ganz im Gegenteil, du … du hast dich aus deinem Versteck herausgewagt. Viel mehr noch: Du bist auf mich zugegangen. Das war verdammt mutig von dir. Ich weiß nicht, ob ich hätte erzählen können, was du mir letzte Nacht anvertraut hast.«

Ohne darauf zu achten, dass das Wasser über den Badewannenrand schwappte, kletterte sie zu ihm hinüber und schmiegte sich

an seine Brust. Erst als er die Arme um sie legte, um sie noch fester an sich zu drücken, atmete sie aus. Bis vor einem Augenblick hatte sie gar nicht gewusst, dass sie die Sicherheit seiner Umarmung so dringend brauchte wie das Atmen selbst.
Alexei streichelte sanft ihren Nacken. »So denkst du von mir, weil du nicht alles weißt«, flüsterte er in ihr Haar.
Ein Beben ging durch Leos Körper, aber sie ignorierte es. Offenbar musste nicht nur Alexei lernen, wie man vertraute. »Ich weiß genug«, sagte sie und schloss die Augen.

27

Die Leiter wackelte verdächtig, als Alexei sie an der Häuserwand aufstellte. Der Boden war durchweicht vom Dauerregen der letzten Nacht, und obwohl er ein Brett unter die Leiterbeine geschoben hatte, kippelte sie.

Wird schon gut gehen, versicherte sich Alexei und stieg die Sprossen hoch, um ein Klettergerüst für die Klematis zu spannen.

Dieser Tag war seiner, das spürte er. Eine Glückswelle nach der anderen sprengte wie ein Funkenflug über seinen Rücken. Neben Leo im Bett aufzuwachen und ihren warmen Körper im Arm zu halten war das beste Mittel gegen Sorgen und chronische Gewissensbisse. Noch besser war eigentlich nur gewesen, als sie aufgewacht war und ihn auf diese besondere Art angesehen hatte. In diesem Augenblick hatte er vergessen, wer er war. Fast auch, wo er war – nämlich in Leos Zimmer, wo sie besonders leise sein mussten, damit ihr Vater nicht auf die Idee kam, nachzusehen, warum so seltsame Laute aus dem Zimmer seiner Tochter drangen. Allem Anschein nach war es ihnen trotz einiger Schwierigkeiten gelungen, sich zumindest geräuschmäßig zu beherrschen, denn Clemens Kressberg hatte nur einmal an die Tür geklopft, um zu verkünden, dass er für längere Zeit das Bad belegen würde. Wie durch ein Wunder hatte Alexei es später geschafft, unbemerkt aus der Villa zu schlüpfen, während Leo mit lautstarker Begeisterung dem Vorschlag ihres Vaters, einen Handwerkermarkt in der Nähe zu besuchen, zugestimmt hatte. So konnte es den Rest des Sommers gern weitergehen; tagsüber würde er Leo aus der Ferne bewundern, und dafür würde ihm die Nacht gehören.

»Mein Vater wird es eh nicht mehr lange in Havelseck aushalten«, hatte Leo zwischen einigen federleichten Küssen, mit denen sie seine Schulter überzogen hatte, gesagt. »Seine Freundin Svea schreibt ihm Nachrichten im Sekundentakt, und das Büro hat gestern sogar jemanden vorbeigeschickt, damit er sich ein paar dringende Unterlagen anschaut. Noch ein oder zwei Tage mit Fahrradfahren und ausgiebigem Zeitunglesen auf der Terrasse und Clemens ist reif für die Stadt.«

»Aber du bleibst hier? Am See?«

Leos Zeigefinger war über seine Brust gewandert, ehe er sich einen Weg über seinen Bauch gesucht und ein erregendes Prickeln auslöst hatte, das Alexei die Zähne hatte zusammenbeißen lassen, um nicht aufzukeuchen.

»Denk dran, wir müssen gaaanz leise sein«, hatte Leo ihn gefoppt, während sie alles getan hatte, um ihm einen Laut zu entlocken.

Allein bei der Erinnerung umfasste Alexei die Leiter deutlich fester. Der Abgrund, in den er so lange geblickt hatte, war in diesen Momenten vergessen. Er hatte Leo erzählt, wie er zu dem geworden war, der er jetzt war: jemand, dessen Körper und vor allem Seele verletzt worden war. Auch wenn er Leo nicht im Detail erzählt hatte, wie stark angeschlagen er war, über das Schlimmste wusste sie jetzt Bescheid – und sie hatte sich nicht abgewendet. Das war alles, was zählte.

»Alter, das sieht nicht gut aus, die Leiter kracht doch gleich um«, ertönte Joschis krächzige Stimme.
»Was?« Alexei machte den Fehler und blickte über die Schulter. Dummerweise hatte er sich zuvor bereits weit nach rechts gelehnt, um noch die letzte Öse für den Draht zu erwischen. Nun verlor er das Gleichgewicht, während das Leiterbein vom Brett rutschte und prompt im Matsch versank.
Einen Herzschlag lang glaubte Alexei noch, mit einem Schrecken davonzukommen, dann brach die Leiter endgültig zur Seite weg, und er griff nach dem gespannten Draht, der ihm in den Handballen schnitt, als würde er glühen.
Ihm blieb nichts anderes übrig, als loszulassen.
Alexei fiel.
Der Sturz wäre vermutlich glimpflich ausgegangen, wenn er nicht auf der am Boden liegenden Leiter gelandet wäre. Ein brennender Schmerz schoss durch sein linkes Handgelenk, und er blieb auf der Seite liegen, unfähig, sich zu rühren.
Joschi schob sein bekümmertes Gesicht in Alexeis Blickfeld.
»Mann, das wollte ich nicht. Sorry, sorry, sorry!«
Alexei biss die Zähne fest zusammen, bohrte die Finger der rechten Hand in den Rasen und zog sich auf die Unterbeine. Mehr war gerade nicht drin. »Scheiße, was schleichst du dich denn so an?«, schimpfte er.
»Hab ich nicht. Du hingst nur so völlig abgedriftet auf dieser komplett schief stehenden Leiter, die eh schon kurz vorm Umkippen war. Da wollte ich dich warnen.« Joschi tätschelte ihm unbeholfen den Rücken. »Tut es sehr weh?«
»Geht schon«, knurrte Alexei und versuchte sich aufzurichten. Sofort tanzten schwarze Sterne vor seinen Augen. Stöhnend

beugte er den Oberkörper, bis seine Stirn fast den Boden berührte.

»Werd jetzt ja nicht ohnmächtig.«

Noch mehr aufgeregtes Getätschel auf seinem Rücken. Erst als Alexei ein halb geknurrtes Schimpfwort über die Lippen brachte, gab Joschi seine Bemühungen auf.

»Pass auf, ich renn ins Haus und hole Leo«, verkündete er stattdessen. »Die ist doch Spezialistin für Notfälle, die weiß, was zu tun ist.«

»Leo ist nicht da.« Allmählich sah Alexei wieder klar. Nachdem er sich einigermaßen in die Senkrechte gebracht hatte, betrachtete er sein rasch anschwellendes Handgelenk.

»Bei dir geht's echt nicht ohne Verletzungen ab.« Joschi schüttelte resigniert den Kopf, als sei Alexei bloß aus Dummheit unglücklich gefallen. »Das ist hundertpro eine fette Verstauchung, wenn nicht sogar ein Bruch. Ich weiß, du willst es nicht hören, aber dieses Mal musst du zum Arzt.«

Alexei wollte rein gewohnheitsmäßig widersprechen, hielt sich jedoch zurück. Inzwischen kannte er sich gut genug mit Verletzungen aus, um zu wissen, dass er tatsächlich ein Problem hatte. Das Handgelenk ließ sich nicht bewegen, und die kleinste Berührung jagte ihm Schmerzschübe durchs Mark. »Fuck, was soll's«, sagte er ergeben.

»Ich schau mich mal um, ob ich Viktor irgendwo auftreiben kann.« Mit einem Satz war Joschi auf den Beinen und sauste auch schon los.

»Vergiss es«, rief Alexei ihm hinterher. »Ich habe den alten Burschen heute Morgen noch nicht zu Gesicht bekommen.«

»Ich mach schnell. Und du bleib gefälligst brav sitzen, bei dei-

nem Glück kippst du sonst noch um und haust dir ein Loch in deinen Dickschädel.«
»Könnte glatt passieren«, murmelte Alexei.
Wie versprochen rührte er sich nicht, obwohl die Feuchtigkeit durch seine Hose zu dringen begann. Er überlegte, ob es irgendetwas gab, das er tun konnte – das Handgelenk bandagieren etwa. Doch mehr, als den Arm mit dem verletzten Gelenk zu stützen und die Schmerzen auszustehen, bis sie langsam abflauten, war nicht drin. So hockte er noch immer nutzlos herum, als Joschi zurückkehrte.
»Keine Spur vom alten Gartenzwerg.« Joschi hielt seinem Freund die ausgestreckte Hand hin, um ihm aufzuhelfen.
Zögernd griff Alexei zu. »Aber schön sachte, nicht dass du mir noch die Schulter ausrenkst. Ich bin schon genug im Arsch.«
Als er auf den Beinen stand, wurde ihm für einen Augenblick schwummrig, dann hatte er sich unter Kontrolle und ging los, erst ein wenig steif, dann deutlich geschmeidiger, die verletzte Hand vor die Brust gepresst.
»Hey, wo willst du denn hin?«
Seufzend blieb Alexei stehen. »Na, wohin wohl? Zur nächsten Telefonzelle. Oder haben sie dein Handy mittlerweile wieder freigeschaltet?«
Joschi zog eine Schnute. »Nee, bislang hat sich kein guter Geist erbarmt und die ausstehenden Rechnungen bezahlt. Seit Bender tot ist, gibt es keine Jobs, weil überall Bullen rumschnüffeln und Raddatz erst mal Gras über die Sache wachsen lassen will. Ich habe sogar mein Fahrrad verkauft, deshalb war ich die letzten Tage auch nicht da. Der Fußmarsch zum See ist voll lang. Na ja, es gibt auch noch einen anderen Grund, von dem ich dir eigent-

lich auch noch erzählen wollte. Aber du baust ja ständig so eine Kacke.«

War es möglich, dass Joschi tatsächlich verlegen aussah? Das war in seinem Programm doch gar nicht vorgesehen. »Ist es wichtig mit der Neuigkeit?«

»Nicht wirklich«, sagte Joschi. »Aber warum können wir nicht einfach bei der Villa klingeln, anstatt einen halben Weltmarsch hinzulegen?«

»Weil Leos Vater mit ihr zusammen aufgebrochen ist, und die beiden sind meist bis abends unterwegs. Also rufen wir einen Krankenwagen, sobald wir im Dorf sind. Ich will auch nicht, dass der Unfall irgendwie mit meinem Job in Verbindung gebracht wird. Ich glaube nämlich nicht, dass Clemens Kressberg mich inzwischen als Praktikant angemeldet hat.«

Joschi lief neben Alexei her. »Willst du deine Family wegen der Krankenversicherung anrufen? Du bist doch bestimmt noch über deine Eltern versichert.«

»Auf keinen Fall, das ist mein Problem. Damit gehe ich meinen Leuten gar nicht erst auf den Keks. Wenn man sich bei seiner Familie nur meldet, weil man ihre Hilfe braucht, dann lässt man es besser gleich sein.«

»Ja, aber was hält dich denn davon ab, dich häufiger bei denen zu melden? Ich habe nämlich den Verdacht, dass es bei dir zu Hause ganz nett gewesen ist. Mit abgedrehten Eltern und ihren Nachwirkungen kenne ich mich nämlich bestens aus. Und du wirkst nicht wie einer, der in Assihausen aufgewachsen ist und die Nachmittage vorm TV verbracht hat, falls sich da nicht gerade der neue Freund von Mutti eingenistet hat oder Papa mit Dosenbiertrinken beschäftigt war.« So locker-leicht, wie Joschi

ansonsten durchs Leben ging: Wenn es um seine Eltern ging, hatte er jedes Mal einen dicken Hals.
»Meine Familie gehört tatsächlich zu der netten Sorte«, gab Alexei zu. Bislang hatte er es immer vermieden, über seine Familie zu sprechen, aber jetzt ließ sich der Gedanke an zu Hause nicht abblocken. Außerdem lenkte ihn das Reden von den Schmerzen ab, während sie auf die Allee einbogen. »Manchmal denke ich, dass meine Leute sogar zu nett sind.«
Joschi zog eine Augenbraue hoch. »Gibt es so was in echt?«
»Ich bin dafür das lebende Beispiel.«
Schweigend liefen die beiden Jungen nebeneinander die beschattete Allee entlang, und Alexei richtete wie immer seinen Blick nach oben – dorthin, wo die Baumkronen sich abmühten, zu einem undurchdringlichen Blätterdach zu verschmelzen. Glücklicherweise gelang es den ansonsten so ausladenden Bäumen nicht, die letzte Distanz zu überbrücken, sodass immer ein schmaler Streifen Himmel zu sehen war. Der reichte Alexei aus, um sich klarzumachen, dass er sich auf einer Straße und nicht im Wald befand. Trotzdem merkte er, wie er immer langsamer wurde und jeder Schritt zu einer Herausforderung. Bis Joschi ihm den Ellbogen in die Seite stieß.
»Nun erzähl schon.«
Alexei brauchte einen Moment, bis er wusste, wovon sein Freund sprach. »Muss das sein?«
Joschi verdrehte die Augen. »Ja, Mann. Du kannst nicht solche Andeutungen machen und mich dann am langen Arm verhungern lassen. Das hab ich nicht verdient.«
Das stimmt, gestand Alexei sich widerwillig ein. »Dieser Typ, den meine Eltern bis zum letzten Sommer großgezogen ha-

ben, war ein ziemlich verwöhnter Kerl, dem alle Wege offengestanden haben. So einer, der glaubt, dass die 1-a-Sprungschanze ins Leben, die seine Eltern ihm bieten, eine Art Geburtsrecht ist.«

»Okay«, sagte Joschi. »Ich hasse dein Alter Ego jetzt schon.«

Alexei musste grinsen. »Mir kommt der frühere Alexei heute auch ziemlich albern vor, falls dich das besänftigt. Außerdem bin ich mit dieser Einstellung dann ja auch kräftig auf die Schnauze gefallen.«

»Lass mich raten: Eine Femme fatale hat dich ins Verderben geritten.«

Einen Moment lang wusste Alexei nicht, was er dazu sagen sollte. »Wie kommst du darauf?«

Joschi wurde rot bis zu den Ohren. »Nur Frauen können einen so richtig umhauen.«

»In meinem Fall war es ein klein wenig komplizierter. Aber egal, darum geht es jetzt nicht. Nachdem es passiert ist, kam ich nicht mehr klar. Es war, als wäre ich für meine Familie plötzlich ein anderer. Ich kam mir wie ein Fremdkörper vor und hatte Angst, dass sich die anderen früher oder später an mir wund reiben würden.« Allein bei der Erinnerung zog sich seine Rückenmuskulatur zusammen, als würde ihm jemand über die Wirbelsäule kratzen. »Ich habe einen Schatten aufs Sonnenparadies geworfen, in dem meine Familie lebt – und in dem sie gefälligst auch weiterhin bleiben soll. Ich habe nämlich noch einen jüngeren Bruder.« Bevor Alexei wusste, was er tat, umfasste er sein Handgelenk viel zu fest. Doch der Schmerz war die reinste Wohltat im Vergleich zu dem Gedanken an Carol.

»Also bist du weg, weil du einen Knacks abbekommen hast und

du dir deshalb plötzlich wie ein Außenseiter vorgekommen bist«, stellte Joschi fest.

»Das passt«, gab Alexei zu. Er musste sich stark auf ihre Unterhaltung konzentrieren, damit er nicht ins Stolpern geriet. Immer wieder blickte er auf seine Füße, bemüht, einen Schritt vor den anderen zu setzen und nicht zu straucheln. Als Joschi sein leichtes Taumeln bemerkte, hakte er ihn kurz entschlossen unter, was Alexei nur unter Murren geschehen ließ. Er wollte sich lieber nicht vorstellen, wie sie auf Außenstehende wirken mussten: Zwei abgeratzte Typen, die sich am helllichten Tag gegenseitig stützten, wobei der eine mehr Schlagseite hatte, während dem anderen seine Dreads in alle Himmelsrichtungen abstanden, als hätte er den Finger in eine Steckdose gesteckt.

»Es gab aber noch einen anderen Grund, warum ich weg bin«, sagte Alexei nach einer Weile. »Ich habe mich geschämt, weil ich mich selbst kaputtgemacht habe. Ich habe es vermasselt … und meine Familie wurde jeden Tag daran erinnert, solange ich mit ihnen unter einem Dach gelebt habe. Da war es einfacher, allein zu sein – egal, wie sehr meine Eltern und mein Bruder zu mir gestanden haben. Sehr viel einfacher.«

»Ich frag mal lieber nicht, was du angestellt hast, um so einen Selbsthass zu schieben.«

»Wäre besser«, pflichtete Alexei bei. »Die Gefahr, dass du mich anschließend nicht mehr ganz so gerne durch die Gegend ziehst, ist zu groß. Obwohl … Leo hat mich auch nicht zum Teufel geschickt.«

»Du hast Leo deine Geschichte erzählt?« Joschi hielt abrupt an, sodass Alexei aus dem Takt kam. »Klasse! Und ich werde mit ein paar Krumen abgespeist. Du bist ein Scheißfreund.«

»Die Geschichte meines Lebens«, sagte Alexei mit einem bitteren Lächeln. Er war von dem Marsch so erschöpft, dass er Joschis Schmollpause nutzte, um sich das Haar aus der Stirn zu wischen. Dabei fiel sein Blick auf das Ende des Weges – wo zu seinem Erstaunen Viktors Haus stand.
»Was zur Hölle machen wir denn hier?«
»Medizinischer Zwischenstopp.« Joschi klang immer noch angesäuert. »Du kannst ja auf der Bank vorm Haus schon mal mit dem Hyperventilieren anfangen, während ich nach Viktor Ausschau halte.«
»Das brauchst du nicht«, sagte Alexei.
»Nun hör mit dem Gememme auf. Dein Handgelenk ist Schrott, und du bist so kreidebleich, als würdest du gleich umkippen. Also sehe ich natürlich nach Viktor.«
»Das brauchst du nicht«, wiederholte Alexei tonlos. »Er liegt dort drüben.«
Mit zitternder Hand zeigte er auf einen Haufen Lumpen, der vorm Haus auf dem Boden lag. Erst auf den zweiten Blick erkannte man, dass es sich um einen Menschen handelte. Seltsam verrenkt, als sei er beim Stürzen schon nicht mehr bei Bewusstsein gewesen, um den Sturz abzufangen. Ansonsten wäre er wohl auch kaum mit dem Gesicht voran im Dreck aufgeschlagen.
So, wie Viktor Kranz in der letzten Nacht gefallen war, war er liegen geblieben, das Haar tropfend vom Regen, während die durchnässte Kleidung an seinen hageren Gliedmaßen klebte.

28

Leo saß der Schock, als Alexei sie vom Krankenhaus auf ihrem Handy angerufen hatte, immer noch in den Knochen, als sie über den Flur der Notfallaufnahme hastete. Wie konnte es nur sein, dass er sich schon wieder verletzt hatte? Obwohl sie ihm am Telefon ziemlich auf die Pelle gerückt war, hatte er lediglich erzählt, unglücklich von der Leiter gestiegen zu sein. Irgendwann heute Vormittag. Jetzt war es bereits früher Nachmittag. Was zum Teufel hatte er in der Zwischenzeit getrieben?

Glücklicherweise war Clemens in Gedanken schon in seinem Berliner Büro gewesen, wo es pünktlich zum anstehenden Wochenende einen Notfall aus der Welt zu schaffen galt. Eigentlich war er nur noch einmal nach Havelseck gefahren, um Leo abzusetzen.

»Wenn du schon unbedingt mit unserem Aushilfsgärtner Händchen halten musst, dann mach dem Kerl auch gleich klar, dass er nicht in *unserem* Garten von der Leiter gefallen ist, ja?«, sagte Clemens entschieden. »Sollte wegen ihm noch einmal die Staatsmacht vor meiner Tür stehen, kann er direkt seine Sachen packen und verschwinden. Egal, ob er dir schöne Augen macht oder nicht.«

Leo hatte keine Zeit damit verschwendet, ihrem Vater erst einmal ins Gewissen zu reden. Alles, was sie wollte, war, dass

Clemens zurück nach Berlin fuhr. Die Situation war auch so schon kompliziert genug. »Alles klar«, hatte sie also gesagt und zugesehen, dass sie ins Krankenhaus kam, bevor ihr Vater es sich noch anders überlegte.

Das Wartezimmer allerdings war leer, obwohl sie dort mit Alexei verabredet war.

»Komisch«, sagte die Schwester, die Leo von ihrer Kaffeepause wegholte. »Ich dachte, der Handgelenkbruch ist schon fertig.« Mit dem Seufzen einer Frau, die für solche Spielchen eigentlich keine Zeit hatte, klopfte die Krankenschwester bei einem Behandlungszimmer an. Kaum hatte sie die Tür einen Spalt geöffnet, setzte sie auch schon einen Schritt zurück. »Oh, Entschuldigung, ich wollte nicht stören. Es ist nur so, dass Herr Leanca Besuch hat …«

Im Türspalt erschien ein hochgewachsener Mann in einer Jeans-Sakko-Kombi.

Alexeis Vater, dachte Leo aus einem Impuls heraus. Er ist sofort gekommen, als das Krankenhaus ihn wegen seines verletzten Sohnes informiert hat. Prompt wurde sie noch nervöser.

»Ja, bitte?« Der Mann musterte sie prüfend, während er die Tür hinter sich zuzog, sodass sie keinen Blick ins Zimmer werfen konnte.

»Alexei hat mich angerufen, damit ich ihn abholen komme. Ich bin seine Freundin«, schob Leo vorsichtshalber hinterher, obwohl sich diese Bezeichnung ungewohnt anfühlte.

»Sie sind Leonie Kressberg?«, fragte der Mann, eindeutig zu förmlich für einen aufgewühlten Vater.

Leo nickte. »Und Sie sind …?«

»Michael Seeberg, Kripo Potsdam.« Der Mann holte mit einer

geübten Geste einen Polizeiausweis hervor und zeigte ihn unaufgefordert. »Ich würde Ihnen gern ein paar Fragen stellen. Vielleicht im Wartezimmer? Es dauert nur einen Moment.«

»Wenn es um Horst Bender geht, kann ich Ihnen leider nicht weiterhelfen. Ich bin dem Mann nur einmal kurz begegnet.«

Ohne darauf etwas zu erwidern, führte Michael Seeberg Leo ins leere Wartezimmer. »Wo sind Sie gestern am frühen Abend gewesen?«

Es lag Leo auf der Zunge, zu fragen, warum das diesen Mann überhaupt etwas anging, aber irgendwie brachte sie das nicht fertig. Ein Teil von ihr sah immer noch den Polizeiausweis in Verbindung mit dem Wort »Kripo«. Die Mordkommission ermittelte bei fremdverschuldeten Todesfällen. Diese Leute kamen, wenn jemand tot war und man nicht wusste, warum.

»Ist mit Alexei alles in Ordnung?« Ihre Stimme zitterte.

»Nun, sein Handgelenk hat einen glatten Bruch, ansonsten geht es ihm den Umständen entsprechend gut. Können wir uns jetzt bitte auf unser Gespräch konzentrieren?«

Leo nickte, während die Erleichterung sie gefühlte hundert Kilo leichter machte. »Gestern Abend … also, da habe ich unseren Gärtner Viktor Kranz besucht.«

»Tatsächlich? Warum denn das?«

»Nur so. Wir haben zusammen Eintopf gekocht und uns unterhalten«, erzählte Leo, während sie sich zugleich fragte, warum das den Kriminalbeamten interessierte. Hatte der Mann im Fall Bender denn nichts Besseres zu tun, als sich ihre Freizeitaktivitäten anzuhören? »Später bin ich dann los, weil ich noch zu Alexei wollte«, fügte sie unaufgefordert hinzu, einfach um überhaupt etwas zu sagen.

»Wann war das genau?«, fragte Michael Seeberg freundlich. Der Ausdruck in seinen Augen blieb jedoch ernst und so aufmerksam, als würde er jede einzelne ihrer Reaktionen gründlich auswerten. Was er als Polizeiprofi bestimmt auch tat.

Leo brach der Schweiß aus. Nicht nur wegen dieses Blickes, unter dem man sich schrecklich nackt fühlte, sondern auch weil sie sich automatisch fragte, ob Alexei tatsächlich nur eine Leiter runtergefallen war, wie er am Telefon behauptet hatte. »Ist mit Alexei wirklich alles okay? Ich meine, abgesehen von seinem Handgelenk?«

Das Lächeln des Kripomannes wurde breiter, aber auch künstlicher. »Je schneller wir hier fertig sind, desto schneller können Sie zu Ihrem Freund. Also, wie sah Ihr gestriger Abend aus, so ab circa einundzwanzig Uhr?«

»Ich habe mich mit Alexei im Garten getroffen.«

»Wann genau?«

»Auf die Minute genau kann ich das nicht sagen. Irgendwann am Abend halt.«

»Okay.« Mit gerunzelter Stirn blätterte Michael Seeberg in seinem Notizblock. »Ungefähr gegen 20.30 Uhr hat sich gestern ein Unwetter zusammengebraut, gegen 21.15 Uhr hat dann ein Gewitter mit Starkregen eingesetzt. Vielleicht können wir uns ja daran zeitlich orientieren. Haben Sie Alexei erst nach dem Gewitter getroffen?«

Zum Glück war Leo bereits knallrot im Gesicht, als sie sich für eine Lüge entschied. Die Polizei hatte Alexei eh schon auf dem Kieker, und wenn dieser Michael Seeberg jetzt dermaßen auf einer halben Stunde herumritt, die Alexei vermutlich auf der Suche nach ihr im Park verbracht hatte, ohne es beweisen

zu können, dann würde sie ihr Zusammentreffen eben vorverlegen.
»Wir haben uns – wie gesagt – im Garten getroffen. Dass das Wetter umschlägt, haben wir schon mitbekommen, aber uns nicht so drum gekümmert. Erst als es plötzlich volle Kanne losging mit dem Regen. Wir sind dann zu mir aufs Zimmer. Und da sind wir bis heute Morgen zusammengeblieben.«
»Sind Sie sich sicher, was diesen Ablauf anbelangt?« Jetzt lächelte der Kommissar nicht mehr, ganz im Gegenteil. So sahen Eltern aus, wenn sie einen beim Lügen ertappt hatten, ohne es jedoch beweisen zu können.
Leo schluckte, während sie sich dazu zwang, nicht den Blick zu senken oder sich sonst wie zu verraten. »Ich möchte jetzt wissen, um was genau es eigentlich geht«, sagte sie mit fester Stimme.
Mit einem Seufzen lehnte sich Michael Seeberg im Stuhl zurück. »Viktor Kranz ist gestern am späten Abend umgekommen. Was genau geschehen ist, wissen wir im Augenblick noch nicht. Ihr Freund Alexei hat Kranz' Leichnam heute Vormittag gemeinsam mit einem Freund entdeckt.«
Vollkommen erstarrt saß Leo da. Viktor ist tot, schoss es ihr durch den Kopf. Der Mann, der sie ohne zu zögern willkommen geheißen und ihr zur Seite gestanden hatte, war tot.
»Viktor war zwar nicht mehr der Jüngste, aber er war trotzdem so … lebendig. Er war jeden Tag bei uns als Gärtner zugange, nicht weil er so viel hätte arbeiten müssen, sondern weil sein Herz am Garten hing. Es war ihm wichtig, dass alles schön ist und gedeiht. Das galt auch für die Menschen um ihn herum … Er war für einen da, ohne viele Worte zu machen.« Eine bessere

Beschreibung fiel ihr nicht ein, obwohl es noch so viel mehr zu sagen gab.

»Ist Ihnen bei Ihrem Besuch etwas aufgefallen? War Viktor Kranz nervös, oder erwähnte er, dass er später noch Besuch erwartete?«

»Nein. Alles war ganz normal. Richtig gemütlich … O Gott, der arme Viktor.«

Plötzlich schossen Leo Tränen in die Augen, und bevor sie etwas dagegen tun konnte, weinte sie vor diesem fremden Mann, der ihr schweigend ein Taschentuch reichte. Als sie sich einigermaßen gefangen hatte, erklärte er ihr, dass sie morgen früh in Begleitung eines Elternteils auf dem Polizeirevier erscheinen müsse, um ihre Aussage zu unterzeichnen. Falls ihr bis dahin noch etwas einfallen sollte, solle sie ihn unbedingt anrufen. Mit tauben Fingern steckte Leo eine Visitenkarte ein, während sie mechanisch nickte. Dann bemerkte sie Alexei, der neben einem anderen Mann in Sakko-Jeans-Kombi auf den Flur gekommen war und sie durch die Scheibe zum Wartezimmer ansah. Unter seiner sonnengebräunten Haut wirkte er kreidebleich, die Augen hinter Schatten verborgen, den frisch gegipsten Unterarm vor der Brust.

Leo stand auf, obwohl Michael Seeberg mit seiner Ansprache noch nicht fertig war. Aber das interessierte sie nicht länger. Wie in Trance ging sie auf Alexei zu, und als sie nur noch ein paar Schritte trennten, brach sie erneut in Tränen aus. Im nächsten Moment spürte sie auch schon seinen Arm um ihren Rücken und wie er sie an seine Brust zog. Dieses Mal versuchte sie gar nicht erst, ihre Trauer zu unterdrücken, sondern ließ ihren Gefühlen freien Lauf. Bei Alexei konnte sie das, er war der einzige

Hafen, in dem sie sich im Augenblick sicher fühlte. Ohne es recht zu begreifen, hörte sie, wie einer der Beamten anbot, sie beide nach Hause zu fahren. Alexeis Antwort ging zwar an ihr vorbei, aber irgendwann fand sie sich auf dem Rücksitz eines Wagens wieder, immer noch in seinen Armen. Er wiegte sie nun behutsam, als wäre sie ein verängstigtes Kind. Erst als der Wagen wegfuhr und sie beide im leichten Nieselregen zurückließ, schaffte sie es, den Blick zu heben – und erschrak.

In Alexeis Augen erkannte sie dieselbe Trauer, die auch in ihr tobte. Allerdings war da noch etwas anderes, Stärkeres: Wut, wenn nicht sogar Hass. Alexei brannte innerlich. Allerdings nicht auf eine heiße, alles verzehrende Art, sondern kalt. Und gegen wen auch immer sich diese Wut richtete, sie würde denjenigen härter treffen als jeder Temperamentsausbruch.

Als Alexei ihr Zurückweichen bemerkte, presste er den Kiefer so fest zusammen, dass sich Schatten unter seinen Wangenknochen auftaten. »Es wäre wohl besser, wenn ich jetzt gehe. Ich will hier keinen Fehler machen, vor allem nicht, weil es dich treffen würde.«

»Wohin willst du denn gehen?«

»Das spielt doch keine Rolle. Irgendwohin. Hauptsache, allein. Bevor ich komplett ausflippe«, sagte Alexei, als würde es ihm schwerfallen zu sprechen.

Es kostete Leo Überwindung, ihre Hand nach ihm auszustrecken. Ihr Instinkt flüsterte ihr zu, dass sie sich an diesem Jungen verbrennen würde. Die unheimliche Energie, die er ausstrahlte, war körperlich spürbar, so als würde sie ihre Haut versengen. Das halte ich aus, entschied sie und legte ihre Hand auf seine Brust, nur um das Beben zu fühlen, das durch ihn hindurchlief.

»Wie Viktor dort gelegen hat … Wie etwas achtlos Weggeworfenes. Ich sehe ihn ständig vor mir, und das macht mich …« Alexei stieß einen unterdrückten Schrei aus.
»Wir stehen das gemeinsam durch.«
Alexei schloss die Augen. »Du weißt nicht, was Viktor für mich bedeutet hat.«
»Nein, aber ich weiß, was du mir bedeutest. Und deshalb werde ich dich nicht gehen lassen. Egal, was passiert.«
Obwohl Alexei sämtliche Muskeln anspannte, als ob er sich auf einen Angriff vorbereitete, nahm Leo seine Hand. Sie versengte sich nicht die Finger, und auch sonst geschah ihr nichts. Alexei würde ihr nicht wehtun, unabhängig davon, wie sehr der Boden unter seinen Füßen wankte. Da war sie sich sicher.
»Komm«, sagte sie leise.
Und er folgte ihr.

29

Der Sonntag hätte nicht schlechter beginnen können. Leo wachte mit dröhnenden Kopfschmerzen auf. Die Trauer und das Durcheinander nach Viktors Tod forderten ihren Tribut, genau wie die zweite unruhige Nacht an Alexeis Seite. Selbst im Schlaf gelang es ihm nicht, loszulassen, sein Körper war immerzu in Bewegung, und er schreckte unentwegt hoch. Leo selbst fand kaum noch in den Schlaf, sondern gab dauerhaft acht, um seinem eingegipsten Arm auszuweichen oder Alexei zu wecken, ehe der Endlos-Albtraum, der ihn seit Viktors Tod heimsuchte, eskalierte. Falls sie zu spät dran war, hatte er anschließend nämlich Schwierigkeiten, die düstere Stimmung abzustreifen, gleichgültig, wie fest sie ihn an sich zog.

Was genau Alexei im Schlaf heimsuchte, wusste Leo nicht. Denn er schwieg sich nicht nur hartnäckig aus, sondern versuchte ihr ernsthaft vorzuspielen, dass alles okay sei. Aber Leo wusste es besser. Die Dinge, die über seine Lippen kamen, wenn der Schlaf seine Abwehrmechanismen ausschaltete … die gequälten Laute, die er von sich gab … Und wenn er sie beim Aufwachen an sich riss, als wäre sie sein rettender Anker, wusste sie nicht, wem von ihnen beiden seine stürmischen Liebkosungen wichtiger waren: Alexei, dem die Wärme ihres Körpers überlebenswichtig schien, oder ihr, weil sie sich in diesen Momenten, in denen sie einander so nah waren, einbilden konnte, dass er ihr keineswegs entglitt. Dann vergaß sie, dass es ihr seit dem Krankenhausbesuch so vorkam, als würde sie nur noch seinen Schatten sehen, während er selbst schon längst gegangen war. Aber so leidenschaftlich und bedingungslos gab man sich doch nur hin, wenn man liebte, oder?

Doch einerlei, wie innig die gemeinsamen Augenblicke während der Nächte waren, allmählich ahnte Leo, dass es nicht so einfach war. Vor allem nicht, als sie an diesem Morgen die leere Stelle im Bett neben sich ertastete.

Alexei saß auf der Bettkante, den Rücken gekrümmt, den Kopf gesenkt.

»Guten Morgen. Bist du schon lange wach?«

Alexei zuckte zusammen. Offenbar hatte er vergessen, dass sie nur eine Armlänge von ihm entfernt unter der Bettdecke lag. »Nein, mir ist nur … Das Handgelenk schmerzt.« Es kostete ihn auffallend Kraft, sich zu ihr umzudrehen und ein Lächeln aufzusetzen. Er sah so erschöpft aus, als habe er die Nacht über kein Auge zugetan. »Es ist noch früh. Warum schläfst du nicht noch ein bisschen?«

»Und du?«

»Ich sollte langsam mit der Arbeit starten. Unkraut jäten oder so. Sonst wuchern die Beete zu, noch ehe Viktor begraben unter der Erde liegt.«

Ein schmerzhafter Sog setzte in Leos Brust ein, als Viktors Name fiel. Obwohl sie den alten Gärtner nur kurz gekannt hatte, war er ihr mit seiner ruppigen und trotzdem liebenswürdigen Art schnell ans Herz gewachsen.

»Heute ist Sonntag«, erinnerte sie Alexei.

»Das beeindruckt das Unkraut nicht. Außerdem sollte ich mich besser aus dem Staub machen, bevor dein Vater mich in deinem Bett erwischt.«

Clemens war am Samstag schlecht gelaunt nach Havelseck zurückgekehrt, um Leo wegen ihrer Aussage aufs Polizeirevier zu begleiten. Inzwischen war er der festen Überzeugung, dass Alexei persönlich an diesem ganzen Unglück schuld war. Nur Leos lautstarker Protest und die Drohung, ansonsten mit Alexei mitzugehen – wohin auch immer –, hatten ihn davon abgehalten, den Jungen rauszuschmeißen.

»So gut, wie dein Vater auf mich zu sprechen ist, sollte ich es besser nicht drauf ankommen lassen«, sagte Alexei. »Noch mehr blaue Flecken und Knochenbrüche stecke ich momentan nicht weg.«

»Am frühen Morgen schon so witzig. Ich bin beeindruckt, Herr Leanca.«

Leo schlang die Decke um ihren Oberkörper und setzt sich dicht hinter Alexei. Behutsam schob sie seine Haare beiseite und küsste seinen Nacken, auf dem ihre Fingernägel in der letzten Nacht Spuren hinterlassen hatten. Dann schmiegte sie ihre Wange an seine Schulter und atmete tief ein. Sofort breitete sich jener wohlige Schauer aus, ohne den sie inzwischen nicht mehr sein konnte. Dabei kam es ihr fast unglaublich vor, wie stark sie sich ihm zugehörig fühlte. So stark, dass sie nicht mehr als eine unbehauste Hülle wäre, wenn die Verbindung zerbrach. Allein die Vorstellung versetzte sie in Schrecken.

»Wir müssen sprechen«, sagte Leo.

Sofort verspannte Alexei seinen Rücken. Erst als Leo sanft ihre Hand zwischen seine Schulterblätter legte und ihn entlang der

Wirbelsäule streichelte, gaben seine Muskeln nach. Darin hatte sie mittlerweile wirklich Übung.

»Geht es noch einmal um die Aussage, die du gestern bei der Polizei gemacht hast?«, fragte Alexei. »Wenn du dich deswegen schlecht fühlst, dann ändere sie einfach. Nicht dass du meinetwegen Gewissensbisse hast.«

Tatsächlich hatte Leo ihre Aussage, die sie gegenüber dem Kommissar im Krankenhaus gemacht hatte, eins zu eins bestätigt. Natürlich nicht ohne Alexei einzuweihen, dass sie spontan eine kleine Korrektur des Zeitablaufs vorgenommen hatte.

»Warum hast du das denn gemacht?«, hatte Alexei sie gefragt, obwohl ihm anzusehen gewesen war, dass er den Grund dafür genau kannte. Nur schien es ihm nicht zu gefallen, dass Leo für ihn log.

»Weil dich dieser Kommissar Seeberg seit der Sache mit Horst Bender genau im Blick hat. Die haben noch nicht geklärt, warum ein toter Mann im Wald liegt, da gibt es bereits ein weiteres Todesopfer. Das lässt die Ermittler nicht gerade gut dastehen, die brauchen dringend einen Verdächtigen – und du hast beide Männer gekannt.« Leo hatte wohlweislich für sich behalten, dass Alexei den einen Mann zutiefst verachtet und den anderen gemocht, wenn nicht sogar geliebt hatte. »Ohne ein Alibi hätte der Kommissar dich garantiert nicht gehen lassen«, schob sie stattdessen hinterher, um ihre Entscheidung zu untermauern.

Alexei hatte nur genickt und ansonsten geschwiegen, so wie er es ohnehin seit Viktors Tod hielt. Leo konnte nur ahnen, wie groß seine Trauer war, und wollte ihn deshalb auch nicht bedrängen. Trotzdem wünschte sie sich, dass er sie an seinen Gefühlen teilhaben ließ.

In Gedanken versunken zeichnete Leo mit dem Zeigefinger Alexeis Schulterblatt nach. »Ich habe kein Problem mit dieser kleinen Lüge gegenüber der Polizei. Warum auch? Du hast doch mit dem Unglück, das Viktor zugestoßen ist, nichts zu tun. Darüber wollte ich auch gar nicht mit dir reden, sondern darüber, wie es mit uns weitergeht.«

Erwartungsgemäß trug dieser Themenwechsel nicht gerade zu Alexeis Entspannung bei. Wie auf Befehl saß er wieder stockgerade da.

»Dein Vater hat seinen Standpunkt doch ziemlich klargemacht: Ich kann mich so lange um den Garten kümmern, bis er entschieden hat, wie es weitergehen soll. Er hat ja was von ein paar Büschen und ansonsten pflegeleichtem Rasen geredet.« Die Sorge über diese Aussichten schwang unüberhörbar in Alexeis Stimme mit, egal wie sehr er sich darum bemühte, unbeteiligt zu klingen.

Tatsächlich hatte Clemens sich auf die Frage, wie es nach Viktor Kranz' Tod mit dem Park weiterging, sofort gestürzt. Mit dem Tod seines Gärtners, der mit einer solchen Leidenschaft den Park hatte wiederauferstehen lassen, war sein Ehrgeiz ziemlich dahin. Schließlich hatte sich Viktor um alles in Eigenregie gekümmert, während Clemens nur die Rechnungen hatte begleichen müssen. Dass er Alexei langfristig diese Aufgabe anvertrauen würde, war ziemlich unwahrscheinlich. Allerdings war sich Leo mittlerweile auch nicht mehr so sicher, ob sie überhaupt wollte, dass Alexei in Havelseck blieb. Viktor war tot, Joschi hatte schon vorher davon gesprochen, sich endlich nach Berlin abzusetzen, und auf sie wartete das letzte Schuljahr mit elend viel Büffelei. Vermutlich war es eh an der Zeit für Alexei, zu seiner Familie zurückzukehren. Zumindest musste er sich der Frage stellen, wie es mit ihm weitergehen sollte. Und ein Park im Nirgendwo war darauf keine Antwort.

»Alexei …«, setzte sie an.

Doch er winkte ab, das Gesicht von einer tiefgehenden Erschöpfung gezeichnet. »Lassen wir das Gerede. Du reist heute mit deinem Vater nach Berlin ab, und gut.«

»Das werde ich auf keinen Fall«, stellte Leo klar. »Und das habe ich dir auch schon zig Mal gesagt.«

Am letzten Abend hatte Clemens ihr verkündet, dass er nach zwei aufeinanderfolgenden Todesfällen samt Kriminalpolizei die Nase gestrichen voll von Havelseck habe. Gleich morgen wolle er nach Berlin zurückkehren – und zwar mit seiner Tochter. Der Streit, der darauf zwischen ihnen entbrannt war, war hart gewesen, weil Clemens eindeutig in Sorge und entsprechend nicht ganz rational gewesen war, während Leo keinen Millimeter von ihrer Entscheidung, unter allen Umständen in Havelseck zu bleiben, abgewichen war. Schließlich war sie alt genug, um die letzten Sommertage auch ohne ihn in der Villa zu verbringen.

»Nur wegen dieses verdammten Hilfsarbeiters«, hatte Clemens geschimpft. »Ich hätte ihn rausschmeißen sollen, gleich als herauskam, dass er sich mit Bender angelegt hatte. Ein Unruhestifter, wie er im Buch steht. Was willst du bloß von diesem Kerl?«

»Was zwischen mir und Alexei ist, das ist unsere Sache. Ich mische mich bei deinen Liebesgeschichten ja auch nicht ein«, hatte Leo unbeirrbar entgegengehalten. »Wichtig ist nur, dass ich noch nicht abreisen werde.«

Irgendwann hatte Clemens ihre Entscheidung akzeptiert – im

Gegensatz zu Alexei, der sich nicht davon abbringen ließ, so zu tun, als wären ihre letzten gemeinsamen Stunden angebrochen. Langsam wurde Leo bei so viel Sturheit wütend.

»Bist du deshalb schon wach und sitzt auf der Bettkante? Weil du denkst, dass ich in einer Stunde weg bin?«, fragte sie scharf, nur um es sofort zu bereuen. Der Blick, den Alexei ihr zuwarf, verriet nackte Verzweiflung.

»Vielleicht hat dein Vater ja gar nicht so unrecht, wenn er dich von hier wegbringen will. Was für ein Sommer soll das denn sein, wenn man von Toten umgeben ist? Und wir beide können doch wohl kaum so tun, als gäbe es sie nicht. Das hier ist nicht der richtige Ort für dich, Leo. Nicht mehr.«

»Für dich aber schon?«

Während Alexei wieder in Schweigen verfiel, überkam Leo eine große Müdigkeit. Es war, als würde sie ständig nur gegen Windmühlen anrennen: bei ihrem Vater, aber noch mehr bei Alexei.

»Ich will bei dir sein«, sagte sie. »Falls ich nach Berlin gehe, dann nur, wenn du mitkommst. Und das hast du ja nicht vor, oder?«

Ein kaum hörbares, hartes Lachen schüttelte Alexeis Rücken. »Berlin? Wohl kaum. Dein Vater kriegt ja jetzt schon Herzrhythmusstörungen, wenn er mich bloß sieht. Außerdem kann ich den Park nicht einfach zurücklassen, dafür hat Viktor zu viel Herzblut in seinen Wiederaufbau gesteckt.«

»Du doch auch«, sagte Leo. Obwohl Alexei es nicht aussprach, war ihnen beiden klar, dass der Park zu einem Denkmal für den alten Mann geworden war. »Für den Rest des Sommers bleiben wir beide also am See. Und danach?«

»Beziehungsplanung am frühen Morgen? Tut mir leid, aber das packe ich nicht.« Alexei ließ sich rücklings aufs Bett sinken.
Leo gönnte sich einen Augenblick, um ihn zu betrachten. Wobei ein Augenblick viel zu kurz war. Immer zu kurz sein würde.
»Nun übertreib mal nicht, ich will ja nichts in Stein meißeln, sondern bloß ein bisschen mit dir träumen. Ganz ohne Konsequenzen«, lockte sie ihn. »Wenn du einen Wunsch frei hättest, was würdest du dir wünschen?«
»Dass der Sommer, wie er noch vor zwei Tagen war, endlos weitergeht«, sagte Alexei, ohne nachzudenken.
»Super, Mückenstiche forever.« Leo zwickte ihn in die Seite, obwohl ihr klar war, dass ihre aufgesetzte Fröhlichkeit nichts an der bedrückten Stimmung änderte. »Und jetzt bitte schön der große Traum inklusive Zukunft.«
Alexei nahm ihre Hand und setzte einen Kuss zwischen ihre Fingerknöchel. »Wenn ich mir meine Zukunft ausmale, bekomme ich vor allem Panik.«
»Warum denn?«
Alexei schaute sie an. »Eben weil der Sommer enden wird, vermutlich sogar früher, als wir denken. Und danach …? Du wirst in deine Welt zurückkehren, Abi auf diesem Nordseeinsel-Internat machen und anschließend Pläne schmieden, wie es danach weitergehen soll. Das ganz normale Leben eben.«
»Aber was ist mit dir? Wo bist du bei alldem?«
Wie auf ein geheimes Zeichen hin gab Alexei ihre Hand frei, auf der sie immer noch den Abdruck seiner Lippen spürte. »Ich sehe nur das Ende des Sommers.«
Ein unerträglicher Druck baute sich in Leo auf. »Sag so etwas nicht.«

»Tut mir leid, ich wollte dir mit meiner Schwarzseherei nicht die Laune verderben.« Alexei legte seinen heilen Arm um ihre Schultern, während er seine Stirn an ihre lehnte. »Natürlich will ich mit dir darüber reden, wie es mit uns weitergehen könnte. Nichts lieber als das. Ich bekomme es im Moment nur nicht hin. Mir rutscht ständig der Boden unter den Füßen weg, und solange ich mich nicht fange, fällt mir das Träumen schwer.«

»Das verstehe ich ja. Und wenn ich für uns beide träume?«, bot Leo an.

»Würdest du das?« Alexei suchte nach ihren Lippen.

»Sofort«, flüsterte Leo. »Gern aber auch ein wenig später.« Denn wenn sie wählen konnte zwischen Reden und Alexei-Küssen, war die Entscheidung von vornherein gefallen. Vorsichtig streifte sie seine Lippen, spürte, dass sie bereits leicht geöffnet waren. Er wusste genau, wie er sie ablenken konnte. Und wie erwartet konnte sie nicht widerstehen.

Ein Klopfen an der Tür ließ sie beide zusammenfahren.

»Leo?«, ertönte Clemens' Stimme durch das Holz. »Bist du da?«

Mit einem schnellen Blick stellte Leo fest, dass ihre Klamotten außer Reichweite lagen. Außerdem wollte sie ihrem Vater gern den Anblick ihres zerwühlten Betts und ihres noch zerwühlteren Aussehens ersparen. Einmal abgesehen davon, dass Alexeis Anwesenheit ihn vermutlich völlig aus dem Konzept werfen würde.

»Bitte nicht reinkommen!«, rief sie zur Sicherheit.

»Verstehe.« Clemens' Stimme kühlte mindestens auf unter null ab. »Unten vor der Tür steht ein Polizist, der Alexei sprechen möchte. Im Gartenhaus ist er nämlich nicht.«

»Ich komme gleich runter«, sagte Alexei. Nur Leo war ihm nah genug, um das Beben in seiner Stimme zu hören.

30

»Du wirst nirgendwohin gehen!«
Clemens baute sich bedrohlich in der Eingangstür auf, die Hände in die Hüften gestemmt. Leo stand nur eine Armlänge von ihrem Vater entfernt, sodass sie die Zornesader auf seiner Stirn hervortreten sah. Ein seltener Anblick, denn bislang war es ausschließlich ihrer Mutter gelungen, ihn dermaßen in Rage zu bringen.
Vor einer halben Stunde hatte Kommissar Michael Seeberg Alexei mit aufs Revier genommen – angeblich, um noch ein paar Informationen zu Viktor Kranz abzugleichen. Alexei hatte nicht nachfragt, ob man das nicht vor Ort klären könnte, sondern sich, ohne ein Wort zu verlieren, in Seebergs Wagen gesetzt.
Leo war kein bisschen überrascht gewesen. In der Sekunde, als Clemens an die Tür geklopft hatte, hatte Alexei zugemacht und seine innere Abwehr so hochgefahren, dass er nicht einmal mehr auf Leos Berührungen reagiert hatte, geschweige denn, dass er ihr aufgebrachtes Gerede beachtet hätte. Alexei war in eine Schlacht gezogen, von der er glaubte, sie bereits verloren zu haben. Die entscheidende Frage war also nicht, was die Polizei von ihm wollte, sondern wie lange er dem Druck noch standhielt. Die alten Wunden, die im Lauf des Sommers so gut verheilt schienen, waren mit Viktors Tod nicht nur aufgebrochen, nein, sie rissen mit jedem Vorwurf, jedem anklagenden Blick weiter ein.

»Ich kann Alexei jetzt nicht allein lassen«, beharrte Leo. »Er braucht meine Unterstützung.«
Clemens ballte die Hände zu Fäusten. »Es ist mir vollkommen egal, was dieser Kerl braucht. Für mich ist nur wichtig, was mit meiner Tochter ist. Und die wird nicht länger jemandem hinterherlaufen, wegen dem regelmäßig die Polizei vor der Tür steht.«
»Aber Alexei hat doch überhaupt nichts getan!«
»Wenn dein Freund so unschuldig wäre, wie du behauptest, würde er jetzt nicht zum x-ten Mal auf dem Revier sitzen.«
Gereizt strich Clemens sich durchs Haar und brachte seinen Fassonschnitt durcheinander. Dann senkte er die Arme, trat einen Schritt auf Leo zu und legte ihr die Hände auf die Schultern. Eine väterliche Geste, aber auf Leo wirkte es mehr, als suche er bei ihr Halt. Ihr Widerstand setzte ihm merklich zu, das war er von seiner sonst so unkomplizierten Tochter nicht gewohnt.
»Papa, ich muss los«, sagte Leo ungeduldig.
»Bitte hör mir erst mal zu.« Clemens' Griff um ihre Schultern wurde fester. »Es ist an der Zeit, dass du deine rosarote Brille absetzt und begreifst, in wen du dich da verguckt hast: in einen Versager, dem das Pech an den Füßen klebt. Bei diesem Jungen gibt es nur eine Richtung, und zwar nach unten. Und wenn du nicht aufpasst, reißt er dich mit in den Abgrund.«
»Du hast nicht die leiseste Ahnung, wovon du sprichst. Im Gegensatz zu mir weißt du nichts über die Abgründe, in die Alexei geblickt hat«, hielt Leo entschlossen dagegen.
Clemens achtete jedoch gar nicht weiter auf Leos Einwand, sondern warf seine Hände wie ein Theaterschauspieler in die Luft.

»Vertrau mir, mit solchen Leuten kenne ich mich aus. Die sind charismatisch und üben einen dunklen Sog aus, dem man sich nur schwer entziehen kann, weil es so verdammt aufregend ist. Trotzdem muss man wissen, wann man die Reißleine zieht. Und für dich ist es jetzt so weit. Du hast dein Abenteuer am See gehabt und ein bisschen Gefahr geschnuppert, aber nun geht es weiter. Berlin wird dir gefallen! Svea hat mir versprochen, dass sie dir die Stadt zeigen wird. Dein Sommer ist noch nicht vorbei, versprochen.«

So sah also der Plan ihres Vaters aus: Seine Freundin Svea würde sich mit ihr abplagen, um bei Clemens nach ihrem Streit gut Wetter zu machen, während er sich in seiner Arbeit vergrub und hoffte, dass sich alles von allein in Wohlgefallen auflösen würde. In diesem Moment erkannte Leo glasklar, dass von ihrem Vater weder Verständnis noch Unterstützung zu erwarten war. Für ihn war ihre Beziehung zu Alexei nicht mehr als ein Spiel mit dem Feuer, ein Sommerflirt. Er konnte nicht begreifen, wie wichtig dieser Junge in Wirklichkeit für sie war. Vielleicht hatte Clemens etwas Vergleichbares ja nie erlebt, so leichtherzig, wie er seine Beziehungen wechselte.

Leo unterdrückte ihre Enttäuschung und suchte den Blick ihres Vaters. »Ich verstehe total, dass du zurück in die Stadt willst. Das ist okay für mich, ehrlich. Aber ich werde nicht mitkommen.«

»Natürlich wirst du mitkommen, Leonie.« Mittlerweile war Clemens sichtlich am Ende mit seinem Latein. »Du wirst mitkommen, einfach aus dem Grund, weil ich es dir sage.«

»Das ist der springende Punkt: Du hast mir nichts mehr zu sagen, Clemens. Eigentlich nicht mehr, seitdem Charlotte und du mich ins Internat abgeschoben habt und ich zusehen musste, wie ich zurechtkomme. Das Einzige, was ihr von mir wollt, ist, dass ich möglichst wenig Probleme mache, damit ihr schön euer Traumleben führen könnt. Ich war jahrelang die brave Tochter, dein liebes Leonie-Kind – geschenkt. Jetzt geht es aber um mein Leben, und dafür treffe allein ich die Entscheidungen. Und ich entscheide mich dafür, bei Alexei zu bleiben. Auch wenn du dir das nicht vorstellen kannst – ich kenne mich mit Abgründen durchaus aus. Man wird nicht mit elf Jahren von seinen Eltern im Stich gelassen, ohne Verletzungen davonzutragen. Alexei und ich sind uns also gar nicht so unähnlich.«

»Ihr beide habt nichts gemeinsam«, flüsterte Clemens heiser. »Meine Tochter ist nicht so.«

»Doch, das ist sie. Und das wüsstest du auch, wenn du mich kennen würdest.« Leo drängte sich an ihrem Vater vorbei, ohne einen Widerstand zu spüren. »Viel Spaß in Berlin«, sagte sie noch, ehe sie die Tür hinter sich zuzog.

31

»Sie denken bitte daran, dass Sie Havelseck nicht verlassen, ohne uns vorab zu informieren, Herr Leanca?« Michael Seeberger maß Alexei mit einem harten Blick, den dieser teilnahmslos erwiderte.
»Ich habe nicht vor, irgendwohin zu gehen.«
Mit einem Nicken drehte Alexei sich um und ging auf die Ausgangstür des Polizeireviers zu. Dabei zählte er jeden einzelnen seiner Schritte in Gedanken mit. Etwas Besseres fiel ihm nicht ein, um dem Sturm, der sich hinter seinen Schläfen aufbaute, etwas entgegenzusetzen.
Jede einzelne Zahl war eine gute Zahl, sie brachte ihn ein Stück weiter weg von dem Verlangen, seine Faust in das nächstbeste Gesicht zu rammen.
»Das ist schon ein seltsamer Zufall, dass Sie eine der wenigen Verbindungen sind, die wir zwischen den beiden toten Männern ausmachen konnten«, hatte Michael Seeberg in diesem Tonfall gesagt, der deutlich machte, dass er Alexei nicht nur für einen Verdächtigen hielt, sondern ihm auch ohne Weiteres einen Mord zutraute. »Den einen, Horst Bender, haben Sie so sehr verabscheut, dass Sie sich kurz vor seiner Ermordung eine Schlägerei mit ihm geliefert haben. Ich kann Sie sogar verstehen – soviel wir bislang herausbekommen haben, ist dieser Mann nicht gerade zimperlich mit Ihnen umgesprungen. Sie waren so etwas

wie sein Schuhabtreter, was?« Als Alexei auf diese Provokation nicht reagiert hatte, war ein enttäuschtes Zucken um Seebergs Mund nicht zu übersehen gewesen. »Der andere Mann hingegen, Viktor Kranz, war eine Vaterfigur für Sie. Deshalb hat er Ihnen wohl auch ganz väterlich ein Alibi für den Todeszeitpunkt Ihres Peinigers geliefert.«

Bei der Erwähnung des gefakten Alibis hatte eindeutig die unausgesprochene Anklage »Du mieser kleiner Lügner« mitgeschwungen. Und das hatte Alexei härter getroffen als der Vorwurf, Horst Bender auf dem Gewissen zu haben. Zu diesem Zeitpunkt war er schon gefährlich knapp davor gewesen, diesem großmäuligen Arschloch von einem Kommissar seine Meinung zu sagen. Dabei war die Befragung nur das Vorspiel gewesen, wie sich noch herausstellen sollte. Nein, etwas anderes hatte Alexeis Kopf später in einen Dampfkessel unter Hochdruck verwandelt.

Nicht drüber nachdenken, sondern atmen und die Schritte zählen, wies Alexei sich an, während er die Tür nach draußen aufdrückte.

Zum Glück war er, als Michael Seeberg die Bombe platzen gelassen hatte, erst einmal wie paralysiert gewesen. Es war ein Wunder, dass er es überhaupt geschafft hatte, an den richtigen Stellen zu nicken und aufzustehen, als die Befragung vorbei war. Die Alternative hätte darin bestanden, ohne Vorwarnung zu explodicren. Ob man einen tätlichen Angriff auf einen Polizeibeamten wohl mit einer posttraumatischen Belastungsstörung entschuldigen konnte? »Tut mir leid, dass ich Ihnen den Schädel eingeschlagen habe, Herr Kommissar. Ab und zu geht es leider mit mir durch, seit ein paar Männer mich mitten im Nirgendwo fast umgebracht hätten. Aber mit den beiden Toten habe ich wirklich nichts zu tun.«

Nicht nachdenken, nicht nach … Wie zur Hölle sollte es nur weitergehen?

Der nächste Schritt, den Alexei machte, schien ins Endlose zu gehen. Als würde sich plötzlich der Boden auftun. Die Zeit dehnte sich aus, während sein Fuß keinen Grund fand. Schwärze tat sich auf, umschlang ihn, beinahe freundlich, lockend …

»Alexei!«

Der Ruf holte ihn zurück, die Schwärze zog sich so schnell zurück, wie sie sich ausgebreitet hatte, und er stolperte ins Freie. Draußen im Sonnenschein stand Leo und blickte zu ihm hoch. Dann sprang sie hastig die Treppenstufen hinauf, während er sich mit der Schulter gegen die Wand lehnte, um nicht umzufallen.

»Ist dir nicht gut?«

Die Besorgnis stand Leo ins Gesicht geschrieben. So sah sie ihn in den letzten Tagen ständig an. Als sie die Hand nach ihm ausstreckte, wich er unwillkürlich zurück. Nun sah sie nicht länger nur besorgt aus, sondern auch verletzt. Seinetwegen.

»Tut mir leid, aber ich brauche einen Moment«, brachte Alexei mühsam hervor.

Sichtlich verunsichert knabberte Leo auf ihrer Unterlippe. »Du bist auch ganz blass. Vielleicht solltest du dich kurz mal setzen?«

»Ich will nur hier weg.«

»Okay. Aber warte, ich helfe dir. Wenn du die Treppe runterkegelst, können wir dich gleich wieder ins Krankenhaus bringen.«

Unter anderen Umständen hätte Alexei über die Anspielung gelacht, aber er brachte kaum ausreichend Kontrolle über seinen Körper auf, um den nächsten Schritt zu tun. Leo legte ihm den Arm um die Taille, und er umschlang ihre Schultern. Dass er nicht genug Stolz aufbrachte, allein zu gehen, sagte erschreckend viel über seinen Zustand aus. Aber es half alles nichts, er musste hier weg, sonst würde die Schwärze zurückkommen und ihn nicht mehr loslassen.
Irgendwie schafften sie es bis zu einer Parkbank, auf die Alexei sich sinken ließ wie ein angeschossenes Tier. Und das war er auch. Die Wunde, die der Kommissar ihm beigebracht hatte, fühlte sich an wie ein Eiszapfen, der in seiner Brust steckte. Obwohl er in Leos Gegenwart schmolz, war die Wunde trotzdem noch da und schmerzte stärker denn je. Leo saß so dicht an seiner Seite, dass er ihren Herzschlag zu hören glaubte. War sie ihm wirklich so nah, oder drehte er nur komplett durch?
»Geht es wieder?« Inzwischen klang Leo ernsthaft verängstigt.
Irgendwie gelang es Alexei, wieder einigermaßen geradeaus zu denken. »Schon besser. Wirklich. Es ist nur …« Er musste es ihr sagen, ob es ihm gefiel oder nicht. Sie hatte ein Recht darauf. Trotzdem fiel es ihm unendlich schwer, ihr einen weiteren Schlag zu versetzen – und genau darauf würde es hinauslaufen.
»Was willst du mir sagen?«
In Leos Augen war ein Vertrauen, das Alexeis Puls schlagartig in die Höhe trieb. »Viktor wurde in der Gewitternacht nicht von einem Ast am Kopf getroffen«, platzte es aus ihm heraus. »Jemand hat ihn ermordet. Mit einer Eisenstange aus unserem Werkzeugbestand. Deshalb haben die mich hier heute antanzen

lassen: Auf der Stange sind meine Fingerabdrücke. Es sind die einzigen, die sie finden konnten.«

»Natürlich sind deine Abdrücke auf der Eisenstange, du arbeitest schließlich mit dem Werkzeug. Deshalb bist du doch noch lange kein Verdächtiger!«, rief Leo entrüstet.

»So einfach ist das nicht. Zwei Männer, für die ich gearbeitet habe, sind brutal erschlagen worden. Das würde mir als Kriminalbeamten ebenfalls zu denken geben.«

»Du hast für beide Morde Alibis.«

Ein Lachen prickelte in Alexeis Kehle wie in einem Hornissennest. Wenn es ausbrach, würde Leo sich gewiss von ihm abwenden, denn es würde verraten, wie angeknackst er wirklich war. Ein völlig Verrückter, der sich nicht länger in der Gewalt hatte. Einer, dem alles zuzutrauen war. Und vielleicht stimmte das ja auch. Wie sollte er das so genau wissen, wo sein Gedächtnis doch regelmäßig aufzuzeichnen vergaß, was er so alles trieb?

»Wir wissen beide, dass keins meiner Alibis echt ist. Viktor hat für mich genauso gelogen, wie du es getan hast. Und dieser Michael Seeberger ist nicht dumm, der ahnt, dass irgendetwas nicht stimmt. Vermutlich ist es nur eine Frage der Zeit, bis er rausfindet, dass ich sehr wohl als Täter infrage komme.«

»Das ist doch Unsinn.« Leos Augen waren weit aufgerissen, und sie umfasste seinen Unterarm so heftig, dass ihm ihre Fingernägel in die Haut schnitten. Der Schmerz war geradezu wohltuend. »Du hast niemanden getötet. Und schon gar nicht Viktor. Niemals.«

»Und da bist du dir ganz sicher?« Mit dieser Frage verschlimmerte Alexei den Schmerz zwar noch, aber wenigstens war es ein reines Gefühl und somit bei Weitem erträglicher als das drohende Chaos hinter seiner Stirn, das jederzeit auszubrechen drohte.

Leo presste ihre Lippen fest aufeinander … und schwieg. Sie wendete sogar den Blick ab. Dann sprang sie auf und lief davon.

Endlich hat sie es begriffen, dachte Alexei. Jetzt ist es vorbei.

32

Mit langen Schritten hastete Leo über den Platz, an dessen Rand sie zusammen gesessen hatten. Selbstquälerisch blickte Alexei ihr hinterher, wie sie aus seinem Leben verschwand, geradezu flüchtete. Dann erst begriff er, dass Leo in Wirklichkeit etwas ganz anderes tat: Sie hielt schnurstracks auf einen jungen Mann mit einer Kamera zu, der, noch während sie auf ihn zuschoss, Fotos von ihr machte. Offenbar hatte der Kerl sie beide zuvor schon im Fokus gehabt, und Leo hatte das bemerkt.

»Finden Sie es okay, Fotos von uns zu machen, ohne uns vorher zu fragen?«, schnauzte Leo den Typen an, der sie bloß frech angrinste.

»Das ist ein öffentlicher Platz. So what?«

»Ach? Sie sind also nicht nur hier, um über den zweifachen Mord zu berichten, sondern auch um die öffentlichen Plätze von Havelseck zu fotografieren?« Wutschnaubend drehte Leo sich um und rief Alexei zu: »Dieser Herr arbeitet fürs *Berliner Tagesblatt*. Der hat gestern Nachmittag bei uns vor der Tür gestanden und Clemens jede Menge sauneugieriger Fragen gestellt. Und jetzt hat er rein zufällig Fotos von uns gemacht.«

Mehr brauchte Alexei nicht zu hören. Mit einem Satz war er auf den Beinen und bei dem jungen Journalisten, den Leos Attacke durchaus zu belustigen schien. Als Alexei sich vor ihm aufbaute, einen halben Kopf größer und deutlich breiter im Kreuz, grinste der Herr Journalist zwar immer noch, allerdings mit einem nervösen Blinzeln.

»Moritz Petersen«, stellte er sich vor. »Eine interessante Sache, die in diesem verschlafenen Dorf passiert ist. Ein bisschen Hinterwäldler-Grusel im Hochsommer. Du bist doch Alexei Leanca und kanntest die beiden Opfer, richtig?«

Alexei hatte nicht vor, sich auf dieses Pseudogeplaudere einzulassen. »Haben Sie uns bereits vorm Revier aufgelauert?«

Moritz Petersen schnaufte durch die Nase. »Gute Journalisten sind da, wo etwas passiert. Und so, wie du aus dem Laden getorkelt bist, verrät mir mein Instinkt, dass ich genau zur richtigen Zeit am richtigen Ort war.« Als Alexei einen Schritt auf ihn zumachte, wich Petersen allerdings hastig zurück. »Hör mal, ich weiß, was für ein Bursche du bist. Du fackelst nicht lange, heißt es. Das ganze Dorf zerreißt sich das Maul über dich. Nicht nur wegen deiner beiden erschlagenen Arbeitgeber, sondern auch weil du berühmt dafür bist, keine Gelegenheit auszulassen, um auf die Kacke zu hauen. Du bist ein ganz Gefährlicher, was?«

Leicht wie ein Schmetterlingsflügel landete Leos Hand auf Alexeis Oberarm. »Lass gut sein, der Typ will dich nur provozieren. Ist doch klar, der bekommt keine anständige Story zusammen, darum versucht er es jetzt bei dir.«

»Deine Freundin ist echt smart. Zu smart für einen Aushilfsgärtner, sollte man meinen.« Obwohl Moritz Petersen immer noch einen gewissen Sicherheitsabstand einhielt, schien er das Ganze sichtlich zu genießen. »Aber vielleicht bist du ja gar kein echter Aushilfsgärtner. Wie war noch mal der Nachname?

Leanca? Voll selten. Aber ich habe einen Leanca gefunden, im schicken Hamburg. Dem gehört so ein hoch spezialisiertes Software-Unternehmen, das seit ein paar Jahren massenhaft Kohle scheffelt. Einer der beiden Söhne des erfolgreichen Herrn Leanca heißt übrigens auch Alexei. Witziger Zufall, was?«
»Wenn du nicht willst, dass ich dir was aufs Maul haue, verpisst du dich jetzt besser«, raunte Alexei.
»Klar, ich verpisse mich und rufe dann mal bei Herrn Leanca in Hamburg an und frage ihn, was sein Erstgeborener eigentlich für eine Scheiße gebaut hat, dass er sich im Niemandsland verkrochen hat und als Hobby Leute zusammenschlägt. Also, wie sieht es aus: Quatschen wir ein bisschen?«
Ein Teil von Alexei begriff, dass ihm nichts anderes übrig blieb, als mit diesem widerlichen Typen zu verhandeln. Petersen würde so oder so eine Geschichte über ihn stricken – und er hatte nur diese eine Möglichkeit, sie zu beeinflussen. Einem anderen Teil von ihm war das allerdings vollkommen egal, er dachte nicht, sondern handelte.
Und dieser Teil war stärker.
Alexei streifte Leos Hand ab, schob sie vorsorglich ein Stück beiseite, dann holte er aus und donnerte Moritz Petersen die Faust ins Gesicht.
Der Journalist taumelte zurück, während ihm die Kamera aus der Hand fiel und klackend auf den Boden schlug. Mit blutiger Nase starrte er Alexei ungläubig an, der ihm bereits nachsetzte, den Arm zu einem weiteren Schlag erhoben.
Doch da hatte Leo auch schon Alexeis gebrochenes Handgelenk gepackt und riss so heftig an seinem Gips, dass ein jäher

Schmerz durch seinen Körper fuhr. Fluchend ließ er von dem Journalisten ab.
»Das reicht jetzt«, verkündete Leo heiser. Ihr Kiefer zitterte. Schwer zu sagen, ob vor Wut oder weil sie kurz davor stand, in Tränen auszubrechen. So oder so – ihr Anblick war für Alexei kaum zu ertragen. Sein ganzer blinder Hass war mit einem Mal wie weggewischt.
»Tut mir leid.« Mehr brachte er nicht heraus.
Leo musterte ihn noch einen Augenblick, dann hob sie Moritz Petersens kaputten Fotoapparat auf, weil der noch damit beschäftigt war, seine ramponierte Nase zu betasten.
»Was würde Ihr Chef wohl dazu sagen, dass Sie einem Achtzehnjährigen und seiner minderjährigen Freundin auflauern und sie zu erpressen versuchen?«
Moritz Petersen blitzte Leo zornig an. »Dein Aggro-Freund hat mir eben die Nase zu Brei geschlagen.«
»Ja, aber nur, weil Sie ihn dazu gezwungen haben. Ich stand dabei, ich habe genau gehört, was Sie gesagt haben. Das war versuchte Nötigung und gegen jede Journalistenethik. Und wie Sie schon sagten: Alexeis Vater hat jede Menge Kohle und kennt bestimmt ein paar wirklich gute Anwälte. Ich würde mir an Ihrer Stelle gründlich überlegen, ob das die Story wert ist.«
»Ist mir scheißegal, wen der Herr Papa von diesem Gewalttäter kennt. Der hat mir ohne Vorwarnung eine runtergehauen, der gehört in Therapie, oder besser gleich in den Knast.«
Innerlich stimmte Alexei dem Journalisten zu: Er hatte sich eindeutig nicht unter Kontrolle. Verzweifelt suchte er nach Leos Blick, denn er brauchte dringend die Bestätigung, dass sie sich trotzdem nicht angewidert von ihm abwandte. Nicht jetzt, ob-

wohl das sicherlich das Beste für sie wäre. Trotzdem würde er es gerade nicht ertragen können. Später vielleicht, aber nicht jetzt.

Doch Leo konzentrierte sich nach wie vor auf den bockigen Moritz Petersen. »Andererseits …«, sagte sie. »Wenn ich mich hier so umsehe, dann sind wir drei die Einzigen im Park. Alle anderen scheinen am Sonntagvormittag etwas Besseres zu tun zu haben. Dann hat wohl auch niemand gesehen, wie Ihnen die Kamera runtergefallen ist und es einen Zusammenstoß gab, als Alexei sich gleichzeitig mit Ihnen danach gebückt hat.«

»Das ist ja eine total dreiste Lüge. Respekt.« Moritz Petersens Grinsen geriet zu einer Grimasse. »Aber dir ist schon klar, dass ihr damit niemals durchkommen würdet, oder?«

Scheinbar gelassen zuckte Leo mit den Schultern. »Lassen wir es drauf ankommen. Zwei gegen einen – das ist eine ziemlich eindeutige Kiste, wenn Sie mich fragen.«

Moritz Petersen blickte abwechselnd von Leo zu Alexei, der ihn allerdings überhaupt nicht mehr wahrnahm. Für ihn gab es nur noch Leo.

»Ihr beiden seid ja echt ein krankes Pärchen«, verkündete der Journalist. Dann schnappte er sich die Überbleibsel seiner Kamera und verzog sich, wobei er sich den Ärmel seines Sommermantels unter die immer noch blutende Nase hielt.

»Den sind wir erst einmal los«, sagte Leo. »Lass uns zusehen, dass wir auch schleunigst wegkommen.«

Alexei schloss die Augen. Solange er sie ansah, würde er nicht schaffen, was er tun musste. »Nein.«

Verblüfft schnappte Leo nach Luft. »Was meinst du mit ›Nein‹?«

»Wir beide sollten nirgendwo gemeinsam hingehen. Der Typ hat recht: Ich bin vollkommen kaputt. Und wenn du weiterhin mit mir zusammen bist, geht auch in dir etwas kaputt. Das eben hätte nie passieren dürfen. Mit einem normalen Freund wäre dir das niemals passiert.«

»Es ist doch nicht deine Schuld, dass dieser Schmierfink uns aufgelauert hat und dich erpressen wollte.«

»So einfach ist das nicht. Seit der Sache mit Lew ziehe ich das Unglück an. Alles, was ich anfasse, zerbricht. Mein ganzes Leben ist eine einzige Katastrophe, und alle Menschen, die mir nah sind, werden mit ins Unglück gerissen. Erst meine Familie, dann Viktor und jetzt du. Ich bin reines Gift für dich, begreifst du?«

»Ich begreife nur, dass ich für dich da sein muss, wenn ich dich will. Und das will ich. Unbedingt. Wir schaffen das.«

Die Schwärze kehrte zurück, dieses Mal jedoch langsam, gleitend. Sie breitete sich in Alexei aus, und es fühlte sich wie eine Gnade an. Er wollte nichts anderes, als sich ihr zu ergeben, sich in sie fallen zu lassen und zu verschwinden. »Geh mit deinem Vater nach Berlin«, sagte er ruhig, fast tonlos.

»Auf keinen Fall«, hielt Leo dagegen.

Nun zitterte ihr Kinn nicht nur, sondern sie weinte tatsächlich. Die Tränen liefen ihr über die Wangen, ohne dass sie sich die Mühe machte, sie fortzuwischen. Im Gegensatz zu ihm hielt sie den Schmerz aus. Sie war stark, sie würde darüber hinwegkommen.

»Du bist doch so gut im Helfen, Leo. Tu mir einen letzten Gefallen und hilf dir selbst. Sieh zu, dass du von mir wegkommst, bevor auch in dir etwas kaputtgeht. Denn du siehst ja an mir: Was zerbrochen ist, bekommt man nicht wieder heil.«

»Du bist so viel mehr als ein kaputtes Spielzeug, das ich einfach so zur Seite lege, weil ich keinen Spaß mehr daran habe.«
Alexei begriff, dass Leo nicht nachgeben würde. Alles, was sie über ihre Gefühle sagte, war wahr. Das wusste er, weil er das Gleiche für sie empfand. Genau aus diesem Grund hatte er keine andere Wahl. Er musste sie zum Gehen zwingen.
»Leo, ich habe nicht die Geduld, mich mit dir rumzuplagen. Also geh jetzt, bevor ich mich vergesse.«
Die Verwirrung in ihren Augen brachte ihn fast um.
»Geh jetzt«, wiederholte er kaum hörbar.
Doch sie stand weiterhin da, leicht schwankend zwar, aber unbeirrt. Für einen wunderschönen Augenblick stellte er sich vor, wie er die Hand nach ihr ausstreckte, nach ihr griff, um sie an sich zu ziehen und ihr das Gesicht trocken zu küssen, während er ihr zuflüsterte, dass alles gut werden würde. Dann war der Moment auch schon vorbei und die Erkenntnis doppelt schmerzhaft: Es würde nichts gut werden, solange er in ihrem Leben war. Also gab es nur einen Weg. Anstatt die Hand auszustrecken, versetzte er ihr einen Stoß gegen die Schulter.
»Hörst du schlecht?«
»Alexei, tu das nicht.«
»Dann geh endlich. Oder muss ich erst richtig grob werden? Du weißt, dass ich kein Problem damit habe.«
Sie sah ihn an. Und in diesem Moment begriff er, dass er verloren hatte. Er konnte es nicht durchziehen. Egal, wie richtig es war, er brachte nicht die Kraft auf, ihr den entscheidenden Schlag zu geben.
»Geh«, war alles, was er herausbrachte.
»Wie du willst.«

Zu seiner Erleichterung drehte Leo sich um und ging tatsächlich. Ein wenig unsicher, aber trotzdem mit erhobenem Haupt. Er wartete, bis sie außer Sichtweite war, dann ließ er die Dunkelheit kommen und sich von ihr mitnehmen.

33

Leo saß gedankenverloren am Küchentisch, als es an der Eingangstür klopfte.
Die Klingel funktionierte noch nicht, wie so manches andere auch, woran sich allerdings so schnell nichts ändern würde.
Leicht benommen betrachtete sie ihre Hand, in der sie einen Toast hielt. Komisch, sie konnte sich gar nicht daran erinnern, sich etwas zu essen gemacht zu haben. Sie musste auch erst einen Blick auf die Uhr werfen, um herauszufinden, ob der Toast fürs Frühstück oder als Mittagessen gedacht war. Fast elf Uhr am … Sie strengte sich an. Am Montag.
Seit vierundzwanzig Stunden hatte Alexei sie aus seinem Leben verbannt.
Übelkeit, kalter Schweiß, ein unkontrollierbares Zittern ihrer Hände, als würde sie ein Stromkabel halten.
Leo stand neben sich und schaute ihrem Körper dabei zu, wie er immer wieder aufs Neue auf den Schock reagierte. Sogar aus ihrem kurzen Schlaf in der Nacht war sie aufgeschreckt. Und jedes Mal fühlte es sich gleichermaßen beängstigend an, die Reaktion nutzte sich nicht ab. Traumata, dachte Leo. Ich bin traumatisiert. Der Moment des Verlassenwerdens hat sich mir eingebrannt wie ein Brandzeichen, nur dass der Schmerz nicht nachlässt wie bei einer echten Wunde. Es war ihr immer noch ein Rätsel, wie sie es überhaupt zurück an den See geschafft

hatte. Und wie sie es seitdem aushielt, nicht in den Garten hinauszublicken.
Das Klopfen an der Tür riss sie aus ihrer Versunkenheit.
Leo legte den Toast auf die Tischplatte. An einen Teller hatte sie allem Anschein nach nicht gedacht.
Der Garten … Sie brauchte sich auf dem Stuhl bloß umzudrehen und aus dem Fenster zu blicken, dann würde sie Alexei vielleicht sehen. Kniend an einem Beet oder … Nein, rief sie sich zur Ordnung. Diese Bilder machten alles nur schlimmer, diese Illusion von Normalität, während sie auf dem Scherbenhaufen der Wirklichkeit saß.
Aber wenn sie ihn sehen würde … Was würde sie dann tun?
Diese Frage quälte Leo noch stärker als der Trennungsschmerz. Als er sie gestern gezwungen hatte, sich von ihm abzuwenden, da hatte sie begriffen, dass es für sie beide lediglich eine Chance gab: Alexei musste den Platz an ihrer Seite wollen. Nicht einfach nur wünschen und hoffen, sondern mit allem, was ihn ausmachte, wollen. Das Bedürfnis musste stärker sein als seine Ängste. Als Leo den Park verlassen hatte, war sie noch der festen Überzeugung gewesen, dass es ihm gelingen würde. Dass er die Trennung – genau wie sie – nicht aushalten würde. Wie auch? Nach allem, was zwischen ihnen geschehen war, was sie miteinander verband. Sie hatte damit gerechnet, dass seine Hand jeden Augenblick auf ihrer Schulter liegen würde, dass er sic zurückhielt und nicht wieder losließ. Irgendwann hatte sie sich jedoch eingestehen müssen, dass sie sich sogar die Schritte, die sie so deutlich hinter sich zu hören glaubte, nur einbildete.
Sie war allein.
Es klopfte erneut, dieses Mal eindringlicher.

Und wenn das jetzt Alexei ist?, hauchte eine Stimme in ihrem Inneren.

Doch Leo wusste es besser.

Bestimmt war es die Polizei, der noch eine Frage eingefallen war oder die sich in dem Park, dem Viktor Kranz sein Leben gewidmet hatte, umschauen wollte. Denkbar waren auch besorgte Dorfbewohner, die sich Antworten darauf erhofften, wie es sein konnte, dass plötzlich zwei Menschen in ihrem Umfeld eines gewaltsamen Todes gestorben waren. Vielleicht kam sogar Joschi auf einen Besuch vorbei, obwohl es schwer vorstellbar war, dass er brav anklopfte.

Mit tauben Gliedern stand Leo auf. Als sie vor der Tür stand, rieb sie sich noch einmal das Gesicht, um mögliche Tränenspuren zu verwischen, dann drückte sie die Klinke runter. »Hi«, sagte sie überrascht, als sie sah, wer vor der Tür stand. »Ich dachte schon, du hättest dich nach einem neuen Job umgesehen.«

Elena zuckte verlegen mit den Schultern. »Nein, nein. Ich bin nur nicht gekommen wegen der vielen Polizisten. Besser, wenn ich denen nicht begegne.«

»Verstehe.«

Leo trat zur Seite, damit Elena hineinschlüpfen konnte. Besonders viel Platz brauchte sie dazu nicht, die junge Frau war noch schmaler als beim letzten Mal. Offenbar zehrte dieser Sommer nicht bloß an Leos Kräften.

»Noch mehr Schrammen?«, fragte Elena.

»Wie bitte?« Dann fielen Leo wieder die Kratzer von den Rosendornen bei ihrem letzten Treffen ein. »Ach so. Nein. Oder doch, aber nicht am Körper.« Sie atmete tief durch. »Und wie geht es dir?«

Elena zuckte mit den Schultern.
»Willst du gleich mit deiner Arbeit anfangen oder hast du noch Zeit für einen Kaffee?« Die Worte kamen wie von selbst, aber Leo hätte sie auch so gestellt. Sie war äußerst dankbar für ein wenig Ablenkung.
»Zeit habe ich«, sagte Elena. »Aber dein Vater?«
Was sollte schon mit Clemens sein? Die Frage lag Leo bereits auf der Zunge, dann begriff sie, worum es eigentlich ging: Elena machte sich Sorgen, dass der Herr des Hauses etwas dagegen haben könnte, wenn seine Putzfrau plötzlich Kaffee trinkend in der Küche saß, anstatt die Böden zu schrubben.
»Mein Vater musste beruflich nach Berlin, außerdem gibt es gar nicht so viel zu erledigen. Bad und Küche habe ich schon gemacht, weil ich nicht damit gerechnet habe, dass du noch auftauchst.«
»Es war nicht gut von mir, nicht zu kommen.« Elenas Finger verknoteten sich ineinander. »Aber alles ist so durcheinander, schlimm. Ich wollte schon weggehen aus Havelseck, hatte schon eine Mitfahrgelegenheit, dann bin ich doch geblieben. Es gibt nämlich jemanden …« Ihre Wangen verfärbten sich unter dem Make-up.
Leo hatte so eine Ahnung, um wen es sich bei diesem speziellen Jemand handelte, so in Richtung Rastalocken und mit einem frechen Grinsen. Zum ersten Mal an diesem Morgen verspürte sie ein wenig Wärme. Als hätte sie an einem stürmischen Tag unvermittelt ein Sonnenstrahl gestreift. »Das freut mich«, sagte sie.
Trotzdem knabberte Elena unruhig auf ihrer Unterlippe herum. »Außerdem gefällt mir die Arbeit bei euch. Euer Haus ist schön,

viel schöner als die anderen Häuser, in denen ich putze. Und du bist nett, und dein Vater zahlt, ohne Theater zu machen oder ohne Abzüge, weil ich nicht ordentlich genug arbeite.«

»Dass du hier nicht aufgetaucht bist, während die Polizei da war, ist vollkommen okay«, versicherte Leo. »Du brauchst deshalb wirklich kein schlechtes Gewissen zu haben.«

Noch immer rührte Elena sich nicht von der Stelle.

Entschlossen hakte Leo die junge Frau unter, nahm sie mit in die Küche und platzierte sie auf einem Stuhl. Dann begann sie den Tisch einzudecken, wobei sie die Toastscheibe unauffällig verschwinden ließ. Obwohl Leo sie bislang nur einmal getroffen hatte, mochte sie Elena. Sie wirkte einerseits so zart und zerbrechlich, zeigte andererseits aber auch eine ungeahnte Stärke. Ihr Veilchen damals hatte bewiesen, dass sie sich gegen Horst Bender aufgelehnt hatte, und sie hatte sich auch nicht wie ein Blatt im Wind weiterwehen lassen, sondern war trotz ihrer Angst zum Bleiben entschlossen. Wie auch immer Elenas Geschichte lauten mochte, Leo wünschte ihr inständig, dass sie gut ausging. Und wenn sie ihr dabei ein wenig unter die Arme greifen konnte, sollte ihr das recht sein.

»Das Haus ist so groß, dass eigentlich jemand mehrmals die Woche nach dem Rechten sehen müsste«, dachte Leo laut nach, während sie Wasser in die Kaffeemaschine gab. »Vor allem, weil mein Vater nach dem Sommer bestimmt nur noch gelegentlich vorbeischauen wird. Dabei braucht die Villa regelmäßige Pflege.«

Elena nickte eifrig. »Alte Häuser brauchen Liebe.«

Es fühlte sich unheimlich gut an, zu beobachten, wie Elena plötzlich ein Stück aufrechter saß. Kurz überlegte Leo, ob sie

Elena überhaupt Hoffnung machen durfte. Andererseits brauchte Clemens jetzt nach Viktors Tod dringender denn je eine gute Seele, die sich um das Haus kümmerte. »Ich weiß ja nicht, wie viele andere Jobs du sonst noch so hast, aber ich könnte meinem Vater vorschlagen, dass du drei- oder viermal die Woche vorbeikommst und dich um alles kümmerst.«

Nun gingen Elenas Augen weit auf. »Wirklich?«

»Ich spreche meinen Vater gern darauf an, auch wenn ich natürlich nichts versprechen kann.« Je länger Leo darüber nachdachte, desto mehr Sinn machte die Idee. »Man könnte auch überlegen, ob du nicht ein Zimmer in der Villa beziehst. Besonders im Winter ist das wichtig, da muss sich schließlich einer um den alten Ofen kümmern. Ganz davon abgesehen, dass in ein leer stehendes Haus schnell mal Leute einsteigen.«

Nach diesem Gedankenspiel lief das Frühstück wie von selbst. Elena überlegte eifrig, wofür sie alles die Verantwortung übernehmen könnte, beschrieb ihre Fähigkeiten im Glühlampen-Austauschen und im Parkett-Ölen. Irgendwann stockte sie jedoch.

»Und der Garten? Der muss doch auch gemacht werden … Jetzt, wo Herr Viktor tot ist und dieser Alexei … den holt bald die Polizei, sagen sie im Dorf.«

Und schon wieder: Übelkeit, kalter Schweiß, Händezittern. Das ganze Programm.

»Alles gut?«, fragte Elena besorgt.

Zu ihrer eigenen Überraschung gab Leo ein raues Lachen von sich. »Im Großen und Ganzen ist alles eine ziemliche Katastrophe.«

»Es geht um diesen Alexei, ja?« Als Leo bloß verblüfft dreinschaute, hob Elena entschuldigend die Hände. »Ich bin eine Freundin von Joschi, ja? Er meinte, Alexei sei … schwierig.«

»Das hat Joschi über Alexei gesagt?«

Sofort schlug Elena eine Hand vor den Mund, als könne sie damit rückgängig machen, dass sie sich verplappert hatte. »Das war nicht böse gemeint! Joschi hat nur ein paar Geschichten erzählt, und da war dieser Alexei manchmal … Er ist schnell wütend und schlägt sich gern.«

»Manchmal«, gab Leo widerwillig zu.

»Und er macht Sachen, die er besser nicht machen sollte. So … unberechenbar.«

Leo murmelte etwas Unverständliches, während sie mit der Hand Toastkrümel vom Tisch fegte.

»Ich will nix schlechtmachen, das habe ich ja alles nur gehört«, versuchte Elena die Stimmung aufzubessern. »Außerdem ist er hübsch, dieser Alexei. Die Haare … sein Körper. Ich habe ihn ja gesehen.«

»Ich weiß, neulich bei uns im Garten.«

»Genau, als wir aus dem Fenster geschaut haben. Und vorher auch schon einmal, aber da nur kurz.« Als Leo verblüfft die Augenbrauen hochzog, nickte Elena entschieden. »Kennst du die Baracke draußen vorm Dorf, wo einige von uns Arbeitern schlafen?«

Leo musste einen Moment überlegen. »Ich habe davon gehört. Wohnst du da etwa auch?« In ihrer Phantasie war die Baracke nicht mehr als eine Ruine, in der ein Dutzend schweigsamer Arbeiter hauste. Im Leben hätte sie sich nicht vorstellen können, dass dort auch Frauen, vor allem so junge wie Elena, untergebracht waren.

Augenblicklich wurde Elena rot im Gesicht. »War Notfall. Jetzt habe ich ein Zimmer mit zwei anderen Frauen im Dorf.« Es schwang mit, dass auch diese Lösung nicht gerade ideal war. »Jedenfalls habe ich Alexei bei der Baracke gesehen. Aber wusste nicht, wer er ist«, fuhr sie fort. »Sonst hätte ich auch nix gesagt.«

»Wie meinst du das?«

»Na, dass ich vor ein paar Tagen jemanden gesehen habe, der draußen vor dem Fenster rumgeschlichen ist. Es war Nacht, und ich hatte mich so erschreckt! Weil … Es ist nicht einfach, die einzige Frau unter lauter Männern zu sein, die kommen dann manchmal auf dumme Ideen.«

»Das muss am vorletzten Freitag gewesen sein, als Alexei und Bender aneinandergeraten sind.«

Zu Leos Überraschung schüttelte Elena den Kopf. »Nein, die Schlägerei war einen Tag vorher. Danach hat Bender geschimpft, immerzu geschimpft. Auch am nächsten Abend, sogar noch schlimmer. Die Männer mussten die halbe Nacht mit ihm trinken. Ich stand am Fenster und dachte: Pack deine Sachen und lauf weg. Aber dann habe ich ihn gesehen, am Waldrand. Wie ein böser Geist.«

»Alexei?«

Elena nickte.

»Und da bist du dir auch wirklich sicher? Ich meine, wenn jede Menge Schnaps im Spiel war …« Leo konnte den Argwohn in ihrer Stimme kaum unterdrücken. Am liebsten hätte sie Elena aufgefordert, ihre Spukgeschichten für sich zu behalten.

»Ich trinke nicht. Nie.« In Elenas dunklen Augen funkelte es auf. »Ich weiß genau, was ich gesehen habe. Es gibt hier nicht viele große, gut gebaute Männer. Außerdem habe ich sein Gesicht erkannt, auch wenn es im Schatten lag. Es war Alexei.«

»Unsinn.«

»Ich sage die Wahrheit. Er war wegen seiner Rache gekommen. Die Wut strahlte wie ein grelles Leuchten von ihm ab, ja?«

Ja, dachte Leo, das ist bei Alexei durchaus nicht ungewöhnlich. Trotzdem. »Und warum hast du dann mit keinem Wort erwähnt, dass du ihn schon mal gesehen hast, als wir ihn von meinem Fenster aus beobachtet haben?«

»Wir kannten uns da gerade erst ein paar Minuten. Jetzt willst du mir helfen, und auch Joschi sagt, dir kann man vertrauen.«

Leo schluckte. Das machte Sinn. »Es stand also jemand, der wie Alexei aussah, am Waldrand. Und dann?«

»Ich habe es den Männern erzählt, aber die waren alle betrunken und wollten nichts davon hören. Als ich noch mal rausgeschaut hab, war Alexei weg. Und Bender auch. Ich hab aber Benders Schritte gehört, draußen vorm Haus. Er ist hinter Alexei her. Keiner von beiden ist in dieser Nacht wieder zurückgekommen.«

Obwohl Leo genau verstanden hatte, was Elena ihr erzählte, erreichten sie die Worte nicht. Sie blieb ruhig, ganz kühl. »Woher willst du das mit Bender so genau wissen?«, fragte sie.

Elenas Blick wanderte unstet durch die Küche.

»Elena … Bitte, sag es mir.«

»Ich sollte Bender auf seinem Zimmer besuchen, spät am Abend, nach der Trinkerei. Er wollte etwas mit mir besprechen.« Elena schnaufte abfällig.

In diesem Moment begriff Leo, warum Elena so kalt über ihren ermordeten Chef sprach: Er hatte sie nicht nur geschlagen, er

hatte viel mehr gemacht. Sie war die einzige Frau gewesen … in der Baracke, wo die Männer auf dumme Ideen kamen.
Elena schien ihr am Gesicht abzulesen, dass sie, das reiche Mädchen, endlich begriffen hatte. »Deshalb wollte ich auch weg. Aber dann bin ich geblieben, in Benders leerem Zimmer, und hab gewartet. Ich war mir sicher, dass er nicht zurückkommen wird.«
Die Schwere dieser Aussage traf Leo wie ein Schlag in den Magen. »Das kann nicht Alexei gewesen sein, das war jemand anders. Es ist schon dunkel gewesen, bestimmt zu dunkel, um ihn richtig zu erkennen.«
Doch Elenas Ausdruck ließ keinen Zweifel zu. »Draußen brannte noch die Feuerstelle, und auf den Zimmern waren die Lampen an. Es gibt dort kaum Vorhänge, ja? Es war Alexei, ich hab ihn gesehen, wirklich gesehen. Und verstanden, weshalb er gekommen war. Aber du musst keine Sorge haben, ich werde es nicht weitererzählen. Ich bin froh, dass Bender tot ist. Alles andere ist mir egal.«
Leo vergrub stöhnend ihr Gesicht in den Händen. Trotzdem hatte das, was Elena gesehen hatte, nicht unbedingt etwas zu bedeuten. Alexei war an jenem Samstag irgendwo im Wald unterwegs gewesen, vollkommen neben sich stehend, heimgesucht von Flashbacks und Gedächtnisaussetzern. Wen wunderte es da, wenn es ihn zu dem Ort, an dem er gerade erst eine Niederlage eingesteckt hatte, zurückgekehrt war? Das bedeutete noch lange nicht, dass er Bender auch getötet hatte.
Ohne dass Leo es bemerkte, war Elena neben sie getreten und legte ihr eine Hand auf die Schulter. »Ich habe dir mit der Wahrheit wehgetan, das wollte ich nicht. Vielleicht war es doch ein

anderer, einer von den Männern aus der Baracke, der zusehen wollte, was Bender mit mir anstellt. Das klingt richtig, oder?«

»Nein, tut es nicht«, sagte Leo erschöpft. »Weiß noch jemand davon? Ich meine, außer mir?«

Elenas Hand zuckte zurück, als habe Leo nach ihr geschlagen. »Ich erzähle es nicht rum. So bin ich nicht! Nur Joschi weiß es. Und der hat mir auf die Bibel versprochen, dass er es für sich behält. Joschi und ich, wir können schweigen.«

Erleichtert atmete Leo auf. »Bei Joschi ist die Geschichte sicher. Und ich will dir keinen Vorwurf machen, Elena. Es ist nur alles etwas viel im Moment.«

»Alles wird gut«, behauptete Elena mit erstaunlich fester Stimme. »Versprochen.«

34

Alexei hatte keine Ahnung, wie er die Zeit zugebracht hatte, nachdem Leo ihn im Park verlassen hatte. In seinem Gedächtnis klaffte eine riesige Lücke, und zum ersten Mal war er froh darüber. Sich nicht zu erinnern war manchmal auch eine Wohltat.

Die Morgendämmerung brach an. Vielleicht war es aber auch abends, und das Licht nahm gerade ab … Er wusste es nicht.

Schwerfällig richtete er sich auf, woraufhin prompt ein Schmerzblitz durch sein gebrochenes Handgelenk jagte. In seinem Gips klaffte ein Sprung, seine Hände waren heillos zerschrammt und mit Erde beschmutzt, die Nägel blutig eingerissen und sein T-Shirt zerrissen, von seiner Jeans ganz zu schweigen. Kurzum, er sah so aus, wie er sich fühlte: zerschlagen und dreckig.

In einer Schublade lag eine Rolle mit braunem Klebeband, mit dem man normalerweise Pakete verschloss. Jetzt wickelte Alexei das Band um den aufgeplatzten Gips, obwohl er den Schmerz kaum aushielt. Hauptsache, er kippte, falls er ohnmächtig wurde, nicht auf den verletzten Arm. Die Vorstellung hielt ihn bei Bewusstsein, und als der Gips einigermaßen aussah, riss er das Klebeband mit den Zähnen durch.

Schwer atmend saß Alexei da.

Irgendwann brachte er die Kraft auf, sich umzusehen. Er war im Gartenhaus, und wie beim letzten Mal, als er nach einem

Blackout wieder zu sich gekommen war, war der Raum verwüstet. Bücher lagen zerrissen herum, der Schrankinhalt war achtlos auf den Boden geworfen worden, und die Pritsche lag auf der Seite. Und er fand sich mitten in diesem Chaos wieder wie eine weggeschmissene Puppe. Nein, falsch. Er war nicht zum Opfer dieser Vernichtungsorgie geworden wie das zusammengeliehene Geschirr oder das aufgeschlitzte Kissen. Ganz im Gegenteil.

Das bist du gewesen, begriff Alexei. Du hast alles eigenhändig kurz und klein geschlagen, genau wie bei deinem ersten Blackout. Von wegen Bender – du bist hier der geheimnisvolle Zerstörer.

Alexei saß zwischen seinem restlos ramponierten Hab und Gut und brachte nicht die Kraft auf, sich zu irgendetwas aufzuraffen. Alles, was er jetzt noch tun konnte, war aufstehen und gehen, den Trümmerhaufen zurücklassen oder am besten noch in Brand stecken. Es war ja eh alles kaputt und sinnlos. Und es war allein seine Schuld.

Unwillkürlich ging sein Blick zum Fenster. Dort draußen lag der Park, und irgendwo hinter den strahlend weißen Mauern der Villa war Leo. Falls sie überhaupt noch da war. Nach dem, was er ihr angetan hatte, war es wahrscheinlicher, dass sie ihren Vater gebeten hatte, sie sofort abzuholen. Denn wer wollte schon in der Nähe eines unberechenbaren Irren sein? Von Liebe einmal ganz abgesehen. Was zwischen Leo und ihm herangewachsen war, hatte er niedergebrannt mit dem Hass, der in ihm schwelte. Im Zerstören war er wirklich unschlagbar.

Ein wildes Tosen stieg auf aus dem Abgrund, in den sich seine Seele verwandelt hatte. Wenn es ihn nicht überwältigen und zu einer noch schlimmeren Entgleisung verleiten sollte, gab es nur eine Möglichkeit – und Alexei nutzte sie. Er stemmte sich auf die Füße und taumelte zur weit offen stehenden Tür. Dann rannte er los. Wohin war egal, Hauptsache fort, so wie er es immer tat, wenn er nicht weiterwusste. Zumindest im Weglaufen war er gut.

Es war die Abenddämmerung und nicht das Morgengrauen gewesen, das sich bei Alexeis Aufwachen ausgebreitet hatte. Nun war es bereits dunkel, und nur ein paar vereinzelte Sterne erhellten die Landschaft.

Schwer atmend blieb Alexei stehen, allerdings nicht, weil er vor Erschöpfung nicht weiterkam, sondern weil der Weg endete. Vor ihm ragte ein verlassen aussehendes Gebäude auf, dessen Fenster mit Zeitungspapier zugeklebt waren. Entlang der Hauswand standen Gartenmöbel, die jemand vom Sperrmüll mitgenommen hatte, und in zu Pflanztöpfen umfunktionierten Bohnendosen welkten Tomaten neben leeren Schnapsflaschen. Alexei war ohne Absicht vor der Baracke gestrandet, in der Bender seine Schwarzarbeiter gegen eine überhöhte Miete hatte wohnen lassen. In einer dieser Abstellkammern hatte auch er seine ersten Nächte in Havelseck verbracht.

Allem Anschein nach waren die Arbeiter nach Benders Tod weitergezogen, oder Raddatz hatte sie woanders untergebracht. Verlassene Gebäude gab es in dieser Gegend schließlich genug.

Alexei versuchte sein Glück an der Vordertür, die jedoch verschlossen war. Genau wie die Hintertür. Doch deren Schloss gab sofort nach, als er sich einmal kräftig dagegenwarf. Den Trick hatte ihm ein rumänischer Arbeiter beigebracht, der ebenfalls

keinen eigenen Schlüssel besaß und sein Kommen und Gehen nur ungern hatte kontrollieren lassen.
Im Hausflur roch es stockig und nach verdorbenen Essensresten. Eigentlich rechnete Alexei damit, dass der Strom bereits abgestellt war. Als er jedoch den Schalter umlegte, brannte eine nackte Glühbirne auf. In einem der abzweigenden Räume gab es ein Waschbecken, sodass er trinken und sich das verschwitzte Gesicht waschen konnte. Sorgfältig vermied er den Blick in den darüberhängenden Spiegel, unsicher, ob er jemals wieder den Mut aufbringen würde, sich selbst in die Augen zu sehen. Jetzt musste er sich eh aufs Wesentliche konzentrieren. Vielleicht fand er ein paar abgelegte Klamotten oder etwas zu essen. Ja, etwas zu essen wäre nicht schlecht, ansonsten käme er nicht mehr weit.
Alexei schlenderte den Flur entlang, inspizierte einen Raum nach dem anderen, doch in keinem war etwas Nützliches zurückgeblieben. Wie auch? Die Leute, die hier gehaust hatten, besaßen nichts, wovon sie sich leichten Herzens trennten.
Gerade als Alexei aufgeben wollte, hörte er das Geräusch.
Einen unterdrückten Schrei.
Sofort stellten sich seine Nackenhaare auf, während er mitten im Gehen erstarrte. Aufmerksam lauschte er, doch mehr als sein schweres Atmen war nicht zu hören. Hatte er sich getäuscht?
Halluzinationen – genau das Symptom hat dir bei deiner Belastungsstörung noch gefehlt. Glückwunsch, dachte Alexei.
Trotzdem starrte er in die Richtung, aus der er den Schrei zu hören geglaubt hatte. Der Flur beschrieb einen Knick, und nun erinnerte er sich, was hinter der Ecke lag. Horst Bender hatte hier ein Zimmer bezogen gehabt, für den Fall, dass er es nach

einem trinkseligen Abend nicht nach Hause schaffen sollte. Alexei erinnerte sich zu gut an diese Zwangsveranstaltungen. Er hatte nicht lange gebraucht, um zu kapieren, dass sie vor allem dann stiegen, wenn übergangsmäßig Frauen in der Baracke untergebracht worden waren. Dann stand Benders Angeber-SUV noch am nächsten Morgen da.

Jetzt blickte Alexei um die Ecke. In diesem Abschnitt des Flurs funktionierte die Deckenbeleuchtung nicht, dafür sah er aber einen schwachen Lichtschein unter der geschlossenen Zimmertür zu Benders altem Reich. Er hatte sich also nicht getäuscht.

Genau in diesem Augenblick erklang ein Stöhnen, kaum hörbar und dumpf, als würde er durch einen Knebel gedämpft.

Hinter Alexeis Stirn lief unwillkürlich ein Film ab: ein abgelegenes Haus … jemand steigt ein … wird überwältigt … geknebelt … gefesselt und misshandelt, ehe man ihn in den nahe liegenden Wald verschleppt.

Angstschweiß brach ihm zwischen den Schulterblättern aus, während seine Füße sich wie von allein auf die Tür zubewegten. Es war wie in einem Traum, in dem er nur Zuschauer war, nicht mehr als ein Geist, der Zeuge von Gewalt und Irrsinn wurde, ohne eingreifen zu können. Nacht für Nacht fand er sich in dieser Lage wieder, ausgeliefert an sein geschädigtes Gehirn, das nicht damit aufhören konnte, zu jenem Moment zurückzukehren, der aus seinem Leben einen einzigen Albtraum gemacht hatte. Auch jetzt, da er behutsam die Klinke niederdrückte, wusste er nicht, ob das Ganze wirklich passierte. Es war einfach zu dicht an dem, was Lew und ihm zustoßen war. Eine endlose Teufelsspirale.

Und die Toten? Bender? Viktor? Jemand hat sie umgebracht, erschlagen …, erinnerte ihn eine Stimme. Vielleicht schlägt derjenige, der dafür verantwortlich ist, gerade wieder zu, während du dich hinter deinem kaputten Hirn versteckst, damit du dich ohne Gewissensbisse aus dem Staub machen kannst. Das darfst du aber nicht, du hast eine Schuld zu begleichen.

Und wenn ich die Tür öffne und mich selbst sehe, wie ich jemandem den Kopf einschlage?

Die Stimme verstummte.

Alexei betrat den kleinen Vorraum von Horst Benders ehemaligem Privatreich. Ein schwacher Lichtstahl fiel auf eine Kommode, die an der Wand stand. Darauf stand einer dieser potthässlichen Aschenbecher aus geschliffenem Kristall. Mit rasendem Puls griff Alexei danach, und seine Finger rutschten fast ab, so verschwitzt waren seine Hände.

Holz knarzte, stoßweise Atmung.

Mit pochendem Herzen trat Alexei auf den Durchbruch zu.

Ein spitzer Schrei, der einer Frau.

Alexei blieb so abrupt stehen, als wäre er gegen eine Glaswand gelaufen.

Was dort auf und ab zuckte war keine Faust, sondern ein nackter Männerhintern, eingekeilt zwischen zwei angewinkelten schlanken Beinen, die in zierlichen Frauenfüßen endeten. Rot lackierte Fingernägel verkrallten sich in einem Wust aus blonden Dreadlocks.

Während Alexeis Verstand begriff, dass er seinem Freund Joschi beim Vögeln zuschaute, wich die Anspannung aus seinen Muskeln, und der schwere Aschenbecher fiel mit Gepolter zu Boden. Der Blick, den Joschi daraufhin über seine Schulter warf, sprach Bände. Trotzdem konnte Alexei sich weder rühren noch einen Ton rausbringen.

Im Gegensatz zu Joschi. »Alter, könntest du dich bitte mal verpissen?«

Endlich kehrte das Leben in Alexei zurück. Er machte auf der Stelle kehrt und flüchtete ins Freie, wo er in schallendes Gelächter ausbrach.

35

Alexei hatte sich von seinem Lachanfall noch nicht erholt, als Joschi auch schon um die Ecke bog, die Jeans gerade mal so über die schmalen Hüften gezogen und mit einem roten Gesicht, das selbst im schwachen Lichtschein, der durchs Fenster fiel, leuchtete.

Shit, ist der sauer. Gleich macht es peng! – und Joschi explodiert wie ein Chinaböller, fuhr es Alexei durch den Kopf. Etwas an dem Wort »explodieren« sorgte dafür, dass er gegen seinen Willen erneut losprusten musste und von Lachsalven durchgeschüttelt wurde.

»Du findest die Aktion von eben also witzig, du Arsch«, fauchte Joschi prompt. Es war das erste Mal, dass Alexei seinen Kumpel ernsthaft wütend erlebte.

»Tut mir leid, Mann.« Alexei stützte sich mit der Hand auf den Oberschenkel, bis er sich wieder einigermaßen unter Kontrolle hatte. »Ich lache echt nur aus Erleichterung.«

»Lass die scheiß Witze. Ich weiß auch ohne deine Hilfe, dass ich normalerweise nicht der Frauenflachleger Nummer eins bin.«

»Nein, so meine ich das nicht. Ich habe ein Stöhnen gehört und dachte, da wird einer … keine Ahnung. Gefoltert oder so.«

Joschi verschränkte die Arme vor der Brust. Seiner Miene nach zu urteilen traute er Alexei nicht über den Weg. »Wie auch immer. Du hättest dich ja wenigstens lautlos zurückziehen können, nachdem du gepeilt hast, dass da niemandem die Haut abgezogen wird. Stattdessen veranstaltest du einen Heidenkrach. Weißt du, was passiert, wenn mitten in der Nummer plötzlich ein Kerl neben dem Bett steht und Maulaffen feilhält? Na los, rate mal.«

»Es tut mir echt megaleid, okay?«

»Verarsch mich nicht.«

»Nein, wirklich.«

Mit aller Gewalt unterdrückte Alexei ein Kichern, das ihn oben in der Kehle kitzelte. Mit einem Schlag wirkte alles so leicht, wie ein großer Witz. Als hätte er einen Schritt zur Seite gemacht und wäre in ein anderes Leben eingetreten, in dem das Übelste ein frühzeitig abgebrochener Fick war. Egal, was einem Krasses passierte, es war lediglich gutes Anekdoten-Material für die Zukunft, nur ein bisschen Pseudo-Drama eben. In ein paar Jahren, wenn Joschi und er endlich Land unter die Füße bekommen hatten und ein normales Leben führten, würden sie sich gegenseitig auf die Schulter klopfen. »Weißt du noch, wie du mit dem Aschenbecher bewaffnet reingepoltert bist, um mich zu retten? Und alles nur, weil mich diese Zaubermaus so zum Stöhnen gebracht hat.« So sollte das Leben aussehen, wenn man zwar bereits zum Sprung ins Erwachsenenleben angesetzt hatte, aber noch nicht angekommen war. Wild, verrückt und gerne auch jenseits von Gut und Böse. Aber niemals wie eine Sackgasse.

Als Alexei jedoch Joschis Gesichtsausdruck bemerkte, verging ihm das Lachen.

»Was machst du eigentlich bei der Baracke?«, fragte Joschi.

Alexei zuckte mit den Achseln. Allein die Vorstellung, darüber sprechen zu müssen, was ihn an diesen Ort gebracht hatte, schnürte ihm die Luft ab. Wie auf ein geheimes Signal hin sah er Leo, wie sie sich von ihm abwandte und ging. Von den vielen schrecklichen Momenten, mit denen die letzten Tage nur so gespickt gewesen waren, war dies der mit Abstand schlimmste gewesen.

Joschi schnaufte durch die Nase. »Du schweigst dich also mal wieder aus. Wie überraschend. Weißt du was? Ist mir egal, was bei dir Sache ist, behalt deine großen Geheimnisse ruhig für dich.«

»So ist es doch gar nicht«, wehrte Alexei ab.

»Lass stecken, ich tu mir das nicht länger an. Wenn ich so genau darüber nachdenke, dann will ich es auch gar nicht wissen. Mir reicht nämlich vollauf, was Elena mir erzählt hat.«

»Wer zur Hölle ist Elena? Ach so, die mit den rot lackierten Fingernägeln von eben.«

Bevor Alexei begriff, dass er eine Grenze überschritten hatte, verpasste Joschi ihm einen kräftigen Stoß vor die Brust. Alexei taumelte einen Schritt zurück, dann hatte er sich gefangen. Das wütende Aufflackern hinter seiner Stirn ließ sich da schon weniger einfach händeln. »Lass das lieber«, warnte er seinen Freund.

»Ach ja?« Joschi nahm die Fäuste hoch. Ein Möchtegern-Boxer, dem Alexei während ihrer Abende am Seeufer ein paar Schlagtechniken beigebracht hatte. »Schlägst du mich sonst auch tot?«

»Was meinst du mit ›auch‹?«

»Na, was wohl. Die Nacht, in der Bender ermordet wurde … Du warst hier, bei der Baracke. Und versuch gar nicht erst, mir was

anderes zu erzählen. Du wurdest nämlich gesehen. Hundertpro.«
»Lass mich raten: Von dieser Elena, richtig? Ist das eine von Benders Mitarbeiterinnen, die bei seinen Spezial-Vorstellungsgesprächen besonders gut abgeschnitten hat und dafür in diesem runtergekommenen Schuppen wohnen darf?«
»Red nicht so von ihr!«, schrie Joschi ihn an. »Und es ist auch schnurz, wer dich gesehen hat. Entscheidend ist nur, dass du hier warst, vermutlich total auf dem Rachetrip, weil Bender dich ausgeknockt hat. Wir wissen doch beide, dass es nicht viel braucht, um dich ausflippen zu lassen. Du schlägst halt gern zu.« Provozierend machte Joschi einen Schritt auf Alexei zu. »Das reiche Söhnchen, das einen auf wilden Burschen macht. Ja, da guckst du. Ich weiß Bescheid. Diese Outlaw-Kiste ist so eine Art Abenteuer, bevor du in Papis Fußstapfen trittst und dich mit ganzem Herzen dem Kohleverdienen widmest. Nur dass es bei Bender mit dir durchgegangen ist. Konntest es wohl nicht ertragen, vor ihm im Dreck gelegen zu haben, was?«
Alexei brachte kaum seine plötzlich tauben Lippen auseinander. »Was du da sagst, klingt nicht nach dir. Das hat dir jemand eingeflüstert.«
»Ist doch komplett egal. Wichtig ist bloß, dass ich jetzt weiß, wer du in Wirklichkeit bist: ein Lügner und ein Mörder.«
Als Alexei nur schweigend dastand, trat Joschi noch einen Schritt näher, bis er so dicht vor seinem Freund stand, dass sie sich fast berührten.
»Vielleicht bist du sogar ein Doppelmörder. Wie man so hört, ist der alte Viktor auch keines natürlichen Todes gestorben. Was war es bei ihm? Ist er dir auf die Schliche gekommen wegen dei-

ner Lügerei, oder hast du ihm die Sache mit Bender gebeichtet und er wollte dich anzeigen? Du sagst ja gar nichts.« Sichtlich angewidert trat Joschi zurück, als könne er die Nähe zu Alexei nicht länger ertragen. »Echt, du kotzt mich an.« Damit wandte er sich zum Gehen.

Alexei hob den Arm, senkte ihn dann jedoch wieder, unsicher, ob er seinen Freund wirklich nur zurückhalten wollte. Du schlägst halt gern zu … Die Anklage hallte immer noch von den Barackenwänden wider. Und sie stimmte. Wie oft hatte er in den letzten Monaten seine Fäuste erhoben – oft, ohne überhaupt eine bewusste Entscheidung dazu getroffen zu haben. Vielleicht wollte er jetzt auch Joschi für seine Anklagerede büßen lassen, besonders für den Teil, der wahr war.

»Joschi«, sagte Alexei leise.

Der Junge drehte sich um. In seinen Augen lag unerträglich viel verletzter Stolz. »Ich weiß echt nicht, was los ist. Ich meine, wir sind doch Freunde. Oder zumindest waren wir das. Irgendwie.«

Freunde, dachte Alexei. Ich habe einen Freund wie dich nicht verdient. Ich … Die Schwärze breitete sich schlagartig hinter seiner Stirn aus und tilgte seinen Selbstekel. Allerdings auch alles andere. Das Einzige, was er noch denken konnte, war »Bitte nicht«.

36

Leo konnte nicht sagen, wie sie den Tag zugebracht hatte, nachdem Elena gegangen war. Wenn sie schon geglaubt hatte, nach der Trennung von Alexei unter Schock zu stehen, dann fühlte sie sich jetzt wie abgeschaltet. Irgendwo in ihrem Kopf spukte die Nachricht herum, dass Alexei kurz vor Benders Ermordung bei der Baracke aufgetaucht war und der Bauleiter ihm in den nächtlichen Wald gefolgt war. Solange sich dieser Gedanke nicht tilgen ließ, hatte ihr Verstand offenbar beschlossen, alle Systeme auf Stand-by runterzufahren. Schließlich war es ihr unmöglich, sich der Vorstellung, Alexei könnte ein Mörder sein, auch nur anzunähern.

Irgendwann war die Nacht angebrochen, ohne dass die Wärme des Tages merklich nachließ. Als sich das erste Grau am Himmel zeigte, verließ Leo ihr Bett, das ihr ohnehin keinen Schlaf gebracht hatte, stellte sich unter die Dusche und drehte den Kaltwasserhahn bis zum Anschlag auf. Die Tropfen prasselten wie Eispfeile auf ihre Haut nieder und machten sie binnen Sekunden taub. Sie drehte ihr Gesicht direkt in den Strahl und hielt den Atem an.

Tiefe Schwärze, brennende Lungen, kaltes Wasser. Der See … flüsterte es in ihr. Weißt du noch?

Ja, natürlich. Ein Moment von Unverletzbarkeit. Weil Alexei bei ihr gewesen war. Doch nun war er fort und sie allein in der

Schwärze. Kann man unter Wasser fallen?, fragte sie sich. Und noch viel wichtiger: War Alexei bereits aufgeschlagen?

Keuchend trat Leo aus dem Strahl und brauchte eine Sekunde, um sich zu fangen. Dann stellte sie das Wasser ab und schlüpfte, noch tropfnass, in ihre Sachen. Zu mehr fehlte ihr schlicht die Zeit.

Der Weg entlang der Rabatten und Hecken war mittlerweile so vertraut, dass Leo ihn auch in der tiefsten Nacht gefunden hätte. Während sie ihn entlanglief, schlug ihr das Herz wild gegen den Brustkorb. Wenn sie zu spät war …

Tatsächlich lag das Gartenhaus verlassen da. Und nicht nur das. Eine Scheibe war eingeschlagen, und im Inneren herrschte ein einziges Chaos.

Leo betrachtete das Durcheinander kurz, dann hetzte sie weiter, auf den geheimen Pfad zwischen den Hecken zum Rondell, nur um dort eine noch größere Zerstörung vorzufinden. Herausgerissene Lupinen, abgebrochene Rosenstöcke, niedergetrampelte Blüten und Blätter. Trotzdem hing noch der Duft der Sommernachtslevkojen in der Luft. Ein letztes Aufbegehren. Oder war es mehr eine Erinnerung?

Leo wollte sich sofort wieder abwenden und weiterlaufen, auch wenn sie nicht wirklich wusste, wohin. Das zerstörte Beet war jedoch mehr als nur ein weiterer Beweis dafür, dass Alexei sämtliche Brücken hinter sich abgebrochen hatte. Im Gartenhaus zu wüten und sein Eigentum zu zerstören war *eine* Sache. Doch das Beet zu verwüsten, das Viktor ihm anvertraut hatte … Vielleicht war es besser, wenn sie nicht nach Alexei suchte. Konnte sie sich denn überhaupt sicher sein, dass es dann der Alexei war, den sie zu kennen glaubte? Oder nicht eher ein zutiefst beschädigter

Mensch, für den es keinen Ausweg mehr gab? Und der nicht nur für sich, sondern auch für andere eine Gefahr darstellte.
Und selbst wenn es so ist, dann ist das noch lange kein Grund für mich, mich von ihm abzuwenden, dachte Leo. Ich habe gesagt, ich will bei ihm sein. Das war eine Entscheidung. Und was sind solche Entscheidungen wert, wenn man sich abwendet, weil der andere strauchelt und fällt? Entweder man gehört zusammen, oder man hat nichts anderes verdient als die Einsamkeit. Und von der Einsamkeit hatte sie genug.
»Leo?«
Die Stimme war nicht mehr als ein Hauch, doch sie kostete Leo beinahe das Gleichgewicht, so heftig zuckte sie zusammen.
Elena stand hinter ihr, das dunkle Haar hing ihr zerzaust über den Schultern, und ihre Augen waren seltsam verquollen. Erst auf den zweiten Blick begriff Leo, dass Elena geweint hatte.
»Was ist passiert?«
Die junge Frau rang die Hände. »Es war mein Fehler! Ich hätte Joschi nichts von unserer Unterhaltung erzählen sollen. Aber … Joschi denkt, sie seien Freunde, wirklich gute Freunde. Ich durfte nicht zulassen, dass Joschi einen Mörder für seinen Freund hält. Er musste es wissen!«
»Elena, bitte beruhig dich.« Obwohl Leo noch nicht begriff, was passiert war, nahm sie bereits den Brandgeruch wahr, der unter Elenas hastig hinausgeschleuderten Sätzen das lodernde Feuer verriet, dem sie ausgesetzt gewesen war. Das Feuer, das erneut in Alexei aufgeflammt war, und wie es schien, war es dieses Mal seinem Freund Joschi entgegengeschlagen. Entschlossen griff sie Elenas wild umherfliegende Arme und zwang sie, still zu stehen.
»Erzähl mir, was passiert ist. Der Reihe nach.«

Elena blinzelte einige Male, dann wurde sie ruhiger. »Alexei und Joschi … Sie haben sich gestritten, bei der alten Baracke. Ich habe sie durch Fenster gehört, ich musste mich erst anziehen. »Du bist ein Mörder«, hat Joschi gesagt, und »Du kotzt mich an«. Als ich rauskam, war es zu spät. Alexei flüchtete in den Wald, und Joschi lag da. Einfach da.«

»Alexei hat Joschi bewusstlos geschlagen?«

»Ja … Joschi war wie tot.«

»Hast du etwas gesehen? Blut oder eine Wunde?«

Mehr als ein Wimmern brachte Elena nicht heraus.

Leo rettete sich in die Vernunft. »Okay, wir müssen sofort einen Krankenwagen rufen, damit sich jemand um Joschi kümmert. Hast du ihn bei der Baracke zurückgelassen?«

»Ja. Aber du brauchst keinen Krankenwagen rufen, das habe ich schon gemacht, als ich durchs Dorf gekommen bin.« Elenas Augen wurden schreckensweit. »Die Polizei wird auch zur Baracke kommen, und sie wird Fragen stellen. Viele Fragen, auch zu meinen Papieren und was ich in Havelseck mache. Kann ich mich bei dir verstecken, Leo?«

»Natürlich kannst du das«, beruhigte Leo die völlig aufgelöste Elena. Dann versuchte sie sich zu konzentrieren, doch die Gedanken entglitten ihr wie Nebelschwaden. Hinter ihrer Stirn herrschte ein einziges diffuses Durcheinander. »Bist du dir sicher, dass Joschi noch lebt?«, stellte sie die Frage, die ihr am dringlichsten war.

»Ja. Vielleicht … Ich weiß es nicht. Ich hatte Angst, schreckliche Angst, dass Alexei zurückkommt. Er weiß jetzt, dass ich ihn gesehen habe.«

»Ich habe zwar keine Ahnung, was genau sich zwischen Alexei und Joschi abgespielt hat. Aber in einer Hinsicht bin ich mir sicher: Alexei ist niemand, der mit der Absicht herumläuft, jemanden zu töten.« Leo klang vollkommen überzeugt, obwohl sich ein Zweifel in ihre Brust gefressen hatte. Nur ganz klein, doch so spitz, dass sie sich schon ganz wund fühlte.

Elena schien Leos Haltung nicht zu gefallen. Sie befreite sich aus ihrem Griff und schaute sie mit zusammengekniffenen Augen an. »Ich weiß, was ich gesehen habe. Joschi lag am Boden, und Alexei ist in den Wald geflohen. Weggelaufen ist er, geduckt wie ein wildes Tier. Und genauso unberechenbar und brutal ist er auch.« Ein Schluchzen drang über ihre Lippen, und sie gab sich nicht die Mühe, es zu unterdrücken. »Ich konnte nicht bei Joschi bleiben, ich hatte solche Angst. Dieser Junge … er tötet Menschen.«

»Wir wissen nicht, ob Joschi tot ist«, beharrte Leo. Es war ihr einziger Hoffnungsschimmer, und sie war nicht bereit, ihn so schnell aufzugeben.

»Ja, kann sein«, gab Elena widerwillig zu. »Aber vielleicht ist er es jetzt, richtig? Während wir hier stehen, reden … Joschi mochte dich, sehr sogar. Leo ist eine echt Gute, hat er gesagt. Mit der kann man Perlen stehlen.«

»Pferde«, sagte Leo leise. »Es heißt ›Pferde stehlen‹.« Dann schlug sie die Hände vors Gesicht und versuchte, die auf sie einströmenden Bilder zu verdrängen, die am Boden liegende Gestalten mit aufgesprungenen Schädeln zeigte. Einen leblosen Körper, ein erstarrtes Gesicht, ein Blutrinnsal, das in die blicklosen Augen lief. Nur gehörte dieses Gesicht nicht Joschi, sondern Alexei. Fort, tot, nach langem Fall aufgeschlagen.

Und selbst wenn es so wäre, dann wäre es wenigstens vorbei, flüsterte ihr eine Stimme ein. Besser für ihn.

Leo wusste nicht, ob sie jemals bereit sein würde, es ebenfalls so zu sehen. Alexei brauchte keine Erlösung, sondern Hilfe. Jetzt mehr denn je.

»Komm«, sagte sie zu Elena und legte ihr einen Arm um die Schulter, dankbar für den Halt, den sie selbst dadurch erfuhr. »Du legst dich erst mal hin und ruhst dich aus, während ich beim Krankenhaus vorbeifahre. Mit ein bisschen Glück wissen wir bald mehr.«

IM WALD

Er kauerte auf dem nackten Boden, unfähig, sich zu rühren. Blind. Blind vor Wut? Nur war da keine Wut … Oder er hatte sie bloß vergessen.

Die undurchdringliche Schwärze, die ihn eben noch umgeben hatte, verzog sich langsam. Trotzdem konnte er nichts sehen.

Es ist das Blut, es sickert dir ins Auge und macht dich blind, dachte er. Nein, so war es früher mal gewesen, jetzt war da kein Blut. Seine Augen waren bloß geschlossen, sein ganzes Gesicht fühlte sich taub an. In seinem Mund war dieser Geschmack, bitter wie die festgestampfte Erde, auf der er kniete.

Mühsam zwang er die Lider nach oben und versuchte zu erken-

nen, was um ihn herum geschah. Doch es war zu dunkel. Dafür waren da Geräusche, sie schallten durch seinen Kopf wie von weit her: Schritte. Schreie. Stöhnen. Ein ganz schreckliches Stöhnen.
Er schüttelte verzweifelt den Kopf, damit das Stöhnen verklang. Was es auch tat. Dafür jagte ein greller Blitz durch seinen Kopf, so stark, dass es ihm sogar gelang, sich ein Stück in die Höhe zu stemmen.
Dann sah er es. Nicht weit von ihm entfernt lag jemand, nur ein Schemen, ganz verschwommen, mehr Traum als Wirklichkeit.
Lew. Es war Lew, da war er sich absolut sicher. Und Lews Hand … sie war ausgestreckt, so als wollte er nach ihm greifen. Nimm meine Hand und zieh mich auf deine Seite. Lass mich nicht hier, schien die Geste zu sagen.
Und wenn ich es nicht schaffe und du mich stattdessen auf deine Seite ziehst? Was wird dann aus mir?
Es kam keine Antwort, er glaubte sie aber trotzdem zu kennen. Dann würde er bei Lew sein, wo er auch hingehörte.
Bevor er eine Entscheidung traf, ließ der grelle Schein des Blitzes nach. Dunkelheit breitete sich wieder aus, ganz weich und tief, und zog ihn hinab.
Als er das nächste Mal aufblickte, war da keine liegende Gestalt mehr. Lew war verschwunden. Er hatte seine Chance verpasst.
Das Tageslicht brach gerade an, und er sah Bäume, jede Menge Bäume. Und die Schritte waren auch wieder da. Jemand rief seinen Namen. Es klang wie eine Drohung.
Er musste in den Wald.
Er konnte unmöglich in den Wald.
Nicht noch einmal.

37

Die Dinge entwickelten sich nicht so einfach, wie Leo es sich erhofft hatte. Am Telefon wollte ihr das Krankenhaus keine Auskünfte geben, und als sie mit dem Fahrrad hinfuhr, schaffte sie es nicht einmal durchs Foyer. Dort stand nämlich Kommissar Michael Seeberg, als habe er nur auf sie gewartet.
»Schau an, Leonie Kressberg. Mal wieder auf der Suche nach verletzten Freunden?«, sprach er sie an, bevor sie mit gesenktem Kopf an ihm vorbeihetzen konnte.
»Warum? Gibt es denn zufällig welche?«
Leo wusste selbst nicht, woher sie die Kaltschnäuzigkeit nahm. Vermutlich waren ihre Gefühle zu aufgebraucht, um mit Schrecken oder gar Nervosität auf den Kommissar, der Alexei von Anfang an in Verdacht gehabt hatte, zu reagieren. Am liebsten hätte sie Michael Seeberg einfach stehen lassen, aber momentan war er die einzige Informationsquelle.
So leicht ließ der Kommissar sich eh nicht aus der Ruhe bringen. »Kann es sein, dass du heute Morgen einen Spaziergang ins Dorf gemacht hast, um der dortigen Telefonzelle einen Besuch abzustatten?«
»Heute Morgen war ich in unserem Garten und nicht im Dorf spazieren«, sagte Leo wahrheitsgemäß.
Auf Seebergs Miene breitete sich dieser strenge Zug aus, der besagte, dass man ihn besser nicht anlog. »Allein?«

»Nein.«
Michael Seeberg seufzte. »Also bitte, Leonie. Du willst mir jetzt doch nicht ernsthaft erzählen, dass dein Freund Alexei dich begleitet hat, nachdem er die letzte Nacht in deinem Bett verbracht hat, oder? Denn dann würde ich dir vorab gern erklären, was es mit einer Falschaussage und ihren juristischen Konsequenzen auf sich hat. Einen ermittelnden Polizeibeamten anzulügen ist nämlich strafbar.«
Leo erwiderte ohne Zögern seinen Blick. »Ich habe eine Freundin zu Besuch, mit der ich im Garten war. Mädchen neigen zu solchen Aktionen. Morgentau, die Stille … Sie wissen schon.«
»Ach so.« Mit dieser Antwort schien Seeberg nicht gerechnet zu haben. Dann verengten sich seine Augen auch schon zu Schlitzen. »Diese Freundin … Wer genau ist das?«
»Ganz ehrlich? Ich finde, das geht Sie gar nichts an.«
Diese Provokation brachte erstaunlicherweise einen Anflug von Respekt in Seebergs Augen. Nicht dass es etwas an seiner unnachgiebigen Haltung geändert hätte, ganz im Gegenteil.
»Und wenn ich dir sage, dass heute am frühen Morgen eine junge Frau beim Notruf angerufen hat, mit einem osteuropäischen Akzent, den ich zuerst für einen Fake gehalten habe? Sie hat eine Schlägerei in der Baracke gemeldet, in der Horst Bender die Arbeiter untergebracht hatte. Du weißt schon: der Trupp, der die Luxusvilla deines Vaters auf Vordermann gebracht hat.«
»Wurde jemand ernsthaft verletzt?«, fragte Leo und versuchte sich nicht anmerken zu lassen, dass sie sich vor Aufregung am liebsten zusammengekrümmt hätte.
Michael Seeberg schwieg.
Genau wie Leo. Dabei wog sie ab, was sie dem Kommissar an In-

formationen bieten konnte, damit er mehr erzählte. Nur, Elena dafür ans Messer zu liefern, das ging überhaupt nicht. »Wenn es das dann war, würde ich jetzt gern meinen Freund Joschi besuchen«, versuchte sie es.

»Du kennst Joshua Berns also nicht nur, sondern weißt auch, dass er hier im Krankenhaus liegt, obwohl du von der Schlägerei angeblich nichts mitbekommen hast.« Michael Seeberg wischte sich über die Stirn, wo tatsächlich einige Schweißperlen standen. »Hör mal, ich will gar nicht erst so tun, als wüsste ich, was genau sich hier abspielt. Aber es ist offensichtlich, dass wir es nicht nur mit ein paar Dörflern zu tun haben, deren Streitigkeiten außer Kontrolle geraten sind. Horst Bender wurde halbnackt durch den Wald gehetzt, bevor man ihn umgebracht hat, der alte Viktor Kranz wurde brutal erschlagen, und nun liegt dein Freund Joschi im Krankenhaus. Wir kennen beide den gemeinsamen Nenner, der alle drei Fälle miteinander verbindet: Alexei.«

»Das ist doch total aus der Luft gegriffen, Sie können doch nicht einfach …« Der Kommissar hob so entschieden die Hand, dass Leo verstummte.

»Behalt deine Ausreden für dich. Ich will nur, dass du dir vor Augen führst, dass du möglicherweise auch in Gefahr schwebst. Und wenn dir das vor lauter Verliebtheit egal ist, dann mach dir wenigstens Gedanken darüber, wen es wohl als Nächstes treffen könnte. Kannst du die Möglichkeit eines weiteres Mordes mit deinem Gewissen vereinbaren?«

Hilflos stand Leo da. Ja, wollte sie schreien, ich weiß, dass ich mich schuldig mache, wenn ich ihn decke. Aber er kann nichts dafür, sie haben etwas in ihm kaputt gemacht. Zerschlagen. SIE sind schuld, nicht er! Doch selbst wenn das stimmen sollte, würde die Antwort nicht so einfach ausfallen. Allein schon aus dem Grund, dass Alexei es nicht so sehen würde.

Michael Seeberg gab ein enttäuschtes Schnaufen von sich. »Wie du meinst. Ich komme später bei euch vorbei und werde deinem Vater empfehlen, dich schleunigst nach Berlin zu bringen, zu deiner eigenen Sicherheit. Aber jetzt erzählst du mir erst einmal, woher du wegen diesem Joschi Bescheid weißt.«

Es brauchte einen Moment, bis Leo ihre Sprache wiederfand. Und noch einen Tick länger, um eine Ausflucht zu finden. »Das hat mir ein gemeinsamer Kumpel erzählt, der hier im Krankenhaus sauber macht.« Leo hoffte inständig, dass der Kommissar niemals bis zu jenem Loki vordringen würde, über den sie von Horst Benders Tod erfahren hatten.

»So ist das also.« Seeberg verschränkte die Arme vor der Brust. »Und hat dieser Kumpel dir auch erzählt, was Joschi passiert ist?«

Alexei ist ihm passiert, schoss es Leo durch den Kopf. Einen Herzschlag lang befürchtete sie, ihr Gesicht würde sie verraten. Doch dann war das Gefühl, den Boden unter den Füßen zu verlieren, auch schon wieder vorbei. Verpufft, wie so viele andere Gefühle auch.

»Ich habe keine Ahnung. Vielleicht eine Schlägerei, bei der Joschi was abbekommen hat? Er ist so eher kein großer Kämpfer.«

»Dann ist es ja gut, dass er vergiftet und nicht zusammengeschlagen wurde.«

»Vergiftet?«, wiederholte Leo ungläubig, nur um sich die Hand vor den Mund zu schlagen. Doch da war der Fehler schon geschehen.

»Mit blauen Flecken und Knochenbrüchen hast du offenbar gerechnet, mit einer Überdosis GHB wohl nicht.«
»GHB.« Leos Zunge fühlte sich schwer und ungeschickt an, als sie das Wort nachsprach. Schädelbasisbruch oder Gehirnblutung, das waren Begriffe, mit denen sie gerechnet hatte. Aber ein Kürzel für etwas Chemisches … »Was soll das sein?«
Seeberg musterte sie eindringlich, als versuche er, Hinweise darauf zu entdecken, ob sie wirklich so ahnungslos war, wie sie sich gab. Offenbar kam er zu dem Entschluss, dass sie ihm nichts vorspielte. »GHB wird auf dem Schwarzmarkt als Liquid Ecstasy verkauft und ist auch als Vergewaltigungsdroge bekannt, weil es eine farb- und geruchlose Flüssigkeit ist, die man jemandem leicht in einem Getränk unterjubeln kann. Bei einer Durchschnittsdosis bekommt man Aussetzer und verliert seine Hemmungen. Wenn man allerdings zu viel erwischt, landet man in einem komaähnlichen Zustand. Falls dein Freund es nicht von allein mit dem Zeug übertrieben hat, hat ihm wohl oder übel jemand eine Überdosis verpasst.«
»Oh mein Gott.« Leo wusste nicht, was sie mit dieser Information anfangen sollte. Es passte überhaupt nicht mit dem zusammen, was Elena ihr erzählt hatte. »Wenn Sie komaähnlich sagen, dann ist Joschi immer noch nicht wieder bei Bewusstsein?«
»Ist er nicht.« Mehr schien Michael Seeberger zu dem Thema nicht sagen zu wollen.
»Und ist außer Joschi noch jemand aus der Baracke im Krankenhaus gelandet?«, fragte Leo kaum hörbar.
Doch Michael Seeberg entging ihre Frage nicht, er schien geradezu darauf gelauert zu haben. »Wer denn zum Beispiel?«
Leo biss sich auf die Unterlippe. »Ich habe Alexei seit gestern

nicht mehr gesehen. Gut möglich, dass er sich mit Joschi treffen wollte, die beiden sind schließlich enge Freunde.«
»Ist Alexei zufälligerweise auch ein Liquid-Ecstasy-Fan?«
»Nicht dass ich wüsste«, sagte Leo wahrheitsgemäß.
»Nun gut. Wenn du deinen Freund siehst, sag ihm bitte, dass er sich sofort bei mir melden soll. Und mit ›sofort‹ meine ich wortwörtlich *sofort*. Wenn ich in den nächsten Stunden nichts von Alexei höre, schreibe ich ihn zur Fahndung aus, und wenn wir ihn dann haben, landet er in Untersuchungshaft. Ansonsten hältst du dich gefälligst fern von dem Jungen – egal, wie wichtig oder einzigartig er für dich ist. Hast du mich verstanden, Leonie?«
»Ich werde es Alexei ausrichten, falls ich ihn sehen sollte«, sagte Leo, während sie in Gedanken schon ganz woanders war.
Wo war Alexei?

38

Der Wald teilte sich und gab den Blick auf die Villa frei.
Ein Ort, den Leo bis vor ein paar Stunden noch freimütig als ihr erstes Zuhause seit Ewigkeiten bezeichnet hätte. Der Platz, an den man gehörte, der das Beste in einem zum Vorschein brachte. Vielleicht hatte er das auch, trotz all der schlimmen Dinge, die geschehen waren. Jemanden zu lieben und anzunehmen, trotz seiner Fehler und Schwächen … Das war doch etwas Gutes, nicht wahr? Andererseits galt blinde Liebe ja eher als Charakterschwäche, und Leo war sich momentan unsicher, ob es nicht das war, was sie für Alexei empfand. Immer noch empfand entgegen jeder Vernunft. Sie sah Elenas entsetztes Gesicht vor sich, weil sie Alexei in Schutz nahm. Und der verächtliche Zug des Kommissars, der nichts anderes als einen vor Schmachterei verblendeten Teenager in ihr sah. Stimmte der Blick der anderen, oder tat sie richtig daran, an dem inneren Band, das sie mit Alexei verband, festzuhalten, anstatt es endlich zu durchtrennen?
»Scheiß Liebe«, murmelte Leo.
Langsam ließ sie das Fahrrad ausrollen, während ihr Blick auf das Baugerüst fiel, das nach wie vor die Frontseite der Villa umgab. Von der obersten Planke war der Arbeiter Radu am Tag ihrer Ankunft in Havelseck gestürzt. Wenn sie die Augenlider leicht senkte, konnte sie immer noch seine fallende Gestalt se-

hen, mit weit ausgebreiteten Armen. Seitdem hatte das Fallen nicht wieder aufgehört.
Leo stellte ihr Fahrrad neben dem Schutthaufen ab, eine mittlerweile vertraute Handlung, dann ging sie ins Haus. Dem Garten schenkte sie keine Beachtung.
In der Eingangstür überlegte sie kurz, ob sie nach Elena rufen sollte, verkniff es sich aber. Bestimmt schlief die junge Frau noch. Heute Morgen hatte sie sich vor Erschöpfung kaum noch auf den Beinen halten können, und Leo hatte sie kurzerhand in Clemens' frisch gemachtes Bett verfrachtet – ihr eigenes roch noch verräterisch nach Alexei.
Es gab jedoch noch einen anderen Grund, warum Leo wie ein Mäuschen durch die Vorhalle huschte. Sie musste ein paar Dinge für sich klären, bevor sie Elena entgegentrat und klarstellte, weshalb Joschi in Wirklichkeit im Krankenhaus lag: nicht wegen der Folgen einer Schlägerei, sondern wegen einer Überdosis Liquid Ecstasy. Dabei hatte Elena ihr erzählt, Alexei sei für Joschis Zusammenbruch verantwortlich, bevor er in den Wald geflüchtet sei.
Leo blieb stehen.
Wie passte das alles bloß zusammen? Hatte Joschi schon vorher GHB eingeworfen, und die Wirkung hatte ihn dann während des Streits mit Alexei von den Füßen geholt? Liquid Ecstasy … Das war schließlich auch eine beliebte Sexdroge. Vielleicht hatte Joschi das Zeug ja wegen seiner neuen Freundin genommen. Wegen Elena. Dann hätte Elena bloß vermutet, dass Alexei ihn geschlagen hat, während Joschi in Wahrheit wegen der Drogen das Bewusstsein verloren hatte. So, wie die Dinge standen, hatte Alexei vermutlich die Nerven verloren und war geflohen, be-

vor man ihn zur Verantwortung ziehen konnte. »Ich bin gut im Weglaufen«, hatte er gesagt. Dann war er vermutlich gar nicht schuld an Joschis Zustand.

Du machst es schon wieder, ermahnte sich Leo. Du drehst es so, dass Alexei am Ende unschuldig dasteht. Du bist so eifrig damit beschäftigt, eine Ausrede für ihn zusammenzuschustern, dass du andere Möglichkeiten gar nicht erst in Erwägung ziehst. Nur weil du ihn dann endgültig verloren geben müsstest.

Ich habe ihn doch längst verloren, hielt sie verzweifelt dagegen. Er ist fort!

Verstrickt in ihre Gedanken stand Leo in der Vorhalle. Es schien ihr, als wäre sie wieder tief unten im nächtlich daliegenden See, umfangen von undurchdringlicher Dunkelheit, während die Kälte sie lähmte und ihre Lungen schrien. Nur war sie dieses Mal allein. Es war an der Zeit, der Wahrheit ins Auge zu blicken: Alexei war zerbrochen, ihre Zuneigung hatte als Kitt nicht ausgereicht, um ihn wieder zusammenzusetzen. Und nun schnitten sich Menschen an seinen Kanten, manche von ihnen kamen dabei sogar um.

Akzeptier endlich, dass Alexei zu tief gefallen und beim Aufschlag in tausend Teile zersprungen ist, forderte sie sich auf.

Tatsächlich glaubte Leo in dieser Sekunde ein Klirren zu hören. Das musste in ihr erklungen sein. Auch sie zerbrach.

Alexei ein Mörder … Sie bewegte den Gedanken wie eine scharfkantige Scherbe in ihrem Inneren und spürte die Schnitte, die sie ihr zufügte.

Alexei ein Lügner …

Unvermittelt beugte Leo sich vor, als ihr Übelkeit die Kehle hochstieg.

Sie konnte es nicht glauben, nicht ertragen, vollkommen unmöglich.

Mit wankenden Schritten lief sie auf die Küche zu, riss die Tür auf und wollte schon zur Spüle stürzen, um ihre ganze Überforderung herauszuwürgen, als sie die hockende Gestalt unter dem offen stehenden Fenster bemerkte.

Alexei.

Langsam stemmte er sich in die Höhe, wie in Trance oder vielleicht auch darauf bedacht, Leo nicht zu erschrecken. Ein umsichtiges Raubtier. Ein behutsamer Eindringling.

Alexei.

Ihre Übelkeit war schlagartig vergessen. Alles andere allerdings auch, nicht einmal das Atmen wollte gelingen und blieb ihr auf der Höhe der Brust stecken, gleich neben ihrem Herzen.

»Da bist du ja«, sagte Alexei. »Ich bin ums ganze Haus gelaufen auf der Suche nach dir.«

Leo starrte ihn an.

Und im nächsten Augenblick hatte sie auch schon die Arme um ihn geschlungen, so fest, dass er aufstöhnte. Dann erwiderte er ihre Umarmung mit der gleichen Verzweiflung.

Einige Herzschläge lang war alles Wärme, Nähe, vertraut duftende Haut. Als schüfe die Umarmung ein eigenes kleines Reich, in dem sie sich verbergen konnten, solange sie einander nur umfangen hielten. Doch viel zu rasch bekam die Schutzmauer ihres Unterschlupfes Risse, zu stark hatte sich die Verunsicherung in sie eingegraben.

Noch einmal presste Leo ihr Gesicht in die weiche Mulde zwischen Alexeis Schlüsselbeinen, vergrub ihre Finger im Stoff seines T-Shirts und spürte nach, wie der Atem durch seinen

Körper floss. Dann gab sie ihn frei, Zentimeter für Zentimeter, nicht darauf achtend, dass er noch keineswegs bereit war, sie loszulassen, und sie wieder an sich ziehen wollte.
Sein Mund … so nah.
Als sie einen Schritt zurücksetzte, schloss er die Augen. »Es war ein Fehler«, sagte er mit gesenktem Kopf. »Ich hätte nicht zurückkommen dürfen.«
»Kann sein«, sagte Leo. »Andererseits ist es ja auch eine Chance …«
Endlich sah er sie an, obwohl der Ausdruck in seinen Augen schwer auszuhalten war. Zu nackt, zu roh, zu … verzweifelt. Er glaubte nicht mehr an das Wort »Chance«, weder für sie beide noch für ihn allein.
»Versuchen wir es doch mit der Wahrheit«, schlug sie vor. »Ich muss wissen, was passiert ist, Alexei.«
»Weißt du das denn nicht schon längst?«
»Nein«, antwortete sie wahrheitsgemäß. »Ich weiß gar nichts, außer dass es mich allmählich zerreißt.«
»Das tut mir leid. Mehr, als du dir vorstellen kannst.«
»Dann hilf mir.«
Alexei hob die Hand, doch er suchte nicht Halt bei ihr, sondern stützte sich am Fensterrahmen ab. Er wankte, aber sie war nicht länger seine Stütze. Nicht mehr.
»Was ist mit dir?«, fragte Leo alarmiert.
»Nur ein wenig wackelig.« Alexei lachte heiser und fuhr sich unbewusst durch die Haare. »Manche Leute schaffen es irgendwie, ständig zu fallen. Seit Neuestem bevorzugt auf den Hinterkopf.«
»Du hast eine Gehirnerschütterung.« Leo konnte nicht anders, sie packte Alexei am Arm oberhalb seines Gipsverbands, der

völlig hinüber aussah, und drängte ihn auf einen Küchenstuhl. Als sie sich hinter ihn stellte, wollte er sofort wieder aufspringen. »Sitzen bleiben«, herrschte sie ihn an, und zu ihrer Überraschung blieb er tatsächlich sitzen. Entweder war er mit seinen Kräften am Ende, oder er hatte seinen sonst so übergroßen Stolz zu guter Letzt begraben.

Behutsam teilte sie seine dunklen Locken am Hinterkopf, an denen sie zu ihrer Erleichterung kein Blut fand. Es brauchte nicht lange, und sie ertastete eine ausgewachsene Beule.

»Da hast du ganz schön was abbekommen. Durchs Fallen, sagst du?«

»Glaube ich zumindest.«

»Du erinnerst dich nicht«, stellte Leo fest.

»Jetzt heißt es Daumen drücken, damit die Blackouts so häufig werden, bis ich mich nicht mehr daran erinnern kann, dass ich etwas vergessen habe.« Wieder dieses heisere Lachen. Wenn man alles verloren hatte, dann war es schon fast wieder zum Lachen.

Leo ertappte sich dabei, dass ihre Finger immer noch mit Alexeis Locken spielten. Es war eine schiere Willensanstrengung, loszulassen. Sofort zog Alexei die Schultern ein Stück hoch, als friere er ohne ihre Berührung. Schritt für Schritt ging Leo um den Tisch herum, um einen Sicherheitsabstand zwischen ihre Hände und Alexei zu bekommen.

»Erzähl mir bitte genau, was vor deinem Blackout passiert ist.«

Alexei lehnte sich zurück, und man konnte an seinem Gesicht ablesen, wie er sich für die bevorstehende Schlacht sammelte. Egal, wie sehr er am Boden lag, in ihm war immer noch ein Funken Stolz, so viel stand fest.

»Wusstest du, dass Joschi eine Freundin hat?«, fragte er. »Also, ich habe es auf eine ziemlich schräge Weise erfahren: Ich bin reingestolpert, als die beiden gerade in Aktion waren. Ein Wunder, dass ich bei meinem Glück nicht auf sie draufgefallen bin. Du kannst dir vorstellen, dass Joschi alles andere als begeistert war über meine Slapsticknummer. Ehrlich gesagt war er eh nicht begeistert, mich zu sehen. Jemand hat ihm erzählt, aus was für einer Familie ich komme, und ihm obendrein gesteckt, dass ich in Benders Todesnacht bei der Baracke gesichtet worden sei. Er war dermaßen wütend auf mich …«

»Und da bist du ebenfalls wütend geworden.«

Nachdenklich spielte Alexei an dem Klebestreifen herum, der seinen kaputten Gips nur noch notdürftig zusammenhielt. »Eigentlich nicht, an seiner Stelle wäre ich ja auch fuchsteufelswild gewesen. Es ist nur …« Alexeis sowieso schon übernächtigtes Gesicht war von Anstrengung gezeichnet. »Ich kann mich nicht erinnern. Es ist wie ein Cut. In einem Moment schnauzt Joschi mich an und im nächsten – alles schwarz.«

»Einer von deinen Aussetzern.«

»Eben nicht«, sagte Alexei mit Nachdruck. »Bei meinen Blackouts verliere ich mich, aber dieses Mal wurde ich regelrecht vom Netz genommen, einfach abgeschaltet. Es muss mich richtig hart erwischt haben, denn ich habe mir sogar eingebildet, Lew zu sehen. Wie er tot am Boden liegt und nach mir ruft. Irgendwie.« Er musste sich räuspern, bevor er weitersprechen konnte. »Und als ich wieder zu mir gekommen bin, war Joschi weg, dafür war dem Lärm nach die Kavallerie im Anmarsch, und ich habe mich zwischen die Bäume geschlagen.«

»Von Joschi war keine Spur zu sehen?«

Alexei schüttelte den Kopf. »Wahrscheinlich war er ins Dorf, um den Notarzt zu rufen. Schließlich gibt es ja keinen Viktor mehr, der mich zusammenflickt.«

Was hat das nun wieder zu bedeuten?, fragte sich Leo. Die Geschichte passte immer weniger zusammen, je mehr sie darüber hörte. Es lag ihr auf der Zunge, ihm von Joschis GHB-Überdosis und der drohenden Fahndung zu erzählen, doch sie entschied sich dagegen. Sie *musste* verstehen, was genau sich bei der Baracke abgespielt hatte. Alles hing davon ab.

Um Zeit zu schinden, holte Leo zwei Gläser und schenkte ihnen beiden aus der Wasserflasche, die auf dem Tisch stand, ein, ehe sie sich setzte. »Vermutlich werden die Aussetzer schlimmer, eine neue Eskalationsstufe sozusagen«, überlegte sie laut.

Der Blick, mit dem Alexei sie bedachte, war eiskalt. »Ich dachte, wir versuchen es mit der Wahrheit und nicht mit Schönrederei. Ich bin umgekippt wie eine gefällte Eiche. Keine Ahnung, warum.«

»Also die Wahrheit.« Leo wollte nach ihrem Glas greifen, ihre Hand zitterte jedoch zu sehr. »Woher weiß ich, dass ich dir vertrauen kann?«

»Ich habe dich noch nie angelogen.«

»Du hast mir aber auch nicht alles gesagt. Etwas zu verschweigen ist auch eine Art von Lüge.«

»Als da zum Beispiel wäre?«

Obwohl draußen brütende Hitze herrschte, spürte Leo den Aufschlag kalter Regentropfen auf ihrer Haut. Vor ihrem geistigen Auge zog ein Gewitter auf, und sie glaubte, Alexei durch den Regen auf sich zulaufen zu sehen. Aber war diese Gestalt wirklich der Alexei, den sie zu kennen glaubte? »Wo warst du, als Viktor gestorben ist?«, fragte sie. »Damals habe ich es nicht richtig verstanden, nun bin ich mir allerdings sicher, dass jemand unsere Unterhaltung belauscht hat. Da war ein Knacken im Unterholz. Warst du das?«

Alexeis Augen wurden so dunkel wie die tiefen Wasser des Sees. »Wenn ich dir diese Frage beantworten muss, dann brauchen wir uns nicht weiter zu unterhalten. Dann gibt es nichts mehr zu sagen.« Und damit stand er auf. Die Unterhaltung war beendet.

39

Leos Körper fühlte sich schlagartig wie in Eiswasser getaucht an, so groß war der Schreck.
Konnte Ratlosigkeit sich wie ein gefräßiges Nichts anfühlen, das alles verschlang, sämtliche Vorsätze, Überzeugungen, sogar Hoffnungen?
Als Alexei den Stuhl nach hinten schob und den Blick fest auf die Tür richtete, durch die er gleich entschwinden würde, traf sie ihre Entscheidung. Allerdings nicht mit dem Kopf, in dem auch prompt eine Vielzahl protestierender Stimmen aufschrie, die sie auf ihre verliebte Blindheit und absolut idiotische Unvernunft hinwiesen. Doch das war ihr einerlei.
»Ich vertraue dir«, sagte Leo. »Und ich vertraue auf dich, auch wenn ich im Augenblick kaum noch sagen kann, warum.«
Mit einem unterdrückten Seufzen ließ Alexei sich wieder auf seinen Stuhl sinken. »Leo …«, flüsterte er.
»Aber ich erwarte«, unterbrach Leo ihn, »dass du mir alles erzählst, ausnahmslos.«
Zuerst sah es aus, als wolle Alexei verhandeln, aber dann prostete er ihr mit dem Wasserglas zu. »Einverstanden, so machen wir es. Wenn du allerdings wissen willst, wer ich bin und wozu ich imstande bin, muss ich noch einmal ins Dorf meines Cousins Lew zurückkehren.«
Allein bei der Vorstellung, noch mehr schreckliche Details von

Alexeis verhängnisvollem Erlebnis zu erfahren, zog sich Leos Magen zusammen. »Ich weiß doch schon, was damals passiert ist«, wich sie aus.

»Du weißt aber noch nicht, wie es dazu gekommen ist.«

»Doch. Sie haben dich und deinen Cousin bei einem Sabotageakt erwischt.«

»Das war nur der Preis, den ich für meinen Verrat gezahlt habe.«

»Verrat?« Leo konnte in diesem Zusammenhang nichts mit dem Wort anfangen.

Alexei lehnte sich über die Tischplatte, als wolle er die Distanz zwischen ihnen überwinden. »Ich bin nicht nur gut im Weglaufen, sondern auch darin, die falschen Entscheidungen zu treffen, wie du ja bereits mitbekommen hast. Damals hatte ich noch einen weiteren Fehler: Ich bin bei Eltern aufgewachsen, die immer nur das Beste für ihre Söhne wollten. Nur habe ich die Liebe meiner Eltern mit etwas anderem verwechselt, nämlich mit dem Geburtsrecht, dass alle meine Wünsche befriedigt werden müssen. Dabei hätte ich an der Seite von Lew eigentlich begreifen müssen, dass das Leben nicht dazu da ist, verwöhnte kleine Arschlöcher wie mich glücklich zu machen. Stattdessen war ich eifersüchtig auf ihn. Ich habe mir meinen Cousin angesehen, wie hart er für seine Träume gekämpft hat, und habe ihn für seine Leidenschaft bewundert. Nur leider hat nichts davon auf mich abgefärbt.«

»Lew hat dich gemocht, sehr sogar«, unterbrach ihn Leo, die es kaum ertrug, Alexei so schlecht von sich selbst reden zu hören. »Und nach allem, was ich über deinen Cousin erfahren habe, hätte er wohl kaum Interesse an einem Egoisten als Vertrautem gehabt.«

»Das liegt daran, dass ich tatsächlich versucht habe, die Welt aus Lews Blickwinkel zu sehen. Nur … als es darauf ankam, die Feuerprobe … da habe ich versagt.«

»Du redest vom Wald? Alexei, was hättest du denn machen sollen? Lew war schon tot, bevor dir die Flucht gelungen ist. Und sonst würden deine Überreste jetzt neben seinen liegen!«

Alexeis Blick wurde noch eine Spur härter. »Davon rede ich nicht. Obwohl ich das Gefühl, ihn im Stich gelassen zu haben, vermutlich trotzdem niemals werde abschütteln können, ob es nun Sinn macht oder nicht. Ich rede davon, dass ich mir gewünscht habe, Lew zu sein, sein Leben zu führen mit all seinen Herausforderungen und auch mit den beschränkten Möglichkeiten, an denen er irrwitzigerweise zu wachsen schien. Während ich vor lauter Möglichkeiten nicht wusste, was ich mit mir anfangen sollte. Ich habe meinen Cousin beneidet, um das graue Haus seiner Familie mit dem Gemüsegarten, die Schwarzmarktklamotten und die Dorfbewohner, die ihm regelmäßig vor die Füße gespuckt haben, weil sie ihn für einen Aufrührer hielten.«

Leo begriff noch immer nicht, worauf Alexei hinauswollte. »Aber das ist doch normal. Man hält stets nach Vorbildern Ausschau. Und dann ahmt man sie nach, bis man eines Tages auf eigenen Beinen steht und sie nicht mehr braucht.«

»Mag sein, das bedeutet aber noch lange nicht, dass man deshalb sein Vorbild verrät. Genau das habe ich getan – und deshalb ist Lew jetzt tot.«

»Was kannst du denn so Furchtbares getan haben?«

»Erinnerst du dich an unser Gespräch, wie es ist, etwas zu sehr zu wollen?«

Leo nickte. Nachdem Alexei bei ihrem ersten gemeinsamen Frühstück darüber gesprochen hatte, dass man sich nicht von seinen sehnlichsten Wünschen leiten lassen dürfe, weil sie einen sonst versklavten, hatte sie einige Male darüber nachgedacht. Vor allem, weil sie geglaubt hatte, er spräche von Liebe. Vermutlich passierte es oft, dass man Liebe mit dem brennenden Wunsch, etwas um jeden Preis zu wollen, verwechselte. Passierte ihr genau das: Hielt sie ihre Gefühle gegenüber Alexei für Liebe, während es in Wirklichkeit nur Verlangen war? Verlangen nach Nähe und einer Verbundenheit, die sich über alle Hindernisse hinwegsetzte? Überhaupt: Konnte man jemanden lieben, der sich selbst fremd war?

»Du hast also etwas zu sehr gewollt«, stellte Leo fest.

Mehr als ein Achselzucken brachte Alexei nicht zustande. Er war in sich zusammengesackt, als reiche seine Energie gerade einmal für ihr Gespräch.

»Ich habe in Lews grauem Haus gewohnt, mir Schwarzmarktklamotten von ihm geliehen und bin an seiner Seite gegangen, wenn die Leute ihm vor die Füße gespuckt haben. Das hat mir aber nicht gereicht. Und deshalb habe ich mir etwas genommen, das bis dahin nur ihm gehört hatte: seine Freundin.«

Leo wusste nicht, wie sie auf diese Nachricht reagieren sollte. Es war nicht nur die Frage, was für ein Licht diese Affäre auf Alexei warf, sondern auch der Grad des Vertrauensbruchs. Nach dem, was sie mitbekommen hatte, war die Beziehung zwischen den beiden Jungen etwas Besonderes gewesen, eine von diesen Freundschaften, die man nur selten fand. Und dann hatte Alexei alles aufs Spiel gesetzt für … Leo schluckte hart.

»Wie ist es dazu gekommen?«

»Spontan. Oder auch nicht«, sagte Alexei leise, als sei er sich nicht sicher, ob er sich wirklich dazu durchringen konnte, darüber zu reden. Seine Wangen leuchteten rot in seinem ansonsten blassen Gesicht. »Ich habe es jedenfalls nicht kommen sehen … oder nicht sehen wollen. Und Violeta … sie hat wohl auf den richtigen Zeitpunkt gewartet, um mich …« Er brach fluchend ab.

»Violeta.«

Leo versuchte sich ein Bild von einem Mädchen mit diesem Namen zu machen, einem Mädchen, das mit dem willensstarken Lew zusammen war und sich zugleich auf seinen jüngeren Cousin einließ. Es gelang ihr nicht, einfach aus dem Grund, weil sie es nicht ertrug, sich vorzustellen, wie Alexei eine andere in seine Arme schloss und sie mit jener stürmischen, rückhaltlosen Art mitriss, die sie so sehr an ihm liebte.

»Kurz nachdem ich zu Besuch gekommen war, ist auch Violeta bei Lews Familie untergeschlüpft, weil sie es bei sich zu Hause nicht mehr aushielt. Sie war die Tochter des Bürgermeisters, eine uralt eingesessene Familie, und ihr Vater war nicht gerade Lews größter Fan.« Alexei lächelte schief, um es dann ganz sein zu lassen. »Jedenfalls dachte ich damals, dass Violeta deshalb mit ihrer Familie gebrochen hat: weil sie hundertprozentig zu ihrem Freund stand. Noch ein Grund, um Lew zu beneiden. Und natürlich habe ich Violeta für den Heiligen Gral unter den Frauen gehalten. Sie war ja auch beeindruckend, mit ihrem unbeirrbaren Stolz und dem Hang, für ihre Liebe alles aufzugeben. Und schön … schön war sie auch.«

»Eine echte Traumfrau.« Die Beschreibung klang schal aus Leos Mund.

Nachdenklich drehte Alexei sein noch fast volles Glas zwischen den Händen. »Für Lew war sie das, aber seine politischen Pläne waren ihm wichtiger. Violeta hat immer wieder davon gesprochen, fortzugehen, irgendwohin, wo ihr Vater keinen Einfluss hatte. Sie wollte mit Lew leben, während er vor allem kämpfen wollte. Lew wollte zwar das Beste für sie, aber er konnte sich nicht vorstellen, sein Heimatdorf zu verlassen, bevor sich nicht grundlegend etwas geändert hatte. Das war wichtiger als Violetas Träume.« Alexei leckte sich nachdenklich über die Lippen. »Ich denke, das hat zum Bruch zwischen den beiden geführt, auch wenn Lew es nicht begriffen hat. In Violetas Augen hat er ihre Liebe verraten, indem er nicht bereit war, alles ihrer Beziehung unterzuordnen. So wie sie, als sie ihrer Familie den Rücken zukehrte.«
»Das klingt nicht nach leidenschaftlicher Liebe, sondern nach Wahn«, sagte Leo, wobei sie inständig hoffte, nicht nur aus Eifersucht so zu denken.
Zu ihrer Erleichterung nickte Alexei. »Das trifft es ganz gut. Violeta wollte unbedingt lieben, ohne jeden Kompromiss. Und da war es wohl auch nicht so wichtig, auf wen genau diese Liebe ausgerichtet war. Hauptsache, er gehörte mit Haut und Haaren ihr, so wie sie zugleich bereit war, alles der gemeinsamen Liebe zu opfern. Vermutlich machten diese schmerzhaften Lossagungen die Licbe in ihren Augen nur stärker.«
Leo schluckte. Konnte es sein, dass ihre Vorstellung, wie weit man für einen geliebten Menschen bereit sein musste zu gehen, denen von Violeta durchaus ähnlich waren? Schließlich hatte sie sich auch mit ihrem Vater überworfen, war Risiken eingegangen, hatte die Polizei angelogen und sogar einen Journalisten

bedroht. Alles für Alexei. Aber eben nur für Alexei, für niemand anderen hätte sie all das tun können, da war sie sich sicher. Es war dieser eine Mensch, der für sie zählte, und nicht eine abstrakte Idee von der Liebe. So gesehen trennten sie Welten von diesem fremden Mädchen.

»Das klingt fast, als habe Violeta dann von Lew auf dich umgesattelt.«

»In gewisser Weise«, gab Alexei zu. »Sie hat sich immer öfter bei mir ausgeweint. Überhaupt von ihr beachtet zu werden war für mich schon großartig, aber ins Vertrauen gezogen zu werden war besser als jede Droge.«

»Und was hat Lew dazu gesagt, dass du seiner Freundin plötzlich so nahstandst?«

Man konnte an dem Schatten, der sich über Alexeis Blick legte, ablesen, wie sehr ihm diese Frage zusetzte. »Lew war froh«, sagte er kaum hörbar. »Er spürte natürlich, dass Violeta sich zurückzog, dachte jedoch, es hinge mit ihrem Familienstreit zusammen. Damals steckte er bis zum Hals in seinen Polit-Aktionen, es ging auf die Bürgermeisterwahlen zu, die er für eine Farce hielt. Seinem Schwiegervater in spe gehörte das Dorf sozusagen, er war mehr König als Bürgermeister. Lew hat mir sogar dafür gedankt, dass ich mich so gut um Violeta kümmere.«

Leo konnte hören, wie Alexei mit den Zähnen knirschte. Sie war ganz offensichtlich nicht die Einzige, die gerade Höllenqualen litt. »Und dann hast du dich so gut um Violeta gekümmert, dass sie Lew vergaß.«

Abwehrend hob Alexei eine Hand. »Wir haben geredet, mehr nicht. Irgendwann halt aber nicht mehr über Lew oder ihre geplatzten Träume, sondern auch über mich. Ich sollte ihr jedes kleine Detail aus meinem Leben erzählen, obwohl es da nicht viel zu berichten gab. Was habe ich schon gemacht? Schule, ein bisschen Boxen, mit Kumpels abhängen und feiern. Trotzdem wurde sie nicht müde, mich auszufragen.« Er zuckte noch immer ungläubig mit den Schultern. »Als käme ich direkt aus einer Märchenwelt.«

»Ein Prinz für die Traumfrau.« Leo hielt es nicht mehr aus, Alexei anzusehen. Je länger sie über Violeta sprachen, desto stärker wurde das irrationale Gefühl, ihn zu verlieren. Dieses Mädchen aus seiner Vergangenheit schien ihr einen Spiegel vorzuhalten und zu sagen: »Wagst du den Vergleich mit mir? Löst du die gleiche Faszination bei ihm aus, oder bist du nur das Trostpflaster für den gestrauchelten Alexei, der es nicht mehr wagt, nach dem Heiligen Gral zu greifen?«

»Du hast dich in Violeta verliebt«, stellte Leo fest.

Alexei schaute ihr geradewegs in die Augen, kein Zögern, kein Ausweichen. »Ich war nicht verliebt. Und ich verwette meine Seele darauf, dass Violeta es auch nicht gewesen ist – egal, was sie später behauptet hat. In Wirklichkeit brauchte sie nur jemanden, der die leere Stelle füllte, die Lews Entzauberung hinterlassen hatte.«

»Dann warst du also bloß ein Platzhalter.«

»Wenn ich mich nicht täusche, werden alle Männer in Violetas Leben immer nur Platzhalter sein. Ihr geht es um ein Ideal – und dafür ist sie bereit, über Leichen zu gehen.«

Mit großen Zügen, wie um einen schlechten Geschmack fortspülen, trank Alexei sein Glas leer. Dann verharrte er, als müsse er nachfühlen, ehe er leicht fahrig das Glas so ungeschickt hinstellte, dass es beinahe umkippte. Seine Hand wanderte an seine

Schläfe, offenbar setzte ihm sein angeschlagener Kopf mehr zu, als er zugeben wollte.

»Falls das eben so rüberkam: Ich mache Violeta keinen Vorwurf. Es war einzig und allein meine Entscheidung, mich mit ihr einzulassen.« Alexei unterbrach sich, um zu husten. Mit gerunzelter Stirn betrachtete er das leere Glas.

»Soll ich dir nachschenken?«, fragte Leo.

»Nein, schon gut. Lass uns das hinter uns bringen. Lew und ich … Wir hatten uns wegen dieses Sabotageakts gestritten. Heftig. Er hat mich einen Schlappschwanz genannt, weil ich die Idee für dämlich hielt. Dann hat er die Tür zugeknallt, und weg war er.« Alexei legte den Kopf schief, als sei er plötzlich zu schwer. »Ich bin ihm noch hinterher. Nur ein paar Schritte, dann bin ich vorm Haus stehen geblieben und habe in die entgegensetzte Richtung zu der, in die Lew verschwunden war, gestarrt. Auf einmal stand Violeta vor mir, bestens gelaunt, von ihrem sonstigen Kummer keine Spur. Ob ich schon einmal von den unterirdischen Schutzräumen in der alten, leer stehenden Kirche gehört hätte?, hat sie mich gefragt. Dort hätten sie früher verfolgte Gottesgläubige und heute immer wieder einmal Schmugglerware versteckt. Es klang nach einem Abenteuer, ohne ein Abenteuer zu sein. Genau das Richtige für einen Schlappschwanz. Außerdem versprach irgendetwas in Violetas Lächeln, dass sie mehr als bereit war, mein angeknackstes Ego wieder aufzubauen.«

»Und genau so lief es dann auch.«

»Ja, allerdings hielt der Zauber nicht sonderlich lange. Ehrlich gesagt brach er schon in sich zusammen, als ich mich gegen Morgen gemeinsam mit Violeta zurück ins Haus schlich.«

Alexei beugte den Oberkörper über die Tischplatte und verbarg sein Gesicht in der Armbeuge. Leo glaubte ein unterdrücktes Stöhnen zu hören, ein so verzweifelter Laut, dass sie es kaum noch auf ihrem Stuhl aushielt. Auch wenn Alexei der Meinung war, einen unverzeihlichen Fehler gemacht zu haben, der ihn als Menschen disqualifizierte, so sah sie einen jüngeren unerfahrenen Alexei vor sich, der – hin- und hergerissen zwischen Bewunderung und Neid – einfach eine Dummheit begangen hatte.

»Was du gemacht hast, war zwar schon daneben, aber ganz bestimmt nichts, wofür man als Wiedergutmachung sein Leben drangeben muss.«

Aus der Armbeuge kam nur ein Murren.

»Es war ein Ausrutscher, Alexei. Oder wolltest du deinen Cousin künftig weiter mit Violeta hintergehen?«

Abrupt hob Alexei den Kopf, nur um sofort das Gesicht vor Schmerzen zu verziehen. »Es war nur dieses einzige Mal und ich habe es sofort bereut. Danach hätte ich alles für Lew getan, um meinen Fehler wiedergutzumachen. Aber genau das ist ja das Problem: Hätte ich vor lauter schlechtem Gewissen nicht seinem dämlichen Plan zugestimmt, wären wir beide nie im Wald gelandet. Was ihm zugestoßen ist, ist meine Schuld. Ich habe ihn hintergangen – und dafür hat er mit seinem Leben bezahlt.«

»Und Violeta? Wie stand sie dazu?«

»Wir hatten keine Gelegenheit, darüber zu sprechen, weil …«

Unvermittelt stand Alexei auf, und Leo rechnete damit, dass er nun doch fliehen wollte. Stattdessen machte er ein paar unsichere Schritte auf sie zu, um dann plötzlich auf die Knie zu sinken. »Fuck, irgendwas stimmt nicht«, sagte er, wobei er sich den Kopf hielt, als würde er gleich explodieren.

Bevor Leo einen klaren Gedanken fassen konnte, war sie auch

schon neben ihm. Gerade noch rechtzeitig, denn Alexei sackte in sich zusammen.

»Deine Kopfverletzung«, sagte Leo und half ihm, sich hinzulegen. »Bleib einfach liegen, ich hole Hilfe.«

Als von Alexei kein Widerspruch kam, wusste Leo, dass sie sich beeilen musste.

40

Es war dieses ätzende monotone Piepen, das Joschi weckte. Kein richtiges Geräusch, mehr ein Kitzeln an seinem Trommelfeld. Aber eins, das ihn verrückt machte. Schlimmer als Fahrstuhlmusik.

»Verdammte Kacke, ausmachen, den Scheiß«, murmelte er und richtete sich benommen auf. Das hätte er lieber bleiben lassen sollen, denn nun setzten zeitgleich rasende Kopfschmerzen und Übelkeit ein.

Joschi wusste nicht, womit er beim Erwachen gerechnet hatte, aber definitiv nicht mit dem übelsten Kater seines Lebens. Irgendwie gelang es ihm, seinen Magen unter Kontrolle zu bringen und auch sonst seine Sinne in Betrieb zu nehmen. Was seine Augen ihm allerdings meldeten, machte keinen rechten Sinn. Er sah vor allem Weiß.

»Okay«, sagte er gedehnt. »Ich sitze nicht auf einer Wolke, sondern auf …« Seine Hand ertastete gestärkte Laken und einen metallenen Bettrahmen. »… auf einem Krankenhausbett. Wahnsinn.« Er war zu verdutzt, um zu fluchen.

Wie kam er denn bitte schön ins Krankenhaus? Es war doch alles bestens gewesen, als er … Joschi suchte nach einer Erinnerung, die ihm verriet, wann das noch einmal genau gewesen war. In der Baracke, richtig! O ja, es war ihm sogar sehr gut gegangen. Elena war nämlich bei ihm gewesen, so süß und anschmiegsam.

Sie hatte ihn getröstet, weil … weil ihm klar geworden war, was Alexei getan hatte.
»Shit.«
Die Erinnerung an seinen Freund hätte Joschi in diesem Augenblick nur allzu gern gelöscht, sie war einfach zu schmerzhaft. Und trotzdem sah er Alexeis Gesicht vor sich, schreckensbleich, die Augen weit aufgerissen. Er starrte ihn an. Nein, nicht nur ihn. Ihn und Elena. Oder genauer gesagt, wie er auf Elena lag.
Joschi pfiff überfordert durch die Zähne, als immer mehr Bilder auftauchten. Sie prasselten geradezu auf ihn ein. Nur leider völlig durcheinander. Und sie in die richtige Reihenfolge zu bringen erwies sich als Herausforderung, wobei das Dröhnen in seinem Schädel nicht gerade hilfreich war.
Alexei entsetzt, dann lachend, im Dunkel vor der Baracke. Sie streiten, allerdings nicht wirklich. Nur er selbst regt sich furchtbar auf, während Alexei wie ein geprügelter Hund dasteht. Joschi fühlt, wie die Wut in ihm aufsteigt. Steh nicht so da, sondern rede mit mir!, will er seinen Freund anschreien. Rede! Hör endlich mit der Geheimniskrämerei auf und gib es zu – so, wie man es unter Freunden tut. Doch Alexei schweigt. Wie immer.
Mit einer fahrigen Handbewegung schiebt Joschi die nach Desinfektionsmittel riechende Decke weg, weil ihm plötzlich viel zu heiß ist. Kaum schwingt er jedoch die Beine über die Bettkante, droht sein Kreislauf abzuschmieren, und er lässt sich stöhnend auf den Rücken sinken. Jetzt gab es keine Chance mehr, vor der Erinnerung wegzulaufen.
Da waren zwei Bilder, wie übereinandergelegte Folien: Auf dem

einen hebt er seine Faust zum Schlag, auf dem anderen wendet er sich von Alexei ab.
Allem Anschein nach stimmte etwas mit der Reihenfolge nicht, denn im nächsten Bild liegt Alexei auf dem Boden, mit dem Gesicht nach unten, so wie sie auch Viktor aufgefunden hatten.
»Ich habe ihn niedergeschlagen«, krächzte Joschi. »Das kann doch nicht wahr sein!«
Doch da taucht auch schon ein anderer Schnipsel auf. Elena … und sie hält etwas in der Hand. Den runtergefallenen Aschenbecher, der so einen Höllenlärm veranstaltet hat. Ihr Gesicht: reines Entsetzen. Sie hat Alexei niedergeschlagen.
Um ihn, ihren Freund, zu schützen? War es Elena darum gegangen oder doch um etwas ganz anderes?
Joschi lauscht angestrengt in sich hinein. Anstelle einer Antwort sieht er schon wieder Elena vor sich, weinend, vollkommen aufgelöst. »Bitte, du musst verstehen«, sagte sie. Aber anstelle von Mitleid verspürt er nur das Bedürfnis, sie zurückzulassen. Ihre Finger krallen sich in seinen Unterarm, so fest, dass er aufschreien könnte, aber er tut es nicht. Sie ist halb verrückt vor Angst, deshalb ist er ihr in die Baracke gefolgt, während Alexei bewusstlos am Boden liegt. Genauso tot wie Viktor?
»Ich brauche was zu trinken«, sagt Elenas Stimme wie durch Nebel. »Dann bin ich ruhig, und du kannst zu ihm gehen. Ihm helfen.«
Im nächsten Moment drückt sie ihm auch schon ein Glas in die Hand. Wodka. Wie zuvor. Da hatte er allerdings die Gläser eingeschenkt. Elena sieht ihn an. Ihre wunderschönen dunklen Augen. Sie hatten ihn vom ersten Moment an in ihren Bann gezo-

gen – und sie taten es immer noch. Sie prosten sich zu. Er trinkt. Sie nicht. Blackout.

»Was hast du getan?«, fragte Joschi in die Leere des Raums hinein, unsicher, ob er sich selbst, Alexei oder Elena meinte.

41

»Bleib ganz ruhig liegen, ich geh und hole einen Notarzt«, versicherte Leo dem halb bewusstlosen Alexei, der kaum noch auf ihre Worte reagierte. Sein heftiges Blinzeln verriet, dass es ihm nicht gelang, den Blick klar zu stellen. Vorsichtig bettete sie seinen Kopf auf den Fliesen, dann riss sie sich von ihm los. Sie brauchten Hilfe. Sofort.

Allerdings gelangte Leo gar nicht erst aus der Küche, um nach Empfang für ihr Handy zu suchen.

In der offen stehenden Tür stand Elena, in einem von Leo geliehenen Nachthemd. Mit dem langen offenen Haar ähnelte sie mehr denn je einer schönen Fee, allerdings einer Fee mit unheilvoll blitzenden Augen.

»Was ist passiert?«, fragte Elena.

Leo deutete auf den reglos daliegenden Alexei. »Er ist einfach zusammengebrochen. Allerdings hat er ein schlimmes Hämatom am Hinterkopf, von dem er nicht weiß, wie er es sich zugezogen hat. Ich denke, die Schwellung hat einen größeren Schaden angerichtet, als man auf den ersten Blick denken würde. Nimm mein Handy und ruf bitte einen Notarzt, ich bleibe bei Alexei.«

Hastig warf sie das Handy auf den Tisch, dann kniete sie auch schon wieder neben Alexei, der sie mit diesem seltsam verschwommenen Blick ansah. Er erkennt mich nicht, dachte sie mit einem Anflug von Panik.

»Violeta«, flüsterte er kaum hörbar, dann schlossen sich seine Augen, und die plötzliche Schwere seines Körpers verriet, dass er bewusstlos war.

Behutsam drehte Leo ihn in die Seitenlage. Eine Blutung im Gehirn, das musste es sein. Während sie sich auf die Unterlippe biss, um die aufbrandende Verzweiflung beiseitezuschieben, versuchte sie sich an den Erste-Hilfe-Kurs zu erinnern. Man nahm den Puls, indem man …

»Der schläft sich nur aus«, sagte Elena.

Überrascht blickte Leo auf und sah Elena vor sich aufragen. Ohne einen Laut zu verursachen, war die junge Frau zu ihnen herübergekommen und starrte nun auf Alexei, als sei er ein Schmutzfleck in der ansonsten so sauberen Küche.

»Du bist ja immer noch da.« Leo musste sich beherrschen, um Elena nicht anzuschreien. »Alexei braucht Hilfe – und zwar sofort!«

Elena überhörte ihre Aufforderung schlichtweg. »Du willst diesen Jungen immer noch – nach allem, was er getan hat?«

Hilflos hob Leo die Hände. »Was hat er denn deiner Meinung nach so Schreckliches getan? Joschi niedergeschlagen auf jeden Fall schon mal nicht. Der wurde nämlich von etwas ganz anderem ausgeknockt als von Alexei.«

Elena verschränkte die Arme vor der Brust.

»Das war dir ohnehin klar, nicht?«, stellte Leo fest. »Joschi und du, ihr habt beide Liquid Ecstasy genommen, kurz bevor Alexei bei euch reingeschneit ist.«

»Ich nehme keine Drogen, aber Joschi brauchte Hilfe wegen der Sache mit dem Sex. Er war traurig, sehr aufgeregt … und ich wollte, dass er mir glaubt wegen Alexei. Sex macht alles leichter.« Falls Elena die Wahrheit peinlich war, verbarg sie es geschickt.

»So aufgeregt kann Joschi doch gar nicht gewesen sein, dass er eine Überdosis erwischt hat. Wenn der Bursche sich mit etwas auskennt, dann mit Drogen.«

Elena schaute sie nur an.

Unter Leos Händen gab Alexei ein Stöhnen von sich. Sofort vergaß Leo ihre Inquisition und griff stattdessen nach einem Stuhlkissen, um es ihm unter den Kopf zu schieben. Als sie ihn berührte, flackerten seine Augenlider, als versuche er aufzuwachen.

»Du hast meine Frage nicht beantwortet«, sagte Elena scharf. »Dieser Junge hat lauter schlimme Sachen getan. Menschen getötet. Du musst ihn wegschicken, wenn er wieder wach ist. Endgültig.«

»Ich kann Alexei nirgendwohin schicken, weil er zusammengebrochen auf dem verdammten Küchenboden liegt!«

»Der schläft nur«, behauptete Elena unnachgiebig. »Bitte versprich mir jetzt, dass du ihn wegschickst.«

Leo wollte Elena schon anschreien, damit sie sich endlich um einen Krankenwagen kümmerte, als ihr Elenas Worte durch den Kopf echoten. »Er schläft nur …« Ihr Blick ging zu der Wasserflasche, die jemand ausgesprochen fürsorglich auf dem Küchentisch platziert hatte. Liquid Ecstasy war eine geschmack- und farblose Flüssigkeit. Wenn man zu viel von der Droge erwischte, dann …

Weiter kam Leo in ihren Überlegungen nicht, denn Elena packte sie unterm Kinn und zwang ihr den Kopf in den Nacken. Leo wollte sich empört losreißen, da bemerkte sie das japanische

Küchenmesser in Elenas Hand. Das Messerset hatte ein halbes Vermögen gekostet und war Clemens' ganzer Stolz. »Die gehen durch ein Stück Fleisch, als wäre es bloß warme Butter«, hatte ihr Vater bei einem ihrer seltenen gemeinsamen Kochabende gesagt.

Elena hielt die scharfe Klinge ganz beiläufig, als reiche es, dass sie das Messer hatte, während Leo wie ein Opferlamm vor ihr kniete.

»Eine Antwort. Bitte.«

Leo rechnete damit, jede Sekunde die Nerven zu verlieren oder sogar in Tränen auszubrechen. Stattdessen ärgerte sie sich über sich selbst. Wie hatte sie nur so blind sein können? »Du willst eine Antwort?«, fragte sie so gelassen, als spielte sich vor ihrem geistigen Auge kein Film ab, der zeigte, wie das japanische Messer ihr die Kehle durchschnitt. »Lass mich nachdenken … Wenn ich sage, dass ich Alexei hasse und ihn nie wieder sehen will, dann darf ich aufstehen und gehen, richtig?«

Elena lächelte, verblüffend freundlich, ohne jedoch den Griff um Leos Kinn zu lockern. »Natürlich darfst du gehen. Wenn er aufwacht, sage ich ihm, die Polizei sei schon unterwegs, um ihn zu holen.«

»Die Polizei?«

»Ja, Alexei ist doch eingebrochen, durchs Fenster.« Elenas Lächeln wurde breiter. »Alexei muss endlich verstehen, dass es vorbei ist. Sonst kommt er immer wieder zu dir zurück.«

»Und das willst du auf jeden Fall verhindern.«

»Ich will nur das Beste für dich, ich bin doch deine Freundin«, sagte Elena.

In Leos Brust verhärtete sich etwas. Denn es hatte sich wirklich

so angefühlt, als wäre Elena auf dem besten Weg, ihre Freundin zu werden. Ihr Verhalten, ihre Worte … alles war bei Leo auf Sympathie gestoßen. »Du bist wirklich sehr gut darin, Menschen für dich einzunehmen«, gab sie zu. »Joschi war ja auch hin und weg wegen dir, verliebt von jetzt auf gleich.«
»Keine große Kunst, Joschi verliebt zu machen. Dafür ist er viel zu froh, endlich ein Mädchen gefunden zu haben. Ein Mädchen, das ihn will.« Um Elenas Lippen lag ein verächtlicher Zug.
»Also leichte Beute für einen Verführungs-Profi wie dich.«
Leo war das Spiel satt. Ohne sich um das Messer in ihrer Nähe zu scheren, streckte sie eine Hand nach Alexei aus. Sie musste ihn berühren, den Beweis haben, dass er noch am Leben war. In der ganzen Zeit hatte er sich nicht einmal gerührt.
Doch ihre Fingerspitzen sollten ihn nicht erreichen.
Mit einem harten Griff packte Elena in Leos Haar und zog ihren Kopf so weit zurück, bis Leo vor Schmerz nach Luft schnappte. Elenas sinnlicher Jasminduft umwehte sie, ein Geruch, bei dem ihr künftig jedes Mal schlecht werden würde. Die kühle Messerspitze streifte ihre wild pochende Halsschlagader. Trotzdem weigerte Leo sich, auch nur einen Hauch von Angst zu zeigen. Wenn sie jetzt aufgab, war Alexei verloren.
»Und was war meine Schwachstelle?«, fragte sie, obwohl die Klinge dabei ihre Kehle ritzte.
Vielleicht war es ein Tropfen Blut, der Elena das Messer wegnehmen ließ, oder die Unerschrockenheit, mit der Leo auf ihre Drohgebärde reagierte. Jedenfalls sah Elena sie auf einmal anders an. »Deine Schwachstelle?« Sanft streichelte sie Leos Wange. »Du bist so schrecklich einsam, ein verlassenes Hündchen mit

traurigem Blick. Wie auf diesen kitschigen T-Shirts, die keiner mehr trägt.«

Leo ignorierte den Stich, den ihre diese Beschreibung versetzte. »Komisch, dabei habe ich mich gar nicht einsam gefühlt, seit ich in Havelseck angekommen bin. Da war der alte Viktor, und Joschi mit seinen verrückten Ideen. Und natürlich Alexei. Einsam fühle ich mich jetzt, da einer von den dreien tot ist und die beiden anderen, wie du es ausdrückst, schlafen.«

»Sie schlafen wirklich nur.« Endlich gab Elena Leo frei, allerdings bloß, um in den Nackenausschnitt von Alexeis T-Shirt zu greifen und ihre Hand zwischen seine Schulterblätter gleiten zu lassen. »Da, er atmet ganz ruhig. Und seine Haut ist warm … und so gut anzufassen.«

In diesem Moment ging ein Aufbäumen durch Alexeis Körper, und er zog die Beine an wie ein Embryo.

Ein verlangender Ausdruck huschte über Elenas Gesicht, als sie sich vorbeugte, um ihm verwirrte Haarsträhnen aus der Stirn zu wischen. Die Hand mit dem Messer legte sie besitzergreifend auf seiner Hüfte ab, dort, wo ein Stück nackte Haut über seiner Jeans aufblitzte.

Leo fragte sich, ob Elena wirklich das Messer als Waffe einsetzen würde, wenn sie sich jetzt auf sie stürzen würde. Wenn diese Frau nicht bald aufhörte, Alexei zu anzufassen, würde sie es verdammt noch einmal drauf ankommen lassen.

»Alexei«, wisperte Elena und streichelte sein Gesicht.

»Finger … weg«, brachte Alexei mit rauer Stimme hervor.

Elena war so überrascht, dass sie einen kleinen Schrei ausstieß.

Jetzt!, dachte Leo und beugte sich vor, um nach dem Messer zu greifen.

Doch Elena hatte sich bereits wieder gefangen und holte mit der Klinge aus, um Leos Hand damit fortzuschlagen.
Die Klinge schnitt quer über Leos Handteller und ließ eine Wunde aufklaffen.
Instinktiv zuckte Leo zurück, erwartete den Schmerz, doch er kam nicht. Wie in Zeitlupe sah sie Elena erneut mit dem Messer ausholen. Du musst dich bewegen!, schrie Leo sich zu. Es ging nicht. Sie spürte weder den Schmerz noch ihre Gliedmaßen. Nur ihre Augen bewegten sich, folgten der Klinge, die sie gleich erneut treffen würde. Sie wollte schreien, aber es gelang ihr nicht einmal, zu atmen.
Und so traf sie der nächste Messerhieb an der Innenseite ihres nackten Unterarms. Dieses Mal ohne Geräusch, denn die Klinge streifte sie lediglich. Dafür begann der Schnitt sofort zu bluten. Rote Tropfen fielen auf den Boden, schnell und immer schneller, während Elena sich noch unnatürlich langsam bewegte. Nein, sie wurde gezogen, zurückgezogen von Alexei.

42

Irgendwie gelang es Alexei, sich aufzurichten, obwohl in seinem Körper ein Gewicht zu stecken schien, das ihn unbedingt zu Boden ziehen wollte. Einen verwirrenden Moment lang vergaß er sogar, warum er gerade jemanden mit sich riss. Ich falle, dachte er nur. Aber nicht allein.

Dann hörte er einen Fluch. Auf Rumänisch. Vertraut und fremd zugleich.

Violeta schrie in ihrer Heimatsprache, von der er nur ein paar Brocken verstand. Dann entzog sie sich seinem Griff und sprang auf die Beine. Er war zu benommen und seine Arme zu schwer, um sie erneut zu fassen zu bekommen. Nur gerade eben gelang es ihm, nicht wieder lang ausgestreckt auf den Fliesen zu landen, sondern sich wie ein Sprinter auf den Knien aufzurichten. Von unten herauf starrte er Violeta an. Sie sah genauso schön aus, wie er sie in Erinnerung hatte. Und auch genauso überzeugt davon, das Richtige zu tun, selbst wenn es vollkommen verrückt war. Dann blieb sein Blick an dem blutigen Messer hängen.

Leos Blut.

Sofort war Alexei hellwach.

»Warum schläfst du nicht?«, zischte Violeta ihn an.

Alexei erwiderte ungerührt ihren Blick. »Warum bist du hier?«

»Der Liebe wegen«, sagte Leo. Sie stand ein Stück hinter Violeta,

die wie ein Bollwerk zwischen ihnen aufragte, und presste sich ihre blutende Hand gegen die Brust.
»Was man aus Liebe nicht so alles tut«, sagte Alexei zu Leo. Fast hätte er gelächelt, während er es zugleich kaum auszuhielt, sie verletzt und bedroht zu sehen. Allerdings schien sie sich ihrer Lage gar nicht bewusst zu sein, denn sie strahlte eine verwirrende Gelassenheit aus, als würde von Violeta weder Gefahr noch Wahnsinn ausgehen. Er glaubte sogar, so etwas wie Mitleid in ihrem Gesichtsausdruck wahrzunehmen. Sie ist unglaublich stark, dachte Alexei und fand die Kraft, sich ein Stück weit aufzurichten. Wenn er bei Leo war, würde alles gut werden.
Doch Violeta kam ihm zuvor. Mit einem Sprung war sie bei Leo, das blutige Messer fest in der Hand. »Bleib, wo du bist«, forderte sie Alexei auf, der sich sofort gehorsam in die Hocke zurücksinken ließ.
»Gut, ich rühre mich nicht von der Stelle. Aber gib Leo wenigstens etwas, damit sie ihre Wunden verbinden kann.«
Eine steile Falte zeichnete sich auf Violetas Stirn ab, dann schmiss sie Leo ein Küchentuch zu, das über einer Stuhlkante hing. »Da«, sagte sie. »Verbind deine Kratzer und geh. Verschwinde aus unserem Leben. Und keine Sorge: Mit mir wird Alexei glücklich sein. Liebe heilt alle Wunden.«
»Ich weiß nicht recht«, sagte Leo, während sie das weiße Leinentuch um ihre zerschnittene Hand band. »Möglicherweise wäre es ja besser, wenn du gehen würdest.«
»Ich?«, fragte Violeta ungläubig.
Leo nickte. »Das ist deine letzte Chance, unbescholten aus dieser Sache rauszukommen. Niemand außer Alexei und mir weiß, dass du ihm nach Havelseck gefolgt bist. Und selbst wenn

die Polizei dir doch noch auf die Schliche kommt, dann suchen sie nach einer Elena aus Rumänien und nicht nach einer Violeta aus Moldawien. Du schaffst es bestimmt noch einmal, deine Identität zu wechseln, darin bist du doch inzwischen eine Meisterin.«

»Alexei hat dir also von mir erzählt.« Ein Lächeln erschien auf Violetas Lippen, als habe sie ein Kompliment bekommen. »Du weißt also, wer ich bin, ja? Dann weißt du auch, dass *du* gehen musst. Er gehört mir – und ich lasse ihn mir nicht nehmen, ich habe zu viel für unsere Liebe getan.« In einem fort lächelnd wandte sie sich Alexei zu. »Ich denk immer an unser erstes Mal. Du warst ganz unschuldig, bis ich dich in die Kirche mitgenommen und dir gezeigt habe, was eine Nacht für zwei Menschen bedeuten kann. Das erste Mal ist ein heiliger Moment, und ich habe ihn dir geschenkt.«

Alexei hielt es kaum aus, Violeta zuzuhören. Wie sie ihren gemeinsamen Fehltritt sah, wirkte vollkommen verdreht. Sie war anscheinend in einen Liebeswahn abgeglitten, um ihre Taten zu rechtfertigen. »Violeta«, sagte er und versuchte zugleich zu vergessen, dass Leo jedes Wort mithörte. »In dieser alten Kirche ist nichts Heiliges passiert, wir beide haben nur unseren Frust rausgevögelt.«

Violeta blinzelte, ein winziger Bruch, dann war ihr verträumtes Lächeln wieder da. »Du tust dich so schwer, Liebe anzunehmen. Vielleicht will ich dich deshalb noch mehr als zuvor.«

»Du willst Alexei sogar so sehr, dass du bereit warst, einen alten Mann zu töten. Und das nur, weil er Alexeis Liebe zu dir infrage gestellt hat«, warf Leo ein. »Genau das hat Viktor nämlich getan, als du uns vor seinem Haus belauscht hast. Er hat gesagt, dass

Alexei zum ersten Mal richtig verliebt sei – und zwar in mich. Für diese Worte musste Viktor sterben.«
Ein Treffer.
»Ich habe Viktor nicht umbringen wollen«, beteuerte Violeta. »Ich war nur schrecklich wütend. Du wolltest Alexei aufgeben, und Viktor redet dir gut zu. Der Schlag … das war ein Zufall.«
»Klar, man hat ja immer zufälligerweise eine Eisenstange bei der Hand, wenn man auf jemanden wütend ist«, knurrte Alexei.
»Nein, nein.« Violeta schüttelte entschieden den Kopf. »Es war ein Ast, ja? Die Eisenstange habe ich danach geholt und ausgetauscht gegen den Ast. Sonst hätte man dich nicht verdächtigt, und du hättest Havelseck niemals verlassen. Ich musste alles zerstören, was dir wichtig war.«
»Damit es in meinem Leben nur noch dich gibt«, stellte Alexei fest.
»Und meine Liebe.«
Sie glaubt das wirklich, dachte Alexei fassungslos. Sie ist sich keiner Schuld bewusst, weil das Ziel für sie alle Mittel heiligt.
»Deshalb hast du Viktor ausgeschaltet, und jetzt soll auch noch Leo gehen – ob nun freiwillig oder nicht. Hauptsache, ich bin dir völlig ausgeliefert.«
»Aus demselben Grund hat sie auch Joschi eine Überdosis GHB verpasst«, sagte Leo mit ihrer schlafwandlerischen Ruhe.
»Was?« Alcxei traute seinen Ohren nicht.
»Nicht böse sein, Joschi schläft nur«, beteuerte Violeta.
»Ja, er schläft sich im Krankenhaus aus«, bestätigte Leo. »Dein Freund war auch eine Brücke, die zerbrochen werden musste. Sie hat wenigstens genug Herz besessen, einen Krankenwagen zu rufen, damit Joschi nicht auch noch draufgeht. Anderer-

seits … Wenn du dich von dem Schlag auf den Hinterkopf, den sie dir hinterrücks verpasst hat, nicht so schnell erholt hättest, wäre das auch für Joschi böse ausgegangen.«

Unwillkürlich fasste Alexei sich ins Haar und ertastete sofort die schmerzende Beule. Er war also gar nicht gestürzt, sondern niedergeschlagen worden. Von Violeta, anscheinend genau in dem Moment, als es danach aussah, dass Joschi sich trotz seiner Wut nicht von ihm abwenden würde.

»Warum? Was hätte sie Joschi denn angetan, wenn ich nicht abgehauen wäre?«

»Nichts Schlimmes, nein. Nur ein paar Schläge ins Gesicht.« Violeta wurde trotz ihres Geständnisses nicht einmal rot. »Damit du siehst, was du deinem Freund angetan hast, wenn du aufwachst. Aber du bist weggelaufen. Schon wieder.«

Leo lehnte sich mit einem Seufzen gegen die Tischkante. Sie war blass um die Nase geworden. Die Schnittwunden bluteten immer noch, wie das rot gefärbte Leinentuch bewies. Als Alexei aufspringen wollte, um zu ihr zu eilen, machte sie ihm ein Zeichen. Noch nicht, sagte die Geste – und er fügte sich widerwillig.

»Alles, was du getan hast, sollte Alexei dazu bringen, dieses Leben, das er sich in Havelseck aufgebaut hatte, hinter sich zu lassen«, sagte Leo zu Violeta. »Du wolltest ihn im freien Fall, um ihn dann auffangen zu können. Ich begreife nur nicht, wie der Schwarzarbeiterkönig Horst Bender in dieses Muster reinpasst.«

Augenblicklich verzog Violeta ihr Gesicht. »Bender dachte, ich bin eines dieser Mädchen ohne Geld und Dach überm Kopf. Er hat mir Arbeit gegeben und ein Bett. Und plötzlich wollte er mehr.« Sie schüttelte sich vor Abscheu. »Er war ein Dreckschwein, grob, widerlich. Du hast gesehen, was er mit meinem Gesicht gemacht hat«, sagte sie zu Leo, die bei der Erinnerung zusammenzuckte. »Ich musste in Havelseck bleiben, unbedingt. Also habe ich diesen geilen Mann in den Wald gelockt und ihn dazu gebracht, sich auszuziehen. ›Fang mich‹, hab ich gesagt. Und dann hab ich mich hinter einem Baum versteckt, mit einem Stein in der Hand. Damit hab ich dann zugeschlagen. Auf seinen Kopf.«

»Nicht nur auf den Kopf, Bender hatte mehr als diese eine Verletzung.« Das leichte Zittern in Leos Stimme verriet, dass ihre Gelassenheit erste Sprünge bekam.

Violeta umfasste den Messergriff so fest, dass ihre Fingerknöchel weiß hervortraten. »Bender sollte nicht wieder aufstehen und seine schmutzigen Hände nach mir ausstrecken.«

»Das ist also in der Nacht auf den Samstag passiert: Bender wollte dich in sein Bett zerren, und du hast dich gewehrt.« Mitleid stieg in Alexei auf, allerdings nur kurz. »Und ich bin in Benders Todesnacht nicht einmal in der Nähe der Baracke gewesen, oder? Du hast mir einfach die Schuld in die Schuhe geschoben.«

»Musste ich nicht«, hielt Violeta ungerührt dagegen. »Alle haben gesagt, dass du Bender umgebracht hast. Du hast ihn gehasst!« Sie schob trotzig das Kinn vor. »Und dann hat Joschi gesagt, du hast Gedächtnislücken, weißt nicht, was du getan hast in der Nacht. Da dachte ich: Gut so.«

Alexei konnte nicht fassen, dass dies die Antwort auf seine unzähligen Fragen war. Die ganze Selbstzerfleischung, die Ungewissheit, ob er zu guter Letzt zum Mörder geworden war. Der ganze Albtraum, in den der Sommer am See sich verwandelt

hatte, war nicht seinem traumatisierten Verstand geschuldet. Stattdessen hatte Elena im Hintergrund die Fäden gezogen und ihn mit voller Absicht in die Verzweiflung getrieben.
»Wann bist du eigentlich in Havelseck angekommen, Violeta?«, fragte Leo. »Kurz vor mir? Hast dich dann erst einmal schlaugemacht, wie es Alexei geht, bevor du mit dem ›Zurückerobern‹ begonnen hast.« Als Violeta nickte, lächelte Leo, als würde jetzt so manches klar. »Deshalb habe ich dich nachts im Park herumschleichen sehen. Du warst auf deinen Erkundungstrips.«
»Nicht besonders klug von mir, ja«, sagte Elena, als würde sie sich selbst ausschimpfen. »Auch die Rose auf Alexeis Kopfkissen, ein wenig dumm. Aber so sind verliebte Frauen.«
Verwirrt suchte Alexei Leos Blick. »Violeta hat mir diese Rose aufs Kopfkissen gelegt? Ich dachte, das wärst du gewesen«, sagte Alexei.
Leo zuckte mit der Schulter. »Und ich dachte, du hättest sie für mich dorthin gelegt.«
»Nein, die Rose war nicht für dich!« In dem Blick, mit dem Violeta Leo maß, lag pure Feindseligkeit. »Du glaubst immer, alles gehört dir. Tut es nicht!«
»Aber was sollte diese Aktion denn, Violeta?«, versuchte Alexei sie abzulenken.
Als wäre seine Stimme ein unwiderstehliches Geräusch, flog Violetas Kopf herum. »Die Rose sollte ein Zeichen sein. Endlich hatte ich dich gefunden! Dabei war auf deiner Postkarte an Carol nur ein winziges Stück von diesem armseligen Havelseck zu sehen. Deine Eltern haben es nicht erkannt, aber ich, ich habe diesen See gefunden. Ich habe dich gefunden. Es war ein Zeichen!«

»Woher weißt du denn von der Postkarte, die Alexei seinem Bruder geschickt hat?«, fragte Leo verblüfft.
Alexei fluchte leise. »Meine Eltern haben Violeta mit nach Deutschland genommen, nachdem sie ihnen versichert hatte, dass ihr Leben nach der Sache mit Lew gefährdet wäre.«
»Seine Eltern haben mir alles bezahlt«, erklärte Violeta stolz. »Einen Deutschkurs, Kleidung … Ich bin Teil der Familie, verstehst du? Seine Eltern haben verstanden, wie wichtig ich für ihren Sohn bin. So wichtig, dass ich in ihrem Haus willkommen bin.«
Traurigkeit breitete sich in Leos Augen aus, während Alexei sichtlich betreten den Kopf senkte. »Deshalb bist du Hals über Kopf geflüchtet«, sagte sie zu ihm. »Violetas Anwesenheit hat dich jeden Tag daran erinnert, was du getan hast, bis du es nicht länger ausgehalten hast. Es muss wie eine Wunde gewesen sein, die nicht zum Heilen kommt.«
Augenblicklich verschwand der Stolz aus Violetas Gesicht. »Nicht nur Alexei hat Opfer gebracht. Auch ich! Ich habe sogar Lew geopfert.«
»Wie meinst du das?« Alexei stand auf – und Violeta wich unwillkürlich einen Schritt zurück.
»So ist es nun mal in der Liebe …«, setzte sie an.
»Erzähl mir nichts über die Liebe. Ich will wissen, was du damit meinst, dass du Lew geopfert hast, verdammt!«
Trotz verdrängte die Unsicherheit auf Violetas Zügen. »Lew musste weg, sonst hättest du deine Liebe zu mir geleugnet. Ich *musste* etwas tun.«
»Du hast den Sabotageakt verraten.« Alexei klangen die Worte hohl in den eigenen Ohren. »Du bist zu deinem Vater gegangen

und hast ihm erzählt, was Lew vorhatte. Der Herr Bürgermeister musste nichts anderes tun, als im Hintergrund ein paar Fäden zu ziehen, um den politischen Gegner und den verhassten Freund seiner Tochter mit einem Schlag loszuwerden. Und seinen Cousin gleich mit.«

»Ich wusste nicht, dass du mit Lew gehen wolltest. In der Kirche hattest du gesagt, dir ist Lew und sein Plan egal. ›Soll er sich einen anderen Dummen suchen‹, hast du gesagt.«

»Und das nennst du Liebe? Was ist das denn für eine Liebe, für die man zum Mörder wird?« Alexei dachte, er würde schreien. Aber seine Stimme war nicht mehr als ein Raunen.

»Du musst es verstehen«, sagte Violeta flehend. »Es gibt kein Zurück. Nicht für dich. Nicht für mich.«

»Nein, das gibt es nicht. Es ist vorbei«, stimmte Alexei zu. Dann blickte er zu Leo und streckte ihr seine Hand entgegen. »Komm.«

Violetas Blick raste zwischen Leo und ihm hin und her, während ihr Luftschloss endgültig in sich zusammenbrach. Als Leo ihre unversehrte Hand hob und auf Alexei zugehen wollte, schnellte Violeta vor, das Messer erhoben, auf Leos Brust zielend.

Alexei blieb keine Sekunde, um sich zu entscheiden. Er brauchte sie auch nicht. Das Einzige, was er musste, war das Messer ablenken. Egal, wie.

Er schloss die Augen. Sein Körper wurde getroffen, fiel zur Seite, zu taub, um sich abzufangen, und schlug auf. Die Schwärze floss auf ihn zu, um ihn einzuhüllen, während er damit rechnete, dass ihm der Geruch von nassem Waldboden in die Nase stieg und Blätter zu rauschen begannen. Stattdessen hörte er Leos Stimme. Mal lauter, mal leiser, dann immer leiser.

Ich habe den Wald hinter mir gelassen, dachte Alexei glücklich.

EPILOG

Zwei Monate später

Clemens schaltete den Wagenmotor aus, machte aber keine Anstalten auszusteigen. »Bist du dir sicher?«, fragte er, die Hände auf dem Lenkrad, bereit, jederzeit aus der Garageneinfahrt in Hamburg-Altona zu brausen.

»Natürlich bin ich mir sicher«, sagte Leo, blieb jedoch ebenfalls sitzen. Langsam löste sie ihre Finger von dem Farntopf, den sie festhielt, seit ihr Vater sie von der Spiekerooger Fähre abgeholt hatte. Die Pflanze sah armselig aus, womit sie definitiv etwas mit Leo gemeinsam hatte. Die letzten Wochen waren hart gewesen, denn das Internatsleben hatte sich nach dem vergangenen Sommer angefühlt, als würde sie in eine zu klein gewordene Haut schlüpfen. Das einzig Gute am Schulalltag waren die vielen Termine gewesen, sodass sie nicht zum Nachdenken gekommen war. Es gab ja auch nichts zu denken, schließlich war alles vorbei. Die schlimmen Dinge zumindest. Trotzdem brachte sie es nicht über sich, sich endlich abzuschnallen.

»Dieser Besuch …«, setzte Clemens zögernd an. »Das musst du nicht tun, jedenfalls jetzt noch nicht. Später vielleicht.«

Dieses Vorsichtige, Tastende war neu bei ihrem Vater – und

Leo hätte es gern wieder abgeschaltet, auch wenn das ungerecht war. Vor nicht allzu langer Zeit hatte sie sich Clemens als Vater deutlich interessierter und einfühlsamer gewünscht, und nun, da er es war, fühlte sie sich bedrängt. Als hätten sie die Rollen getauscht.
»Papa, dieser Besuch ist nichts, was ich aufschieben will. Ganz im Gegenteil, ich habe auf diesen Moment wochenlang gewartet.« Was eine dicke Lüge war, die letzte Nacht hatte Leo kaum ein Auge zugemacht vor … Warum, konnte sie nicht so genau sagen.
»Es war eine schwere Zeit, du hast viel durchgemacht.«
»Unsinn«, unterbrach Leo ihren Vater. »Ich bin diejenige, die glimpflich davongekommen ist. Verdammt glimpflich.«
Bevor Clemens weiter nachfassen konnte, stieß Leo die Beifahrertür auf und sprang hinaus, den Farntopf vor sich wie ein Schild. Schnell drückte sie den Klingelknopf, und erst als die Haustür aufging, bemerkte sie, dass sie die Luft angehalten hatte.
»Hallo, Leo«, begrüßte Frau Leanca sie freundlich. »Ihr seid wohl gut durch den Verkehr gekommen, ich habe frühestens in einer halben Stunde mit euch gerechnet.«
»Sollen wir noch warten? Wir könnten einen Spaziergang machen, es ist sehr schön hier.«
»Nicht doch, bitte kommt rein«, wehrte Frau Leanca ab und trat zur Seite, damit Leo und Clemens eintreten konnten. »Tut mir leid, aber ich bin zurzeit nicht ganz auf der Höhe.«
»Das gilt wohl für uns alle.« Mit einem ungewohnt unsicheren Lächeln legte Clemens eine Hand auf Leos Schulter, nur um sie sofort zurückzuziehen, als seine Tochter zusammenzuckte.

Frau Leanca strich sich durch das kurze blonde Haar. Nur ihre blauen Augen verrieten, dass Alexei ihr Sohn war. »Dabei ist es ja langsam an der Zeit, wieder durchzuatmen, wo das Schlimmste jetzt hinter uns liegt. Es ist nur so seltsam, ihn wieder im Haus zu haben. Ich stehe in der Nacht bestimmt fünf Mal auf, um in sein Zimmer zu gehen.«

»Alexei träumt immer noch schlecht?« Obwohl der Hausflur, in dem sie standen, vom goldenen Oktoberlicht gefüllt war, wirkte er auf Leo beengend. Vermutlich, weil Frau Leanca zu dicht vor ihr stand, während Clemens sich direkt hinter ihr befand, so als rechnete er damit, dass sie vor Aufregung jeden Moment ohnmächtig werden könnte.

»Nein, das ist es nicht«, sagte Frau Leanca zu ihrer Erleichterung. »Alexei schläft wie ein Neugeborenes, seit er wieder zu Hause ist. Ich bin es, die sich davor fürchtet, aufzuwachen und er ist nicht mehr da.«

»Alexei wird nicht noch einmal ohne Vorwarnung verschwinden, ganz bestimmt nicht.«

Frau Leancas Lächeln bewies, dass sie sich in dieser Hinsicht niemals mehr sicher sein würde. Ihr Mann und sie hatten am Ende des Sommers nicht nur ein verloren geglaubtes Kind wiederbekommen, sondern auch einen jungen Mann, dessen Lungenflügel von einem Messer verletzt worden war. Mit einem Messer, das ein Mädchen geführt hatte, dem sie ein Zuhause gegeben hatten und das nun, wahrscheinlich unter unbekanntem Namen an unbekannten Orten, nach der Liebe suchte. Solange Violeta dort draußen war, würde der Streifenwagen wohl vor dem Haus der Leancas stehen. Dabei glaubte Leo nicht, dass Violeta zu Alexei zurückkehren würde. Sie hatte ihn getötet, wenn auch nur für die Dauer einiger Atemzüge.

So gern Leo sich weiter mit Frau Leanca unterhalten hätte, sie wurde allmählich unruhig. Sie war Alexei im Krankenhaus zwar nicht von der Seite gewichen, doch da war er noch zu erschöpft von der Not-OP und auch zu benommen von den Medikamenten gewesen. Während seiner Wochen in der Reha-Klinik hatte er Leo nicht um einen Besuch gebeten. »Die Fahrerei von Spiekeroog bis runter in den Süden … Lass uns warten, bis ich auch wieder im Norden bin«, hatte er bei einem ihrer wenigen Telefonate gesagt. Und sie hatte ihn nicht bedrängt. Wenn er nach alldem seine Ruhe brauchte, dann sollte er sie haben.

Jetzt war Alexei jedoch nur noch ein paar Meter von ihr entfernt, und die Sehnsucht nach ihm war plötzlich so stark, dass Leo es kaum noch aushielt. »Darf ich?«, fragte sie Frau Leanca und deutete auf die Treppe, die zum Obergeschoss des modernen Hauses führte.

Ein feines Kräuseln breitete sich auf Frau Leancas Stirn aus. Bestimmt war sie genau wie Clemens der Auffassung, dass es besser wäre, ihre Kinder nie wieder aus den Augen zu lassen. Seit dem Vorfall in der Villa war Clemens nicht mehr von Leos Seite gewichen, sogar die Wochenenden hatte er auf Spiekeroog verbracht – kein Job und erst recht keine schmollende Svea hatte ihn davon abhalten können.

»Es gibt oben noch eine weitere Treppe, die ins Dachgeschoss führt«, erklärte Frau Leanca. »Das Zimmer ist zwar noch gar nicht richtig ausgebaut, aber Alexei mag den unverstellten Blick in den Himmel, auch wenn er Ewigkeiten braucht, um die Stufen zu bewältigen.«

»Stur wie eh und je«, sagte Leo und bekam dafür ein verschwörerisches Lächeln von Frau Leanca geschenkt. Sie erwiderte es, dann lief sie die Treppen hinauf.

Alexei war nicht allein in dem weitläufigen, lichtdurchfluteten Dachzimmer. Ein Junge mit den gleichen dunklen Locken lümmelte sich im Fußende des Bettes, in dem Alexei saß und offenbar versuchte, in einem Buch zu lesen.
»Hey«, sagte er, als Leo in der offenen Tür stehen blieb.
»Selber hey«, sagte sie.
»Tut mir leid, dass ich zur Begrüßung nicht aufspringe und dich von den Füßen reiße. Das mit dem Springen klappt noch nicht. Und das mit dem Gehen hat eher was von Schleichen. Aber sitzen, das ist drin.«
Als Alexei trotzdem Anstalten machte, aufzustehen, winkte Leo ab. »Bleib gefälligst, wo du bist. Wenn du meinetwegen auf die Nase fällst, schmeißt deine Mutter mich gleich wieder raus.«
»Es wundert mich eh, dass sie dich nicht begleitet hat.« Alexei legte die Stirn in Falten. »Ich habe meine Mutter als vieles in Erinnerung, aber nicht als anhänglich. Jetzt schleicht sie sogar nachts in mein Zimmer, um zu überprüfen, ob ich noch atme.«
»Sicher ist sicher.«
»Na, dann.« Alexei musterte sie mit einem belustigten Blitzen in den Augen. »Ist das ein guter Platz, so mitten im Türrahmen?«
Nun hielt Leo es nicht mehr aus. »Ich war mir nicht sicher, ob du mich schon sehen willst«, platzte es aus ihr heraus.
Er lachte nur. Immer noch ein wenig atemlos.
Mit ein paar Schritten war Leo neben seinem Bett und stellte den Farn zwischen Tablettenschachteln und Süßkrams. Dann

wagte sie es jedoch nicht, die Hand nach ihm auszustrecken. An ihren Gefühlen für Alexei hatte sich nichts geändert, aber aus einem schwer zu benennenden Grund war sie sich nicht mehr sicher, ob sie den jungen Mann kannte, der dort im Bett saß. Natürlich war ihr das Gesicht vertraut, obwohl es deutlich hagerer geworden war und die Wangenknochen hervorstachen. Auch das Haar war ihr bestens bekannt, auch wenn es ein Stück kürzer war und – genau wie die Haut – nur noch wenige Spuren des vergangenen Sommers zeigte. Es war etwas anderes, das sie verunsicherte. Der Moment, in dem sie seinen Herzschlag nicht mehr gespürt hatte. Alexei war tot gewesen, wenn auch nur kurz. Und er hatte sein Leben nicht ihr, sondern Kommissar Seeberg zu verdanken, der in der Villa aufgetaucht war, nachdem Joschi ihm von den wahren Gründen für seinen Zusammenbruch erzählt hatte.

Ein zweites Leben, das war es, was Alexei geschenkt bekommen hatte. Ohne Albträume, ohne ihn allmählich auffressende Schuldgefühle. Nur … war darin noch ein Platz für sie?

Alexei musterte sie eindringlich. Falls ihm ihre Zurückhaltung auffiel, zeigte er es nicht. »Das ist übrigens mein Bruder Carol, ein weiteres anhängliches Familienmitglied«, stellte er den Jungen vor, der bislang still dagesessen hatte, vermutlich in der Hoffnung, nicht rausgeschickt zu werden, wenn er sich unsichtbar machte.

»Alexei hat mir schon viel von dir erzählt«, sagte Leo, der das Lächeln plötzlich ganz leichtfiel, als sie den Jungen anschaute. Carol war ein jüngeres Abziehbild seines Bruders und Alexei wie aus dem Gesicht geschnitten. Jetzt zeichnete sich darauf Stolz ab.

»Er hat mir auch ganz viel über dich erzählt«, erklärte der Junge. »Ich weiß sozusagen alles.«
»Alles Jugendfreie«, schob Alexei mit einem Grinsen hinterher. »Sag mal, Carol, können wir es so machen wie vorgestern, als Joschi zu Besuch war: Du kommst später dazu? Ich will dich nicht vor die Tür setzen oder so. Es ist bloß …«
Zu Leos Überraschung sprang der Junge sofort auf. »Kein Ding. Macht erst mal euren Romantikquatsch, ich komme dann später vorbei.« Und schon war er aus dem Zimmer.
»Smarter Typ«, sagte Leo.
»Auf jeden Fall. Carol hat eben die Ladung guter Gene abbekommen.«
Leo lachte, allerdings ein wenig künstlich.
»Leo?«
»Ja?«
»Möchtest du dir vielleicht einen Stuhl nehmen, wenn du dich schon nicht zu mir setzen willst?«
»Ich möchte mich doch zu dir setzen.«
»Und warum stehst du dann noch?«
Ich weiß es nicht!, hätte Leo am liebsten geschrien. Wahrscheinlich weil ich Angst habe, dass du nicht mehr nach frisch geschnittenem Gras riechst. Oder über Dinge reden willst, über die der alte Alexei sich ausgeschwiegen hätte. Ich will meinen Alexei wieder, und ich fürchte mich fast zu Tode, dass ich ihn verloren haben könnte, als er tot auf dem Küchenboden lag!
»Ich hatte gehofft, die letzten Wochen hätten dir geholfen, ein wenig klarer zu sehen«, sagte Alexei leise. »Obwohl es mir ziemlich schwergefallen ist, dich nicht zu bitten, mich in der Reha zu besuchen.«

Ein leichter Schwindel breitete sich hinter Leos Stirn aus, und sie fragte sich ernsthaft, warum sie sich nicht einfach auf die Bettkante setzte. »Du wolltest mich doch nicht sehen …«

»Wirklich?«

Während Leo noch dahinterzukommen versuchte, ob möglicherweise doch sie es gewesen war, die eine gewisse Auszeit gebraucht hatte, stand Alexei auf. Langsam und vorsichtig, auf jede Bewegung bedacht. So ganz anders als seine sonst so kraftvollen Bewegungen. Als er sich nur eine Handbreit vor Leo befand, ging ein Beben durch ihren Körper. Aber erst als Alexei mit der Fingerspitze etwas Glänzendes aus ihrem Gesicht wischte, begriff sie, dass sie weinte.

»Es gibt keinen Grund zu weinen, selbst wenn du das zwischen uns beiden, nach allem, was passiert ist, hinter dir lassen möchtest«, sagte er. »Du hast mir mein Leben zurückgegeben, und gleichgültig, wie du dich jetzt entscheidest, ich werde es dir nicht vergessen. Du bist frei, Leo, auch wenn ich an dich gebunden bin.«

»An mich gebunden?«, fragte sie verwirrt.

Alexei schaute sie an, dann sagte er: »So ist das wohl mit der Liebe.«

Leo schloss die Augen und hörte in sich hinein. Und zu ihrer Verwunderung verstand sie, wovon Alexei sprach. Sie empfand es nämlich selbst, unabhängig von der lähmenden Angst, die in ihr tobte und jeden Schritt, den sie setzte, zu einer großen Gefahr ausrief.

Zögerlich beugte sie sich vor, bis der Abstand zwischen ihnen eingeschmolzen war, und lehnte ihre Stirn gegen seine Brust. Dann atmete sie tief ein. Der Geruch nach einem fremden

Waschmittel. Vielleicht Granatapfel. Und auch ein Deo, das sie noch nie zuvor an Alexei wahrgenommen hatte. Darunter jedoch … kein frisches Gras, aber unverkennbar der Junge, mit dem man selbst in dunkelste Wasser hinabtauchte. Und das war alles, was sie wissen musste.